金花

Golden Flower

王海 著

陕西新华出版传媒集团
太白文艺出版社

图书在版编目(CIP)数据

金花/王海 著．—西安:太白文艺出版社,
2020.1
ISBN 978-7-5513-1639-2

Ⅰ.①金… Ⅱ.①王… Ⅲ.①长篇小说—中国—当代
Ⅳ.①I247.5

中国版本图书馆 CIP 数据核字(2019)第 092926 号

金　花
JIN HUA

作　　者　王　海
责任编辑　李　玫　谢　天
出版发行　陕西新华出版传媒集团
　　　　　太白文艺出版社
经　　销　新华书店
印　　刷　西安市建明工贸有限责任公司
开　　本　787mm×1092mm　1/16
字　　数　320 千字
印　　张　18
版　　次　2020 年 1 月第 1 版
印　　次　2020 年 1 月第 1 次印刷
书　　号　ISBN 978-7-5513-1639-2
定　　价　46.00 元

如有印装质量问题,可寄出版社印制部调换
联系电话:029-81206800
出版社地址:西安市曲江新区登高路 1388 号(邮编:710061)
营销中心电话:029-87277748

王崇文听到金花的名字很兴奋。他说：“这个名字好。我们茯茶里有一种菌就叫金花，这种金花只有泾阳的茯茶才有。”

金花用亮亮的眼睛看着王崇文，问：“是吗，这么神奇？”

王崇文说：“金花本身就很神奇，经过泾阳水的滋润会更漂亮。”他说这话时，注视着金花，像注视一朵特别的金花，看得金花红了脸。

一

王崇文在兰州要娶二房媳妇。

他见到金花是在一个阳光灿烂的上午，温暖的阳光从门口射进来，整个商行充满生机。商行新进了一批德国缎料，常有年轻太太和姑娘来商行看料子。马掌柜很烦那些只看不买的客人，多次在他面前叨叨：“那些人是看稀景、逛黄会来了，不是诚心买料子，不买还要摸来摸去。手干净还罢了，手不干净料子上就留下手印，过后得用洁净的丝绸擦洗。”

王崇文刚来兰州，这是老父亲王守业在兰州创办的德盛商行，以南北货品贸易为主。这天一大早，王崇文在商铺的后房泡了茶，正看着一张标满文字的图，突然听到铺里的吵闹声，便走进商行前厅，只见前厅站着两个女子，其中一个学生模样的女子冲着马掌柜喊：“我要见你们掌柜的！”

马掌柜说：“我就是掌柜的。”

王崇文见这个女子长得乖巧，眉清目秀——他知道她们为啥吵闹，给马掌柜说：“马掌柜，让看看，让看看。”

马掌柜说：“她们看了好几天了，只看不买，把料子都摸脏了。”

一女子说：“我俩来时都洗了手，哪会摸脏你的料子！”

马掌柜很不高兴地取出缎料，两个女子上前用手轻轻地抚摸，兴奋地评说这缎料光滑好看。王崇文见这两个女子看得稀奇，问：“你俩叫啥名字？”

马掌柜说：“这是我们商行的老板。”

一女子抢答道：“我叫金花，她叫银花。”

王崇文惊奇：“你俩是姐妹俩？”

另一女子笑了：“她姓金，我姓银。”

王崇文听到金花的名字很兴奋。他说："你这个名字好。我们茯茶里有一种菌就叫金花，这种金花只有泾阳的茯茶才有。"

金花用亮亮的眼睛看着王崇文，问："是吗，这么神奇?"

王崇文说："金花本身就很神奇，经过泾阳水的滋润会更漂亮。"他说这话时，注视着金花，像注视一朵特别的金花，看得金花红了脸。金花不敢再看缎料了，她发现这个老板怪怪地看她，转身拉着银花疾步出了店铺。

金花和银花走了，王崇文望着远方久久没有回过神来。

马掌柜埋怨地说："我说她俩只看不买，咋样? 都看八回了，每次来把料子摸来摸去就是不买。"

王崇文高兴地说："女娃娃爱看这稀奇的东西，让她摸，女娃的手越摸料子越光滑亮堂。"

王崇文第一次见到金花，就爱上了这个女子。此后，他在兰州一住就是两个月。家里的媳妇梁梅知道丈夫在兰州一定遇到了难缠的事。王守业几次催儿子回来，梁梅还怨公公："不要催他，兰州那么一大摊子事，够他忙的。"

王崇文从兰州回来，当晚便给父亲提出要在兰州续亲的事，王守业说："你说过在外不续亲的，咋变卦了呢?"

王崇文当初看上梁家沟梁掌柜的女儿梁梅时，没出一个月就把梁梅娶进了门。他知道梁梅是梁家沟一带的一朵花，她的表哥在西安城里干事，几次要把她带到西安城去。王崇文听到这消息天天催父亲给他娶媳妇。梁梅知道泾阳做茶的那些老板在家娶妻、在外养二房的事很平常，对自己和王崇文的婚事迟迟下不了决心。王崇文见梁梅举棋不定，便找到梁梅，并给她下了保证："娶了你，我绝不在外娶二房。"

梁梅是个有主意的人，她说："你的话不要给我说，你给媒人说去，让媒人给我爸我妈说。"

媒人把王崇文的话传给梁梅父母，这话就成了王崇文的婚前承诺。梁梅同意了这门婚事，成婚那天晚上，梁梅问王崇文："你给我的承诺是真的吗?"王崇文说是真的，要指天发誓，梁梅挡了，她说："我相信你……"

父亲对王崇文的责问使他无言对答，父亲说："儿子都长成半大小伙子了，这个时候你要续亲……过去你对你媳妇的承诺不仅是你对她的承诺，也是王家对梁家的承诺。现在，咱对梁家咋说呢?"

王崇文只要求在兰州续亲，仿佛他对梁梅、对梁家从来没承诺过。

父亲看出儿子肯定在兰州惹了祸，做下拉不利手的事了，无奈地说："只要你媳妇不闹活（陕西方言，因纠纷吵架），我就把脸装到口兜里不说话。"

晚上，王崇文见了梁梅，还没开口，梁梅就说："你不用说了，也不要讲理由，我愿意……你一月俩月不回来，我就知道你在外边遇到难缠的事了。她是干啥的，家里都有谁?"

梁梅的话使王崇文无颜回答。他没想到梁梅竟是这样的豁达大度。他问："那咋给你家人说呢?"

梁梅说："我会给我家人说的，在外干大事续亲的又不是你一个。"

王崇文低头说："但婚前我给你梁家承诺过。"

梁梅说："世上的英雄豪杰哪个一生守着一个女人？只要你心里有我们母子，还有王家大院的基业就行了。"

王崇文对梁梅的大度宽容无以言表，说道："她叫金花，金花这个名字吸引了我，她在兰州女子学校读书……"

"她还在上学咋结婚?"梁梅问。

王崇文说："今年就毕业了……"

梁梅问："她家同意吗?"

王崇文说："开始不同意，后来就同意了。"

自王崇文认识金花后，每次去兰州他都会多住几天。

金花，一个多么美丽的名字，这个名字一下子就让他喜欢上这个姑娘了。茯茶中的金花，要在一定的温度、湿度、酸碱度和特定的条件下才能长成。这个技术全凭掌柜的经验、感觉来操作。也许是泾阳特殊的自然气候、水质和压砖环节上的松紧度正好满足了适宜金花生成发育的外部条件。金花的产生，离开了泾阳的气候不行，离开了泾阳的水也不行，这就是茯茶在泾阳生花的神奇。他曾给金花讲过这个故事，还说："如果哪天你到泾阳，经过泾阳水的滋润，你会更漂亮。"

回泾阳便成了金花梦寐以求的事。

金花不光长得漂亮，也很聪颖。当她第二次来到德盛商行看缎料时，她不仅看缎料，还对这个帅气的老板很好奇，她在看料子时，也偷看老板。她那亮亮的眼睛像夜空的星星吸引了王崇文。她走时，王崇文给她备了一身缎料。她说："我暂时没钱买，我妈已经答应，我爸从外地回来就给我买。"

王崇文把缎料包好给她，她不敢要，她不能随便拿别人的东西，特别是一个男人的东西。王崇文说："你先拿走，等你爸回来再把钱送来。"

金花不敢接，银花说："你又不是白拿他的，等你爸回来就把钱给他。"

银花接过料子拉着金花跑了。王崇文看着远去的金花，心中忽然产生一种异样的感觉。银花和金花出了商行，直接进了一家裁缝铺子，裁缝师傅接过料子，在手里摸来摸去："德国货，好料子！"

裁缝师傅给金花量了身段，说做旗袍尺寸刚好，谁的眼力，扯得恰尺等寸的。金花暗喜，觉得德盛商行的老板虽是男人却很细心，而且眼睛特刁，准确地估量了她的身段。

金花父亲是个教书先生，刚从外地回来，听了金花母亲的叙述，坚决不同意给女儿做旗袍。他不是嫌缎料太贵，而是觉得金花还是个学生，穿旗袍去哪儿疯呀？金花母亲解释说："娃今年就毕业了，娃想要就给做一身，咱又不是扯不起。"

金花看到父亲的态度，觉得把祸闯下了，赶紧往裁缝铺子跑，她怕裁缝师傅给她剪了料子。金花跑到裁缝铺子便傻了眼，裁缝师傅早已下了料，正在缝接旗袍领子。她哭着说："你咋这么快？"裁缝师傅不知何故，停了手中的活，愣愣地看着金花。

金花拉着哭腔说："我爸不让我做，这咋办、这咋办呀？"裁缝师傅惊呆了。金花没了主意，只是哭。裁缝师傅不敢再做了。

事后，金花父亲知道女儿和德盛商行老板的事，气得在家躺了三天。他不愿意让女儿给人家做二房，他让女儿上学就是想让她找一个好人家，没想到女儿竟要给人家做姨太。在外做生意的人，心野得很，传说陕西泾阳这地方的有些商人，他们生意做到哪里，姨太就找到哪里。他们一回家姨太就闲下了，没事也会惹出事来。他最瞧不起商人的这种德行，没想到这种事竟落到自己的头上。他对女儿说："你要给这个泾阳商人做二房，我就没有你这个女儿！"

金花口头上答应退了缎料，不和德盛商行的老板来往，暗地里却依然和王崇文往来着。王崇文在裁缝铺取回做好的旗袍送给了金花，他守在兰州不回家，几次登门拜见未来的老丈人，金花父亲拒绝见面。王崇文在兰州无事，便让金花穿上旗袍，带着她在兰州转悠。白天看白塔寺，逛中山桥；晚上看兰州夜景……当金花看到王崇文那张标满多国名称的地图后，更是对王崇文刮目相看，觉得他不是一般的男人，他是一个胸怀远大志向的男人……就在当天晚上，她把身子给了他。

一天回到家，金花告诉母亲她怀孕了，母亲赶快给她父亲说了，父亲一掌拍在腿上说："这都是旗袍惹的祸！我就怕这事，这事偏来了。"

父亲睡了几天，再也不理金花。

金花没办法，便去找王崇文说要与他成亲。王崇文觉得这事太突然，一时没了主意，便去找泾阳在兰州的商会会长——他的好友陈耕商量此事。陈会长笑着说："生米都做成熟饭了，你还怕啥呢？"

就这样，他怀着一种无法厘清的思绪回到了泾阳。

梁梅听了王崇文的讲述，她知道男人只要有了这心思，谁也拦不住。她只是问："你们咋这么快呢？"

二

春天的阳光软软的，照在人脸上很温柔。

王崇文怀揣在兰州签订供货的契约，骑着黑驹飞奔在回泾阳的土道上。黑驹身后飞起一团黄尘，惹得路上的行人侧目、谩骂。看见路边的春来茶馆，他收缰下马，招呼店家给坐骑上饱草料后，便迈步进了厅堂。

坐在茶桌旁，他从怀里掏出一张图凝视不语。店里的伙计站在旁边欲言又止，老板出来问："听口音，像是陕西乡党，客官是喝茶还是歇脚？"

王崇文头也不抬，捧着手中的图问："这是啥？"

一伙计说："一张纸。"

老板把伙计拉到一边说："这是一张图。"

"啥图？"王崇文问。

老板摇头。

王崇文说："这是我先人留下的《茯茶壮志图》，从泾阳到欧洲罗马的线路图。"老板对眼前这位乡党肃然起敬。王崇文望着一脸惊异的老板和伙计说："来一壶茯茶。"

伙计旋风似的去了，王崇文低头看图。老板问："咱泾阳茯茶真能走到欧洲罗马？"

王崇文说："我先人走过，这是我先人走过的路线图。我要顺着我先人走过的路线，把咱泾阳茯茶送到罗马去。"他放下图纸，从怀里掏出一个信封说："这是我在兰州签的茯茶契约，我们的茯茶现在远销西域各地，要不了几年就能卖到俄罗斯和罗马了。"

"我是富平人，你是咱陕西人的这个。"老板说着竖起两手的大拇指。

老板不住地称赞王崇文的胸怀大志，还亲自为王崇文抹桌斟茶，然后低声说道："不瞒客官说，我先人是盐商，真可谓'腰缠万贯下扬州，百年一觉南柯梦'。清军大举入关之后，陕商在扬州就销声匿迹了。我先人回来成了个要饭的……到了我手里就开了这个茶馆。"

王崇文起身抱拳望着老板："请问掌柜贵姓？"

"我叫李财东，但没有一点儿财东的模样了。"李财东说。

王崇文说："你是咱陕商先辈之后。现在和过去不一样了，同治十二年左宗棠主政改革茶务，把泾阳茯茶定为官茶。现在泾阳茯茶的销量虽然不及同治年间的兴盛，但泾阳茯茶在西域的市场还是畅销的。"

李财东沉重地说："不管咋说，你我都是陕商之后，今天这壶茶我送你了。"

"这咋能成！"王崇文掏银子时带出一枚香包。这香包一出，满屋生香。香包上的那对喜鹊格外引人注目。王崇文不好意思地收起来，说："我媳妇做的，兰州的媳妇做的。”

李财东笑问：“兰州的，那泾阳还有一个？”

王崇文笑着站了起来，双手抱拳说：“我还得赶路，谢李掌柜了。”

李财东让伙计牵马过去，王崇文翻身上马，双手抱拳说：“乡党，后会有期。”策马东去……

和金花成婚的晚上，花灯吹灭之后，金花以怀孕为由拒绝王崇文挨身。她的拒绝使他很迷惑，他已经把她娶到炕上，她就是他的人了，他不会像那些毛头小伙儿，做出让金花不高兴的事。

金花问他：“你娶了我还会再娶吗？”

他说：“不会，绝对不会。”

金花笑了，她说：“你给梁梅姐当初恐怕也是这么说的。”

他不知如何回答。

金花说：“我相信你。”

这话让他想起梁梅的话。他忽然很愧疚，觉得对不起梁梅，但很快被金花的柔情融化。他对梁梅食言，不想再对金花食言。面对如此娇艳的妻子，他忽然坐起来说：“我要再娶，天打五雷轰。”金花一把把他拉进被窝。

金花不像梁梅。他说要去兰州，梁梅会给他收拾衣物，叮咛他凉了添衣，饿了吃饭，不要急着赶路忘了吃饭，然后会把儿子德福叫来和他告别。

金花却不是这样。她一听他要回泾阳就不高兴，好像他一走就再也不会回来，每次分开都成了困难的事。新婚那段时间他每次回泾阳金花都会哭，难舍难分的样子让他不忍心离开。走时金花会寻找各种理由，甚至不是理由的理由让他在兰州多待几天。

王崇文心里高兴，有这样的娇妻在身边，他也舍不得离开。但契约已签，商道上有个信誉讲究，他还怀有一个远大的志向。他必须离开温暖的被窝，暂别娇妻完成契约，带着茯茶去闯荡世界。

黑驹通人性，它知道要回家了，奋蹄向前奔走。飞奔到分岔路口，黑驹忽然一声长嘶，前蹄腾空而起。王崇文紧抓缰绳，看到泾阳县城方向浓烟滚滚，凝视片刻，马后加鞭飞奔而去。

他怎么也不相信，泾阳县城又一次遭遇浩劫。

王崇文走进县城，只见一片狼藉。他走到自家门口惊呆了，王家大院残垣断壁，废墟上冒着黑烟，储存多年的茯茶被烧光了。他更担心父亲和妻子，还有德福。他喊：“爸……爸……”他喊妻子：“梁梅……”他叫儿子：“德福……”

他的声音越来越小，最后只有自己能听见。他们到哪里去了？他在院里转了一圈又一圈，没有发现父亲、妻子和儿子的踪影。他颓丧地坐在废墟上，等候街上能有个人影出现。

街上空寂无人，他也冷静了许多。他站起来走进废墟，眼前忽然浮现出王家大院昔日的辉煌。

“王家大院”红底颜体四个金字的牌匾横挂在正门之上。旁边是德盛茶坊，“德盛茶坊”黑底金字的招牌挂在茶坊的门头上。为来往方便，王家大院通往茶坊有一个小门。父亲王守业躺在王家大院的躺椅上，儿子德福给爷爷背诵《孝子经》，妻子梁梅在桌旁给父亲续茶，一幅和谐美满的家庭图景。忙碌的工人穿梭在茶坊里，茯茶的芳香弥漫在大院上空，大掌柜梁宝田正在库房查看整齐摆放的一年、两年、三年的茶坯，精打细算的账房先生在账房里拨弄着悦耳的算盘珠子……

一只乌鸦拖着凄厉的叫声扑棱棱从后院的废墟上飞起，落在邻家倒塌的山墙上……面对眼前的惨景，王崇文哀叹一声跌坐在地上。他的手抖颤着掏出在兰州签订的契约痴呆地看着，不知下一步该怎么办。商家要求的茯茶数量如何完成？看着契约，他想起兰州的娇妻金花。如果不是金花在兰州缠着他，他回泾阳一定会赶上这场灾难，因为金花的留恋使他躲过了这场灾难，他觉得金花是他的福星。

不知过了多久，他觉得口渴了，需要水滋润一下干燥的喉咙。厨房塌了，水瓮破了，他想到城东的甜水井和陈耕会长的轩逸茶馆。

泾阳地势低，挖一点儿就能见到水，甜水井却有几米深。井里的水无色淡香，熬出的茯茶橙红透亮，滋味醇厚悠长。南来北往的客户，特别是兰州、西宁、迪化（今乌鲁木齐）一带的客户，来泾阳一定要喝一口甜水井熬的茯茶才走。轩逸茶馆就成了他们来往必去的落脚点。

他收起契约塞进怀里，起身去看甜水井，希望在那里能喝上一口水。他远远地看见整条街道大部分房屋都被烧了，甜水井和轩逸茶馆似乎幸免于难。

他走近甜水井，抚摸井架上的辘轳，由于常年绞水，辘轳被井绳磨下很深的凹槽。不知哪个好心人用木板盖了井口，甜水井完好无损。

轩逸茶馆的门敞开着，门口地上尽是摔碎的茶碗、茶具、桌椅……茶馆一定遭抢了。抢了也罢，只要甜水井还在，轩逸茶馆还在，就比什么都好。

陈耕会长肯定不知道茶馆发生的这一切。他在泾阳开茶馆，也在兰州开货栈，还当了兰州的泾阳商会会长。王崇文在兰州和陈会长见面时，陈会长说他想喝甜水井的茯茶，他念叨这甜水井是泾阳人的福气。王崇文每次到兰州，陈会长都要问："有人找过我没有？"这让王崇文很奇怪。一天，王崇文问："这个人是谁？他找你干啥？在县城我从没听说有人找你，街坊都知道你在兰州，在县城找你干啥呀？"

陈会长神秘地告诉他："我在省城认识一个很有志向的朋友。他说他要在泾阳修个大渠，叫泾惠渠。渠修成可以使泾阳的很多旱地变成水浇地，这是一个多么伟大的理想。"

"他说他到泾阳就会找我，要我帮他修这条渠，这是一件福泽万代的好事。我担心他在泾阳找不到轩逸茶馆，又担心他到轩逸茶馆找我我不在，让他失望。如果他找我，我一定要回去帮他修那条渠。"

王崇文觉得这是一件很荒唐的事。这么大的事，那位先生一定会找官府帮忙，怎么会找陈耕？但陈会长每次见他，说这话都特别认真。他想笑又笑不出来，只能说："没有、没有，有人找你，我会立马告诉你的。"

王崇文从甜水井往回走，空荡荡的街道没有一个人，到处是乱窜的老鼠。他呆坐在王家大院的废墟上等候亲人回家。废墟上冒着还未燃尽的黑烟。太阳落下了，潮湿的地上泛起水一样的雾气，和城里燃烧的煳焦味混在一起，令人窒息。

夜里，王崇文被一阵马的嘶声惊醒。他起身，只见黑驹前蹄乱刨，便顺手捡起一根木棍，回头看见一只狼在窥视着他。狼那一对放着绿光的眼睛死盯着他，他也死盯着狼，人和狼就这样对视着。在马的乱蹄、响鼻声中，狼夹着尾巴走了。他放下木棍，嘘了口气，只觉身上冰冷冰冷的。

东方露出鱼肚白，天慢慢亮了。燃尽的木料上留下一片片黑斑，废墟上的残垣断壁不再冒烟。王崇文望眼欲穿地看着街道，希望有个人影，让他能问一下城里到底发生了什么事，城里人怎么都跑了，他的父亲妻儿到哪里去了……

忽然，他身后一扇破损的窗户发出响动。他惊魂未定，只见一个模糊不清的物体从窗户后立起，他吓坏了……

三

太阳躲在云的后边，它似不忍心看眼前的灾难，把霞光默默地从云缝里洒在遭劫后的地上。

从破损的窗户下爬出一个人，他是德盛茶坊的徒工赊娃。赊娃看见王崇文就疯了一样跑了，嘴里喊着："不要杀我……不要杀我……"王崇文站起来，望着赊娃的身影，他无法想象这个城里遭受了多么大的劫难。

街上有人走过来，他望见走动的人影心里有些激动。待那人走近了他才看清楚，是杂货铺的张胖子张老板。张老板推着木轮车，车上坐着老妈，后边跟着儿女。王崇文赶紧上前拉住张老板问："你还好？"

"少东家好，活着就好……"张老板说。

王崇文问："见我爸、我媳妇和我娃没？"

张老板说："你爸好像前几天去兰州了……"他哽咽得再也说不下去。

皮货铺的上官老板、油坊的李老板也回来了，王崇文又问："见我爸、我媳妇和我儿子没？"

上官老板说："见过一面……"

李老板说："他们到兰州找你去了，那个时候全城起火，人都往城外跑，活命要紧。"又说："你爸听说兵匪还会返回泾阳，说他要到兰州去躲一躲。"

"在街口分了手，再没见过面。"上官老板说，"你爸带一家人到兰州的可能性大。那个时候，人都说兵匪会杀回马枪，街坊都往远处跑，不敢回来。"

王崇文问："到底咋回事，城里遭这么大的难？"

李老板说：“少东家，你不知道，是兵匪。几百个兵匪拥入县城，从南门进城抢劫。人一见兵匪进了城，都跑了。不知那些兵匪把家里翻成啥样子，都抢走了些啥东西……”

县城的人纷纷回来了，他们看到县城的残垣断壁，看着破败的西街、九间楼和王家大院……纷纷骂那些兵匪是瞎种。他们和王崇文打着招呼，好像久别的亲人，最后便是一片叹息。

有人回来扛上井绳，直奔甜水井，打上来一桶甜水让街坊喝。人们围着水桶，有人在轩逸茶馆寻出几个碗分发给大家，他们先后在桶里舀水，都说水甜凉爽。喝了甜水的人放下碗走了，又来一批人喝，说家乡的水就是好，在外边几天几夜沿门乞讨要水喝、讨饭吃，把人的眉高眼低看扎了。

有人说外边的水喝不成，一股泥腥味、一股苦味，要不是遭匪出逃，咋也咽不下那泥腥味的苦水。有人走进轩逸茶馆，看见里面的东西乱七八糟地被扔在地上，好心的人扶起茶馆里的桌椅，闭好茶馆的门，悄悄地走了。主家没在，他们不便在馆里多停留。

街坊喝了甜水井的水都忙着回家了。大多街坊遭了难，有些房屋没有被烧，但大都被抢。门上的锁被砸掉了，窗户框框被打断了，屋里的箱子被扔在院里，有的人家院子里成了花布市场，到处是衣物……咒骂声中夹杂着女人的哭声传得很远。

兴盛茶坊的崔富有崔老板领着女儿崔莺来到王家大院，嘴里惋惜地叹着：“看看咋成这样了，这茶坊还咋开呀?”他希望自己的感叹能引起人们的注意，但人们只是匆忙地从他的身边走过。

崔莺怨他说：“看你幸灾乐祸的!”

崔富有说：“这娃咋说话呢!”崔莺不再吭声。

崔富有拉着崔莺就走，崔莺不耐烦地说：“你甭拉我，我会走。”

崔富有生气地说：“你以后不要再和王家那小子德福来往了，他家这样就算是完了，难翻身了。”

崔莺一脸不悦：“谁和他来往了？你不要乱说……”

“你以为你俩的事我不知道？我今天告诉你，你和德福以后再甭往一块儿钻了，过去你俩在一块儿我不说啥，王家大院有德盛茶坊，现在他家有啥?你看王崇文成啥样了!”他指着不远处耷拉着脑袋走来的王崇文说。

崔莺说："人家在兰州还有个商行呢。"

"啥叫商行？就是空里来空里去的买卖，说有就有，说没有啥也没有。"崔富有突然问崔莺，"你咋知道他们家在兰州有个商行？"

崔莺脱口而出："德福给我说的。"

"看你这德行！我说过，不要再和那小子来往了，他家没钱娶你，也娶不起你了。"

皮货铺的上官老板来了，在王家大院废墟上转了一圈，他想安慰王崇文几句话，却找不到他的人影儿。谁家出了这事都熬煎，他正要往回走，看见走来的王崇文，便道："你看，说没就没了，好好的王家大院、德盛茶坊成了这样，狗×的兵匪！"

王崇文说："该咱遇上这事了……"

油坊的李老板走过来说："我在街上转了一圈，就是西街、九间楼、王家大院和德盛茶坊烧得严重，有的街坊只烧了个门楼和门面房，里面的房子好好的。"他忽然又神秘地说："崔家一点儿没烧，也没被抢，我路过他家门口，门锁得好好的。街坊的门大都被砸开了。"

王崇文没有吭声。上官老板说："崔家的命咋这么壮呢？"

王崇文烦得很，他无心听上官老板和李老板叙说他人的事。王家大院成了这样，储存多年的老茶被烧得精光，他得把王家大院重新建起来，他得把德盛茶坊重新开起来。给兰州供茶的契约时间说到就到了，他不能闪了人家，再大的灾祸也不能使德盛茶坊在兰州失去信誉。

他想起几天前在兰州签约时，客户们谈起对德盛茶坊的信任。一位叫多力坤的客户说："我是迪化的茶商，我的爷爷就喝德盛茶坊的茯茶，每次我带茶回去，他都要先看一看闻一闻。他说泾阳的茶味香醒脑，金花柔美漂亮。他总是把德盛茶坊的茯茶藏上几包，送给他至爱的亲友。"

兰州的马掌柜悄悄告诉王崇文："多力坤是咱的老客户，多年来他只认咱德盛茶坊的茶，为保证泾阳茯茶的纯正，他常年奔波在这条线上，要亲自到泾阳取茶。多力坤还给我介绍了几个已签约的兰州商户，他们之所以跟德盛商行签约，看准的就是德盛的信誉品牌，相信德盛在任何情况下都能保证他们的货源和品质。"

这几年战乱不停，安化茶源供货时续时断，常有让客户在泾阳等候的情景，也有兰州的客户迟迟不来，导致茶坊茯茶堆积的现象，但在德盛，这种情况很少。近期泾阳茯茶出现滞销，王崇文不得不去兰州和客户签约，以缓解家里茯茶的积压。然而他和兰州客户签约了，王家大院和德盛茶坊却被兵匪一把火烧了。

德盛茶坊一片废墟，原来存放的茯茶被烧光，现在要生产出新茶十分困难。面对眼前困境，王崇文不知如何是好，毁了契约失去了信誉，这条线路就断了。如何重振德盛茶坊，恢复生产，正是王崇文苦恼的事。他站在王家大院，站在德盛茶坊的废墟上发呆。

难道德盛茶坊要在我手里垮了、毁了？他不敢想象，没有了德盛茶坊，他活着还有什么意义。

上官老板见他失魂落魄的样子，劝他说："少东家，只要人在，德盛还是德盛，德盛还会再起来。"

上官老板说这话时却是那样有气无力，面对王家大院的惨状，他暗暗叹息。

王崇文见上官老板如此叹息，便说："上官老板，你刚才说得好，只要人在，德盛还是德盛，德盛还会再兴旺起来。"

上官老板又担心地问："德盛咋起来？"

王崇文大声说道："德盛不会垮，几十年的德盛咋会垮呢？"

甜水井方向传来骂声，轩逸茶馆的安掌柜带人回城了，他们在收拾茶馆。

轩逸茶馆是一个老茶馆，老人们已记不清它的年代了。有人说先有轩逸茶馆后有甜水井，有人说先有甜水井后有轩逸茶馆。茶客们争论了多年，就好像有人问先有鸡还是先有蛋一样，但这个问题常常会引起喝茶人的兴趣，他们常会为此争得面红耳赤。每当这时，安掌柜就和他的伙计们笑。这是一个争论多年的无聊话题，一批一批的茶客们却对此兴趣不减。

据老人讲，秦始皇稳坐江山后，在咸阳塬上修了一座咸阳宫，泾河两岸常有高官和贵人来这儿游玩。有人在此开了茶馆，名叫轩逸茶馆。至于为什么叫轩逸茶馆，老人们就讲不清了。这"轩逸"二字就不同凡响，肯定是个识文断字的大人物起的名字。

传说轩逸茶馆在泾河取水。泾河的水清亮干净，泡茶特香。后来，茶客越来越多，有跑堂的伙计提出在轩逸茶馆门前打一眼井，就不必天天到泾河挑水了。这是一个省人省力的建议，掌柜就采纳了。按泾阳的地势，挖一点儿就见水了，可这块地挖下去三四米深还不见水，伙计们害怕，于是不敢再挖。一天，秦国大将白起在此喝茶，看到这个废弃的井，说这是一眼宝井，说不定会挖出一个宝贝。这样一说伙计们就来劲儿了，他们又向下挖了几米，仍不见水，就不敢再挖，如果挖不出宝贝挖出个怪物咋办?

白起走后很关心轩逸茶馆那眼深挖不出水的井，后来，他再次来到轩逸茶馆看到此情景，埋怨说："你们怕，我不怕，我派兵来挖。"

掌柜一听吓坏了，赶快说："不必咧、不必咧，我们自己挖，挖出宝贝来，我们送给白将军。"

白起走后，掌柜不敢怠慢，连夜让伙计们挖井，挖到六米多深忽然见水。水向外喷，差点儿淹死了伙计们。爬上井的小伙计喊着报告了掌柜，掌柜看后大喜。小伙计惊魂未定地说："水是……甜的……"

掌柜舀了一碗水喝了，确实和泾河的水不一样，喝后舌根有点儿甜。掌柜立即用这甜水井水熬茶，熬出的茶香味浓郁、滋味醇厚，茶客们挤破了门来品尝甜水井水熬出的茶。掌柜天天在门口望，盼望白将军来喝茶，却再也没等到白将军。

多年之后，甜水井喷泉经过大秦汉唐，到了明代就再也喷不出泉水了，泉井变成了老井。后来泾阳有了安化的茶，安化的老叶子在泾阳被制成茯砖茶，茯茶里生出金花，而甜水井水熬出的茯茶不仅齿颊留香、余味无穷，而且口感醇厚，平和顺畅。茶汤鲜艳透亮，色泽橙红，且这茶汤有诸多意想不到的效果：娃娃身上发痒，出了什么东西，抹上甜水井水熬过的茶根，立马好转；大人积食闹胃病，喝几口甜水井水熬出的茯茶，胃里的积食就克化了。这甜水井水熬出的茯茶成了宝，传说西域的迪化人宁可三日无食，不可一日无茶。西域和外地客商来到泾阳都要品尝甜水井水熬的茯茶，说不喝甜水井水熬的茯茶就是枉来泾阳一趟。甜水井的水成了泾阳一宝。

后来有人发现用甜水井水制出的茯茶光亮，金花繁盛鲜艳，就开始用甜水井水制作茯茶了。由于大量取水，井水渐渐少了，轩逸茶馆的掌柜就给街坊立了规矩：甜水井的水，只能做饭、熬茶食用，不能用它洗衣，更不能将甜水井水作他用。从那以后，这一规矩成了街坊自觉遵守的乡规民约。

年代久了，轩逸茶馆掌柜的后人一代代接管茶馆的生意。到了陈耕手里，他不仅经营着这个茶馆，还在茶馆里看到了通往兰州、西域的商机，他雇用信得过的兄弟安然管理轩逸茶馆，自己到兰州发展去了。

陈耕在兰州立了商号，起名叫轩逸商行，不仅贩运茯茶，而且做皮货和染料等生意。他在兰州立住了脚，就把轩逸茶馆的生意全甩给了安然 。

安掌柜是个有心人，他把轩逸茶馆做得红红火火，谁知遇上兵匪，好在轩逸茶馆门面房屋还好，只是里面被翻腾得不成样子了，他一回来就领着伙计们收拾茶馆。出城时该带的他都带走了，兵匪没拿到银两和值钱的东西，在茶馆里乱砸一通。安掌柜收拾着茶馆，大骂兵匪不通人性，抢不到东西拿家具出气，把他的柜台砸了，茶柜砸了，上好的茶碗也砸了。他骂着："你知道这茶碗多贵重，你也狠心地敢砸！你们一定不得好死……"

上官老板听着轩逸茶馆的骂声，怕安掌柜生气上火，便去劝慰安掌柜："只要人在，轩逸茶馆还是轩逸茶馆，轩逸茶馆还会再兴旺起来……"

王崇文听见上官老板的话，在那边应道："只要人在，德盛还是德盛，德盛还会再兴旺起来。"王崇文走到一间被木板封住的门口，抽出一块"忠义仁勇"的牌匾，认真地端详着，这牌匾使他想起很多事来。突然一阵急促的马蹄声穿过北城门，从北街传来——土匪头子王老虎带着一帮土匪跑进城里，街坊吓得慌忙躲起来。

四

一股旋风在城中恣意地刮了起来，尘土卷着枯枝败叶在空中飞舞。

王老虎带着一帮土匪从北街走来，他大骂兵匪不讲规矩："老子的地盘也敢抢，这城里值钱的东西抢完了也就消停了。"王老虎对城里的这一劫很气愤，却也很无奈。这里毕竟是他的家乡，对家乡他从不骚扰，他希望这里的人自觉地供养他，他需要什么，他们就给什么，他就是他们的“护神”。街坊却不这样做，依然把他叫土匪。他是那样爱着这块土地，因为有他，别的土匪轻易不敢进城骚扰；因为有他，人们才安然地生活在这里，但这里的乡亲却不领他的情。

王老虎时常想不通，乡亲们那样尊敬他的母亲，却不能接受他。

那是他和土匪野狼拼命时，他失利躲进了北山里，街坊传话来说他母亲病得不行了，希望见他一面。野狼把守在村周围，他白天无法回家探母，几次夜间回村发现乡亲们在给母亲送饭。最后母亲在恐惧中病故了。那时，他躲在北山里，乡亲们发丧埋葬了母亲，待他打败野狼回来时，母亲已经入土多日。他戴孝跪拜父老乡亲，他发誓要保护他们。

母亲的去世，使王老虎对家乡的爱护，慢慢扩大到周围的村庄和县城。他认为应该保护的不仅是村庄和周围的乡亲们，还有这个县城。多少年来，他从没有骚扰过这里，自从把野狼赶到北山里，县城和县城周围的村庄很少再遭土匪祸害，但是乡亲们还是叫他土匪，见了他远远地躲着。

王崇文低头在废墟上捡砖块。王老虎走过来说：“少东家，兔子不吃窝边草。我虽然在外打富济贫，但从不打扰乡亲街坊，你要缺人手我让弟兄们给你帮忙。”

王崇文连忙作揖：“不敢，不敢劳驾您。”

王老虎很懊丧，觉得王老板不识抬举，自己是真心帮忙，他却不领情。王老虎想到王家大院的财富，也是他的财富，县城哪一家的财富不是他的财富呢?这里是他的私有仓库，一旦野狼东山再起，打过来，他在哪里落脚？只有把家乡保护好，他才有立足之地。王老虎在街上大声说道：“王家是大户人家，一定会兴旺起来，街坊给他帮忙，他一定会记着大家的。”

王老虎的话真有效，有人报名要给德盛茶坊帮忙了。

王崇文从废墟中找出德盛茶坊的牌匾，立在王家大院的废墟上，掏出与兰州签订的茯茶契约，开始招工。“你们看，这是我在兰州签订的茯茶契约，只要大家帮忙，茯茶恢复生产，我们德盛茶坊就会很快兴盛起来。”

街上的人驻足观看，却没有几个人前来报名。有人说：“德盛茶坊都成这个样子了，你还咋兴盛呢?”

“没有德盛茶坊，你那个契约就是一张废纸。”

王崇文见人越聚越多，他挥着契约喊道："这位老哥说的对，没有德盛茶坊，这个契约就是一张废纸。但只要大家帮我一把，把德盛茶坊重建起来，德盛就活了，这就不是一张废纸，而是白花花的银子。"

有人喊："你这儿光秃秃的啥也没有，我们在哪儿吃在哪儿住，你拿啥给我们发工钱?"

王崇文觉得希望来了，他站在一堵土墙上感激地说道："这位老哥说的好，这里是光秃秃的，啥都没有，但这光秃秃的残墙断壁上面一盖就是房子。大伙儿委屈几天，凑合住几天，只要我们动手，房子很快就会盖起来。至于工钱，大伙儿别怕，瘦死的骆驼比马大。我爸到兰州找我去了，他一回来银子就有了，我不会亏待大伙儿的。"

王家大院门前挤了一大堆人在观望，却很少有人报名。赊娃疯疯癫癫地在废墟上帮他捡垃圾，拾起未烧尽的木窗和木门，突然从废墟中捡起一块刻着"忠义仁勇"的牌匾。王崇文目视着这块牌匾，从怀里掏出一张图说："这是我爷爷交给我爸、我爸交给我的《茯茶壮志图》。这是我爸的梦想，也是我的梦想。我们前辈把泾阳茯茶沿着丝绸之路远销俄罗斯和罗马，我要接过这张图，重走前辈的丝绸之路，把我们的泾阳茯茶送到俄罗斯和罗马，让那里的人重新品尝我们的泾阳茯茶!"人们拥到德盛茶坊的废墟上，争抢着想看王崇文手里的《茯茶壮志图》。

那年的一天晚上，父亲王守业把王崇文叫到房里说："我老了，干不动了，我想把茶坊交给你。"

王崇文不敢接，说："您身子骨硬棒着呢，您还能干。"

王守业说："你让我往啥时候干？我已是六十多岁的人了，德盛茶坊我是迟早要交给你的，早交给你我早省心，早放心。"就这样，父亲把德盛茶坊交给了他，他就成了王家大院的少东家。父亲没有过多的叮咛，他从怀里掏出一张图，展开让王崇文看，王崇文看不出个眉眼来。父亲说："这是你爷爷留给我的《茯茶壮志图》。"父亲指着图说："这是阿富汗、伊朗、俄罗斯、土耳其……这是罗马。你爷爷的爷爷就是沿着这条道——这条道叫丝绸之路——把咱们的泾阳茯茶送到了罗马的。"

"这不仅是咱祖先的荣耀，也是中国人的荣耀。你爷爷的爷爷绘的这张图，不仅是想重走丝绸之路，还想把咱泾阳的茯茶送到罗马去，让那里的人再品尝到咱的泾阳茯茶。有多少人走过去没能回来，我们要在去罗马的路上找到先祖们的坟茔烧个纸，说明咱后辈有人。”

王崇文接过父亲手中的《茯茶壮志图》，觉得有很多话要对父亲说，父亲却不让他说。“以后不论遇见啥事，你看看这张图你就有办法了，你就有破解难事的信心了。”父亲说道。

父亲要退休，王崇文并不害怕，因为他从小就跟着父亲，知道茯茶原料的选取、制作的工序。看到这张《茯茶壮志图》，他的心就沉重起来，他觉得接过来的不是一个茶坊，而是一项伟大的事业。坐在灯下，他仔细端详《茯茶壮志图》，觉得每一个城市、每一条线路都闪耀着茯茶的金花。西域是那样的遥远，又是那样的近，在那一条路上，长河落日、大漠孤烟、飞沙走石……别致的建筑、多种肤色的笑脸……让他兴奋和激动，这是祖辈的梦想，是他人生的目标 。从此，他再也没有在父亲面前提过这张图，他把这张图中的每一条路线和每一个城市记得滚瓜烂熟，他立誓要在自己的手里实现这一壮举。

人们看了王崇文手中的《茯茶壮志图》，听着他沉稳的话语，油然而生一种亲切和信任。他们纷纷报名，要求与王崇文一起重建德盛茶坊。王崇文看着踊跃报名的人不禁落下眼泪，激动地说：“在德盛最困难的时候，你们伸出援助之手，你们就是德盛的贵人，德盛永远不会忘记你们。”

王老虎带着他的弟兄们到了轩逸茶馆，安掌柜在门口迎候着。王老虎看见安掌柜问：“你咋知道我要来你这儿？”

安掌柜笑说：“燕子、喜鹊告诉我的。”他又说：“你来必然要在我这儿喝一阵甜水井水熬的茯茶，不喝几碗，你能走吗？”

王老虎笑了：“这县城里就你了解我。”他忽然沉下脸说：“你说我招谁惹谁了，这县城里的人好像前世和我有仇似的，见了我就跟猫见了老鼠一样。我不抢人，也不祸害咱街坊……我妈走时我不在家，是乡亲们帮我葬埋了老人，这事我心里一直记着。你说这几年我在咱这一带骚扰过街坊没有？”

“没有！”安掌柜很干脆地说。他给王老虎擦罢桌凳，安排王老虎坐稳当，又说：“这是个小县城，他们都没见过大世面，见你骑着高头大马，谁不怕？

我都怕！”

王老虎坐下话就更多了，拉住安掌柜不让他走，让他坐在对面，又说道：“我是个有良心的人，乡亲们帮我葬埋了我妈，我的弟兄们就不能在这一带胡来。不但不能胡来，我还要保护乡亲们。”

“对、对。”安掌柜坐下喊伙计上茶。

王老虎说：“你甭催！让他们慢慢来，我不急着走。”

安掌柜对伙计喊：“每个桌子来两盘瓜子、两盘甜点。”

王老虎说：“不要、不要，你把弟兄们不要当外人。你看我对街坊这样好，都想把心掏出来给他们看，他们还是不理解我，好像我要杀他们。”

安掌柜不知怎么安慰王老虎，说道：“我给你看茶去。”说完便起身走了。

有几家茶坊冒烟了，小作坊开始制茶了，街上走动的人越来越多，制茶的人家门口站了很多人。劫城过后人人都在说着自己的逃跑经历，逃跑中遇到的好人、坏人，遇到的趣事和笑话。年老的人就骂他们：“还笑还笑，遇到这么大的灾难还笑，让兵匪把你们抓走就不笑了。”

忽然一女子从家里跑出来，被一个男人抓住就打，那女子狂喊：“我不敢了，我不敢了……”

五

从家里跑出来的女子是杂货铺张老板张胖子的老婆。张老板在街上抓住老婆就打，他老婆连声喊：“我不敢了，我不敢了……”

人们不知何因，上前拉住张老板。张老板上气不接下气地说：“她是个懒㞞（陕西方言，懒惰的人）不打水，不去河里洗衣服，竟用甜水井水洗衣服。”人们听了这话，就说张老板打得对。也不知哪年哪月，总归是祖宗留下的规矩，甜水井水只能做饭、熬茶喝。这规矩成了街坊做事做人的标准，谁家人将甜水井水作他用，被人发现街坊共讨之。

张老板的老婆辩解道："瓮里只剩下半桶水，我是着急就用甜水井水给娃洗了衣服。"张老板听罢还要打，被众人挡住了。

土匪二当家黑豹听到街上的吵闹声，跑出茶馆到街上看，知道了情形，很不理解。他给王老虎说："这井里的水能用完？杂货铺张老板的老婆用甜水井水给娃洗了件衣服，被张老板在街上打得胡钻呢。"

王老虎说："闲了没事打老婆。"土匪一阵笑声。

安掌柜见他们对这甜水井的规矩不了解，便说道："当家的，你不知道，上辈子这甜水井是泉水，不用人绞，天天向上冒。县里的茶坊越来越多，伙计也越来越多，吃饭喝水的人也越来越多，这井水就一年一年下沉。我爷说过，这井水你用一桶就少一桶，用一勺就少一勺，所以前人才立了这个规矩。大家都知道这井水珍贵，只准用来做饭、熬茶，不能用井水洗衣或作他用。"

安掌柜讲得认真，讲得严肃。王老虎没吭声，土匪们也不敢再笑了。土匪们喝着茶乱糟糟地胡谝一通，有人嘲笑二当家找的媳妇都没守住，还有个洋学生，最后听说找了个寡妇，也没守住。黑豹他妈知道儿子在外当土匪，没有女子肯嫁给他，就在外边到处打听给儿子找媳妇。她总跟人说，她儿子不是真土匪，是一个不听话的在外打富济贫的浑小子。她在家给儿子置办了新房，娶了两房媳妇都没守住，后来有人说她儿子命硬，她给娶了一个寡妇，寡妇没多久就跑了。王老虎问："你这咋回事，个个都守不住，都受不了跑了？"

黑豹说："我和大伙儿长得一样，没啥特别的。"

王老虎说："脱裤子让大伙儿看看，是不是和大伙儿长得一样。不然咋都受不了跑了呢？"土匪哄笑一片。

有土匪问："二当家，你脱了让弟兄们看看……"

二当家大骂："滚，叫你老婆来试试就知道了。"又惹得一片笑声。

土匪们喝足了茶，歇够了脚。王老虎问："歇好没？"

土匪们回答："歇好了。"

王老虎说："歇好咱走，安掌柜还要做生意，咱在这儿他的生意就做不成了。"

王老虎使眼色让黑豹结账。安掌柜看见急忙拉住黑豹："二当家，你这不是打兄弟脸呢！大当家和弟兄们能来这里，是咱茶馆的福分，快收起来，收起来。”

王老虎走出门给安掌柜说：“你给城里的街坊说说，我王老虎在外面名声再瞎，也不会祸害咱家乡人，不会拿咱街坊一个针头线脑，你是亲眼看到的。自我妈走后，我从没骚扰过乡亲们。一狗都护三院呢，更甭说我这个打富济贫的王老虎呢。”

王老虎带着土匪走了，安掌柜让伙计们打开茶馆所有门窗，让匪气和臭气尽快散掉。一个伙计说：“安掌柜，二当家刚才给咱茶银，你咋不要呢？他们每次来，瓜子、甜点、茯茶白吃白喝一通，咱这茶馆咋受得了？”

安掌柜说：“土匪就是土匪，不要听他们说得好，本性难移。你今天收了他的银两，明天咱这茶馆就不得安宁了。”

街道上一片嘈杂声，远远望去，声音来自德盛茶坊。王崇文的契约和《茯茶壮志图》感动了乡亲们，也感动了路上看热闹的人，他们纷纷加入德盛茶坊的重建队伍。在德盛茶坊遭到如此灾难的时候，有这么多人帮忙重建茶坊，王崇文感激不尽。他们虽然衣着破烂，但深信德盛茶坊一定能够重新火起来。

一伙人忙着砌砖墙，一伙人忙着修理砸坏的门窗，没几天工夫，德盛茶坊的作坊就要起来了。

忽然，几个穿着长袍短褂的人站在德盛茶坊的门口，喊王崇文出来。满身尘土的王崇文从人堆里跑出来，恭恭敬敬地给来者鞠一躬，他们都是德盛茶坊的股东。有人问：“少东家，德盛成了这样，算我们倒霉，你啥时候把我们的本银还我们？”面对德盛茶坊的灾难，他们无信心等待了。

有人喊：“我们不要股息了，把股银退给我们就行了。”

王崇文抱拳躬身说：“德盛成了这样，很对不起各位……”

有人喊：“不说对得起对不起的话，啥时候给银子？”

王崇文看着在茶坊忙碌的伙计，耐心地说：“大家当初为啥把股银放在我们德盛茶坊？肯定是看中德盛的信誉和生意。这场灾难是意外，是兵匪造成的，不是我们德盛经营不好，希望各位股东能谅解。现在确实没有银子退给你们，这些来帮忙重建德盛茶坊的，大都是德盛的老伙计和信得过德盛的人，等德盛茶坊开工了，或者等我父亲从兰州回来了，一定会有银子的，那个时候退还诸位股银肯定没问题。”

有人喊：“德盛茶坊都成这屎样子了还咋开工，你的原料呢？没有原料，你咋做茯茶？”

王崇文红着脸说：“等作坊建起来，原料会有的，请各位股东放心。”王崇文给各位股东鞠躬。

“我们不放心！”挑头的股东简直要吼起来。王崇文回身推开一间房门，从里边扛出“忠义仁勇”的牌匾走过来，他问：“德盛的商号叫啥？它叫德盛茶坊。百年来，我们德盛茶坊为啥能做得这么大？就因为德行好，你们知道这‘忠义仁勇’的来历吗？你们知道这牌匾是谁送的吗？”

股东们看见“忠义仁勇”的牌匾，向后退了几步。他们知道朝廷给王崇文祖上赐过一块牌匾，都是老人的传说，很少有人见过。

那是很早以前的事了。当时朝廷边关吃紧，外敌虎视中原大地，但因边关地形复杂，山川河沟纵横，军粮迟迟运不到边关，朝廷号召百姓给边关运送军粮。王崇文的高祖父带着伙计们走向边关，用木轮车给官兵送军粮，官府给送军粮的报酬是换一张盐引。好多商家走了后再无音信，累死在送粮的路上。王崇文的高祖父也要退却，一位将军拉住他说：“我们有吃的，才能守住边关，没有粮，兵就跑了。”

王崇文的高祖父说：“我不能再送了，每跑一趟边关都要死几个人，我们是用命送军粮呢。”

将军说：“军中无粮，边关必乱。你再坚持半年，我们一定把外贼赶回去。”

王崇文的高祖父说：“我的命丢了没啥，乡亲们的命丢了，我无法给他们的亲人交代。走这条道，翻山越岭，已死很多人了，我的几个弟兄、侄子都死在这条道上，我不敢再走了……”

将军乞求他说：“边关守不住，我们都没命。只要你再坚持半年向边关送粮，我们一定把外贼赶回老家去。”王崇文的高祖父就答应了。回家后，他动员乡亲们给边关送军粮，好多乡亲不敢再走，但他给边关的将军承诺了，他不能退缩，他不能食言。他让本家人先走，以数倍的工钱邀请了乡亲们给边关送军粮。就这样坚持了半年，在这半年中，他的亲人和乡亲有十几个人把命丢在了送粮的路上。将军的承诺也兑现了，他们确实把外贼赶回老家了。

将军不忘王家高祖的功劳，向朝廷呈报，皇上赐给王家高祖这个“忠义仁勇”的牌匾。县太爷带领官员和城里的百姓把他和匾迎回了家。

“老祖宗用独轮车运军粮到边关，茯茶远走西域，就是凭着这个忠义仁勇的精神。”王崇文动情地说。股东们被他祖上的故事感动，今天又亲眼见到这牌匾，甚为震撼。

王崇文说：“在上辈人手里，这块牌匾就挂在王家大院的厅堂正中；在我爷手里，他珍藏在内室。他说后人做生意，更需要忠义仁勇的精神，并不是把它悬挂在厅堂向百姓炫耀，而是要铭记在自己的心里。

“要不是你们今天逼我，我不会把这块牌匾拿出来。因为德盛的德行，因为德盛茶坊有忠义仁勇的精神，你们的股银不会白投，请你们相信德盛茶坊一定会重建起来。等我翻过身来，如果你们不想跟着德盛走，我会把股银退给你们的。”

有几个股东走上前，抚摸着“忠义仁勇”的牌匾，说道：“把这个牌匾挂起来，就挂在王家大院的庭院中，看见它，我们就对德盛茶坊有信心了。”

王崇文说：“不能挂，祖宗把它珍藏在内室，自有他的道理。忠义仁勇在我们的心里，不一定要挂起来。”

“不，忠义仁勇在你们的心里，但也要挂起来，亮出来！”有人喊。

“忠义仁勇不仅在你们心里，也在咱股东的心里，在咱股东的脸上。”几个股东说。

王崇文问：“这样行吗？”

“行，咋不行？这是牌匾，更重要的是咱泾阳人、秦人的脸面，咱的精神。把咱的精神亮出来，还有啥坎过不去！”

王崇文有些为难，这事没经过父亲许可，他不能这样做。有人喊：“把‘忠义仁勇’的牌匾挂在王家大院！”

有人上前从愣着的王崇文手里夺下牌匾，有人搬来梯子，把“忠义仁勇”的牌匾挂在了院中。

有几个股东走了，他们并不相信德盛茶坊有翻身之日。王崇文看着牌匾落下了泪，他忽然跪下，挺起胸膛，默默地注视着“忠义仁勇”牌匾，剩下的股东也跪下了，干活的伙计看到这一幕，都停下了手中的活。王崇文对着挂起的“忠义仁勇”的牌匾，神情凝重地磕了三个头，深信德盛重建能再次创造辉煌的股东也随着王崇文磕头，并加入了重建德盛的队伍之中。

王家大院挂起“忠义仁勇”的牌匾，吸引了很多人，人们纷纷向王家大院拥来。人们看见“忠义仁勇”的牌匾，对德盛茶坊产生了敬意。

王崇文看到这情景，既高兴又发愁。这一开工需要很多银两，他的银两在哪里？他面对众人感叹一声：“我爸在就好了，我爸在，我就有银子了。”

忽然有人喊：“我有银子！”

六

“我有银子！”这一声不仅使王崇文惊喜，干活的人齐茬茬地朝喊话的方向望去。人们都笑了，那是疯子赊娃的声音。

干活的人有了，没有银子怎么办？夜里，王崇文去了兴盛茶坊崔老板崔富有的家。他的茶坊和王崇文家一样都是制作茯茶的，崔家的茶坊没有在街面上，往后缩了一截。正因为缩了一截，他家的茶坊没被烧没被砸，也没被土匪抢劫，这真是一大幸事。王崇文怨先人把茶坊建在街面上，看起来光彩亮堂，但常惹人眼红。土匪来了，受害最大的是街面上的商铺、作坊。

崔富有的茶坊没在街面上，门面也小，但仍然是红漆大门、青砖门楼。王崇文轻轻敲门，门是关着的，院里有人应声。他喊：“我是王家大院的王崇文。”

开门的叫李有财，兴盛茶坊的掌柜，他说：“少东家，我东家没在。”

王崇文看着院内有亮光，说：“没人，屋里的灯咋亮着？”

李掌柜说：“崔莺在看书呢。”

王崇文退了出去。崔富有的女儿他见过，和儿子德福比较要好，他们常在一起玩耍，一块儿上学。王崇文走了，李掌柜急忙回到院中，给屋里的人说：“走咧，王老板走了。”

崔富有说：“走了好，他这样子谁敢借他银子？他一定是来借银子的。”说完又对女儿崔莺说：“以后你少跟王家那臭小子跑，要说以前他家的家境，你俩的事咱也好说，现在他家成了这样，一辈子也翻不起身，我不能把你往火坑里推。”

大门又被敲响。李掌柜走到门口，不耐烦地说：“谁呀？”

“我，街上的王崇文。”

“少东家，我东家不在，没回来。”

“好，我一会儿再来。”

李掌柜跑回院子给崔富有说：“东家，他说他还要来，看来今晚你不见他不行。”

崔富有说：“还把人缠上了！我不借他银子，还能把我缠上？”

崔莺说：“你知道他是来借银子的，借不借在你，但你得见见他。以前人家帮过咱家。”

他听见女儿的话，来气地说：“你知道个屁！不见不见，我不见。”

李掌柜在院里说：“你今晚不见他，恐怕不行，他一会儿还会来。”

崔富有在屋里吼起来：“他王家也有今天，往日你看他们趾高气扬的样子，把谁往眼里放呢，我走到他家门口，一口水也没喝过。”

崔莺说：“咱两家这么近，在他家喝水干啥？”

他怨崔莺：“你给我少说话。”

大门又被敲响。崔莺说：“他来几次了，你不见他，他还会来。他是没法了才找到咱门上的，况且人家以前帮过咱。”

崔富有用被子把头一蒙说：“不见不见，就说我睡了。”

李掌柜说：“这能哄过他吗？他可能就没回家，一直在咱门口蹲着。你咋回家的，你翻墙回来的不成？”

“就这么说，说我睡了，看他还能等到天亮？”崔富有说。

再次听到敲门声，李掌柜开了门，哭丧着脸说：“少东家，我东家困了，他睡了。”

王崇文听到这话，二话没说，走了。李掌柜像做了亏心事，望着王崇文远去的身影，直至消失在黑夜里。

他缓缓地关了门，一个人蹲在院中。崔富有好久没见李掌柜回音，掀开头上的被子向院里喊："李掌柜，人走了没?"

李掌柜说："走了……"

崔富有生气地说："走了也不过来说一声。"

他下炕去小解，走出房门，看见李掌柜一个人蹲在院中，便说："我不借他银子自有不借的道理，你蹲这儿憋啥气呢?"

李掌柜说："我觉得，王家大院往日待咱不错，以前帮过咱，况且他儿子和咱崔莺好……"

"你甭在这儿胡说，崔莺咋能跟他儿子好?"崔富有生气了。

李掌柜不再吭声，崔富有说："以后你这话少胡说!"

李掌柜见崔老板上了火，起身回房去了。

不知过了多久，李掌柜迷迷糊糊地睡着了。忽然听见院里的骂声："你以后少在外边胡说，我再听见你说那话，小心我撕了你的嘴。"李掌柜赶紧扒着窗户向外看，看见崔富有站在院里——是给他说话呢。

七

天色蒙蒙亮时，三三两两的人已进了王家大院，王崇文站在门口，望着忙碌的人们发呆。

这可咋办呢，乡邻街坊已进了家门，他还没弄到银子，心急如焚。晚上，王崇文再次撬开银窖，里面角角落落空无分文，他不知父亲把银两藏在了哪里。昨晚他抹下脸去了崔富有家，谁知人家不给情面，让他白等了半晚上。王崇文想起油坊的李老板，李老板是街面上有实力的人家，那年三夏忙罢，他在街上支起油锅，给街坊邻居炸了三天油饼，惹得方圆几公里的要饭的都拥进了县城。他家的底子厚实，人心也善，在这紧要关头，带上利息，他应该会借给些银子，让王家大院的德盛茶坊恢复生产。契约规定的时间说到就到，兰州的客户来了，没有茯茶怎么给人家说？失信损失的不仅是客户，更是德盛茶坊几十年赢得的信誉。

王崇文走到李老板家门前，李老板家里的哭声把他拦在了门口。他仔细听来是李老板老婆的哭声。“你咋不埋呢，你是给兵匪留的？这一家子咋活呀！”王崇文明白李老板家的银子也被兵匪劫了，他无法再向里走。这一劫，街坊积攒多年的金银财富都遭殃了。他望着杂乱破败的街面，仰天长叹了一声……

王崇文走到杂货铺张老板门口，看见张老板和老婆正在整理满地凌乱的物品。他问：“损失大不？”

张老板说：“值钱的东西都被劫走了，经营几年的店铺白干了。”

看到这景象，王崇文再也无法张口说什么，杂货铺已经这样了，张老板哪里还有银两借给他呢？张老板的老婆哭着说：“该咱倒霉，也怪你平时张狂，在人面前逞能显摆呢！”

张老板心烦地怨道：“我咋知道兵匪要来嘛，我要知道兵匪要来，我早埋到地下了。”

张老板的老婆说：“人家崔家的运气咋那么好，听说他家门锁得好好的，兵匪没进他家的门。”

走过张老板的店铺，王崇文的脚步越来越沉。皮货铺的上官老板站在门前唉声叹气，王崇文看见问：“损失大不？”

上官老板说：“熟好的皮货一件都没了。”

王崇文安慰说：“丢了就丢了，慢慢再来。”

上官老板说：“得买一批皮子，可哪儿来那么多银子呢？”

王崇文转身要走，上官老板说：“你那儿紧迫，咋按期交货呀？”

王崇文说：“能，一定能。”

上官老板说：“你那么大的摊子，缺口大。你爸咋还不回来呢？他回来就有银子了。”

王崇文点点头，继续向前走去。上官老板叫住他说：“少东家，我给你挪一点儿。”他转身回家取了几锭银子说：“少东家，你拿上，我知道你需要，工人都进作坊了，你还在街上转悠，一定有事难住了。”

王崇文感动地走了过去：“你也不凑手，要买生皮哩。”

上官老板说："我迟几天没事，你不能迟。停几天兰州就来人拉茶，你要进货要加工，用银子的地方多。"他又问："兰州要的是啥货？"

王崇文说："人家要的是存放一年的货，现在只有给他们新货了。"

王崇文还要说什么，上官老板把银子塞进他怀里："快回去，我这点儿也顶不了大事。"

王崇文深深地给上官老板鞠了一个躬，揣着银子落泪了。他听见不远处有人叫他，他回过身，是杂货铺张老板。张老板疾步跑来，说："你刚才从我店铺门前经过，我知道你有难处了。"说着从怀里掏出一把碎银："我的一点儿心意，帮不了你的大忙。"

张老板看见王崇文愁眉苦脸的样子，说："看看其他几家茶坊，或许能给你帮点儿忙。"

王崇文说："他们的茶坊都遭劫了，现在都在恢复生产，我难，他们也难。"

张老板关切地问："离交货还有多长时间？"

王崇文不愿提说此事："下月、下下月。"

张老板很为难地走了，走了几步又回过头来说："少东家，你不妨找一下安吴堡周氏。"安吴堡吴周氏人称安吴寡妇，八国联军进攻北京，慈禧太后逃到西安，吴周氏向慈禧太后捐献了十万两白银，慈禧高兴地把她认作干女儿，并封她为"一品夫人"。

王崇文说："算了，人家咋能借给咱银子呢？况且，人家是一品夫人，不会跟咱这小作坊打交道。"

王崇文转了一圈，怀里有了些许银子，还有人们的激励打气，信心大增，脚下有劲儿了，他快步向作坊走去。走到门口，看见兴盛茶坊的崔富有在茶坊门口徘徊。崔富有来干什么，是来看笑话？崔富有看见他，并没有显出看笑话的嘴脸，提高嗓门说："昨晚你找我，我睡着了，今早上有财掌柜给我说了，我知道你找我一定是借银子来了。你既然来了，一个子儿不借给你说不过去。别人不借你可以，我不借你不行，你家过去帮过我。但我把丑话说在前边，我借你五十两碎银，我不入股，到时你按行情利息还我就是了，我不占你一文钱便宜。谁叫咱都在街面上，是低头不见抬头见的街坊。"王崇文给崔富有作揖致谢。

昨晚王崇文到崔家借银子，崔富有几次推辞不见，今早上亲自上门借给他银子，虽然不多，但也是一片心意，他不知崔富有如此变化的缘故。

皮货铺的上官老板走过来和王崇文、崔富有打招呼。崔富有见到上官老板说："我们家境和你差不多，房子虽然没烧，但银子也被兵匪抢了，我们兴盛也要开业。"

上官老板说："兵匪来时你还在家里，我喊你快跑，你一直没出来，你肯定是在家里藏银子呢。我回城时，看到你家的门锁得好好的，兵匪就没进你家门，你在这儿哭啥穷呢！"

崔富有瞪着上官老板不说话。上官老板又说："王家大院肯定藏着银子，我过来时少东家他爸和他媳妇正在家里藏东西。我出了城，他们一家人才灰头土脸地跑出来，他爸肯定把家里的银子藏了，他爸一回来就有银子了，你甭害怕。"

王崇文谢了上官老板，抬头不见崔富有了。上官老板关切地问："德福他妈和他爷有消息没？"

王崇文低声说："你看见我爸藏银子了？"

上官老板说："你咋这么实诚，你爸在家里藏银子我咋知道，我是给崔老板亮耳呢。"

王崇文想起一家老小还没音信，心里很慌乱，他问上官老板："你看见我爸和一家人出了城，他们去兰州找我了？"

"当时人都逃命呢，我确实看见你爸和你媳妇带着你儿子出城了，也只是听你爸说了那一句话，他要到兰州找你。"

远处一阵吵闹声，一帮人走过来。王崇文看见他们都是德盛茶坊的老股东，他知道他们干什么来了，客气地说："老少叔们，你们入的股，不论多少，都不会少你们一文，只要我还活着，只要我王家大院还有一个人，就一定不会赖你们的银子。"

上官老板看到这情景，为王崇文熬煎了：德盛茶坊才撑起来，股东们又要来退股，王崇文就是孙悟空七十二变，也变不出银子来。他正要上前劝解，来人却说："我们都是德盛茶坊的老人手，德盛养了我们半辈子，我们今天是来入股的，银子虽少，却是我们老股东的一点儿心意。"

王崇文顿时湿了眼眶，他要俯身跪拜老股东，被老股东们扶起。"少东家，你这是干啥，谁一生没有个七灾八难。王家大院摊上这么大的祸事，况且是兵匪，我们不帮你，谁帮你！我们帮你就是帮自己，德盛茶坊好起来了，我们这些老股东也就好起来了。”一位老股东说道。

王崇文感激地说：“晚上我请大伙儿到轩逸茶馆喝茶，合计咱德盛茶坊开工的事。”

股东们说：“你遇上这难，还喝啥茶呢，你的心意我们领了，咱就在这儿合计。”说罢，股东们就地坐了下来……

八

太阳一竿子高了，遭劫后的县城在阳光下也慢慢活泛起来。崔富有迈着轻快的脚步回到家里，女儿崔莺问他：“你给德福他爸说了没?”

崔富有说：“说了，他高兴得很，给我不停地作揖。”

崔莺说：“爸，你这件事做对了。不管咋说，王家也曾帮过咱，那年咱茶坊着了火，他一下就送了一千两银子，还说不够了他再借咱。咱做事得讲良心。”

昨晚崔富有拒绝面见王崇文，他睡下后觉得做得不对，半夜未睡。一大早，崔莺说崔家做下了让人瞧不起的事。她说：“谁家没个灾难，王家很快就挺过去了，我听德福说过他家底子厚着哩。”

崔富有忽然想起了什么，说：“这次兵匪抢劫，他爸肯定把银子藏了。再说兵匪进城了，我和上官老板出城好久了，才见王崇文一家人出城。他爸肯定把银子藏起来了，他爸一回来就有银子了。”

崔莺说：“他爸回来人家有了银子，咱崔家脸往哪儿放？人家可是帮过咱家的人。”

崔富有忽然醒悟，他不能干那没良心的事。就这样，他一大早去找了王崇文，借给了王家五十两银子。

崔富有安慰女儿说：“现在赚钱容易嘛，我得看准了再投，如果他家的银子也被兵匪抢走了，我那白花花的银子就扔到瞎墓窟窿了。”

李掌柜忽然喊着跑进院子：“有银子了……有银子了，王家大院有银子了……”

崔富有跑出房子，站在房门口，看见李掌柜轻狂的样子，问：“谁有银子？王家咋有银子了？”

李掌柜兴奋地说：“德盛二掌柜张贵回来了，拉了一车白花花的银子。”

“你咋知道的？”崔富有问。

“街上都摇铃了，我亲眼看见二掌柜张贵赶着马车回来了，一街人都围着看，看着王家的伙计把银箱抬进了王家大院。”

王崇文在家里正忙活，听到吵闹声跑出大院。这几天他心里老发慌，听不得人喊，见不得人叫，催股息要退股的事把他吓怯了。他听见有人叫张贵的名字：“这不是王家大院德盛茶坊二掌柜吗？”他走出门，果然是二掌柜张贵，高头大马驾辕拉着一车东西，甩着响鞭走在了门口。王崇文激动地上前问：“我爸呢？我媳妇和德福呢？”

张贵说：“我把银子拉回来了。”

王崇文就哭了，问：“我爸呢？我媳妇和娃呢？”

张贵说：“老东家好着呢。老东家、梁掌柜、夫人和德福在一起，都好着呢。”

王崇文听到这喜讯，又惊又喜地问：“你从哪儿拉的？”

张贵说：“从兰州，兰州拉回来的银子。”

马车到了门口，张贵吩咐人把银箱搬进王家大院。回到家里，王崇文问及他家人情况时，张贵避而不谈，总说路上多险，灾民如蚁。王崇文要打开银箱看，张贵拦住说：“晚上看，晚上看。”

王崇文看到伙计们都齐刷刷停了手中的活，要看这银箱里白花花的银子。张贵说得对，现在人多嘴杂，万一传出去，让兵匪知道这箱银子，又会给王家大院带来灾难。王崇文放好银箱，站在院里看到伙计们卖力地干活，这箱银子像一针兴奋剂，使伙计们兴奋起来了。

有了这箱银子，王家大院就能重现往日辉煌，德盛茶坊又要红火起来了。

夜里，伙计们都走了，王崇文留下二掌柜张贵，他要详细地询问父亲、媳妇和儿子在兰州的情况。这一路兵荒马乱的，他们是怎么到兰州的？在兰州都好着没有？张贵愣愣地坐着不说话，王崇文着急地问："你说，我爸和我媳妇跟娃都好着没？"

张贵见少东家着急，他说："你先甭着急。"

王崇文说："我不急、我不着急。你慢慢说、慢慢说。"

张贵说："我说了你甭着急，我完全是为了咱德盛茶坊才这样做的。"

"你说呀！"王崇文又急又气地喊道。

张贵低声说："那一车银子是假的。"

"假的？"王崇文惊问。

张贵说："那不是一箱银子，是一箱石头。"

"石头，咋是一箱石头呢？我爸给你的银子被土匪抢了？被兵匪劫了？"

张贵说："你甭急，你听我说。"

"我、我能不急吗？"王崇文无法冷静。

"你听我把话说完。"张贵着急阻拦他说话。

"你说，我爸给你的银子咋就变成了一箱石头？"王崇文问。

王崇文走过去要看银箱，张贵拉住他说："你再看，把石头还能看成银子？"

王崇文实在无法沉住气，他想喊，想挥拳打张贵："你说这银子咋就变成石头了？"

张贵说："我就没见老东家，也没见夫人和少爷。"

"你没见？你甭给我……胡说……"王崇文气得说不出话来。

张贵平静地说："我真的没见老东家、夫人和少爷。"

王崇文着急地问："那，那辆马车，这箱银子从哪儿来？"

张贵说："少东家，我的好东家，你容我把话说完。你不要着急，你不敢着急，你着急咱就全盘输了！"

王崇文强压着怒火说："我不着急……我不着急，你给我说……你给我说……"

张贵说："我没去兰州，也不知老东家、夫人和少爷在哪里。"

"那这马车银箱石头是咋回事？"王崇文急问。

张贵无法忍耐地说："你再急我就没法跟你说了。"

王崇文让自己平静下来，说："我听你说，你快说！"

张贵平静地说："我没去兰州，更不知老东家和家人在啥地方。我前几天在回家的路上，听说王家大院和德盛茶坊被烧，股东逼着你退股。你要恢复王家大院，一定要重开德盛茶坊。你到兰州前说你去要签一大笔生意，你去兰州肯定把这契约签了。你回来了，王家大院和德盛茶坊却没了，你一定要借银子重建王家大院和德盛茶坊。现在的人都是狗咬穿烂的。眼下这种情景，谁肯借你银子？我赶一车银子回来，他们看见咱有一车银子回来，就知道一定有人给咱帮忙，借给咱银子了。"

王崇文一听火了："你这是胡闹，添乱！你叫我明天给街坊咋说，给股东们咋交代？他们都是咱多年的街坊。你害我呢，你把我害惨了！"

王崇文浑身都软了，张贵扶住他说："你不要怕，只有这个办法，才能让股东信你，才能收揽伙计们的心，你才能凑到钱。"

王崇文说："你胆大得很，你撒这个谎让我没法做人了。"

张贵说："少东家，这个谎你必须撒下去。"

"咋撒呢？"王崇文哭丧着脸问。

张贵说："咱既然有了银子就得像有银子的样儿。"

王崇文苦笑道："有屌银子呢，有银子！要是这个谎撒扯了咋办？"

张贵说："明天咱必须摆出有银子的样子，再把德盛茶坊的招牌挂起来，德盛茶坊有了银子，马上就要制茶生产了……"

王崇文忽然问起："你这高头大马、马车和这银箱从哪儿来的？"

张贵笑着说："我是王家大院德盛茶坊的二掌柜，借不来这东西我白活了。"

太阳依然从东方升起，灿烂的阳光静静地照耀着劫后的县城。王崇文被张贵的谎言纠缠得一夜未眠，这是个胆大货。在天亮时，他不得不认为，张贵的谎言不无道理。有了这一车银子还愁办不了事，重新开不起这德盛茶坊？当这个想法一露头，他就骂自己，咋和张贵是一丘之貉了！

一大早，伙计们就拥进了王家大院，他们笑着喊着要干活，王崇文却愁眉苦脸，高兴不起来。德盛茶坊的院子收拾干净了，盖房买木头、买瓦需要钱，制茶的工具、原料也需要银子。张贵从外边骑着大马回来喊："上房的木梁、椽、箔子、砖瓦一会儿就到了。墙要赶快砌，后天制茶的家具和原料也就到了。伙计们抓紧干，有了银子，咱得赶快把房子盖起来，茯茶金花的浓香就又在咱王家大院飘起来了。”

王崇文看着张贵兴致勃勃的样子直摇头，他不知道张贵又给他挏（陕西方言，音dǒng，搞，弄）下啥麻达（陕西方言，指麻烦）了。

夜里，王崇文没有让张贵走，他问：“你挏下这摊子，咋收拾呢？”

张贵说：“啥摊子？”

“你拉回这些梁、椽、砖瓦，又定制了那么多制茶的家具，你凭啥让人家相信你，给你赊账？”

张贵说：“凭王家大院和德盛茶坊的招牌，还有那一车银子。我让他们感觉到，咱们兰州有使不尽的银子。我只有这样说、这样做才能使德盛茶坊运转起来，没有银子你啥时才能使德盛茶坊恢复生产？你的契约咋样给人家兑现？你丢的不是你王老板的人，而是德盛茶坊百年的信誉和招牌。我这样做惹你不高兴，这也不是你少东家的做派。但咱没办法了，缺德挨骂的事我来做。就是这样做了，我还不知你能按契约时间交货不！”

“我问你，”王崇文说，“你给人家赊账赊到啥时候？”

张贵说：“有的就没有说时间，人家相信王家大院的信誉。”

王崇文说：“你把王家大院德盛茶坊的信誉当儿戏呢，你看你挏下这摊子，咱咋给人家还呢？”

张贵说：“少东家，你看远些……”

王崇文难受地说：“你一个月两个月不还人家还说得过去，半年不还人家，人家就会找上门来，到那时你的牛皮就吹破了……”

张贵说：“到那时咱们茶坊的茶叶天天向外运，银子天天往回流，他们会争着借给咱银子，再赊账给咱呢。”

王崇文说：“你甭做梦了，你以为咱这茯茶生意那么好做？我丢不起这人，王家大院丢不起这人。这事让我爸知道非打我一顿不可。”

张贵问：“那你说咋办？”

王崇文说：“赶快把在外的赊账还了，既然有一车银子，咋还在外边赊账呢？”

“你有办法了？”张贵问。

王崇文说："找安吴堡吴周氏去。凭咱王家大院百年的信誉，还有先祖用命换来的‘忠义仁勇’的牌匾，我就不信说服不了她。"

九

太阳伸着懒腰还没有爬出地平线，小鸟儿还没有出窝，伙计们就在王家大院忙开了。张贵催王崇文快走，王崇文说："咋没套车呢?"

张贵说："套车干啥，咱才去给人家说呢，人家还不一定借。"

王崇文说："你套上车。"张贵去套车，他让王崇文先走。

五月的天空，蔚蓝如洗。五月的大地，百花芬芳。路上，王崇文忐忑不安地哼起了秦腔乱弹："无银钱当时把英雄困倒，大丈夫低下头珠泪暗抛……"张贵时不时地看看少东家，第一次去安吴堡吴家，就向人家开口求借，他担心少东家兴致而去，扫兴而归。但见少东家如此举动，他也不便给少东家增添烦恼。

有钱人并不一定都大方，吝啬的有钱人多得很，街上兴盛茶坊的崔老板就是个吝啬鬼，谁想从他手里借出一分钱，那难呀！王崇文说："安吴堡吴家不一样，人家是啥？慈禧曾嘉封的‘一品夫人’、慈禧的干女儿。她一开口就捐献给慈禧十万两白银，那是多么豪气的事。"

安吴堡吴周氏姓周名莹，三原县鲁桥镇孟店村人，娘家是侯门望族，十七岁时嫁给泾阳县安吴堡吴家，通奉大夫吴蔚文之子资政大夫吴介侯。吴介侯沉疴不愈，婚后十余天病故。因吴家无男丁承嗣，吴周氏成为吴家唯一的继承人，此后吴周氏被称为"安吴寡妇"。

走着走着王崇文有些激动，他说："八国联军进攻北京城，慈禧太后逃到西安，吴周氏向慈禧太后捐献了十万两白银，还有一个价值连城的楠木屏风。吴周氏从十七岁开始在吴家守寡，她虽是女流之辈，却是女中丈夫。她走南闯北一身孤胆打天下，才有了吴家这份家业。”

张贵听着惊奇地问：“吴家大院现在咋样了？”

王崇文说：“吴家在唐朝时由江南迁来，为保后辈平安，将住地起名‘安吴’。数百年，瓜瓞绵延，至清初兴盛发达起来，其时吴氏兄弟分为东、西、南、北、中五大家，数东院最为兴旺。吴周氏接管吴家基业，她精明用人，勤于算计，极尽聚财之能事，吴家商号遍及南北多地。当时民间流传一句话，‘吴家伙计走州过县，不吃别家饭，不住别家店’，形容其实力雄厚。”

张贵惊问：“听说慈禧认吴周氏为干女儿，诰封其为‘一品夫人’后，为显示其尊贵，安吴堡上演大戏四台，三天三夜，热闹得很。”

“可不是，”王崇文说，“那场面大咧，淳化、三原、高陵、醴泉（今礼泉）等地的乡党都来了，人山人海，看客上万……”

麦子已经出穗了，一望无际的绿浪在春风中起伏。桃花、杏花都败了，唯有零零散散的槐花招惹着人们的眼睛。王崇文让张贵给他折一串槐花，张贵飞快上树折下一串槐花给他说：“少东家还喜欢花？这都是女人喜欢的。”

王崇文看了张贵一眼没说话，他想他的金花了，那孩子般模样的金花。他默默地吟诵：“关关雎鸠，在河之洲。窈窕淑女，君子好逑。参差荇菜，左右流之。窈窕淑女，寤寐求之。求之不得，寤寐思服。悠哉悠哉，辗转反侧……”张贵不知道他口中念叨的是什么，不敢吭声，但见少东家脸上红晕上浮，张贵知道他一定想到美事了。

自从认识了金花，王崇文就再也离不开她了。王崇文准备安顿好契约的事再回兰州，谁知道遇上了这场灾难。他知道父亲和妻儿去了兰州，路上有梁掌柜照顾，不会有什么事。他牵挂金花，他走了，金花一个人在家，父亲见到她会不会不理她？梁梅和她能不能合得来？还有，他那读书的儿子见到金花会不会为难她？

家里已成这样，他顾不得想那些事了，他得把这个家撑起来，才能把他们都安顿好。如果今天在吴周氏这里借到银子，他这一难就算撑过去了。如果吴周氏不给他面子，王家这一难就很难挺过去。

可怕的是，张贵拉一箱子石头，昨天蒙过了街坊和股东的眼，往后怎么办？石头不能当银子使，巧妇难为无米之炊呀！想到这里，他看着手里散发着芳香的槐花，却再无心思欣赏了。

张贵完全是一种逛风景的心态，他觉得这回可能白走一趟，自言自语道：“人家吴周氏也是聪明人，跟你王崇文从没打过交道，只是闻听过泾阳王家而已，她怎么可能借银子给你？况且，卖面的见不得卖石灰的。茯茶市场也就这么大，你占了地方，她那边就少了，这个账谁都会算。”忽见少东家愁眉苦脸的样子，他知道少东家定是犯难了。

虽已走到道上，但回去还来得及。去了人家不给借，再数落几句，咱脸往哪儿放？张贵越来越感觉少东家这步棋走得不对。他后悔走时没有执意阻拦少东家，才使少东家走到这地步。他对少东家说：“现在回去还来得及。人家不借也在情理之中，你可知道同行是冤家……”

王崇文问：“你咋知道吴周氏不会借给咱银子？我了解吴周氏的品德为人，我这次来也是冲着她的品德来的。再说，她借不借我都得走这一趟，走了这一趟我就甘心了，以后也就听天由命了……”

张贵看着少东家，心里难受起来。要不是这场大难，要不是兵匪洗劫县城，烧了王家大院，德盛茶坊也不会落到这个光景。

走进安吴镇，马车越走越慢，张贵看出少东家的心情，他说：“咱回还来得及，人家不借再回去就丢脸面了。”

王崇文说：“怕啥，借不到米，升子还在。现在已经骑虎难下了，一定得借到钱，借不到钱我咋回去？你拉那一车石头咋办？纸里包不住火，咱的德盛茶坊起不来，对股东咋说？兰州的契约咋办呀？失掉了信誉，德盛茶坊以后咋跟人家打交道，兰州的德盛商行还咋经营？从此以后，谁还相信咱王家大院，谁还相信咱的德盛茶坊？”

张贵说：“那咱就走吧。是不是崖，跳下去就知道了。”

王崇文站在安吴街口驻足不前，张贵说：“要么走要么回，你老站在这里不行呀！”

王崇文说：“走！进东院。”

张贵说：“你知道哪个是东院？吴家大院大得很，咱能分清东西南北中吗？这里不是王家大院！”

王崇文正在犹豫，从一扇红色大门里走出一位先生模样的人，王崇文上前问道：“老先生，请问，哪个是东院？”

先生问：“找东院啥事？”

王崇文说："我想面见东院的吴周氏。"

"你是谁?"先生问。未等王崇文回答，张贵抢着介绍："他是县里德盛茶坊王家大院的王老板。"

先生眼前一亮说："王崇文?"

王崇文惊问："先生，你咋知道在下的名字?"

先生说："王老板，前些日子，东院的夫人听说县里遭了匪，不知城里那么多茶坊咋样呢?还提到王家大院德盛茶坊，说你爷和吴家有交情。你这次来有事?"

王崇文点头答道："有事。"

先生不便再问，忙说："夫人在，她今天在东院，我带你去见她。"先生领着王崇文就走。

张贵说："我咋办?"

王崇文说："看好马车在这里等着，我一会儿就出来。"

先生陪着王崇文走着说道："我叫王祥，咱是一家子。"

张贵看着他们走进大门，说道："一个账房先生，有啥了不起的，谁看不起我，我还看不起他呢!老子好坏也是王家大院的二掌柜，不叫老子进去，老子还不进去呢。"

太阳端了，又西偏了。王崇文还没出来。张贵等得着急，他把黑驹身上的鬃毛刷了一遍又一遍，黑驹身上一片红光。他觉得他和黑驹一样，给王家大院出了大力，从十几岁开始，在梁宝田掌柜一手教导下出师成才，掐指算来，他在王家大院已经干了十多年了，记不清楚黑驹在王家大院多少年了，无数次走州过县，泾阳兰州这条道上，急了缓了都是它来来回回地跑。

他看着黑驹，忽觉有些委屈……平心而论，和他一块儿来王家大院的伙计，现在还在茶坊干着苦力，而他早已当上了二掌柜，这都是他的师父梁宝田举荐的结果。但举荐时的那种兴奋劲儿早已过去，他有时替师父办事，有时跟东家跑兰州，他跟东家跑习惯了，已不适应在大院干体力活了。他也不知道这委屈从何而来，总觉得有一种委屈，使他的情绪一下子低落了，他再也无心给黑驹刮痒梳毛了。

红色大门有了响声，张贵听见那是少东家和王祥说话的声音，听见少东家的声音他激灵一下来劲儿了，他丢下黑驹，去迎接少东家。大门口几个伙计抬着两个枣红色的木箱子走出来，那是银箱。他喜出望外，不知说什么好。少东家不急不忙地招呼抬银箱的伙计。王祥喊道："放到车上，放到王老板的车上。"

银箱稳稳当当地放在车上了。王崇文抱拳谢过王祥，要上车，王祥说："金刀子刻不出两个'王'字，不谢。"然后低声说："不凑手了，再来。"

王崇文再次谢王祥说："咋都够咧。"

王崇文上了车，见张贵傻傻地站在街上，他喊道："张贵，上车！"张贵小步跑来，跳上车，扬鞭催马上了大路。

张贵想少东家一定会给他讲述他怎样说服吴周氏，吴周氏是怎样借给他银子的事。他俩坐车走出村子，走出安吴镇，少东家却一直坐着没有言语。张贵心中有话憋不住，问道："你咋说的，一下子就借了这么多银子？"

王崇文说："这银子我借得后悔。"

"咋，这利息给咱要得大？"张贵问。

过了一会儿，王崇文说："不是，人家不要利息。"

"那要咱的啥？你不会押了咱的德盛茶坊吧？"张贵有些着急。

王崇文又沉默了。

"你说话呀！"张贵急问。

王崇文说："我真后悔！"

张贵急了："你后悔啥呢？你说个话！"

王崇文说："人家没有你想得那么龌龊。"

"那是咋回事，你怕还不起这些银子？"张贵说。

"不可能！"王崇文大声说，"我说了，泾阳茯茶要远走俄罗斯、远走罗马，要她帮我实现《茯茶壮志图》的梦想，我只求她借我两万两银子，她却借我三万两。她说，德盛茶坊的牌子不能倒，百年的字号，她一准帮扶我。"

张贵听后好久不吭声，醒过神来才说："她人咋这么好呢，我这小人之心，猜错了君子胸怀啊！"

张贵忽然跳下马车，折下一串槐花，送给少东家。王崇文接过槐花，嗅着望着，他盘算着德盛茶坊要起来了，德盛茶坊就要开工了。王崇文兴奋地捋了一把槐花，送在嘴里嚼起来。"不好！"张贵惊慌地拽住马缰绳，他说，"我看见两个黑影从路边闪过。"

王崇文看了看说："你一惊一乍地叫啥呢，这大白天还能遇见土匪？"

张贵说："你别吭声。"说着在车上摸出家伙。

十

太阳被一块乌云遮住了光芒，天空瞬间暗淡下来。

王崇文扫视了一眼前方问："他们从哪儿冒出来的？"

张贵说："他们藏在前面的空房子和渠沟里。他们好像知道你去借银子，在路上候着咱。"

王崇文说："咋办呀？这、这……"

张贵说："留得青山在，不怕没柴烧。"

王崇文说："银子没了，青山也就没了。你走吧。土匪要银子，我这条命就给他了。"

他抢过张贵手上的木棍。有土匪喊："看你的棍子快还是我的子弹快！"

话声刚落，土匪包围了银车。

王崇文说："我和你们近日无冤，远日无仇，你们为啥要劫我的道？我这车上啥也没有。"

一土匪喊："有没有，弟兄们看看就知道了。如果没有，大路朝天，各走一边。"

张贵抢过王崇文手中的木棍说道："少东家都不要命了，我还要命干啥！"有个土匪从匪堆里走出来，张贵一眼认出是土匪二当家黑豹。黑豹问道："少东家，再不要拐弯抹角了，我问你是要命还是要银子？"

王崇文说："我没了银子，要命干啥！"

黑豹说："我告诉你，吴家的伙计从吴家东院抬出银箱，我们就得到口风，盯上了。"

双方对峙的当口，土匪群里有人朝空中放了一枪。枪声震耳，有土匪被枪声吓得一缩，王崇文和张贵没动。“王老虎！”张贵低喊一声。

王老虎走出土匪群，把枪插到腰间的枪盒子里，说道：“少东家，你受惊了。我说过，我从不劫乡党街坊的道，我知道你需要银子重建德盛茶坊，要兑现契约给兰州送货。这箱银子是你的命。今天我放过你，可你要记住，你欠我一车银子！”还没等王崇文回话，王老虎一挥手，土匪都走了。

王老虎走后，张贵骂道：“土匪还是土匪，就这样还说不欺负乡党，要保护街坊呢，他不明抢是暗夺。”王崇文没吭声，坐上马车，催张贵快些赶路。

张贵说：“少东家，咱不能就这样给他一车银子！”

王崇文问他：“你还有好主意吗？我们和土匪有啥说的。欠就欠吧，把德盛茶坊和王家大院重建起来再说。”

十一

街道还是原来的街道，却平坦了许多；街上的门面还是那么几个，却亮堂了许多；街坊还是那些熟悉的面孔，却亲热了许多。遭兵匪洗劫后的县城，恢复了往日的热闹，人与人之间，多了一种亲切的感觉。

人常说：“银钱是人胆。”王崇文手里有了货真价实的银子，心里沉稳多了。车一进县城，他跳下车，跟在银车后面，兴奋地逢人便打招呼。

听说王崇文又拉了一车银子回来了，杂货铺的张老板在铺子门口弯腰行礼祝福：“天无绝人之路呀。”油坊的李老板胸前挂着油腻的油布围裙，站在门口喊：“少东家回来了，大难不死必有后福。”

皮货铺的上官老板站在铺子门口，向王崇文竖起大拇指。兴盛茶坊崔老板远远地看着王崇文和他的马车，没好气地说道：“好借好还，借了人家的银子，按期还不上就丢人了。”

有人问崔富有：“少东家借的谁家的银子？”

崔富有说："一大早，他的马车就朝北走了，一定是去了安吴堡。"

"你说的是安吴堡，吴家？"

"对！肯定是吴家，不然谁会借给他这么多银子！"他回头看见女儿崔莺，"看啥呢？他借的银子好吃难克化。"

崔莺听后不高兴地说："爸，你再甭胡说了。"

崔富有生气地说："你以为那是他家的银子？那是他借吴家的，以后还不上咋办？那个时候哭都没眼泪。"

崔莺很不悦，崔富有接着说："你以后少跟王家那小子来往！"

崔莺倔强地站在那里朝王家大院望。崔富有大声地说："他和兰州签了契约，他拿啥东西交给人家？库存的精制、特制、普茶都烧光了，即使生产了茶，那也是新茶，咋给人家？"

过去，崔莺和王崇文的儿子德福在一起，崔富有不反对。王家大院虽比不上安吴镇的吴家，但在县上也算大户人家，女子嫁过去，一辈子不愁吃不愁穿。谁知遭兵匪劫掠，王家大院再也没有了往日的辉煌。崔莺不听他的话，还想去找德福。德福在哪儿？人说他跟他爷、他妈去兰州了，谁见了？兰州也没有信儿，至今连个人影都没有。

不谙世故的崔莺不听老子的话，硬要往这火坑里跳。他磨破嘴皮子，她就是不听话。他不能就这样让她犟下去，她是个没妈的娃娃，他不能让她再受一点点委屈。他说："莺，听爸的话，不看了，银箱虽都搬进王家大院了，但这一屁股烂账啥年月能还清！"

崔莺说："我只是看热闹，又不想嫁给他，你怕啥呢？"

崔富有笑了："你只要听话，爸就高兴，你想吃啥爸给你买啥，你想穿啥爸让裁缝给你做。"

崔莺说："我啥也不想要，我还小，我想念书。"

崔富有觉得女儿是最听话的，他说："你喜欢看热闹，你看，爸回去了。"

崔富有背着手悠闲地向家里走去。有人问："崔莺，德福真去兰州了？"

崔莺说："他肯定在兰州。"

"你真知道他去兰州了？"又有人问。

崔莺说："当然知道。"

那人就笑，悄声问她："是德福跟你说的？"

她说："那当然！"那人不再问了。她欢喜地跑了，说道："我要去问我王叔，德福啥时回来。"

崔莺跑进王家大院，人们正在忙碌，她直往里闯，有人问："崔莺，在这儿跑啥呢？"

她说："我找王叔。"干活的人停了手上的活，望着崔莺。她忽然看见王崇文走过来，上前问："叔，德福啥时回来？"

王崇文说："还没见信儿呢。"

崔莺埋怨地说："到了也该回个信儿。"

很多人已经猜出这是崔老板的女儿崔莺。王崇文说："姑娘你先回去，这里人多忙乱，小心把你撞了。兰州来信了我告诉你。"

崔莺说："我只是问问。"她说完就走了。

张贵说："少东家，这是崔老板的女儿，德福和她……"

王崇文说："甭胡说了，娃都长大了，不敢乱说了。再说，人家崔老板现在咋能看上咱这光景呢？"

"咱这光景咋了？烂船也有三斤铁呢。咱德盛茶坊一开工，咋样都比他崔家强。"

王崇文笑说："不是还没有开工吗？即使开工了，欠人家的那些银两，啥时候还？要还不起咋办？"

"咱这么大的茶坊，咋能还不起呢……"张贵说。

王崇文说："泾阳开茶坊的多得很，不是家家都赚钱！"

"咱家就赚钱，你放心！"张贵说。

王崇文说："你咋知道咱一定能赚钱？兰州签订的契约干完后，生产的茶叶卖给谁？不是你坐在家里茶叶就能卖出去的。"

张贵说："少东家，你想得太多了，咱的茶叶在西域卖得很好，库房很少压货。"

王崇文说："这些我都知道。这次去吴家，我告诉吴周氏西域那边缺茶，咱的茶叶在那边很受欢迎。咱泾阳茯茶的市场大得很呢。我给她看了我的《茯茶壮志图》。我告诉她我们的茯茶不仅要走到西域各地，还要走到俄罗斯和罗马去。吴周氏听得激动，我说借两万两就行了，她说我要重建德盛茶坊，有些设备烧了砸了得重新置办，还要进原材料，事情多着呢，给我三万两银子。我说两万两足够了，她让我拿上，说咱泾阳茯茶能走到罗马，也是咱泾阳人的光荣。拿了吴家的银子，我心里很沉重，一出她家门，我心里有了负担。咱是不是给吴家说了大话，吹了牛？”

张贵说：“难道你那《茯茶壮志图》是吹牛图？”

“不是！绝对不是！”王崇文大声说道，“那是我先祖画的图，他们到过罗马，我们的茯茶也一定能走到罗马去！吴周氏是相信我的，她相信我，才借给我三万两银子。有了这三万两银子，我一定能把德盛茶坊重建起来。”

一阵鞭炮声把一街两巷的街坊惊动了，人们看到德盛茶坊门前张灯结彩，一群孩子拥挤在门口捡哑炮。崔富有推开人群向里望，皮货铺的上官老板说：“建好了，真的建好了，今天就做茶了。”

崔富有说：“不会这么快吧？才几天工夫，德盛茶坊就建起来了，今天就开工做茶了？”

油坊的李老板挤进人群说道：“有两车银子做后盾，哪能不快呢？给我三万两银子，我也能把这王家大院和德盛茶坊建起来。”

杂货铺的张老板看着门楼说：“重建的门楼比以前更大气，更气派。”张老板挤进院里，一眼看见了挂在上房门楼上“忠义仁勇”的牌匾。看得出“忠义仁勇”这几个字让人重新描画过了，光彩夺目。

张贵在王家大院忙着给来看热闹的街坊端水倒茶，上官老板说：“王家大院建好了，茶坊做茶了，咋不见你少东家呢？”

张贵说：“少东家几天几夜没有合眼，在屋子里面睡着呢。”

崔富有喊：“把他喊起来！街坊给他捧场来了，他还能睡着？”

张贵说：“崔老板，别叫！他眼睛都是红的，我叫了两次没叫醒，让他睡去，他实在撑不住了。他是跌倒在炕沿，叫人扶上炕的，躺下就再也叫不醒了。”

门口有人喊道：“兰州的驼队来了！”人们转身向门口拥去。

十二

王崇文两眼红肿，冲出房子昂首大声喊：“兰州的驼队在哪儿?”

张贵看着少东家感到奇怪，刚才叫都叫不醒，一听兰州的驼队来了，就自己醒了。张贵说：“少东家，你再睡一会儿，看你的眼睛红的。”

“没事！没事！兰州的驼队在哪儿?”王崇文走出王家大院门外，没有几个人，也没见驼队。

李老板看见王崇文喊道：“人要紧，挣钱不要命了!”

王崇文说：“咱在人前说一句话，就得按话来，按时给人家交茶，信誉赢得人心。这是契约，也是承诺。驼队呢？驼队跑哪儿去了?”

李老板说：“还不是那老习惯，到轩逸茶馆喝茶去了。”

王崇文笑了：“这茯茶经甜水井水这么一泡一熬，味道就变了，喝起来甘甜爽口，上下通气。我去看看他们，看他们怎样品尝咱的甜水井茯茶。”

张贵不让走，他说：“少东家，你几天几夜没合眼了，你回去歇一会儿，等他们过来我叫你，你甭急!”

王崇文说：“人家来咱门口了，我咋能不见?”

他大步向轩逸茶馆走去，路过甜水井见井台四周围了许多人，人和骆驼挤在一起。王崇文走进轩逸茶馆，茶商多力坤一眼看见了他，喊道：“王老板!”

王崇文听到这一声，疲困瞬间升腾而去，他大步走到多力坤面前，抓住多力坤的手说：“咋来得这么早，我还没给你准备好呢。”

多力坤说：“不着急，我们可以趁机逛逛西安城，在泾阳看看崇文塔、文庙……”

王崇文听了多力坤的话，感动地说：“不会让你们等很久的，我一定让你们满载而归。”

王崇文让客人坐下，要了一壶上等的茯茶。多力坤说：“你们遭了这么大的难，不难为你，有多少拉多少。我这次来主要是探探路子。”

崔富有不知什么时候钻进来，说道：“兰州一定知道泾阳城遭兵匪了，好久没看见兰州的驼队了，很想你们呀。”

多力坤说：“我们知道泾阳遭难了，而且知道德盛茶坊被烧了。消息在兰州传得可凶了，说县城被烧了，王家大院、德盛茶坊被烧成灰了。咱们多年的交情了，我们也牵挂，看见新建起的德盛茶坊和王家大院真高兴呀。我知道你们没有捂好的茶了，新茶我们也要。”

客商中有人喊：“要不是德盛茶坊百年的信誉，我们也不敢冒险闯关中，来一看就明白了，不像兰州传得那样邪乎。”

王崇文说：“不瞒你们说，我们德盛茶坊刚建起来，开工都是新茶……”

多力坤说：“不难为你们，新茶我们也要。”

张贵说：“就是新茶，我们德盛茶坊也不够你们要的货，崔老板的茯茶足够你们带的。”

王崇文看了张贵一眼，不知如何回答。

崔富有急忙说：“我们兴盛茶坊精、特、普茶，三年以上的茯茶多着呢。这段时间街上空空荡荡，一直没见驼队的影子，我们早就等你们来呢。”

王崇文看了张贵一眼，说：“你们放心，不会让你们等多久，我会按契约上说的办，一定让你们满意。”

张贵的提议少东家没有答复，显得很不自在，他给客人倒茶，时不时地看看少东家，他知道刚才的话说瞎了。崔富有一直和王崇文过不去，王家大院被烧，他幸灾乐祸，没说过一句好话，最令人气愤的是他怕崔莺和德福好，要设法阻拦两个娃来往，多次扬言王家翻不了身了，他女儿不会嫁给王家。想起这些，张贵后悔帮崔富有说了话，虽然少东家当面没有反对，但是少东家那个眼神，再加上崔富有的所作所为，让张贵心里更不安了。

崔富有见张贵为他说话，王崇文没有表态，知道王崇文没有一点儿用他的茶的意思。他后悔当初的口无遮拦，在王家大院被烧之后说了很多不该说的话。他料定王家大院从此会一蹶不振，再也翻不了身，但王崇文硬是拼命把王家大院、德盛茶坊重建起来了。德盛茶坊刚刚开张，驼队就收茶来了，而且德盛的新茶他们也要。按以往德盛茶坊出茶的情况，十天半个月也做不出这么多茶。如果让驼队拉了他的茶，他就有笔可观的收入了。

崔老板觉得王崇文无意帮他，便悻悻地走了。

王崇文说：“多力坤，我的好朋友，你这次来得太急，我们德盛茶坊无法按契约完成你需要的茶量，但一定会按契约上的数量给你。兴盛茶坊是和德盛茶坊一样的老牌子，崔老板刚说了，他家库房里精、特、普茶都有，德盛茶坊愿为兴盛茶坊的茯茶质量做担保。”

多力坤说：“没必要，泾阳人我相信，德盛茶坊我更相信。德盛茶坊有多少茶，我拉多少，不够用兴盛茶坊的补。”

张贵想说什么却没开口，王崇文说：“就凭前段时间崔老板借给咱那些银子，我们就应该帮他。”

张贵冲着外面喊道：“崔老板！我们少东家要买你家的茶。”崔富有站在院子里半天没反应过来。张贵又喊：“我们要买你家的茶，真的！”

崔富有听清楚了，急忙跑过来，他给王崇文说：“少东家咋说都行。”他又低声说：“我的茶就是你的茶，给你啥折扣你说个数。”

王崇文说：“街里街坊的咋这样说话！按照契约上的价格给你结账。”

崔富有有些兴奋，感动地说：“对对对。那五十两银子的利息咱就不说了。”

王崇文说：“这是两码事。那五十两银子是你的，利息当然要给的。兴盛替德盛按契约给多力坤交茶，也是帮我们。谁叫我们是同行又是街坊呢！”

崔富有感到脸上一阵一阵发烧，他觉得自己做了很多对不起王家大院的事，在王崇文面前，他觉得无地自容。王崇文说：“多力坤，你们来一趟不容易，明天你去看崔老板的茶，我的茶一时还出不来这么多。下次来，你要多少就给你多少，我保证让你满意。”

王崇文大义，让崔富有捡了一个便宜。崔富有到家就喊：“莺！快收拾一下，去看你崇文叔去。”

崔莺感到奇怪：“你不是不让我和王家的人来往吗？”

崔富有说：“现在不一样了。我先前觉得王家大院这回倒下再也起不来了，谁知道这家伙长了三头六臂，几天就把王家大院和德盛茶坊建起来了。”

崔莺说：“那钱是借的，总是要还的，还不起咋办？”

崔富有说："我看走眼了，看走眼了。王家人能弄事！"他笑着又说："你这贼娃子，咋跟你爸说话呢！"

崔莺说："这都是你给我说的。"

崔富有说："以前爸眼拙看不远么。你收拾一下去王家大院看看，有啥干的活给他们帮帮忙。"

崔莺说："爸，你胡说啥？我为啥要去他家，给他家干活呢？德福又不在，我去他家干啥？"

崔富有说："女子，你听爸的话，德福不在，你就更有理由去他家帮着干些活。"

"爸！"崔莺说，"你再甭叫我做那可笑的事了，我就是嫁不出去，也不能自己去找婆家。"

崔富有从柜子里面拿出一盒软香酥说："你把这点心拿上，看你王叔去，就说我让你去的。"

崔莺说："爸，我去看德福他爸，你得寻个理由，我这样去咋跟他爸说呢？"

"说啥呢，去看他呢还要啥理由？快去快去！"他高兴地把崔莺推出门。

崔莺提着软香酥在街上一步一步地向前挪着。前几天刚去过王家大院，现在又去，她真找不出一个去王家大院的理由。她知道父亲让她去的缘故，现在王家大院、德盛茶坊盖起来了，父亲看到王家大院的希望，这才让她去。德福不在王家大院，她去找谁？去看望德福他爸，自己凭什么理由去看望他爸？是亲戚，还是他未来的儿媳妇？想到这里，她心里慌乱，脸上发烧。就是未来的儿媳妇，也应该在一定的日子去，这不过年不过节的，去他家干什么？

谁给她找一个合适的理由呢？她喜欢德福，喜欢德福的诚实和睿智，更喜欢他的远见和抱负。他常说，长大要帮助父亲把茯茶卖到罗马去。罗马在哪儿，她不知道，她只知道那是一个遥远的地方，是她一辈子都走不到的地方。但德福说，他一定要和父亲让罗马人喝上泾阳茯茶，让那里的人知道咱的泾河、渭水、崇文塔……她曾多次想问德福，能不能带她去罗马，但她不敢问，怕德福不答应，他要带着茯茶去罗马，带个女人多麻烦呀。

崔莺走到王家大院大门口，门楼上"王家大院"四个镏金大字熠熠生辉，牌匾两侧搭着红绸布，红漆大门，鲜艳夺目。一墙之隔的德盛茶坊门楣上的“德盛茶坊”四个黑底金字，庄重而醒目。王家大院真的要兴旺发达起来了。她看见德盛茶坊里的人在忙忙碌碌地干活，她在门口闪了一下走进了王家大院。

她小步向客厅走去，德福他爸肯定在里面，院子里没有人，所有人都到作坊去了，唯有写着“忠义仁勇”的金字牌匾把王家大院照得亮亮堂堂，让站在大院里的她不知道该怎么办。忽然，从厢房里走出一位妇人，还没等她开口，妇人热情地走上前问：“是德福的同学吧？”

崔莺的脸唰地一下红了，她不知道怎样回答，不知道这位妇人怎么会认识她。妇人说：“你到屋里坐。”

她慌张地摆了摆手，不知道说什么好。妇人说：“这几天都在给客商赶活，人都跑到茶坊帮忙去了。”她傻傻地站在那里，不知道如何是好。如果这妇人问她找谁，她该如何回答？德福没有回来，德福他爸上次说过，德福回来，他会告诉她的。德福没回来，德福他爸也没有告诉她，她今天来这里干什么？

妇人看出来崔莺的尴尬，没有问她来干什么，带她到上房客厅坐下。她说：“我爸让我过来看看王叔，顺便帮帮忙。”说着把提着的点心放在桌上，眼神不安地四下瞧着。

“邻里街坊么，来了还拿个礼当，快坐、快坐。”妇人上下打量着崔莺。崔莺被看得立也不是，坐也不是。

忽然，二掌柜张贵急急慌慌地跑进来：“二婶，我叫你烧一锅水你烧了没？”

“烧好了，把茶叶放进去了。”二婶急忙回答道。

“水烧好了，茶叶放上了咋不叫我？那些伙计们喉咙要冒烟了。”张贵喊着，走进厨房，他忽然又喊，“给你说过，水烧开了放上茶叶，盖上锅盖要闷上，敞着锅干啥呢？”

二婶跑进灶房说：“忘了、忘了。我盖，马上就盖。”

张贵说：“我给你说一百遍了，你就是不听。再不好好干，你就回家抱娃去，不要在这里干了。”

二婶跟张贵求情。崔莺在客厅听见二掌柜训斥二婶，心里很不是滋味，二婶是做错了，但也不能这样对待她。张贵在灶房的喊声越来越大："水烧开放上茶叶，捂上锅盖，这叫闷茶。大锅熬茶不好喝。闷茶就不一样了，闷下的茶有味。你是不打不灵醒（陕西方言，反应灵敏，醒悟）。"

二婶不敢吭声，张贵喊："还不快把茶倒到桶里，让我提过去。"

二婶说："让再闷会儿。"

张贵喊："闷啥呢，快！那边急着喝呢。"崔莺隔门看见张贵提着热气腾腾的水桶走了。崔莺觉得父亲让她到王家大院，对她是一种羞辱。人家德盛茶坊正忙得热火朝天，她却来给他们添乱。茶坊二掌柜对她视而不见，使她再也无法坐下去。她觉得二掌柜瞧不起她，更觉得二掌柜不理她的原因是王家大院对她有偏见。

如果他们有这样的看法，甭说德福会笑话她，全街的人都会笑话她，她不知道自己为什么要来王家大院。二婶在灶房受了辱骂，心里很不舒服，进来说道："他是狗仗人势，大掌柜不在家他就成王了，训这个训那个。每次到灶房要东西，都是慌慌张张贼赶过来似的。还没等干完这个活，就又喊着做那件事，我就是长八只手也忙不过来。"

她看到崔莺坐在那儿很不高兴的样子，便说："姑娘，我给你倒杯水去。"

崔莺站起来拉住她说："二婶，不喝，我没事，我要回去了。"

二婶说："没事了就过来转转，王家人可好咧。特别是德福他妈，你以后的婆婆人可好了，面善心软，待人热诚，我在王家干了五六年，对他家很清楚。"

崔莺脸上一阵一阵发烧，她和德福的事还没有影儿，只是他们年龄相仿，又是同学关系，人们就这样猜疑乱说。她不想给二婶解释，她不喜欢他们这样的猜疑。她低头走到大院子，和对面来人差点儿撞个满怀。她抬起头，见是德福他爸，顿时羞得无处藏身，想转身就走，王崇文一脸诧异，问："崔莺，你来有事？"

崔莺抬头看了他一眼，满脸羞红。他说："快屋里坐，屋里坐。"崔莺忽然想起她来干什么。她去屋里说什么？她摇了摇头低声说了句"不了"，转身便走。

王崇文疑惑，这到底怎么了，崔莺见他像见到个怪人，不敢抬头看他，匆忙走出了大门。他喊二婶："崔莺这是咋咧？干啥来了？"

二婶急忙回答："她说来帮忙，还提了一盒软香酥。"

王崇文说："来帮忙咋走了？"

二婶说："她来后在客厅坐了一会儿，就要走。"

王崇文说："她没说啥话？"

"没有。"二婶回答。

王崇文自言自语地说道："这就奇怪了！见了我，她咋慌里慌张地扭头就走？"

二婶说："或许她是来看德福回来没有。"

王崇文说："我给她说过，德福回来我会告诉她的。"

说话间，张贵闯进来。他进院子就喊："二婶，你把饭做好了没有？"

王崇文问："你刚才见到崔莺那女子没？"

"没见。"张贵说。

二婶说："你刚才进去提水的时候，你没看见？崔家女子就坐在客厅里。"

张贵说："胡说啥呢？那么大的一个人坐在客厅里，门开得大大的，我能看不见？"

王崇文说："我刚进院子就碰见崔莺，我见她慌里慌张地走了。"

张贵问："二婶，崔莺姑娘真来过？"

二婶说："她来了，我招呼的我能不知道？是你没注意，崔莺真来了。"

张贵问："她来干啥？她还会来咱这王家大院？如果她真的来了，定是她爸让她来的。"

王崇文说："你咋知道？"

张贵说："崔富有那老东西一撅尻子我就知道他放啥屁。他是让崔莺打听咱家的情况，他想让崔莺给德福做媳妇。"

"再甭胡说。崔莺是个好姑娘。"王崇文说。

张贵说："咱家被烧后，崔富有是个啥态度？整天看西洋景，扬言不允许崔莺和咱德福来往，为啥咱王家大院和德盛茶坊建起来，他女子就来了？"

王崇文说："你甭胡说！"

张贵说："崔莺来两次了。前段时间，她爸管着她，不让她来，现在却隔三岔五地往王家大院跑。崔老板打的啥算盘，我比少东家你清楚。"

王崇文对张贵的话很生气，他说："你忙你的去，再甭敞嘴胡说了，小心说出事来了！”

二婶在灶房听见吓了一跳。张贵走进灶房，二婶说：“看你再胡说！”

张贵低声说：“少东家今天是咋咧？我说的没错呀！”

二婶说：“你说得对，说得太对了，但你说错了。”

张贵不明白二婶的意思，训斥她说：“你快点儿，伙计们都饿得前胸贴到后背了。”

王崇文在上房里说道：“二掌柜，你甭催二婶，她做这一大家子饭不容易。”

张贵没再吭声，转身出了灶房又回过身来对二婶低声说：“真到时候了，你快做，做好了我马上叫人吃饭。”

二婶不耐烦地说：“叫去，叫！喉咙伸出手了。”

十三

天空在人们不知不觉中阴了下来，使人的心情也阴郁起来。

崔莺羞愧地回到家，钻进房间里不出来。崔富有觉得不对劲儿，推女儿的房门，房门反锁着，他站在房门口思索良久不知所措。崔莺去看王崇文，有理不打上门客，自己以前做得再无礼，女儿今天登门，王崇文不会不理吧，不会说些难听的话为难女儿吧？

街坊都知道德福和崔莺好，两个娃是一对好鸳鸯。崔富有以前看到王家大院的惨状，幸灾乐祸过，但都是过去的事了，王崇文不应该对崔莺无礼。

崔富有越想越生气，自言自语道：“咱不到王家大院去了，虽然咱崔家没有王家大院的财势，但日子还过得去。既然王家对崔家这么无礼，为什么要把兰州这笔生意让给崔家做？这可是一笔不小的收入啊！是王家向崔家示好？既向崔家示好，为什么又为难崔家的女儿？”

他又敲了女儿的房门，门开了，他看见女儿呆坐在炕沿，他问：“莺，身子不舒服？”

崔莺不吭声，他又问：“身子哪儿不舒服？”

崔莺还是不吭声，他说：“爸问你话呢，你去王家大院他们把你咋了？”

“他们能把我咋样！”崔莺说。

“你见到王崇文咧？”崔富有说。

“见到了。”崔莺说。

“他咋说的？”崔富有问。

崔莺说：“他啥也没说。”

“那你回家为啥钻进房子像受了多大的委屈似的？”崔富有问。

崔莺哭着问：“你为啥让我去他家？”

“人家对咱好，把兰州的生意转让给咱做，咱得感谢人家。”崔富有说。

“感谢人家，你咋不去谢，要让我去！”崔莺说。

崔富有说：“你去咋咧？你是我女儿，你去看他是看得起他。”

崔莺不吭声，觉得受了天大的委屈，趴在炕上哭起来。

“你哭啥？你说他到底把你咋样了？他要对你做得太过分，我找他去。”崔富有不知道女儿在王家大院受到多大的委屈，焦急地问。

崔莺说：“你还去人家里干啥？还不嫌丢人？我已经丢了一次人，你不要再去丢人了！”

崔富有说：“丢啥人呢，你去是人之常情，咱丢啥人？”

“谁还不知道你心里咋想的！”崔莺率真地说。

崔富有低声说道：“我还不是为了你，你嫁到王家咱不算高攀，但你吃香的喝辣的，穿绫罗绸缎，爸也一定会跟着你享福。”

崔莺说：“你让我去看望德福他爸，我坐在客厅里，二掌柜张贵都瞧不起我，王家的人能看得起我？”

崔富有生气地说：“要他看得起你干啥？他就是个领头干活的，只要少东家王崇文看得起你就行了。”

崔莺说：“少东家也一定看不起我。我见他不冷不热的样子，就知道他看不起我。我真后悔去了王家。”

崔富有听后很生气，对女儿说：“咱又不是嫁不出去，县上比他家光景好的人家多得去了，咱不要在一棵树上吊死。我也是想试试他王家的诚意。他要是不识抬举，我还不愿意呢！你还小，好好念书，将来一定比德福有出息。”崔莺听了他爸的话哭出了声。

十四

街上一阵喧闹，不知甜水井那边出了啥事，街上的人都向甜水井拥去。崔富有听见喊声也向甜水井跑去，到了一看，原来是有人打架了。兰州驼队的一伙人在轩逸茶馆喝完茶歇着，另一群人来到轩逸茶馆，口干舌燥想喝茶。兰州客人不走，后边的人进不了茶馆，三两句说不合就吵起来了，吵着吵着两拨人竟然动手打在了一起。崔富有上前劝架，不知谁一拳打在崔富有的右眼睛上，崔富有的眼圈立刻青了起来。有人去叫王崇文，王崇文急忙赶来，见崔老板眼睛乌青，便问：“咋回事？谁把崔老板打了？客家欺负主家了！”

王崇文问多力坤：“多力坤，谁打的？”

多力坤不吭声，王崇文说：“多力坤，你不说清今日这事就不要拉崔老板的茶了。”

多力坤说：“我们在这儿好好地喝茶，他们来了骂骂咧咧，骂的话很难听，就这样两家打起来了，两边乱打呢，真没看清是谁打的。”

王崇文说：“没看清就别拉茶，啥时候看清了再拉。”

崔富有听这话急了：“没事、没事，我回家歇一会儿就好了，先让多力坤装茶，他们一走就没事了。”

王崇文说：“崔老板，这事也怪你，这么多天了，你不让多力坤装茶走人，他装茶走了，也不会挤在轩逸茶馆闹事。”

崔老板说：“我等你话呢。”

王崇文说：“等我啥话？我当着你俩的面说让他们装你的茶，还要我把客人领到你家去吗?”

崔富有接过王崇文这话,捂着眼睛喊:“走!多力坤,装茶去!”

崔富有这一喊,多力坤的人都站起来走出了茶馆。他们刚走出茶馆,另一伙人就一窝蜂似的拥进茶馆,茶馆一下又塞得满满的。王崇文看着多力坤带人走后,说道:“混乱中,肯定是多力坤的人误打了崔老板。”

有人问:“你咋知道?”

王崇文说:“多力坤的人要是没打,他早就跳出来跟我喊了,他那脾气就是个火药桶,一碰就着,一点就爆。”

忽然张贵在街道上喊:“少东家,你快回来,茶叶压缩板断了。”

有人问王崇文:“听说你改进了茶叶的压缩技术,把茯茶的砖块压缩得更小了?”

王崇文说:“就是在原来的基础上改进了一下压缩技术。”

有人说:“读过书的人就是和咱大老粗不一样,心里环环多。”

王崇文说:“过去,茯茶西运主要靠骆驼驮、马载,随着茯茶贸易量不断增大,西去运输问题凸显出来。为了解决这一问题,增加运输量,生产厂家设法改进茯茶包装,压缩体积,开始筑制砖茶,随之诞生了泾阳茯砖茶。但经过改进压缩的砖茶还不够理想。”众人相视不语,静听着他的讲述。

王崇文说:“这次,我们全面改进了压缩技术,包装得好,客商也好带。”人们都要跟着王崇文去看革新的压缩技术。

崔富有送走了驼队去看女儿,他对崔莺说:“德福他爸对咱可好咧,就在晌午我劝架的时候被人打了一拳,少东家打抱不平,竟要得罪多年的客户多力坤。要不是我原谅多力坤,少东家可饶不了他。”

崔莺坐在炕上看书,对父亲的话不屑一顾。她觉得父亲势利心太重,为巴结王家大院不择手段,什么话也能说得出来,什么事也能做得出来。崔富有见女儿不吭声,继续说:“听说少东家改进了茯茶压缩包装技术,我想去看看那个压缩机器。如果能行,咱也做一个。少东家能做的,咱也能做。”

崔莺仍然不吭声,崔富有走了。这个技术缩小了茯茶的体积,客商更好带,增加了运输量,多好的事啊!不管街坊怎么看,也不管王家大院的人咋想,他要去王家大院学习新技术,他不是为女儿的事,更不是想高攀王家。崔富有走出门,见油坊李老板站在门口,便说:“听说王家大院在茯茶包装上搞了一个新玩意儿，我去看看。”

李老板说：“这会儿去了很多人，大家都去看稀景。”

路过杂货铺，张老板正在铺子里忙活，崔富有上前问：“忙啥呢?”

张老板抬起头说：“去王家呀?”

崔富有问：“你咋知道我去王家?”

张老板说：“街坊谁不知道你想把女儿嫁给德福，今天你一定是去王家。”

崔富有佯装生气地说：“娃还小，不要胡说。”

“胡说啥咧！男大当婚女大当嫁，这是天经地义的事。我看这俩娃是天生一对，好事!”

崔富有听到这话心中暗喜，连忙告别。张老板说:“咱是女方，不要往王家跑得太勤，咱崔莺又不是嫁不出去。”

崔富有忽然变了脸，回头问：“谁跑得勤？跑得勤又咋！我今儿过去是看王家压缩茯茶的新技术，不是去巴结高攀王家。”

张老板吓一跳，忙解释：“崔老板，你不是高攀，不是巴结他家，咱光景不比他家差。再说，咱崔莺长得多好看，又有学问，是他王家高攀咱崔家。”

崔富有消了气，低声说道：“以后不敢胡说了，娃的事还没有影影，只是德福以前爱往我家跑，娃的事我们做大人的也不好说。”张老板低头偷着笑。忽然一阵急促的马蹄声自远而至，直奔王家大院，崔富有小跑着向王家大院奔去。

十五

天有不测风云，人有旦夕祸福。

一匹马飞奔而来，信使飞身下马，跑进王家大院。王崇文在院子里看到咸阳信使送来的电报，差点儿跌倒，幸好被身边几个人扶住。

崔富有在门口看见这一幕，吓得没敢走进王家大院，他知道王家又出大事了，而且是能把王家压倒的大事。他不想再询问王家大院出了啥事，匆忙走了。张老板见崔富有往回走了，便问：“崔老板，你咋不去王家了？王家出了啥事，来人咋没停就走了？”

崔富有说：“我没问，我不管闲事。”

张老板说：“咋是闲事？你们以后是亲家，你咋能不问呢？”

崔富有忽然翻了脸，怒斥道：“你少给我胡说！谁和他是亲家？我女子还在念书呢。”张老板不再吭声，崔富有疾步向家里走去。

崔富有回家见女儿正在熬茶，他帮女儿洗茶碗，女儿说：“爸，你忙你的，我一会儿就熬好了。”

崔富有低声告诉女儿：“王家大院又出事了。”

崔莺一愣。崔富有说：“我刚看见一信使飞马跑进王家大院，王老板听了他的话，当场就软瘫了。”

“王家大院出了啥事？”崔莺急问。

“我不知道，我看见那个情景就走了，再没敢去他家里。你去王家大院他不理你，不理你也好，我还不愿高攀他那高门楼子呢。这次跌倒，王家怕是麻烦大了。”

崔莺放下茶壶，转身向门外跑去。崔富有急忙追出去，只见女儿直向王家大院跑去。他见街上到处是人，收住了脚步，皮货铺的上官老板看见问：“咋了，娃急着跑啥呢？”

崔富有生气地喊道：“唉，贼女子不听话去王家大院了。”

上官老板说：“娃这时去王家大院是对的，王家大院出事了，不去才不对呢。”

崔富有急着问：“到底出了啥事？”

上官老板说：“你去看看就知道了。”

李老板喊：“崔老板，你过来！”

崔富有走过去，李老板说：“这个时候你应该去看看少东家，真是一事连一事！”

崔富有急问：“啥事嘛？”

李老板说：“老东家、儿媳和德福在兰州被人绑架了。”

“啊！这可咋办呀！”崔富有只想他家出了大事，没想到会出这么大的事，“这下完了！”他疾步向王家大院走去。

李老板说：“你去多安慰几句，天灾人祸没办法！”

崔富有冲进王家大院，拉女儿就走，崔莺红着脸说：“爸，你这是干啥，德福他爸要去兰州，我帮他收拾一下。”

崔富有在门外对女儿说：“这里哪有你的事，你给我回去！”

张贵看见崔富有和女儿争吵，走出来说：“崔老板，你也太没良心了，少东家刚把一笔茯茶单子给了你，你转身就忘了？”

崔富有说：“我这是给你们帮忙。”

张贵气得说不出话来：“你……你咋能这样说话！如果不给你，我们在街上收购一批茯茶转手卖给客商，我们要赚多少钱？你咋是个不知好歹的人呢！”

崔富有说：“你们家出了事，叫我女儿来干啥？”

张贵说：“谁叫你女儿了？是她自己跑来的。”

王崇文忽然出现在门口喊张贵：“你咋说话的，崔莺是我叫过来帮忙的。”

崔富有听到这话急了：“少东家，你家的事叫我女儿干啥哩？”王崇文被问了个大红脸。

崔莺说：“你放开我，是我自己来的，谁也没叫我。”

崔富有大声喊道：“你再进王家的门，小心我打断你的腿！”他拉着女儿的胳膊要她回去。

上官老板看见这一幕，气愤地在门口喊道：“良心让狗吃了。人活到这一步，猪狗不如！”

杂货铺的张老板见上官老板骂人，要闹事，赶紧回家了。油坊的李老板看到这个情景，不断地叹气，觉得这世界变得没有仁义了。一些店铺的掌柜纷纷走进王家大院安慰王崇文，茶坊停工了，人们再也没有心思干活。上官老板在院子里给王崇文说：“天塌下来我们大家撑着，我们跟你一块儿去兰州，救人要紧！”

有人喊道：“手里紧了吭声，街坊邻居给你凑。”

王崇文拱手说：“大家回去歇着，有事我叫你们，茶坊有人，手头也不紧，谢谢街坊。”他给街坊乡党连鞠了三个躬。二掌柜张贵和王家大院的人也跟着给前来帮忙的街坊乡党鞠躬致谢。上官老板骂崔老板做事不像人。王家大院被烧，他幸灾乐祸；今天王家大院一出事，他躲得远远的。女子有良心，想来帮忙却被那没良心的老子拉走了。

上官老板见张老板只是不停地叹气，生气地说："你也是街面上的人，遇事只会瞎叹气，一句公道话也没有。"

张老板只是笑："我哪有你这胆量，你知道我的杂货铺生意有崔老板的股银。"

十六

王崇文骑着黑驹飞奔兰州去救亲人。

老东家王守业带着儿媳和孙子跟着梁掌柜到了兰州，才知道儿子王崇文已回泾阳了。金花听说老家来人了，到德盛商行去看望他们。老东家见到金花，心里很不高兴，他虽然没见过金花，但知道她是儿子的二房媳妇。他看到金花长得乖巧，一脸娃娃气，心想长得这么秀气，这么端庄，咋要给人家当二房呢？好在儿媳妇梁梅贤惠明理，不和崇文闹事，也算是崇文的福气。

金花见到老东家，甜甜地叫他爸，他佯装没听见，继续装旱烟。金花眼尖，赶忙上前给他点烟，老东家却把烟锅转向梁梅，让梁梅给他点烟。金花一笑，给老东家去泡茶。梁梅低声给他说："爸，我在路上咋给你说的，你这不是让我为难吗？金花知道了说你的脾气犟，不知道了还以为我在路上给你教的。"

老东家说："我还要你教？"

金花端茶过来，老东家不再吭声。金花叫了一声爸，给老东家敬上茶，给梁梅上了茶，又给梁掌柜去端茶，梁掌柜跑过来接住。梁梅说："他是咱泾阳老家大院的梁掌柜。"

金花给德福去端茶，德福站起来叫了一声娘，金花一惊，茶水溢出碗沿。德福接住茶碗，说："谢谢娘。"

金花看了德福一眼，她无法相信有一个这么大的和自己一般高的儿子。金花坐下，老东家扭着头，不想看金花一眼。梁梅问金花："妹子，德福他爸啥时候走的?"

金花说："崇文半月前就走了，你们没见到他?"

老东家说："我们见到他，还来兰州干啥?"金花听着只是笑。

"爸……"梁梅知道公公说话带气，轻轻叫了一声。她虽说不计较王崇文在外面娶二房，但金花那一句亲密的"崇文"，使她心里很不悦。多少年来，她当别人的面，从没有直呼过他的名字，而金花叫起来是那样的亲切顺口，但她不能露出一点儿不悦的表情，她要让公公认了这个儿媳妇。

她见儿子德福认了这个娘，心里高兴。金花回不回泾阳去，都已成为王家的人、王崇文的媳妇了。她做姐姐的不能给金花脸色看，否则就不是一个好姐姐了，王崇文知道了也会怨她。他一个人在外面闯荡不容易，在外边也应该有个人照顾他，这样自己也放心。

晚上，金花让厨子都走了，亲自给公公、姐姐和儿子德福做饭。商行的掌柜马旺财站在灶房不出去，金花让他出去，嫌他碍事，挡了灶房的路。马旺财不放心，主人在灶房干活，他怎么能走呢?金花说："你爱站哪儿站哪儿，别挡我的路。"

金花干活利索，不一会儿就炒好了几碟菜，擀好了一案面，油泼辣子蒜拌面。她亲自给家人端过去。老东家见上了菜又上了面，气愤地说："这日子两天就让你糟蹋完了。"

他赌气只吃了一碗面，一口菜没动，金花不知道公公的气从何而来。想问公公又不敢，她问梁梅，梁梅说："好着呢，菜炒得很有味道。"

梁梅问德福："你娘炒的菜好吃吗?"

德福说："好吃，这一路上吃了好几天开水泡馍，我的肚子里一点儿油水也没有。"老东家瞪了孙子一眼，德福不再吭声。老东家没吃一口菜，宝田也不敢夹菜，让德福吃美了。

老东家吃完一碗面，金花想给公公再捞一碗面，梁梅挡了说："爸年纪大，不敢多吃了。给爸舀一碗面汤吧，原汤化原食。"

金花高兴地去做了，老东家埋怨梁梅说：“你能行得很，你的心咋这么大的！”金花端盘子进来，一人一碗面汤，双手递给公公和姐姐。德福看见便站起来，自己端走一碗，他怕金花娘给他端，母亲说他。

吃完饭，梁梅端碗进了灶房，金花怨姐姐帮她，她说：“姐，你们来兰州，第一顿饭我要亲手给你们做，也不知道盐轻醋重，口味合适不合适？”

梁梅说：“合适、合适，你炒的菜，比馆子的菜还好吃。”

金花洗刷碗筷动作麻利。梁梅看在眼里喜在心头，她佩服王崇文有眼力，找了这么一个漂亮又能干的媳妇。有金花在兰州她放心，她回去后要安心地做好大院的家庭内务，让王崇文一心一意地把王家生意做好。王崇文说要把泾阳的茯茶销售到罗马去，她不知道罗马有多远，但知道很远很远，是她一辈子也走不到的地方。她佩服丈夫的顽强意志、远大梦想。王崇文说起远走罗马的梦想，常常高兴得眉飞色舞，晚上睡不着觉。她常被他感染，彻夜难眠。有金花这样的媳妇一定能帮他实现远走罗马的梦想。看着里外忙活有序、散发着一身青春气息的金花，梁梅心里一阵喜悦。她回家以后也要叫他崇文，再也不叫“娃他爸”，或者用“嗨嗨”唤他。金花时尚又有知识，在兰州一定能帮王崇文干一番事业。梁梅忽然对金花说：“妹子，你知道刚才爸为啥生气？你做那么好吃的菜，他为啥一口也不吃？”

金花停了手里的活转过身来，亮亮的眼睛看着梁梅，像一个调皮的洋娃娃，问：“为啥？”

梁梅说：“你猜。”

金花说：“姐，我笨，猜不着。菜我是认真炒的，不敢有一丁点儿的马虎。”

梁梅说：“爸是个过惯苦日子的人，细密了一辈子，见不得一点点浪费。”

金花亮亮的眸子闪过一缕疑惑：“我没有浪费，我心里想着做少了我少吃，做多了我多吃。擀的面刚够你们四个人吃，还有那些菜。爸、你和德福一人一大碗面一定够吃了。我给梁掌柜准备了两碗，他是干活的人，一定吃得多。”

“那你没吃面？”梁梅问。

金花说：“我不想吃面。想吃我自己会做的，只要你们吃好就行了。姐，你快告诉我，爸咋不高兴呢？”

梁梅说：“你擀了面就不要炒菜了，咱泾阳炒菜吃馍、喝稀饭。况且，你做了油泼辣子蒜拌面，就更不该炒菜了，爸嫌你浪费。他说了就说了，没事，过去了就啥事都不计较了。早上喝稀饭吃热馍，馍要热透，一定要炒菜，咱四个人一碟子热菜一碟子凉菜就好了。有辣子和咸菜就是凉菜，他高兴时用热蒸馍夹辣子一顿能吃两个。”

“谢姐姐，以后还要请姐姐多指教。”金花说。

梁梅说：“说哪里话，咋叫指教？你以后回到泾阳我再告诉你咱泾阳的规矩，十里乡俗不一样。兰州和泾阳相距五百多公里，乡俗规矩肯定不一样，你们兰州有啥乡俗规矩也给我说说，不要让我做错了叫人笑话。”

十七

金花带着公公和梁梅姐还有德福把兰州城转了个遍，老东家没事就在商行里喝茶跟人聊天。传说王崇文要重建王家大院和茶坊，他也不闻不问。

夜里，老东家睡得踏实，德福也早早就睡了。

梁梅在屋里睡不着。兰州的风无处不钻，从房屋椽沿、瓦缝、窗户、窗扇和门缝钻进房子，吹得房子到处有响动。她挂念丈夫，他回到泾阳，见不到父亲的影儿，见不到她和儿子，会不会再返回兰州？公公之前说到兰州躲几天风头就回泾阳去，但他现在却没有回去的打算。他一路上念叨，他放心不下泾阳那份家业，放在屋子的茯茶出花了没有？梁掌柜告诉他，家里有二掌柜不会误事。公公说：“张贵办事不牢靠，当初应该把张贵带出来，让梁掌柜留在家里，人放心。”还说：“那年，梁掌柜老家永寿的堂哥向梁掌柜要一批布料和中西药，梁掌柜完全可以在泾阳组织货源赚一笔，却找我要让货栈做这笔生意。我给梁掌柜分红利，他说茶坊已给他工钱了，他不能再拿王家大院的钱。他说这是他应该做的，我老挂在嘴上说。”公公还说如果崇文还在兰州，他要让崇文带他们在兰州好好转转。谁知道崇文已回泾阳去了，他回去，家里的一切就都顺当了。也正因为如此，公公不想回家。

梁梅、公公和儿子躲过了灾难，不知道兵匪把家里糟蹋成什么样了。公公把值钱的东西和细软都藏起来了，当时跑得急，也没带多少东西。吃的用的都在梁掌柜身上背着，一路上有公公和梁掌柜，自己什么心也没操。在这里一切有梁掌柜和马掌柜料理，一家人日子过得很舒坦。

梁梅刚睡着，听见有人推房门。公公、儿子睡在外间，她睡在里间，她不知道出了什么事。公公被推门声惊醒，问："谁呀？这黑天半夜的干啥呀？"

有人喊："你看我们是干啥的？"老东家点着灯，只见几个大汉站在屋里，手里提着枪。德福睡得沉还没有醒来。老东家问："我是个客人，刚到兰州，有啥事你们说。"

来人说："王老东家，你不认识我们，我们认识你。"

老东家没吭声，来人问："你是泾阳的王老东家，我们猜得对不对？"

老东家说："有啥事你跟我说，甭吓着我孙子。"

来人说："你老人家就别睡了，我给你和你孙子换个地方睡。对了，还有你儿媳妇，她一定在这个里间睡着。"

老东家急说："有啥事你跟我说。泾阳县城遭劫了，我们刚逃到兰州立脚未稳，只要我能办到的，我一定办。"

"你一定能办到，但你们今晚必须跟我走，换个地方睡。"来人厉声说道。

梁梅在里间听到这话身子发软，梁掌柜和马掌柜现在不知道在哪里，公公这么大年纪了，恐怕是顶不住他们的。只听公公说："咱走，有话慢慢说。"

来人说："不是你一个人跟我们走，叫醒你的儿媳和孙子。"

"你叫他们干啥，他们啥也不知道，我跟你们去。"老东家轻声说道。

来人说："不，他们和你一块儿走。是你叫还是我们叫？"

老东家说："我叫，我叫。"

梁梅下了炕，双腿一软坐在地上，她听见公公叫她："德福他妈，你出来。"

老东家推德福，德福不醒，他说："娃今儿逛了一天走困了。"

他又推，德福醒了，说："爷，让我再睡会儿。"

德福爬起来，看见屋里站着几个人，问："爷，他们是干啥的？"

老东家说："你起来，去叫你妈，咱们换个地方睡。"

德福下炕推里间的房门，门虚掩着，一推就开了。他看见母亲在地上坐着，他问："妈，你咋坐在地上了？地上潮。"

梁梅知道儿子叫她走，她说："你拉妈一把，让妈站起来。"

德福扶住母亲，母亲抓着他的胳膊怎么也站不起来。屋外的人等得不耐烦了，喊："快点儿！"梁梅听到这一声喊，忽然一下子站了起来。

老东家说："你叫他们没用，他俩啥也不知道。"

来人喊："快走！不要惹恼我们。"

逃散的兵匪在兰州听说泾阳的德盛茶坊在一片废墟中重新开张，可见王家大院的实力多么雄厚。又听说王家大院在兰州有商号，走投无路的几个兵匪一夜间劫持了王家老小。

他们把王家老小劫持到东城门里的一座废旧宅院里关了起来。

起初，他们软硬兼施，逼老东家给儿子王崇文写信，让王崇文带银子来赎人。老东家是个走南闯北的人，见的世面多了，他没把兵匪放在眼里，他担心的是儿媳和孙子。他要求把他儿媳和孙子放了，他才肯给儿子写信。兵匪答应把他儿媳和孙子放了，拿来笔和纸墨让他写。他问："你们知道王家大院在哪儿吗？"

兵匪头子说："这个你别管，你只要把信写好，我们有办法找到你家，把信交给你儿子。"

老东家知道这帮兵匪没有底线，只认钱不认人，没有信义可讲，他们用他的信找到崇文，也不会放过他。他活了六十多岁了，活够了，他不想再连累家里人。面对这伙强盗，他不知如何让儿孙们躲过这场灾难。他问："我咋样才知道你放了我儿媳和孙子？"

两兵匪凶狠地说："少废话！你今晚到底写不写？"

从兵匪的话中老东家知道，儿媳梁梅和孙子德福一定还在他们手中，要想让这帮兵匪讲信义是不可能的。忽然他听到儿媳梁梅的哭声和孙子德福的叫声，老东家把笔摔在了地上，怒吼道："你们不讲信义！"

兵匪头子说："只要你写，我们就放了他们。"

老东家问："你们刚才把他们咋样了？他们又哭又喊的。"

另一个兵匪进来说："他们母子俩不安宁，胡喊呢。"

老东家说："你们放了他们我再写，不然我不会写的！"

那个兵匪一脚踢在老东家的腰上，老东家哼了一声倒下了，兵匪说："你是要命还是要钱?"老东家趴在地上起不来，一兵匪不让再打，把他拉起来说："你写了，我们放你们走；你不写，今晚我们就把你们全带走。其实，我们只要把消息放出去，相信你儿一定会来救你们的。到时候，你们一个也跑不掉。"

一兵匪在外一招呼，几个兵匪都进来了。兵匪头子说："明天不能在这儿再待了，天亮前出城，把他们带到山里去。这里一旦被官兵发现，我们就跑不掉了。"

另一个兵匪说："这死老汉打了几天就是不写。"

"让他写，难道他把钱看得比命还重?"老东家在屋里听得清楚，他哪是把钱看得比命还重，他只怕这封信给家里带来更大的灾难。儿子崇文在泾阳，兵匪一时两时不会折回去。经那一难，泾阳官府的官兵一定会加强防范，兵匪也不敢轻易进泾阳。他如果写了信就把儿子崇文引到兰州来了，儿子来兰州，只会带来更大的灾难。

兰州也一定有官府，官府和商行的人肯定正在寻找他们，一旦发现他们藏在这里，这几个兵匪定会被官府抓住。

老东家说："让我睡会儿，天亮我写。"他想再拖延下去。

兰州的夜亮如白昼，场院里什么都看得清楚，唯有兵匪的脸像涂了黑漆，分不出鼻子眼睛来。

两兵匪一商量说："不行，你现在就写。"

老东家想，我有的是时间，而他们却没有多少时间了。他说："我眼睛看不见，天亮就能看清字了。"

两兵匪没办法，正在犹豫，兵匪头子进来说道："天亮前必须离开这里，这地方不能再待了。让他写，他不写留着也没用。"

老东家听见没有任何惧色，只要熬到天亮，他们就有被官府发现的可能，商行的伙计和泾阳商会的乡党肯定也在找他们。他说："我眼睛真的看不清，房子这灯像萤火虫，我哪能看得清。"

一兵匪出去又进来说："那就等到天亮吧，你老头不要耍奸溜滑，要是耍弄我们，后果你知道。"老东家当然知道后果，他知道天一亮官府和乡党就有可能找过来，兵匪就会被抓住。他们跑了，一定还会祸害百姓。

梁梅和儿子被关在另一个破房子里，房子里黑乎乎的，一点儿亮光也没有。德福劝母亲不要害怕，他说:“窗户可以卸下来，我们从窗户逃走。”梁梅不敢，德福说：“妈，我把窗户卸下来，你踩在我的肩上，你先从窗户爬出去，我随后爬出去。”

梁梅问：“你能把妈顶到窗户口?”

“没问题，我能行。”德福说。

梁梅又担心地问：“妈出去了，你能爬上窗户?”

德福说：“妈，你看。”德福一跃，双手抓住了窗沿。

他们在这儿已待到第三天了，梁梅怨梁掌柜和马掌柜咋就找不到这里来呢！她心慌意乱，心里出奇地害怕。儿子德福倒是不害怕，想法要逃走。她忽然听见外面有说话的声音：“只要老头把信一写，我们把信送到泾阳，王家大院一定会来人救他们的。王家大院是个大户人家，有的是银子，有这老头和这娘儿俩在咱手上，不愁弄不到银子。”

十八

王崇文飞马去了兰州。街坊邻居都知道王家大院出事了，二掌柜张贵把王家大院和德盛茶坊大门都关了，茶坊干活的人也不准出去。有人敲茶坊的门，张贵开了门，几个人拥进来要求退股。

张贵傻了眼，急忙说：“要退股找东家，找我有啥用。”

有人喊：“你在王家是吃闲饭的?”

张贵说：“大掌柜不在，我只是个下苦的人。”

有人说：“这次你们王家算是走到头了，前段时间被火烧了，吴周氏救了你们，这次谁救你们?”

张贵没回答，只是赔着笑脸应付。干活的伙计们放下手里的活向门口张望。张贵劝股东们先回去，等少东家回来再说。他们都不走，喊着往里挤。崔富有挤了进来说："二掌柜，你们王家借我那五十两银子啥时候还？你们东家在安吴堡借了不少银子，有这个数了吧？我都知道 。"

张贵看见崔富有就来气："崔老板，你在街面上也是有头有脸的人，王家大院遇这么大的难，你还来凑热闹？"

崔富有说："你们王家遇难与我有啥关系？这是你们王家大院的命，命该如此。"

有人怨崔富有太不讲人情，有人悄悄退了出去。张贵说："你要这样说话，我啥话也不说了，但我告诉你，东家不在，我没有银子，你们要砸要抢随便!"几个人跑进茶坊推翻了设备和茶堆，听到张贵的话都住了手。

张贵叫伙计们让开道，要求退股的街坊乡党愣在了门口，谁也不敢再进来。

张贵怕他们明天再来闹事，真砸了设备，抢走了库房的茶，他怎么给东家交代？晚上他去找黑豹，想让黑豹看家护院镇住他们。第二天一大早，黑豹来了，没有人再敢来闹事了。

十九

金花被一阵急促的敲门声惊醒。她爬起来头没梳脸没洗，问道："谁呀，一大早敲门干啥？"

门外人说："少夫人，出事了!"

金花不知道哪儿出事了。她穿了衣服，急忙开了门，是商行二掌柜茯茶哥。她问："哪儿出事了？"

他喘着气说："少夫人，老东家出事了。"

"快说，咋出事了？"

二掌柜说："夜里商行来了一帮土匪，把老东家和夫人还有德福劫走了。"

“劫哪儿去了？”金花问。

二掌柜茯茶哥说：“我不知道，夜里人都睡得死死的，几个土匪带着枪翻墙进了商行，劫走了老东家一家人。”

“你们没发觉？”

“有人看见没敢出声，他们看着土匪把老东家和儿媳、孙子带走了。”茯茶哥说。

金花问：“带哪儿去了？”

“不知道，我要知道就跟上去了。”茯茶哥说。

金花问：“大掌柜人呢？”

“早吓软瘫了，在商行坐着呢，让我来找你。我知道找你也没用，你一个妇道人家有啥办法。”

金花说：“你陪我找咱陈会长去。”

在兰州出了事，乡党们第一个想到的是会长陈耕。他主意多也会办事，乡党们都信任他。金花找到陈会长说明了情况。陈耕说：“兰州的土匪没有这么大胆的，敢冲进商行劫人，我觉得他们不像是土匪。”他问：“你们最近和谁有没有撞磕，结下梁子？”

茯茶哥说：“没有。这几个月商行里没有发生过吵吵闹闹的事。”

“过去呢，过去有没有过？”陈耕问。

茯茶哥说：“过去也很少有，即使吵闹了，过去也就过去了，没有人和咱结梁子，你也知道我们东家的为人。”

陈耕说：“你们先回去。他们劫人无非是要钱，老东家不会有事，让我再打问一下，把事情弄清楚，看是哪些人干的。”金花不想走，陈耕说：“你在这儿也没用，你回去容我打听一下，有消息我到商行找你们。”

金花很不情愿地走了，茯茶哥劝道：“少夫人，陈会长是你们泾阳人，他人活道，在兰州认识的人多，一定会打听到老东家一家人下落的。”

回到商行，一伙计看见金花，在门口喊：“少夫人来了！”

马掌柜说：“你甭喊，快扶我下炕。”伙计扶起马掌柜，他坐起来穿上鞋，他穿鞋一般不勾鞋，说趿拉着鞋走路舒服。金花走进商行，见马掌柜坐在炕沿，开口便问：“马掌柜咋了？”

马掌柜说：“不知咋了，听到东家出事了，我就浑身软得起不来了。”

金花问："是听到还是看到了？"

马掌柜说："是看到了。"

"咋看到的？"金花问。

"我在炕上躺着呢，听见骂人的声音我就醒来了。我扒在门缝朝外一看，吓我一大跳。那几个人手里提着枪，像是土匪，催着老东家他们向外走。我当时就腿软了，扒住炕沿爬上炕就没敢动弹。我胆小，头一回碰见这事，一时也不知东西南北了。"

看着脸色蜡黄的马掌柜，金花无语了。

马掌柜说："他们走了，我咋也起不来，想让伙计叫你去，我软得动不了，不敢喊也喊不出声来。天快亮时听见院里有人走动，我知道是伙计去解手。我咳嗽了几声，二掌柜就推门进来了。我记得门是关着的，谁知二掌柜一推门就开了。"

二掌柜茯茶哥说："他的房门没关，我一推就进去了，他硬说他关了房门，关了房门我咋进去的？"

金花说："你下来，坐在椅子上说话。"

马掌柜说："我身子软得动弹不了。"二掌柜上前抱住他，把他挪坐在椅子上，他弯腰勾上鞋，静听少夫人说话。

金花说："看你……土匪早都没影儿了，你还是这样！"

马掌柜说："我怕，我是怕呀！"

金花说："你给我说清楚，你晚上都看到了啥，老东家说啥话没有？"

马掌柜说："我只听到老东家骂他们，骂的啥话我听不清楚。娃和夫人走在前边，老东家在后边，有两个土匪提着枪跟在他们后边。月光下我看见他们手里的枪，腿就软了。"

金花知道事情的严重性，公公和梁梅姐还有德福被人劫持了，在兰州谁有这样的胆量绑票呢？她知道来者不善。王家的这场大祸怕要把王家整垮了。

她知道在马掌柜这里讨不出任何办法。她走进院子，走进公公和梁梅姐的房间。这场大祸来得太突然，让她措手不及，但她知道，兰州的这场大祸，她必须挺身而出。如果处理得好，她在王家就有了地位，她就能堂堂正正地回泾阳；如果处理不好，她一辈子就只能待在兰州了。

可她心里一点儿主意也没有，只能等候陈会长的消息。她走出房子站在院中，伙计们出来站在院里看着她。马掌柜被二掌柜扶着站在房门口，他们都在看她的举动，他们都在向她讨要主意。她怨恨自己没有本事，年轻不懂世故，让马掌柜和伙计们小看她了。

陈会长怎么还不来呢？她期盼他快快来报消息，处理王家这场灾祸。在这场灾祸面前，她束手无策，父母本来对这桩婚事就不满意，他们常以观望和嘲笑的眼光看她，王家这场灾祸要是让他们知道，不知他们又会怎样看她。

二十

入伏的天气，雷雨说来就来。人们毫不畏惧地站在街道的房檐下，等候雷雨过后的蓝天彩虹。

兵匪烧了泾阳城，一路向兰州方向逃去。抢劫了金银细软的兵匪，害怕官兵追击，不敢进兰州城，分路逃窜。一路没抢到多少东西的兵匪进了兰州城，领头的叫靳少，人称靳排长。他说："一路吃不上喝不上，马上就到兰州城了，还要老子钻山沟，钻进山沟吃啥呢？想跟老子吃香的喝辣的，就跟老子进兰州城。"就这样，靳少领着几个兵匪混进了兰州城。他们知道兰州的几个大商行、货栈都是陕西人开的，生意很不错，其中一家就是泾阳王家大院的德盛商行。他们得知泾阳王家大院的老东家带着一家老小逃到了兰州德盛商行，喜出望外。他们之所以一把火烧了泾阳县城，是因为他们没有抢到多少金银财物。王家大院老东家带着一家老小逃到兰州，一定带了不少好东西，况且德盛商行在兰州经营了几十年，一定有很多积存。

晚上劫持老东家很顺利，他们翻墙入室，从大门走出没有任何阻拦，连只狗也没碰见，这让靳少意想不到地高兴。他们把老东家一家老小带到东城门里的这个旧宅，开始几天，他们还安宁。老东家不写信，他们不敢打，不敢骂，生怕有响动被人发现。等到第三天，靳少实在没有耐心了。一兵匪把梁梅和德福带走了，老东家担心儿媳和孙子的安危，在黑房子大声喊叫，要求和孙子德福关在一屋。一兵匪见老东家喊个不停，怕惹出事来，劝说靳少："把那老东西和他孙子关在一起算了。"

靳少很生气地说："你懂个屁，把他们关了三天，老东家一个字都没写，老东西只要看见孙子安然无恙是不会写信的。"兵匪听了靳少的话欲走，靳少又说："不能让他这样号叫，再喊这儿就会被人发现。"

一兵匪说："他再喊就干掉算了，咱就安宁了。"靳少没表态，摆手让他走。老东家的喊声越来越大，他知道，只要有人听见他的喊声，就有可能来救他们。他看不见孙子德福心里惶恐，孙子年幼，见到这场景一定吓坏了。被劫的路上他一再安慰德福："不要害怕，你爸一定会来救咱们的。"德福一路拉着他的手不敢松开。在这个旧宅里，刚开始德福一直偎在他的身边，晚上兵匪把德福和梁梅从他身边拉走，他不知道他们被关在哪里，他想见德福。兵匪过来见他仍不停口，自言自语地喊着。兵匪拿起枪，一枪托砸到老东家的肩上，老东家应声倒地，兵匪关了房门。好大一会儿不见房里响动，靳排长过来问："人呢?"

兵匪说："被我砸了一枪托，安宁了。"

靳少说："他年纪大了，不要失手要了老汉的命。"

兵匪说："我砸在他右肩上，没在要命处打。"靳少推开门，月光下他发现老东家躺在地上。

靳少说："快扶起来，地上潮湿，小心把老汉弄病了。这是咱的摇钱树，有他们一家老小在咱手里，王家大院不出血由不得他们。"

兵匪进去喊："起来、起来，老东西，你起来不?小心我再砸你。"

老东家躺在地上没声音，兵匪上前去扶，发现老东家早没了气息。"死了，他死了!"兵匪失声喊了起来。

靳少在老东家鼻孔处探了探，转身给了兵匪一耳光："你咋样打的把他打死了!"

兵匪吓愣了说："我只砸了他一枪托，砸在他的右肩上。"兵匪指给他看。

靳少一脚把兵匪踢开，说道："快把房门锁了!"

忽然院里一声惊叫，院里的兵匪喊："你们往哪里跑，再跑老子开枪崩了你们!"靳少跑到院子里，他怕他的兄弟再失手打死这娘儿俩，那他们就白忙活了。

梁梅被抓住，她问："我爸咋咧，他好着吗？"

"好着呢。"看守的兵匪说。

梁梅刚才听见公公一声惨叫，知道他们打了公公。她不放心，执意要去看公公，靳少说："你是谁呀，你想看谁就能看？把他们母子分开关起来。"

梁梅见不到儿子就哭闹起来，她不进黑房子，被一兵匪硬推了进去。守门的兵匪关了门上了锁，梁梅在屋里大声哭闹，她要见公公，她要和儿子关在一起。眼看天就亮了，这样哭闹一定会引来人，守门兵匪骂道："你再闹再喊就和那老头子一个下场……"靳排长踢了守门兵匪一脚。

梁梅料定公公被打了，她大喊着要见公公。靳少说："你别闹，你见他也没用，他早死了。"

梁梅听到这话，在房门上墙上乱撞乱碰，守门兵匪急忙去开门，生怕她撞死在墙上。门刚打开，梁梅奋力撞向一面墙，一声闷响，梁梅没了声气 。守门兵匪拖出梁梅的身子说："好像没气了，你瞧瞧。"

另一个兵匪在梁梅鼻孔处探了一下说："真没气了。"

靳少一声叹道："他妈的！这王家大院的人命咋都这么脆……"

二十一

王崇文心急火燎，顾不得人困马乏，两天三夜一路飞奔来到兰州。

王崇文走进东城门里，只见几个老人在一所旧宅院门口谈论着什么，他跳下马问："这里发生了啥事？"他猜想父亲和梁梅可能被劫持在这里。

几个人好奇地看着这个面色疲惫、神情焦虑的牵马人，有人指了指院门，说："里边有事哩，弄不清。"他听完，心头一震，似乎明白了什么。

王崇文急忙找到好友陈耕，给他说了在东门里的旧宅院门口遇到的情况，并认定一家人被劫持在那里，要陈耕去解救。陈耕让他先去旧宅院门口守着，自己会带官府的人去。王崇文返回东城旧宅院，一位老者告诉他："天没亮我就听见这宅里有哭声，瘆人得很。"

"是个女人的哭声，天亮后就没声了。"

"我还听见有娃的哭声。"

"你再甭吓人了。"

"真的，我听见有娃的声音，我不胡说。"

王崇文把马拴在马桩上，问道："你们没进去看看？"

"谁敢进去看？"

王崇文听了急忙去推门，门是闩着的。有人说这墙低，从这儿可以翻过去，并给他引道 。王崇文绑了绑身上的银袋子跳上墙头喊："里面有人吗？"

德福听见是他爸的声音，大声喊道："爸，我在这里！"

墙外看热闹的人惊奇地喊："有人！我听见是娃的声音。"

王崇文跳下墙，向传来喊声的地方跑去。几个兵匪拦住了他。靳少走上前，手里晃着枪问道："你找他吗？"

王崇文说："他是我儿子。我爸、我媳妇呢？"靳少没回答他的话却让开道，让他去见儿子。一兵匪开了房门，他见德福扒在窗户上，开口就问："你爷你妈呢？"

德福一惊，哭着说："他们在那两个房子关着。爷爷、妈——"德福指给他看时喊了起来。

奇怪，儿子喊他们，他们为啥没吭声？他又问儿子："他们被关在那两个房子吗？"

德福说："对，是在那两个房子，我扒在窗户上看见的，爷爷和我们被分开关着，昨天我和我妈翻窗户跑到院子，被他们抓住，他们就把我和我妈也分开了。"

听了儿子的话，王崇文心里恐慌，他翻墙那么大的动静，他和儿子说了这么久的话，爸和媳妇怎么没发现？莫非他们在更远的房子里关着？一个兵匪走进房子对他说："儿子你也见了，出去吧，我们排长有话给你说。"

王崇文问："我爸和我媳妇呢？"

兵匪不回答，只往外走，王崇文大声说："我要见到我爸和我媳妇，再和他见面。”兵匪的举动，使他有一种预感，父亲和梁梅出事了。他大声问道：“我爸和我媳妇呢？你们不是要银子吗，我给你们带来了，我见了我爸和我媳妇，咱们再说条件。”

靳少过来说：“你有和我们谈条件的本钱吗？”

忽然咚的一声，有人跳墙，一眨眼大门被打开了，一群官兵拥进了宅院。

靳少见大门被打开，和兵匪退缩到一个房子里，金花在院里看见王崇文和德福，不顾一切向王崇文和德福的房子跑去。王崇文大喊：“不要过来！不要过来！”

金花跑到房门口冲了进去问：“你们没事吧？”

王崇文问：“你咋知道我们在这里的？”

金花上气不接下气地说：“陈会长带我们来的。我真不知道你在这里，我们只知道爸和梁梅大姐还有德福关在这里。”

商行和官府的人在城里找了三天没有找到老东家一家人的下落。金花看到马掌柜带着伙计都站在院子里看着她，她怨王家在兰州养了一群废物。金花问马掌柜：“你对兰州城熟悉，你以为他们会把老东家一家人藏在哪里？”

马掌柜说：“我看并不一定在城里，城里官府和我们找了几天，没个影子。”

二掌柜茯茶哥说：“少夫人，你甭着急，等今天陈会长来了再说，他叫我们早上在这里碰头。”

陈耕来了。金花看见陈耕就跑了过去。陈耕说：“干这一票的不是一般的土匪，可能是从关中流窜过来的兵匪。我已得到消息，老东家一家人可能被劫持在东门里的一个旧宅院里。”

金花问：“你咋知道在那个旧宅院里？”说话间，梁掌柜跑了进来，他一进门就哭了。陈耕说：“莫急，慢慢说，咋回事？”

梁掌柜说：“我夜里睡不着，今天一大早去东门外找老东家。东门里一个旧宅院门口站了几个人，说里面有女人和娃的哭声，我猜测老东家一家可能被关在那里，我推门推不开，就回来赶快找陈会长。陈会长没在商行，听说到咱这儿来了，我就追了过来。”

听了梁掌柜的讲述，陈耕认定老东家一家被劫持在那个旧宅院里，他说：

“你们都留在行里，我和梁掌柜带官府的人去。”

金花说：“我跟你去，这是我家里的事。”

陈耕说：“是王家的事，也是泾阳的事，这也是我该管的事。”

梁掌柜说：“少夫人，你不要去了，这里还有一摊子事要你收拾，我去就行了。”

金花说：“我去。不要再争了，在这里我也坐不住，我去了有些事好沟通。”

陈耕说：“那就去吧。”

由梁掌柜带路，陈耕和金花带着官兵来到了东门里的旧宅院门口。他们老远就看见宅院门口拥了一堆人。他们在议论这里发生的事，说夜里这旧宅院有说话哭闹的声音。几年了，这旧宅院从没人住过，也没听过有啥动静。昨夜里这宅院里有人说话，有人哭闹，听见的人都吓得不敢吭声，远远躲开。陈耕和金花带着官兵走过来，围观的人拉住陈耕和官兵给他们讲述昨夜旧宅院里发生的事，说天亮时，一个人翻墙进去再没出来。梁掌柜急问：“长得啥样?”

一个人说：“大个儿。”金花听完勇敢地去推宅院的门，门闩着。陈耕翻过墙开了门。金花进门一眼就看见对面房间的王崇文和儿子德福。

王崇文见金花跑过来，想制止已来不及了。兵匪手里都有枪，一旦开枪金花就没命了。兵匪见一女子突然从门外跑进来，身后跟着一堆官兵，还没缓过神来，金花已钻进王崇文待的房子里。梁掌柜也要冲进去，陈耕拦住他说：“甭再添乱了，在这儿好好待着!”

官兵迅速包围了旧宅，兵匪退缩在房子里不敢出来。王崇文喊：“我爸和我媳妇在哪里？你放了他们，我给你们银子。”被包围的兵匪已经没了谈判的胆气。王崇文知道他们害怕了，他提着一袋子银子走过去说：“你们不是要银子吗？我把银子给你们，你们把我爸和我媳妇放了。”

他走向院子。房子里没有声音，陈耕和官兵在门口也不敢动。王崇文走到院中说：“放了我爸和我媳妇，我向官兵给你们求情，你们拿银子走人。”忽然一声枪响，王崇文应声倒地，胸口涌出一股鲜红的血。周围的枪声炸响，房子里着火了，兵匪一个也没跑出来，都被打死在房子里。

一颗子弹穿进王崇文的胸膛，金花惊慌地扑了过去，抱起王崇文。几个官兵从另一个厢房里抬出两具尸体，金花看见尸体大哭起来。在金花把王崇文抱起的那一瞬间，王崇文看见了那两具尸体，眼睛直直盯着那两具尸体对金花说："把咱爸和你大姐送回老家……" 然后他从怀里掏出《茯茶壮志图》说："把这图交给德福……"

王崇文说话时眼睛一刻也没离开过父亲和媳妇的尸体。金花接过王崇文手中的《茯茶壮志图》，喃喃地说："你不要怕，我带你去医院、去医院……"她希望有人来帮她，帮她抱起王崇文。

吓傻了的德福不知什么时候站在了金花的身边，他说："娘，我扶你起来，送我爸去医院。"德福拉着金花的衣袖。她抱着王崇文怎么也站不起来。陈耕走过来，看了金花怀里的王崇文说："少夫人，放他躺在地上，他躺在地上舒服。"

金花说："地上潮，我怕湿了他的腰。"

陈耕说："他走了，他不放心他爸和梁夫人，跟他们走了。"

金花听了陈耕的话轻轻地把王崇文放在地上。德福哭着问："你咋不送我爸去医院呢？咋不赶快送我爸去医院呢？"

金花望着德福满脸泪水："德福，你爸走了……" 她看着这个失去双亲的孤儿，再也憋不住，哭了起来。

二十二

陈耕带着泾阳的乡党帮助孤儿寡母料理后事，按照逝者王崇文生前的遗愿，把他们都送回老家安葬。怎么送？眼看天就要热起来，这活人也就罢了，赶紧些骑马两三天就到泾阳了。拉上尸棺，马车不能赶得太急，最快也得六七天，六天后尸体就变臭了。

金花什么事也不懂，家里的大小事都交给了陈耕。

梁掌柜抱怨自己失责，害死了老东家一家，他在老东家的灵柩旁只是个哭。

马掌柜觉得这事不吉利，事事不敢插手，吆喝伙计去干。实诚的二掌柜茯茶哥跟着抬尸装棺，忙活得满头大汗。陈耕关了房门，说他要亲自给老少东家换衣、剃头、净身，让其他人都走开，他要和老少东家单独待一会儿。金花叫来银花帮忙给梁梅姐净身、换衣，银花害怕地跑了，再也叫不到跟前来。金花一个人给梁梅姐洗了身子、换了衣服。

王家大院遇到这场灾难，大家都很同情，不知道他们往后的日子怎么过。德福还小，金花年轻，涉世不深，虽然是有钱人家的姑娘，但也正因为出生在富裕人家，从小惯养，不明人际来往、世情冷暖的礼数。

陈耕叫来乡党帮忙，他拉起梁掌柜说："这不是你的错，是祸谁也躲不过。"梁掌柜伤心过度，被人扶进房里休息。

在陈耕的安排下，乡党们给逝者身下铺了一层除臭防腐的中草药。老少东家和梁梅入殓成服，安排停当，陈耕让灵柩车连夜起程回泾阳。为了路上顺当，他选派了泾阳两个乡党车夫马二、马三送逝者回家。金花对陈耕的帮助感激不尽，让儿子德福跪谢陈耕。

马掌柜找到金花说他要辞工，金花没有一点儿思想准备，在这个时候，她没法答应马旺财辞工的要求。梁掌柜知道这事，从炕上爬起来冲进马掌柜房里说道："你要对得起老少东家和夫人……"人们怕梁掌柜气坏身子，赶快扶他回房里。

陈耕知道这事，来到马掌柜房里，问他："老少东家在世时对你好不好？"

他说："好着呢。老东家一家被劫持，是我第一个让伙计给咸阳发的电报。"

陈耕惊问："是你发的电报？也可能是你发的电报，让少东家……"陈耕再也没有说下去，又问："老少东家在世时克扣过你工钱没？"

他说："没有。"

陈耕又问："老少东家在世时欠过你工钱没？"

他说："没有。"

陈耕问道："那么，在王家遭这么大的灾难的时候，你不帮他一把，却向王家的孤儿寡母辞工，你觉得你有良心没？"

马掌柜哭丧着脸说："我也想干，可你看这商行成了这样，三口棺材摆在这里，哪个客人还敢来这儿谈生意？况且，我胆小，我害怕，我不敢在这儿待。”

陈耕说：“你说这话我信。但谁家愿意遭这大难？你家遇到这么大的难你咋办？总得给老人办丧事。谁家无老人？你死后，你儿女不在家里办丧事，在哪里办？事要公道，打个颠倒，你想想！”

马掌柜说：“陈会长，我留下，我帮王家把这一阵子顶过去。但你也为我想想，我一家人张口等我要饭吃，我得给他们挣口饭钱。”

陈耕说：“凭王家大院这招牌，王家大院不会败，德盛商行不会衰落。这一阵子过去，说不定赶你走你都不会走。你在这里当掌柜，东家不在兰州，这个商行你说了算，你上哪儿找这么好的差事去？”

马掌柜听着直点头，陈耕要走，他又哭丧着脸说：“自从老东家一家被兵匪劫持后，我夜里就一直没睡着过，屋里一点点小动静都吓得我一身冷汗。”

陈耕笑说：“你怕啥？你都五十多岁了，世上还有啥事让你怕的？你想开了就啥也不怕了。”马掌柜听了陈耕的话一声声叹息。陈耕又说：“你真的害怕，晚上叫两个伙计给你做伴，你就不怕了。你是这里的掌柜，兰州的事你说了算，你要挣下银子，东家能不奖赏你？”

马掌柜听着笑了，把陈耕送出房门说：“我留下我留下，在这个时候我咋能走呢？凭东家这几年对我的好，我也要把德盛商行经管好。经管不好对不起走了的老少东家。”他说着竟趴在老东家的灵柩旁哭起来。

陈耕听见马掌柜的哭声，哀叹一声——如果马掌柜不给王崇文发电报，王崇文可能就不会死。

梁掌柜听见马掌柜的哭声走了出来，愣愣地看着马掌柜。陈耕给梁掌柜说：“不走了，舍不得走了。”梁掌柜瞪了马掌柜一眼，走了。

金花看到这一切问陈耕：“他不走了？”

陈耕说：“他咋能走呢！王家出了这么大的事，他这个时候走，谁以后还敢用他！再说马掌柜掌管这个商行，生意上还是有一套的，就是胆小，五十多岁的人了，还没把生死的事看开。”

金花见马掌柜哭得栖惶（陕西方言，穷苦可怜），叫二掌柜茯茶哥把他扶起来，说别哭坏了身子。马掌柜听到金花的话站了起来，抹着眼泪说：“少夫人，你们放心地走，把老少东家平安送回老家，兰州商行有我呢。”

金花说："这一大摊子就交给你了，有啥为难的事找陈会长。"

陈耕对金花说："回到泾阳有啥事，就去轩逸茶馆找安掌柜，有过不去的事去找安吴堡吴周氏，就说我让你去的。"

"起灵！送老少东家和夫人回家去……"陈耕喊道，"老东家、少东家和夫人，路上你们自个儿小心点儿，之前的事都是我的错，你们甭怪金花和小侄儿，还有送你们的乡党。"

陈耕带领德盛商行的掌柜和伙计，一直把老少东家和梁梅的灵柩送出了城。梁掌柜一直扶着老东家的灵柩痛哭。

出了城，陈耕看着他们消失在夜幕里。他叹了一声："可怜呀……"便独自往回走去。

二十三

连阴雨下了几天，天气十分凉爽。城外稀泥烂滑，路上泥泞不堪，车马行人步步艰难。

梁掌柜说："人说鬼不走干路，这是老天爷叫逝者上路呢。"

老少东家的灵柩在泾阳城外停了下来，经过七天的艰难行程，遇匪逢兵，化险为夷，护送的队伍现在已是人困马乏。

梁掌柜骑马回城报丧，回来带了个不好的消息。按照习俗，在外去世的人不能回城举办丧葬仪式。金花对这些习俗根本不知道，只想着逝者回家入土为安。送行的乡党对这习俗很不满："你没告诉他们老东家是老丧？"有人问梁掌柜。

梁掌柜说："说了。人家说，让老东家进了城，少东家和夫人咋办？"

金花见梁掌柜为难，便说："城外祭奠，不要求人了。"

梁掌柜对金花说："你不妨去找一下轩逸茶馆的安掌柜，或许他有办法。"

金花态度坚定地说："不要给别人找麻烦，城外祭奠也好，出殡也方便。"

这一路走了五百多公里地，他们走了七天，在这七天里，金花对自己有了更深的认识。以前在父母面前她是个不懂事的小丫头，自从认识了王崇文她就变了。父亲说她是跟啥人学啥人，跟着王崇文学坏了。

其实父母并不理解她。她认识了王崇文后，是王崇文拓宽了她的眼界和视野，她愿意跟着王崇文去闯荡世界，去实现茯茶远销罗马的梦想。但万万没想到王家大院发生这么大的变故，几天之内竟然失去三个亲人，闯荡世界的梦想全破灭了。她一下变成这个家庭最重要的人物，什么事都要她做主。

她不想管，她只想把三个亲人送回老家安葬，然后再回兰州，过她以前平静的日子。然而梁掌柜真诚地告诉她："你已经成了王家大院的顶梁柱。往后王家里里外外的事情都得你做主，你回兰州已不可能了。"

金花说："崇文娶我时说得清楚，我只待在兰州，这次回泾阳是事不由人呀。"

梁掌柜告诉她："这场灾难改变了王家大院的一切，也在改变你。你不能和以前一样只是当个少夫人享受安逸的生活，王家这副担子，必须你来挑！王家大院一旦败落，股东会找你退股，所有的债主会找你要债，兰州的德盛商行也不可能存在了，王家的名望扫地，你脸上光彩吗？老少东家和夫人走了，德福还小，你不担起这副重担，对得起亡人吗？"

离泾阳愈近，金花觉得肩上的担子愈重。如果她当了王家大院的东家老板，王家大院可能衰败得更快，也可能会起死回生。她害怕王家大院败落，那时她和德福的生活将会陷入困境。进，还有生的希望；退，只有死路一条。这就是她的处境。

她想起倔强的父亲，他至今不承认她和王崇文的婚姻。父亲认定她跟了王崇文没有幸福只有苦头，这一切真让父亲言中了。面对这一艰难的处境，她不知道找谁去诉说，她不知道若把这些情况告诉了父亲，他会多么痛心，又会怎样怨她。"不听老人言，吃亏在眼前。"母亲又会如何担惊受怕，怨她自找苦吃，跳进火坑。

一切都晚了，世上没有后悔药。不管她同不同意，愿不愿意，这场灾难所造成的艰难、困惑都像洪水一样向她涌来。要么死，要么铤而走险，拼搏一次或许还有转机。她明白目前面临的处境，忽然觉得自己不再是一个想过安逸生活的小女子，现实逼她得挺起腰板来。

要说在伏羲庙遇见兵匪她心里害怕，在武功遭遇土匪她就已经是王家大院的东家了。七天里，她身份的转变和心理的变化，使跟随她的泾阳乡党无不叹服。

走出兰州城，过了天水的麦积山，金花不知自己是怎么出城的，她大脑一片空白。出了城，梁掌柜不厌其烦地给她讲述泾阳王家大院和德盛茶坊的生产经营情况，她一点儿也听不进去，但梁掌柜不能不告诉她泾阳的现状。三位亲人突然离去，她无法驱散心中的恐慌和痛苦。她只想尽自己的一份责任，葬埋三位亲人，然后离开泾阳回兰州去，但现状不允许她这样做。

灵柩车走到伏羲庙，梁掌柜提议歇息一晚，明天再继续赶路。金花心乱如麻，她让梁掌柜安排。梁掌柜让车夫把三辆灵柩车停在庙门口，让车夫喂马。看到德福一坐下来就睡着，他准备到附近村庄讨水，他知道金花、德福一路颠簸，饥渴难耐，一定累坏了。

梁掌柜给金花打过招呼，提着瓦罐要走时，忽然一支枪顶在他腰上。金花看见身着破烂军装的两个兵匪站在梁掌柜身后，她站起来说："要命吗？朝我这儿打！"

她的淡定让在场的人都惊呆了。梁掌柜对金花说："这哪有你的事，坐下！"他转身对持枪人说："有话跟我说，女人家不懂事。"

持枪的问："棺材里装的是啥东西？打开看看！"

金花刚才的举动把自己也吓了一跳，她不知从哪儿来的勇气，竟敢和兵匪干起来。她知道梁掌柜刚才在保护她，王家老少东家都倒下了，王家大院到了这步田地，自己还有什么可保护的呢？她想到这里又站起来说："你问棺材里装的是啥？我告诉你，是我家的老少东家还有我的大姐。"持枪者愣在了那里。金花说："我家的老少东家还有我大姐在兰州遭遇祸事，被害了。我打开给你们看。"

一兵匪惊异地说道："是靳少干的，那小子一定得手了。让他们走吧。"

兵匪走后，梁掌柜坐在地上生气地说："少夫人，你这是干啥？你要是有个三长两短，德福咋办，我咋给老少东家交代？"

金花不吭声。她被自己刚才的举动震惊了。她说："你不是让我回泾阳当东家当老板吗?”

“我觉得你变了，变得和在兰州不一样了。”梁掌柜说。

金花说：“当然不一样了，我回泾阳要当东家和老板，能和以前一样吗?”

梁掌柜听着她斩钉截铁的话语，似乎有些不认识眼前的少夫人了。

“以前我是个少夫人，在你们眼里，我只是个不懂事的学生。但现在我不能再悠闲地当少夫人了，我要撑起王家大院这片天！”

梁掌柜噌地一下从地上站起来说：“你同意了，你回泾阳当东家当老板?”

金花说：“我不同意能行吗？谁来收拾王家大院这个烂摊子呢?”

德福被他们的声音吵醒了，说：“王家大院咋是个烂摊子呢?”他对金花说：“我们的院子可大了，不是个烂摊子！”

“睡你的觉。”金花安慰德福说。梁掌柜见金花同意挑起王家大院的担子，冲口而出喊了声：“东家！”其他几个伙计也站在那里一起喊：“东家！”

金花笑了笑说：“你们想叫就叫吧，反正我是走不了了。”

梁掌柜见惊险已过，对金花说：“这一劫虽然过去了，但这里不宜久停。咱们往前赶，换个地方歇吧。”

金花说：“晚上就歇这儿，一会儿天就亮了，那几个人不会再来了。”

梁掌柜问：“你咋知道?”

金花说：“他们和兰州的兵匪是一伙的，劫持老东家的那一伙领头的叫靳少。”

梁掌柜疑惑。金花说：“他们以为靳少杀了东家一定得手了，抢了不少银两，他们不会在靳少抢过的人身上再刮一层油。再说他们知道咱拉的是棺材，碰见我们是很不吉利的事，你说他们还会来吗?”

梁掌柜说：“恐怕不会再来了。他们不来，我们先吃点儿东西。”

金花说：“经这一惊，肚子真有点儿饿了。”

因为惊吓，大伙儿胡乱地吃了些东西就睡了，一觉醒来天已大亮。梁掌柜起来夸金花有心机有胆识：“就凭你面对兵匪不惧不慌的样子，敢当面说出兵匪杀了老少东家和你大姐的事，说明你猜透了他们的心思。”

金花说：“我哪儿想那么多，我只想告诉他们，我们没有值钱的东西了，兰州的兵匪已把我们抢过了。我当时并不确定他们是兵匪，谁知道他们和兰州的兵匪是一伙的。”

梁掌柜说："你以后遇见这种事不要轻易和兵匪说话甚至说理，因为你是个女的，他们大都是些没有人性的东西，一旦耍起横来就会出大事。"

金花说："走吧，早上凉快，走一截就少一截，离泾阳县城就近了。"

梁掌柜看着金花暗暗高兴，王家大院有救了，有了顶大梁的柱子了。

老少东家都走了，梁掌柜很伤心，他害怕王家大院从此败落。德福还小，金花虽是少夫人，但仍是个刚走出校门的学生。谁来为王家大院拿事？人都知道他哭得伤心，谁能理解他的心情呢？金花能不能挑起王家大院东家的重任呢？他看着金花的模样就伤心，就不由得哭了起来。

金花是王家大院的继承人，他必须面对现实帮助金花。一路上苦口婆心的教导，总算拨亮了金花心里的那盏灯。昨晚金花临危不惧凛然应事的神情，让他叹服金花的秉性。金花和小家女子不一样，人家有文化，做事有心计，他看着走在前面的金花暗暗佩服。

走过宝鸡，兵匪带来的恐惧感慢慢消失了，大家的心情仿佛开朗了，梁掌柜说："走过武功就到咸阳，到了咸阳就跟到家了一样。"

大家加快了步伐，金花说："到武功歇下，明天缓缓再走，天黑前一定能到家。"走到武功县城，金花说："找一家旅馆好好歇一下。"梁掌柜把灵车停在城外，进城去找旅馆。他一眼就看见城边的秦风旅店，他说就是这家了，离灵车近，晚上也好照看。

金花和德福住下，梁掌柜要安排晚饭，金花说："听说武功的旗花面不错，汤宽面细，上面还漂着鸡蛋花，好吃又好看。"梁掌柜知道大家都累了，迅速安排了晚饭。大家吃得满头大汗，随行的乡党连吃了十多碗，惹得人想笑，但谁也不敢笑，城外的三辆灵车使他们笑不起来。

金花吃饱了，带着德福先回旅馆了。梁掌柜安排车夫晚上喂好牲口，看好灵车，明天缓缓地就到泾阳了。车夫饭足肚饱去喂牲口，梁掌柜无兴趣转悠，回去又睡不着。明天就到家里了，他带着老东家、夫人和少爷逃到兰州，回来却拉着三具灵柩，街坊知道这惨情怎么接受得了，他又如何解释？

回家之后当务之急要举办丧事，亡人入土为安是大事，得他一手操办。虽然家里有张贵，但张贵经的白事少。老东家是老丧，不能让街坊说闲话，更不能让街坊小看了王家大院。王家大院虽然没了老少东家，但后辈依然有人。他看中金花能掌管好王家大业，再说德福也不小了，很快就长大成人了。

他在王家干了几十年，王家遭遇眼前这个大难，他得帮一把，不然对不起死去的老少东家和夫人。

梁掌柜去看了城外的灵车，三个车夫已喂完马躺下了，见他走近坐起来问他有啥事，梁掌柜说："你们一路劳苦，快躺下歇着，我睡不着，过来看看，明早赶早些，缓缓就能到家了。"

他看了车夫，看着已故的老少东家和夫人的灵柩，泪水潸然而下。为了不影响车夫休息，他离开了灵车，慢慢地向秦风旅店走去。走进旅店，店里一股冷气使他打了个寒战。他路过金花房间，房间里有男人说话的声音，他吃了一惊。金花已经是东家了，他不能偷听东家说话，但房里的一句话却拦住了他："你再逼我，我死给你看！"

他一惊，上前去推金花的房门。一支枪顶在了他的腰间："往后院走！"

金花真的遇难了。金花一到武功县城就被武功的土匪盯上了。单凭金花那一身打扮就很惹人注意，虽然一身素衣，但那质地、款型已显出金花贵夫人的气质，一身服饰暴露金花不是本地人，加之城外的三辆马车，土匪摸不清他们是干什么的，棺材里装的是什么，晚上就对金花下手了。

金花回旅店安顿了德福，回到自己房间洗漱完毕，正要上炕睡觉，有人敲门，她以为是梁掌柜："是梁掌柜吗？"外边嗯了一声，金花开了门，两个大汉挤进了房间，乌黑的枪口就对准了她。有过伏羲庙的一惊，她心里很坦然，无非一死。

土匪把她逼进房间问道："你们是干啥的？从哪儿来，到哪儿去？"

她说："送灵车回家，我公公和我男人在兰州遇难了。"

"另外一口棺材呢？"土匪问。

金花说："那一口是我大姐的。"

"你是谁，干啥的？"土匪问。

金花说："少东家的少夫人，现在是丧夫的寡妇。"

土匪嬉笑着逼近她说："你这么年轻咋会是丧夫的寡妇？是寡妇更好。"

金花说："你再逼我，我死给你看！"她忽然从窗户上看见了梁掌柜的影子走过。

另一个土匪对金花说道："能带我们去看看那三口棺材吗？"

金花说："可以，我们已山穷水尽了，没有啥可隐瞒的。"

那个土匪说："你甭哭穷，城外的三辆马车若真拉的是死人，我们不会为难你们。"

金花走出门说："你们响动小一点儿，不要吓了孩子。"

金花凛然的举止使土匪惊叹。他们抢劫过多少富户人家，也见过有钱人家的夫人小姐，她们一见枪就吓得直哭，到处躲藏，从没见过像这位女子般没有一点儿胆怯的。他们跟随金花走出城外，远远地看见三匹马拴在马车上，三辆灵车黑黑的，什么也看不清。

金花带土匪走近灵车，三匹马警觉地前蹄在地上刨，车夫马二抓起身旁的鞭子，趴在地上虎视着来人。土匪提起枪瞄准了车夫。金花说："你们拿的枪，怕啥？他们不知来者是谁，自然会警觉起来。"

金花喊："是我。"马二听见是少夫人的声音，便和马三站了起来。她说："打开棺材让客人看看。"

马二没动，说："黑天半夜的打开棺材干啥呀？"

金花说："他们要看，打开吧。"没等马二动手，金花走上前揭了一口棺材的油布。

土匪在灵柩的周围转了一圈说："撤！"几个土匪从黑暗处走出来。"白忙活了。"有土匪怨道。

一土匪告诉他们："灵车，拉了三个死人，晦气。"

土匪走了，梁掌柜从城门里跌跌撞撞地跑来，问道："没啥事吧？没伤着人吧？"

金花埋怨地说："你这时跑来干啥来了？"

梁掌柜说："我听见你在房间的声音，推你房门时，土匪的枪就顶在了我的腰上，我被他们押到了后院，我听见前院有响动，他们不让我动，更不让我走。"

金花说："我以为你听见我和土匪说话吓跑了。"

梁掌柜说："少夫人，你把我看成啥人了！我跟随老东家十几年，刀山火海都闯荡过，我是个怕死的人吗？"

金花说："回去也睡不着了，这一惊吓，让我实在回不过神来，不如走吧，早走早到泾阳。"

梁掌柜见金花消除了对他的误会，明快地说："早走好、早走好，早早就到家了。"

金花说："快去把德福叫一下，不要把娃吓着了。"梁掌柜刚转过身，她又说："还是让我去叫他，你们去我还不放心呢。"金花走了。车夫马二问梁掌柜："我给人押车十几年了，还很少见这种情形，一出兰州城碰见兵匪，到武功碰见土匪，真是邪门了。"

梁掌柜只是苦笑。马三说："马车拉着盖得严严实实的棺材，谁知道咱拉的是不是贵重宝物。再说，少夫人长得水灵灵的又会打扮，重孝在身，素衣裹身更显得俊俏秀丽，这都是惹祸的根源。"

梁掌柜说道："少说两句，好在祸害已过去了，就要到家了。"

马二说："咱在车上挂条白布，路上就没人拦挡了，土匪也不会来抢了。"

梁掌柜说："这一路要过多少村寨，你拉着棺材，人家允许你进村路过吗?"

"咱不是照样走过来了?"马三说。

梁掌柜说："我们把棺材用油布盖着，人家看不见心里就不犯忌了。有人真猜到你是灵车，也装糊涂让你过，拦截灵车对他们也没好处。"

马三说："是呀！我们总算要到家了。"

马二说："少夫人是个女汉子！你看她那神态，黑天半夜带着土匪来到灵车跟前，那神态真英雄，一把揭了棺材的油布，把土匪吓坏了。我吓得不敢大声说话，她却没一点儿惧色。这黑天半夜的要打开棺材，我不敢动手，土匪见此情景都跑了。我想土匪看到你家少夫人这举动也一定叹服。"

马三问："你家少夫人带土匪来验灵车，你在哪儿?你咋没跟着来?是害怕吧，是被土匪的枪吓得尿裤裆了吧?"

梁掌柜说："不怕你笑，我路过我家少夫人房间，听见里面有说话声，我还以为她在武功有相好的呢，但她一句硬话拦住了我的脚步。"

"啥硬话?"马二问。

"你再逼我，我死给你看。"梁掌柜说。

马二问："真是的?"

梁掌柜说："真是。"

马二说："真是个女汉子！你看她长得秀气乖巧的，看不出她是女中豪杰。”

马三说：“你当时应该冲进去救你家少夫人。”

梁掌柜说：“我正要推门，一支手枪顶在我的腰间，他们就把我押到后院了，前院和城外灵车这里发生的事我一点儿不知道。后来他们放了我，我就跑来了。”

马二叹道：“佩服佩服，陈会长让我给你们帮忙押一趟车，这趟车让我开了眼界，我为咱泾阳出了个女英雄自豪呀！”

正说话间，金花领着德福走来，梁掌柜喊：“收拾东西，快走！”

根据金花的意见，梁掌柜在城外安营搭棚设灵堂。金花说老少东家忙碌一生不易，丧事要办得体面，甭叫人笑话。

二掌柜张贵知道老少东家回来了，带着大院的人都来哭丧。回到泾阳，凡事都交给梁掌柜安排，金花和德福被人领着回到了王家大院。

回到王家大院，眼前的景象让金花大吃一惊，她看到的应是富丽堂皇的王家大院，怎么却是这番景象？王崇文给她描绘的王家大院是《红楼梦》中的大观园，园后是清亮的泾河水，大院旁边就是他的德盛茶坊。王崇文说得没错，前院是王家大院，后院是清亮亮的泾河，但这后院也太后了，她需走一公里路才能走到河边；王家大院也不是什么大观园，只是个宽敞的农家四合院，她不愿再看王崇文的德盛茶坊了。

晚上，梁掌柜找到金花，准备给老少东家和夫人设灵堂。他不敢把场面铺得太大，要办一场体面的丧事得花太多银两。他知道金花的难处，这时候向金花开口是为难她。金花见他似有心事的样子，问：“有啥事？”

梁掌柜说：“一切都安排好了，账房里没有多少银子……”

金花说：“叫人把老东家从棺里抬出来，他身下压着银子。”

梁掌柜一惊：“老东家身下有银子？”

金花说：“你去就知道了。”

二十四

这一切都是陈耕会长安排的。

王崇文来到兰州，先去找了陈会长，说他带银子来救他爸、媳妇和儿子，他们可能被劫持在城东一个旧宅里。陈耕说："我们在兰州找了三天，找不到老东家他们的下落，真是急死人呀！你快到商行去看看，给金花他们说一声。我去报官，再到城东旧宅院找你。"

王崇文说："我没时间去找他们，我先到城东旧宅院去看看，你带上官府的人就来。"然后，他把陈会长拉到一边，掏出几张在兰州投资的股票，说："这是几桩烂账，拖了多年，没分红也要不来本。能要你要，要不来就算了。"

陈耕说："你放心，你先到城东那个旧宅去，我带官府的人马上就到。"

陈耕先去了德盛商行，金花和商行的人都在等他的消息。他见了金花，又从梁掌柜处核实了老东家被劫持的地方。

在金花正为老少东家的丧事而犯愁时，陈耕告诉金花王家在兰州的投资情况，他把王家的股票都兑换了现银，然后告诉金花所有的银两都在老东家身下放着。

夜里，陈耕说他要亲自给老少东家收拾衣物 、剃头、净身。他关了房门让其他人离开，他要单独和老少东家多待一会儿。他叫了自己商行两个信得过的伙计，给老东家支好了床、烧了纸，推开老东家的棺盖，老东家像睡着了一样安详。陈耕看着老东家说道："您一路要辛苦了，身下垫着这东西肯定不舒服，但这东西是王家的救命钱，到了家，金花就会把你身下这东西取走，再让您舒服地躺着。这一路肯定不平坦，劳烦您才能护得住这些救命钱，只有您为王家一大家子受这苦了。我先把您老抬出来，您在床上躺一会儿，床是我亲自用毛巾擦过的，干净得很。”陈耕说着和伙计们抬出了老东家，陈耕看着说道：“慢着抬，慢着放，不要惊着了老东家。”他放好银两，铺好褥子，又让老东家平躺在棺材里……

梁掌柜和几个伙计来到城外，深夜的城外很寂静。梁掌柜轻轻揭开灵柩上的油布，撬开棺盖，一股浓浓的中草药味扑面而来，老东家像睡着了一样躺在灵柩里。他们抬出老东家放好，棺里的褥子上铺了一层中草药，揭开褥子，棺底铺了一层白银。他们真佩服金花，年少有谋，一路上遇兵匪又遇土匪，谁能想到从兰州带的几万两银子竟在老东家身下。

看着老东家，梁掌柜想起很多事。他知道重新盖起王家大院，重启德盛茶坊需要多少银两。他知道少东家在泾阳一定很作难，手里无银子，拿什么重启德盛茶坊？一次酒后，老东家说道：“没有银子就不能盖王家大院了？就不再重建茶坊了？先人给王家后人留下那么大的一个牌子，他是端着金碗讨饭呢！”后来他明白了老东家的用意，老东家要让少东家空手把王家大院和茶坊盖起来。只有这样，少东家以后才能把王家大院这个东家当好。老东家需要一个比自己更能干的后人来掌管王家基业，王崇文做到了。听说王家大院和德盛茶坊建起来了，那天晚上，老东家一觉睡到大天亮，从此在德盛商行天天喝茶、和人聊天，好像王家大院被烧是一件很高兴的事，直到那天晚上被兵匪劫持。如今，物是人非，梁掌柜心头一阵凄凉。

梁掌柜从老东家棺里取出的银两足足装了一银车，有了这些银子，王家大院就活了。二掌柜张贵听说少夫人从兰州回来带了一车银子，他对梁掌柜说：“你在兰州，你不知道我在家受的那罪。少东家到兰州救人去了，我一个人在家守着，有人要退股，你知道咱这掌柜是空手掌柜，我哪有银子退给他们？崔老板要他那五十两银子，闹腾得不行，有人要冲进茶坊搬茶叶抬机器，我气愤之下敞开大门，让他们搬，让他们抬。后来我怕他们真来搬来抬，叫黑豹给咱看家护院，后来他们就不敢来闹事了。”

一车银子放在金花面前，金花又惊又喜。陈耕只告诉她少东家临走前见过他，给他留了些烂账股票，他把那些烂账股票都换成了现银，为了保证把这些银两和老少东家安全送回，分手时他才告诉金花银子放在老东家的灵柩里，藏在老东家的身下。她知道这事并不好，她只想把老少东家和大姐送回泾阳，然后返回兰州。少东家生前有交代，她是他兰州的媳妇，不能回泾阳，但现实使她改变了主意。

梁掌柜帮助金花藏好银子，刚走出房门，看见张贵和土匪黑豹在院里说话，他不知道刚才把银子搬进银窖时张贵在哪里，张贵是否知道藏银子的地方。金花吩咐他去搬银子，让张贵去看墓地，张贵怎么在院子和土匪黑豹在一起？张贵看见他站在院子里发愣的样子说："过来，师父。"

梁掌柜走过去。张贵说："我师父是王家大院的掌柜。师父，你不在王家大院这几天，咱这里乱得很，要不是黑豹兄弟来，你说那伙人要把茶叶抢走了，把茶坊的机器搬走了，你们回来我咋交代？"

黑豹说："这下你不需要给东家交代了。"

张贵说："现在少夫人带着德福回来了，这下我就放心了。"

"听说了，人在哪儿？让我看看。"黑豹说。

梁掌柜说："夜深了，少夫人早睡下了。"

两个解手的伙计看见黑豹在院子，扭头跑了。张贵喊："黑豹兄弟是给咱护院的，你们跑啥呢，怕啥呢？"他对梁掌柜说："晚上黑豹兄弟不放心，过来看看。"

黑豹在院子和茶坊转了一圈，为王家大院叹息，多么兴旺的王家大院呀，现在变成了这样，茶坊的机器被人推倒，制茶的工具扔得到处都是，他觉得王家大院已失去往日的辉煌，没有多少油水可捞了，况且王家大院还欠着安吴堡吴周氏几万两银子，把这王家大院卖掉能值几个钱呢？他边走边说道："你们东家傲得很，那段时间我大哥看他可怜，让几个兄弟给他帮忙，他还不干，现在却把我们请来了。"他忽然问张贵："二掌柜，你是知道的，你们少东家还欠我们一车银子呢，就这光景，拿啥还呀？"

张贵知道少夫人从兰州带回银子了，但他不知带回来多少。他不敢告诉黑豹，黑豹有时睁眼不认人，一旦翻了脸，抢走了银子，王家大院就彻底完了。老少东家在世时对他不错，在这紧要关头，他不能坏了良心。

黑豹在王家大院转了一圈，走到门口对小土匪说："既然人家请咱护院，你们几个兄弟晚上把眼睛睁大些，甭吓唬那些干活的人。"

黑豹走了，留下两个小土匪站在王家大院门口。梁掌柜看着别扭，他问张贵："你咋请他们看家护院，他们是干啥的你不知道？"

张贵说："你不知道，我是没办法才想到这一辙。"

梁掌柜问："你给少夫人说了没？"

张贵说："她刚回来，我还没来得及给她说，我怕说了吓着她。"

梁掌柜问："那你准备瞒她到几时？就这样一直瞒着她？"

张贵说："你让我想想。我说实话吧，一定吓着她；不说实话吧，纸包不住火，总有一天她会知道。她知道了就会埋怨我的。"

梁掌柜说："少夫人比你我都有城府，她知道了会有主意对付黑豹，你不要小看了少夫人。我们在路上遇见的兵匪、土匪，都是她出面应对，我们才脱险的。她的精明不比少东家差。"

张贵很不在乎地说："我看师父是被她迷住了。"

梁掌柜生气地说道："你再不要说这该抽嘴巴的话了！"

张贵收起笑容不敢再开口，梁掌柜问道："你在城外看管墓地，咋跟黑豹跑到院子来了？"

张贵说："我在城外安排墓地的事，黑豹来了，他说要给老少东家上香。上了香，我招呼他到大院来喝茶。"

梁掌柜问："他知道少夫人从兰州带回银子的事吗？"

张贵说："他咋能知道？我能给他说这事吗？"

梁掌柜说："算你还聪明，那是王家大院厚葬老少东家和重启德盛茶坊的救命钱。王家大院要是塌火了，你我都得滚蛋。"

张贵说："这我知道，我没给黑豹透漏一点儿消息。"

二十五

梁掌柜带着金花和德福回到王家大院，成了街坊这几天茶余饭后议论的话题。人们并不知道这女人的来路，只知道她领着德福回来了。从德福的称呼中，他们知道这女人是王崇文在兰州的女人。这个向来自称不在外办二房的王崇文失信于梁梅，在兰州给他娶了二房。这个二房女人一定有过人之处，不然王崇文这个心高气傲的人，咋会娶她！

王家大院老少东家和梁梅的葬礼，由梁掌柜一手操办。梁掌柜叫了三十六个吹鼓手，这在泾阳县城是少见的场面。人们都说梁梅沾了老少东家的光，不然她身后怎么能享受这么大的热闹场面。

人都说王家大院败落了，两代掌门人走了，但见王家大院这样厚葬逝者，不知这气势从哪儿来的。也有人说瘦死的骆驼比马大，王家大院再穷也能支撑起一场盛大的葬礼。

金花一身素白重孝在身，在少东家的灵前哭得死去活来。这女子可怜，年纪轻轻的就要守寡，她那秀丽的脸蛋使很多男人为她惋惜。德福从此再无亲人，只有金花和他相依为命。当亲人在兰州遇难时，德福并没感到孤独失落，他只是惊恐，一路走回来，只有年轻的娘陪着他；当看到三位亲人的灵堂时，他才真正地意识到自己成了孤儿，亲人已离他而去，把他一个人丢弃在这个世界上，他感到害怕了。跪在母亲灵前，他没有任何话语，只是哭泣，低声地哭泣，谁也劝不住，谁也拉不起他。

金花去拉他，他也不起来，他的哭声让周围的人都跟着落泪了。梁掌柜对他没办法，金花对他也没办法，任由他在母亲的灵前痛哭。

夜很深了，亲友们在泥泞中给逝者奠了酒，街坊三三两两都走了。只有德福还在哭泣，哭声越来越小。金花实在劝不住跟着他也哭了，她说："娃呀，咱的日子还得往前走，王家大院有你，娘就有心劲儿把这个摊子撑下去。你要哭坏了身子，你叫娘咋办呀？"

德福突然抹了泪站起来，他扶起金花说："娘，咱回！"

鸡叫的时候，德福挽着金花走进了王家大院。娘儿俩走了，守灵的伙计和帮忙的街坊仍在为他们担忧，王家大院还有没有力量撑下去，这个女人能把王家大院这个摊儿撑起来吗？所有人都在怀疑，甚至对王家的前景丧失了信心。一些伙计已经找好门路，只等埋了老少东家，他们就走人了。唯有梁掌柜给人发誓说少夫人不是一般的女子，别看她年轻，她胸有奇才，一定能撑起王家大院这份传世家业。

二十六

送走了王家的老少东家和夫人梁梅，几天来，王家大院异常宁静，连管家、伙计们走路的脚步都轻碎无声。大院门前也少有人走动，街坊似乎沉浸在一种无法叙说的痛苦之中。

金花从坟地回来，觉得身子困得再也撑不下去，她往炕上一躺，身上的血就顺着两条大腿淌了下来。她知道，她和王崇文的小孩丢了。她无法告诉别人，痛苦只有自己承受。她闭门不出，在家里躺了三天。记得那天，她告诉王崇文自己怀孕了，王崇文高兴得在她身边守了三天三夜。

有人在夜里听见德福的哭声，德福说他夜里没哭过。自从埋葬了爷爷、父亲和母亲，他就再也没哭过。他哭够了，不想再哭了，他要和娘好好过日子，在娘的教导下认真读书。金花说："这个大院姓王，是你的，你学好本事，要掌管这王家大院。"

门口的吵闹声越来越大，梁掌柜告诉金花，又有几家股东要退股。德福听到这事和金花都站了起来。金花对德福说："你站起来干啥？你急啥呢？这里没有你的事，好好念书才是你的正事。"

梁掌柜问："少夫人，咋办？从今往后你就是王家大院的东家、老板。"

金花说："叫我夫人吧。"

"好。"梁掌柜很急切地问，"咋办呢？他们这样闹会闹出事的。"

金花说："甭管，让他们闹去，等他们闹大了再说。"

梁掌柜很不解，不知她心里是咋想的。她是东家，是老板，却让人叫她夫人，从此要取掉"少"字。是少夫人还是夫人都不重要，眼前的这场困境怎么解决呀？今天这些闹事的是冲着她来的，她竟意识不到这一点，毫不在意这件事。梁掌柜不知怎么提醒她，才能引起她对这眼前的事态的重视。

面对这些闹事者，梁掌柜拿不出一个主意来。门口的喊声越来越大，他怕门口真闹出事来，转身又向门口跑去。张贵见他跑来，问道："咋办呀，叫不叫黑豹？"

梁掌柜说："胡说啥呢！他们都是支持咱的股东，叫黑豹干啥？"

张贵说："那你叫少夫人出来呀，你不叫她出来，咱们谁说话能顶事？"梁掌柜不说话，傻站在那里，看着这些人在门口喊叫。

张贵大声地对梁掌柜说："你问她去，她得拿个主意。"

金花出来了，她走到门口，闹事的人看见金花都哑了声音。她对梁掌柜说："告诉大家我是王家大院的夫人，王崇文在兰州的妻子。"梁掌柜照直说了。

金花又说："告诉大家，我就是王家大院的东家、老板。"梁掌柜照直说了。人群中一下安静了，他们的目光交流之后，默默地看着眼前这个年轻的东家、老板、王崇文的遗孀、王家大院的新掌门人。

金花问："梁掌柜，他们有啥事要找我？"

梁掌柜没有说话，她明知故问，刚才他在客厅给她已说过了。张贵说："你们咋不吭声了，刚才不是闹得很凶吗？咋不吭声！"

有人喊："我们要退股！"

金花问："都是这个事吗？"

有人喊："对！都是这个事，我们要退股。"

金花问张贵："他们合约期到了吗？"

张贵说："还没有，最早的半年后才到期。"

金花说："没到期，退啥股呢？等合约到期兑现不了你们的股银，你们来找我。"

闹事的股东你看我我看你，没话说了。张贵忽然来了气："合约没到期，你们在这儿闹啥呢？"

有人问："合约到期，退不了股银咋办？"

张贵推着他们说："退不了再说。咋能退不了？王家大院有的是银子！"

梁掌柜站在院里看着退走的人群，看着走进客厅的金花，这个东家，她手中有什么魔力，三言两语就平息了事端？

二十七

德盛茶坊恢复了生产，王家大院一片忙碌，唯有疯子赊娃坐在地上，耍弄着地上的茶叶片片。

崔莺来到王家大院门口，胆怯地向里望，她悄悄地问赊娃："德福回来了没有？"

赊娃说："我不知道。"

崔莺说："你整天在门口坐着，你不知道？"赊娃嬉笑不回答。

崔莺想进去，赊娃拦住她说："就是不让你进。"

她问："为啥不让我进？"

赊娃说："你爸向王家要银子，瞎倯（陕西方言，音 hā sóng，坏蛋）！"

崔莺说："你才是瞎倯呢。"

崔莺要进去，赊娃拉着不让她进去，她气得要打，发现德福走出来了。

"德福！"崔莺喊。德福出来领着崔莺走进院子。赊娃不敢再挡，对崔莺嘻嘻地笑。

崔莺走到院里不再向前走，她说："我不进去了，我知道你回来了就行了。"

德福说："走到院里咋不进去了？"

崔莺想起父亲做的那些为难王家的事，她很不好意思再进王家门。崔莺说："你要保重，我会再过来看你。"

一场灾难使德福失去了三个亲人，他有很多话要对崔莺说，他心里的话只想对崔莺一人说。

金花从客厅出来，看见德福和一个女孩在院中说话，说道："德福，是你同学吧？快让你同学到客厅坐。"

崔莺不去。德福说：“我们在院里说会儿话。”

金花回到客厅。崔莺问：“她是谁?”

德福说：“我娘。”

“你娘?”崔莺疑惑，“你咋把她叫娘呢?”

德福说：“我妈去世后，她就是我的亲娘。”

崔莺问：“她就是你爸在兰州的小老婆?”德福不愿意她这样称呼金花，显得很不高兴。崔莺说：“我明天就去省城上学了。”

德福说：“我想去练武功，保护我娘，保护王家大院。”

崔莺知道德福在说气话，他一下失去三个亲人，多么痛苦呀！崔莺要走了，德福送她到门口。她走到远处，回头看德福还站在门口，她觉得他很孤单，很可怜。

因为见了德福，崔莺回到家心情异常高兴。崔富有见女儿在院里哼哼唧唧地唱歌，问：“吃喜娃他妈的奶了？这么高兴。”

崔莺说：“我去王家了。”

崔富有一惊：“你去王家大院了?”他目不转睛地盯着女儿。

“王家大院现在咋样？恐怕再也翻不起身了。”崔富有幸灾乐祸地说。

崔莺说：“爸，你咋不盼人家好呢?”

崔富有说：“我咋不盼人家好呢？我盼他好，他就会好？我盼他好，他也翻不起身，不盼他好，他也翻不起身。我今天告诉你，你以后少和王家那小子黏糊，听说那小子不务正业，不上学要学武功。”

“爸，我今天再给你说，德福是我的同学，我和他不是你想象的那种关系。我再告诉你，王家没有你说得那么败落，王家大院的茶坊开工了。德福也不是个不务正业的人，他学武功是想保护家人，保护王家大院。”

“那小子的事我才懒得管呢。他们的茶坊开工了，你亲眼见的?”崔富有问。

崔莺说：“我亲眼见的。大院整洁，茶坊工作有序，不像大难之后的景象。”

“那天要求退股的人闹得凶，他们掀翻了机器，把茶坊捣得一塌糊涂，要开工不是一天两天就能开得了的……”崔富有说个没完没了。

崔莺说：“不信你去看。”

“我才不去看呢，他王家好坏与我有啥关系!”崔富有说。

崔莺叹气地说：“有关系……”

“有啥关系?”崔老板问。

崔莺不吭声。崔富有再也没心思干活，他要到王家大院看一看，他不希望王家好，但也不希望王家败落。这贼女子和王家的关系一直扯不断，他不得不留一手，万一王家大院兴旺起来，这还是一门不错的亲事。

崔富有走出门，杂货铺的张老板看见他说：“开工了，王家大院开工了。”

崔富有堆出满脸的笑容回答：“知道，知道。”好像他到王家大院看过一样。

油坊的李老板看见崔富有小声地告诉他：“那女人真能干，才几天就把德盛茶坊开起来了。”

上官老板看见崔富有低头走了，叫住崔富有说：“王家大院不得安宁了，会出事的。”

崔富有问：“王家大院咋咧?”上官老板不说话，低着头走了，崔富有站在街上，不知自己还要不要去王家大院。

土匪黑豹从茶坊出来，转悠到王家大院，看见金花，他愣愣地站在了那里。金花送梁掌柜走出客厅，见此人无礼地盯着她，心里很不舒服。梁掌柜看见黑豹这神态，就怨二掌柜张贵做下这瞎瞎事，怎么能让土匪来看家护院呢?请神容易送神难。他上前对黑豹说：“这个院子你们就甭管了，到茶坊去看看。”

黑豹仿佛没听见梁掌柜说话，他上前站在金花面前说：“夫人，你回来了，我是你们请来看家护院的。”

金花说：“这个院子还有啥看护的呢，你看看还有啥值钱的东西值得看护呢?”

黑豹讨个没趣，觉得金花要赶他走，他说：“我是你们请来的，要走也得有个说法，算清账再走呀。”

金花还想说什么，梁掌柜先开口对黑豹说：“走，咱到茶坊喝茶去。”黑豹还想说什么，金花已进了客厅。黑豹很丧气，自言自语道：“这女人不是平地卧的兔。”

“走，喝茶。”梁掌柜拉着黑豹走了，他劝说道：“莫跟女人生气，划不来。你看那女人死了公公，殁了丈夫，又丢了大姐，多可怜。”

黑豹说：“我不管她那些事，她对老子不好，老子还不干呢。”

梁掌柜说：“你不能走，走也得等明天再走。”

黑豹忽然变了脸笑着说：“她长得还蛮心疼的。”

梁掌柜说：“那种女人不能染。”

黑豹奇怪地看着他，梁掌柜说：“晦气，这女人晦气，她嫁到王家一下死了三个人，况且寡妇门前是非多，你不要和她一般见识。”

黑豹愤怒地骂道：“她是有眼无珠！”他骂后不想再喝茶，拧身走了。

送走了黑豹，憋了一肚子气的梁掌柜看见张贵火冒三丈：“你咋把他请来的，就咋样把他送走！”

张贵正在绑茶捆子，不知梁掌柜说谁，他犯着迷糊问：“师父，你给谁说话呢？”

梁掌柜怒了：“还有谁，给我爷说呢！”

张贵糊涂了：“你爷？你爷与茶坊、与王家大院有啥关系？”

梁掌柜哭笑不得，说道：“你给我把黑豹赶走。”

张贵说：“爷，我的爷！我把你叫爷了，你甭惹黑豹，我给他慢慢说让他走。”

“他要不走呢？”梁掌柜问。

张贵说：“他不走了，我有啥办法？”

梁掌柜跺着脚喊道：“你好糊涂，你当初咋能让他给咱看家护院，这不是提着纸钱惹鬼嘛！”

张贵说：“王老虎一直说他不吃窝边草，他不祸害街坊，所以我才让他来的。他们来了，我也后悔了，整天看见他们吊儿郎当地在院子里转悠，我心里就发慌，后悔自己办了一件瞎瞎事。”

梁掌柜心平气和地说：“张贵，不是我要赶他们走 ，刚才夫人见到黑豹说这院子还有啥看护的呢，明显是要他们走，你说咋办呀？”

张贵往地下一蹲说：“他们不走，我有啥办法呀！”

早上金花在院子散步，黑豹进了院子，金花看见他没有搭理他。黑豹说：“夫人早！”

金花喊二婶："你让梁掌柜过来。"

梁掌柜过来问金花："夫人，啥事？"

金花说："给护院的把账结了没？"

梁掌柜说："没结。"

"咋不结呢？上午就给护院的结账。我们都回来了，再说，咱院里还有啥看护的呢？"

黑豹一大早讨了个没趣，只好随梁掌柜去账房结账。黑豹结了账说："这院里不得安宁，县城贼多。"

梁掌柜把黑豹送出去，回来给金花说："黑豹还会来。"

金花说："贼的别名叫'虚儿'，他总是怕主人的，你怕啥？从今天开始，从茶坊到大院晚上把灯掌亮，让张贵带几个伙计晚上巡夜。"

梁掌柜说："也对。"

金花说："你越怕他，他就会越欺负你。你不怕他，他就怕你了。"

德福知道黑豹要来捣乱，他准备和张贵巡夜，被金花喊回去了。

一天两天过去，王家大院风平浪静，梁掌柜说："夫人这办法好，镇住了土匪。"

金花说："你这样看黑豹就小看他了，我的房后边这几天夜夜有'狼'叫，有'野猫'叫。"

梁掌柜说："今晚让张贵带人去你的房子后面看看。"

金花说："他们再不会来了。"

"为啥？"梁掌柜问。

金花说："你和他们对着干才会出事，他们就找到和咱闹事的理由了。夜晚，我包了几块碎银扔给了'野狼野狗'，房后就没声了。他们不是说从来不欺负祸害街坊四邻吗？所以他们不会明目张胆地给咱寻事，他们也要面子，我给他碎银子是给他面子。今晚把巡逻撤了吧，他们不会来了。"

金花说完走了，梁掌柜久久地站在院里，望着金花的背影发愣。

二十八

太阳像一团火烘烤着大地，街道的青砖地面泛起一层层热浪。一个年轻人提起一桶刚打上来的凉水，直往肚里灌，安掌柜看见喊：“不敢，小心把胃激炸了……”

茶坊一切都顺当了，金花派去安化和兰州的人回来了，沟通了茶园和契约方的关系，她腾出空来要安排德福上学去。

夜里，天热得人睡不着，她把德福叫到跟前说：“我想让你继续上学去。”

德福说：“我想去学武功。”

金花说：“你学武功干啥？”

“我要保护你和王家大院。”德福说道。金花感到可笑，但她不能笑，她说：“你将来是王家大院的东家、老板，会有人保护你的。你要去省城念书学本事，然后回来掌管德盛茶坊，继承祖业。”

德福说：“娘，我不想上学，我要去练武功，帮助你管好王家大院和德盛茶坊。”

金花生气了：“你咋不听话呢！学武练武整天杀杀冲冲，你要是有个三长两短，我咋给你爸妈交代？”

德福说：“我练好武功，别人就不敢欺负你了，就不敢到咱王家大院捣乱了。”

金花很生气：“你走，你走吧。你要是不听话，我就不管你了，愿意干啥就干啥去！”

金花第一次对德福发火，说了绝情的话，德福心里很难受。他从金花房里出来碰见梁掌柜，他给梁掌柜说：“我不想上学，我想练武功保护我娘和王家大院，我娘不准我练。”

梁掌柜很为难，他说："不是你娘不让你去练武功，你去念书，学了知识人就聪明了。你娘有你娘的想法，你要听她的话。"

德福说："我不想去上学，我不会去上学的。"

德福不听话，让金花很生气，但她又没办法。吃过早饭，金花出门转悠散心，发现门口站着一个讨饭的小姑娘。小姑娘衣着破烂，一双黑手端着一个碗，但她长得清秀、机灵，金花便问道："你叫个啥？"

姑娘说："姨，我叫云彩。"

姑娘嘴甜，说话好听，金花甚是喜欢，说道："云彩，来，跟我到家里吃饭去。"

小姑娘诧异地看着她，跟在金花身后，怯怯地走着，警惕地望着四周。金花在院子喊："二婶，给这娃弄些吃的，她想吃啥就给她弄啥吃，吃完饭给她洗个澡，换一身衣服领到客厅来。"

二婶从灶房跑出来，领云彩进了灶房。金花看见梁掌柜，对他说："我这儿没个人手不行，我找了个丫头，她叫云彩，你给她安排个地方住下。"

梁掌柜说："让她跟二婶住一起，也是个伴儿。"

二婶给云彩做了饭，把云彩收拾干净带到客厅，金花一见云彩直夸她长得乖巧。云彩很有礼貌，见到金花叫姨，然后就给金花倒茶水。

金花说："云彩，从今儿起你就不要在街上要饭了，在这儿给我帮忙干些家务。"

二婶说："就是给夫人打扫屋子，给夫人端茶倒水洗衣服。"

金花说："还要跟我出门。"

二婶抢着说："夫人走哪儿你跟到哪儿。"

金花再没吭声，云彩有点儿惊讶，她说："我能行，能行，我一定把姨伺候好。"

金花说："今后不要叫我姨，要叫夫人，不懂的地方你问二婶。二婶你带带云彩，云彩不懂的地方你教教她，我看她精明、灵醒着哩。"

二婶说："走，跟我到灶房去。"

金花说："二婶，灶房的活就不要她干了，让她干上房里的活。"

二婶一愣说："知道，知道。我这就带她去，给她教教、说说。"

德福不想去上学，金花心里很纠结，他是王家大院的少爷，她怎么能让他去做个练武功的呢？他应当进学堂去学习，学成之后回家掌管王家基业。德福不听她的话哟。

德福骑着黑驹无聊地在河边溜达 ，不是他不想上学，有崔莺在省城上学，他怎能不想去上学呢？他们在县城私塾上学时，常常形影不离。随着两人慢慢长大，大人们常拿他俩开玩笑。在大人们的说笑和期盼中，他们似乎越来越生疏了，但在心里，他们依然是好友。

德福为什么一定要去练武功？家里的灾难使他怯了。他放心不下娘，她一个外地人，对本地的规矩不懂，难免会招惹得罪一些人。虽然那些要求退股的人走了，但他们哪个服气？他们要等到契约到期后再找她算账。土匪黑豹欺她未成，一定还会来。听说轩逸茶馆安掌柜武功好，他想到那里去学武功，看谁以后还敢欺负他娘，敢在王家大院撒野！

忽然一阵棒槌捣衣服的声音惊了德福的黑驹，差点儿把他从马背上摔下来。他正要责怪在河边洗衣的女子，发现是崔莺。他问道：“你不是到省城上学去了，咋在这里？”

崔莺看见德福，放下手中的衣服站起来：“我没去学校。”

“咋没去呢？”德福问。

“我不去了。”崔莺说。

“咋不去了呢？”德福问。

“我爸不让我去了。”崔莺说。

“你爸咋不让你去了？”德福问。

崔莺不想回答他，她说：“我能骑你的马吗？”

“能，我这马乖得很，你上来。”德福说。

崔莺踩上了马镫，德福抓住她的手，崔莺一跃坐在了马背上。崔莺觉得她坐的地方不对，坐在德福的怀里觉得很不自在。

德福说：“马跑起来，你抓紧马缰绳，马听话得很。”

崔莺刚坐稳，德福策马跑了起来。崔莺有点儿怕，德福喊：“你甭怕，我抱紧你。”

以前德福几次邀请崔莺去河边遛马，她总推辞有事不去，今天正好在河边碰上她，竟坐在他的怀里，而且被他紧紧地抱着，这幸福来得太突然，使他有点儿承受不了。他有点儿晕晕的，把崔莺抱得更紧了。

崔莺喊："快停下，我怕。"

德福又马后一鞭，马沿着河岸一路狂奔。崔莺急了，喊："快停下来，我怕……"

崔莺的声音有些颤抖，德福勒紧马缰绳停了下来，崔莺就哭了，德福下马扶崔莺下来，他问："咋咧？"

崔莺不理他，向自己洗衣服的地方走去。德福拉住她问："你干啥去？"

她说："我洗衣服去。"

德福说："这里离你洗衣服的地方远着呢，你骑上马，我牵马送你去。"

崔莺停下来转身怨他："你把马打得那么快干啥？"

德福说："我平时骑马就跑得这么快。"

崔莺说："咱俩骑在马上，你让街坊看见会咋说呢！"德福不再吭声。确实是这样，他在马背上那样抱着崔莺，街坊看见不知会怎样谈论他俩。

崔莺不再哭了，用埋怨的眼神看着他。德福问："你真不去上学了？"

崔莺说："你不去，我去干啥呀？"

德福说："我跟你不一样，我是个男人，我要承担大事，我要有一身好武功才能承担大事。"

崔莺亮亮的眼睛看着他，问："你真这么想的？"

"这还有假？我真这么想的。我陪我娘从兰州回来，一路艰险，都是我娘化险为夷，我要有一身武功，我娘就不会受欺负。我去练武功，就是要保护我娘，保护王家大院。"

"看把你能的，但你还是要去上学。"崔莺忘了刚才的恐惧，她觉得德福很能干，很可靠。如果真的能像街坊说笑的那样，她嫁给了德福，成了德福的媳妇，一定很幸福。

德福和崔莺在马背上搂抱的事，在街上传得沸沸扬扬。崔富有问崔莺，崔莺只笑不回答。崔富有去找德福，德福说："有没有这事，你问崔莺去，我咋知道。"

崔富有一听生了气，在院子喊道："你说的这是人话？我问你们俩是不是遛马去了，你说你不知道；我问你是不是抱了崔莺，你让我问她去。你抱没抱都不知道？"

金花在客厅听见吵闹，出来听到这话，又回了客厅，她不想插手这事。梁掌柜听见后走过去，他劝崔富有说：“崔老板，两个娃的事，咱都少管行不？你就是知道他们做啥了，你又能咋样？”

崔富有愤愤地问：“你说的啥？要是真把我女儿抱了，我寻他娘去。”

金花在客厅听得明白，又走了出来。梁掌柜给崔富有介绍：“这是我东家，德福他娘。”然后又对金花说：“这是兴盛茶坊的崔老板。”

金花请崔富有到客厅说话，崔富有站着没动，说道：“我和王家大院是有交情的，我和王家大院老少东家都是好乡友，我今天来只想问一下你儿把我女子抱了没有？”

梁掌柜低声说：“崔老板，此事不宜声张，声张出去对谁都不好。”

金花说：“德福抱没抱你女子，弄清这些事有意义吗？只要他俩好，互相抱一下又有什么关系？”但崔老板却揪着这事不放。金花问德福：“崔老板问你是不是抱了他女子……”她觉得做娘的问德福这话很不妥，也觉得不好意思。德福问：“抱了咋说，没抱咋说？”

崔富有说：“没抱就好说，抱了就不行，我女子不能让人白抱。”

德福说：“没抱。我遛马呢，我抱你女子干啥呀？”

崔富有问：“我听说你俩都骑在马上，在马背上能不抱？不抱就摔下来了。”

金花笑了说：“你想让两个娃抱，还是不想让两个娃抱？”

崔富有生气地喊：“我啥都不想……”然后扭头走了。梁掌柜拦他到客厅去喝茶，崔富有直走不停，大步走出王家院子。

崔富有走了，金花感到很可笑，摇头向客厅走去，她忽然站住问德福：“你和崔老板的女子到底是咋回事？”

德福笑说：“我去遛马，碰见我同学崔莺，也就是崔老板的女儿，我邀她骑马，我俩骑上马，遛了一阵马。你说在马背上，我不抱她行吗？不抱她就摔下去了。”

金花说：“那你刚才为啥说没抱？”

“我怕他给你寻事。”德福说。

金花什么话也没说，笑着回了客厅。云彩给金花递上一杯热茶，金花说：“女大不可留。女子长大了是非就来了。”云彩听不懂夫人的话，干活去了。

一天，德福回家满脸是血，张贵问德福：“谁打你了？我去收拾他。”

金花把德福拉进了客厅，她知道德福惹祸了，她知道这是自己放任德福的后果。德福不想上学，她同意了。德福带女同学去遛马，而且做了出格的事，她一笑置之，没有一点儿责怪德福的意思。今天，德福在外闯祸了，她有点儿后怕，要是德福在外真闯了大祸，她怎么给他逝去的爷爷和父母交代？她觉得这一切都是自己的错，自己不该这样放任德福。德福告诉她，有人在街上说崔莺的脏话，他上前打了那人，那人在街上纠结一帮人又打了他。她不相信德福说的话，让梁掌柜去问崔莺到底是咋回事。崔莺竟不知道这事，她要去看德福，被她爸拦住了。

晚上，金花把德福叫到房子给他说：“你必须去上学。”德福不听话，金花气哭了，金花一哭，云彩就着急去叫二婶。二婶不敢进上房，她说：“我平时不能进上房，这是规矩。”

云彩说：“夫人哭呢。”

二婶问：“为啥哭呢？”

“少爷不上学，把夫人气得哭呢。”云彩说。

二婶说：“好我的娃呢，这是夫人的私家事，二婶不敢去管。”

云彩走进客厅，见夫人还在抹泪，心里很难受，她埋怨德福不听话，不听娘的话总要吃亏的。金花劝德福说：“让你上学不只是我一个人的意愿，也是你爸妈的遗愿，你要上学才能成大业，才能做一个于国于家都有用的人才，你不能在儿女事上毁了你的前程。”

德福违背娘的意愿、违背父母的遗愿，就是不肯上学。

金花绝食了，她告诉德福：“你一天不上学去，我就一天不吃饭；你两天不上学，我就两天不吃饭，直至你答应上学去。”德福不听她的话，她待在这个家里还有什么意义？她撑着这个家还有什么必要？

第二天，金花没吃饭两腿发软。晚上云彩劝她，给她擀了面，炖了鸡汤，金花依旧水米未进。云彩哭着说：“夫人，你不吃，我从明天也不吃了。”

金花说：“云彩，你正是长身体的时候，你不敢饿肚子。”

云彩说：“我过去经常饿肚子，我不怕，你不吃，我也不吃。”

金花没法说服云彩，她也说服不了德福。

这天梁掌柜去找德福，他说："你娘儿俩的事我本不该管，但现在夫人不吃饭，云彩也不吃饭。你娘已三天没吃饭了，这样下去会出事的。你娘不是一般人家里的娘，她十八岁嫁给你爸，自嫁给你爸那天就和她娘家的父母断绝了关系，孤单地住在一个宅院里，她天天盼着你爸带她回泾阳。现在她回到泾阳了，你爷你爸妈却都走了，给她留下这个烂摊子。她还年轻，要撑起王家大院这个烂摊子容易吗？她先礼葬了你爷爷、你爸和你妈，后又平息股民闹事，驱赶土匪黑豹，硬是一步一步重建了王家大院……"

梁掌柜哽咽着说不下去了。

"在兰州，你亲眼所见，你爷和你娘儿俩被兵匪劫持后，是你金花娘找人救了你。你的三个亲人去世后，她带着你和我押着万两银子，还有你的三个亲人的灵柩回到泾阳。在路上，先是遇兵匪，后是遇土匪，每次都是她挺身而出救了我们，也救了王家大院。她是你娘，也是王家大院的保护神。我总是想不通，她的父母是怎样的人物，能教养出这样一个顶天立地的女儿。今天王家大院走到这一步，全凭她一人里外打理。在这短短的时间里，她派人去安化疏通了茶园的关系，又派人去兰州打通销路。当初在兰州时，我劝她给兰州父母报个平安，她说哪能走开呢，等这里一切顺当了再说。这一忙就忙到了今天。听说她父母亲知道了王家大院的遭遇，知道她奔丧来了泾阳，老两口赌气卖了兰州房产去了天水。她做这一切为了啥？她已三天没进食了，你说她要有个啥事，王家大院咋办呀？我求你了德福，求你去劝劝夫人，咱王家大院不能没有她……"

德福听了梁掌柜的叙说，觉得再不能倔强了，他要听娘的话。夜里，他见到娘就给她跪下了，他说："娘，孩儿错了……"

金花躺在炕上无翻身之力，她摆了摆手，让德福坐在她跟前，她说："不是娘不让你去练武功，你的心思娘懂，但娘要把这摊子都交给……你，把王家大院交给你，把这里的一切交给了你，娘就回兰州去了……"

"娘……"德福哭着说，"娘，你不能走。即使我学成回来，你也不能走，咱要永远在一起，我还要养活你哩。"

金花笑了说："我还年轻，咋会让你养我。"

梁掌柜看到这一切，喊二婶把饭端来，二婶端来一碗小米汤。梁掌柜说："先喝点儿米汤，油腻的东西、硬的东西先不要吃，等人缓过神了再吃。"

金花喝了一碗米汤有了气力，德福扶金花坐起来。梁掌柜说："你娘用心良苦呀！你去省城要好好念书，甭操心家里的事，家里有你娘呢。等你学成回来，我再好好教你制茶做生意。"

德福明早要去省城上学，金花让他早早地休息去了。他走后，金花从炕头柜里取出《茯茶壮志图》，说："这是少东家临死前交给我的。"梁掌柜知道这张图曾在老东家手里，老东家传给了少东家。金花说："德福学业有成回来，我要亲手把这张图交给他。这是泾阳人的梦想，也是泾阳茯茶人的壮志图。"

梁掌柜说："德福知道这件事，他小时候，他爷爷给他讲过这张图的故事，但他一定没见过这张图。少东家一生的追求、一生的梦想就是要把泾阳茯茶送到罗马去，让罗马人再次品尝到咱茯茶，知道咱泾阳，了解咱中国。少东家在接到这张《茯茶壮志图》时，对老东家说咱祖先能把茯茶送到罗马去，他也一定能做到。然而，他没有做到……这个遗愿、这个任务只有交给德福了。"

金花缓过神来说肚子饿了要吃东西。梁掌柜说："今晚啥都不能吃，再喝一碗米汤，明早吃饭也只能吃个半饱，明晚上可以多吃一点儿，你三天一点儿汤食未进，忽然吃饱了身子受不了。"

二十九

德福去省城上学了，周末回来钻到轩逸茶馆学武功，抽空带着崔莺到河岸上玩。梁掌柜在街上碰见德福劝他上学去，甭在街上溜达，但梁掌柜的话德福怎么能听得进去呢？后来，德福竟隔三岔五地钻到轩逸茶馆练武功，梁掌柜一见德福就害怕，他怕哪天夫人知道了德福逃学的事，她会多么伤心，绝食的苦白受了。

白天轩逸茶馆要做生意，安掌柜只能抽空在晚上教德福习武练功。德福很能吃苦，半蹲、踢腿、扎马步样样不马虎。安掌柜让他悠着练，说一口气吃不成个大胖子，但德福不饶自己，常常练到深夜，累得汗流浃背，依然招招认真。他好学，安掌柜愿意教他。德福很勤快，闲时去茶馆跑堂，晚上练完功和茶馆的伙计睡在一起，这让安掌柜很满意。

德福再也不上学去了，专心在轩逸茶馆学武术。崔富有知道德福在轩逸茶馆跟安掌柜练武功，大骂德福没出息，有这么好的家业不好好上学，日后掌管王家大院，却跑去练武功。崔莺问父亲："德福去练武功，你生啥气?"

崔富有说："他应该去念书，学成之后当王家大院的东家、老板，不应让这家业落在一个外姓人手里。"

崔莺说："他练武功想保护他娘，保护王家大院。"其实，她心里清楚，德福练武功是为了摆脱心中的痛苦，他不是真的只想去练武功。家里出了那么大的事，他心里一定很难受。

崔富有生气地说："他那㞞样子能保护他娘？能保护王家大院？他应去省城上学，不上学了在茶坊学制茶也是正道。"

崔莺问："那你为啥不让我去省城念书?"

崔富有说："女娃上学是糟蹋钱呢，迟早要嫁人，我才不花那冤枉钱。"

崔莺听着生气地走了。崔富有问："你干啥去?"

崔莺说："我上街逛去。"

崔富有喊："你少跟那没出息的货来往。"

女儿出门去了，崔富有唉声叹气地去了茶坊。掌柜李有财碰见他说："东家，出花的茶已打包入库了，得赶快进生茶了。"

崔富有说："急啥？慢慢干，没茶料了歇几天。"

李掌柜问："咋又歇下了?"

崔富有说："我又没个娃，挣那么多银子干啥!"

"崔莺不是你的娃吗?"李掌柜问。

"她是个女娃，不顶事，养大就成人家的人了。"崔富有叹息着说。

李掌柜说："那就歇下。"

崔老板说："歇下让伙计们回去，有活再叫他们回来。"

崔富有走出门，听见杂货铺的张老板和油坊的李老板谈论王家大院的德福，张老板说："那娃脑子进水了，不念书、不学制茶却去学武功，真不成器！他爷他爸要是活着非气死不可。"

李老板说："人无三辈旺。王家红火了多年，气数也该尽了。"

张老板说："他娘很能干，一到王家大院就说服了退股的股东，赶走了土匪黑豹。"

崔富有在路边站了半天，听了张老板的话说道："一个外姓人凭啥要在王家大院指手画脚当老板？德福那货是个瓷锤（陕西方言，比喻人不灵活，老实），真是造孽了，王家祖坟上把气跑了……"

金花坐在院里，望着德盛茶坊发呆，有时一坐就是半天。云彩心里害怕，给梁掌柜说了，梁掌柜说："这么一大家子的事都要让她操心去办，她能不发愁吗？茶坊开工了，这段时间安化的茶叶也来了，柜上银子越来越少，库房的茶叶越积越多，给伙计的工钱都成了事了。唉，她不该急着给安吴堡吴家东院还那一半银子……"

云彩说："德福上学去了一阵子了，也不见回来。夫人想他，几次问他回来没有。"

梁掌柜生气地说："不要提那不争气的货，可怜夫人一片苦心。"

云彩问："德福咋了？"

梁掌柜说："没咋，好着呢。"说完转身走了。

金花一整天都坐在院里发呆。云彩见夫人可怜，拿个凳子悄悄坐在旁边等她问话。穷人有苦恼，富人也有苦恼，她不知道夫人苦恼什么。见夫人这样一天天坐着发呆，她心里很难受。这天，云彩实在憋不住对夫人说："夫人，你心里有话，你给我说，说出来心里就没事了，就畅快了。"

金花看了云彩一眼，云彩怎能理解她的苦恼。家中有粮心中不慌，王家大院快断粮了。

她从兰州带回的那些银子，一半还了吴家东院的债务，尽管吴家东院不要她着急归还，她还是让梁掌柜给人家还了一些。有了银子就要还，这样才能取得人家的信赖，有借有还，再借不难。下次有难，他们还会帮忙的。剩下的银子修缮王家大院和茶坊、更新设备、进茶、补偿伙计们工钱，已所剩不多了。困难的是库房的茶叶越积越多，销路不畅，这就是王家大院的现状。她想为王家大院找出一条生路来。

早上，金花叫来梁掌柜说她要到兰州去，她说德盛茶坊已起来了，她不能让它再倒下去。梁掌柜听了金花的话，让云彩给夫人收拾东西，安排人喂马，让马吃饱好上路。张贵知道金花要去兰州，问梁掌柜说："她走了不回来咋办？这摊子谁管？"

梁掌柜说："人家是东家，想去哪儿你管得着吗？"

张贵说："她不回来，谁给股东退股，咱拿啥给股东退股？"

梁掌柜说："你不放心就去问问。"张贵真的去了大院，金花站在院里叮咛云彩多带几件衣服。

张贵问："夫人，你打算去多长时间？"

金花说："你怕我不回来？"

张贵说："怕是不怕，我怕你走了那些股东闹事。"

金花说："一月不回来，你就卖了这德盛茶坊给股东退股。"

梁掌柜在院里听见张贵的问话，怨张贵说："你问的也是人话？"

一阵急促的马蹄声传来，把人惊怯了，伙计们停下手中的活都朝外看，来者是土匪王老虎和黑豹。马蹄声在门口戛然而止，一些胆大的人挤在王家大院门口。王老虎下马走进大院四处张望，好像在寻找什么。金花从客厅走出来，王老虎的眼睛就直了。当金花上前要和他打招呼时，他很有风度地走了过来，给人的感觉不像个土匪，倒像个官府要员。他看见金花，双手捧起一个银袋子说："夫人，你给我们看家护院的银子我们不能收，你们孤儿寡母经营这个烂摊子不容易。"人们忽然感觉王老虎说了一句人话。

金花摆手说："这不行，咋说的咋来，给你们这点儿银子也就是个喝茶钱。"金花正说着，王老虎把银袋子放在地上，转身走了。在场的人感到惊诧——王老虎真的不祸害百姓了。

三十

传说甜水井水熬的茯茶减肥，有人劝杂货铺的张胖子张老板多喝甜水井水熬的茯茶。油坊的李老板说：“茯茶拉油，甜水井水熬的茯茶更拉油。”

有人说胖子容易得病，要张老板保重。张老板说：“你瞅瞅街上哪个东家、哪个老板不想胖？只是他们没有我这本钱罢了。茯茶不单拉油，饿得也快，刚吃一碗面一会儿就饿了。喝茯茶费粮食、费银子，多么奢侈呀！我才不减肥呢，胖了富态。”

李老板笑他抠门。上官老板说他不抠就不是张老板了。有人说官府的人要取甜水井的水化验。上官老板说：“不能让他们化验，化验好坏都不是好事。”

李老板说：“这井在咱这里，吃喝自用，他们化验啥呢？他们化验后，不让咱再饮用甜水井的水，那可咋办？”

“不会。”有人说，“他们觉得这甜水井的水奇怪，咱这茯茶喝后本来就滋味醇厚，而用甜水井熬出的茶更是余味无穷。为啥甜水井挖几米深才见水，周围挖一点儿就见水了？这是个谜，所以官府要解开这个谜。”

梁掌柜不知啥时来到这里，说道：“我看上官老板和李老板说的对，我怕他们化验后把甜水井变成官井，咱就喝不成了。”

上官老板说：“那咱挡了他，不许官府取甜水井的水化验。”

大伙儿一起拥向轩逸茶馆给安掌柜讲了官府要化验甜水井水的事。安掌柜说：“既然乡党们说不让他们化验，那他们就化验不成。”

德福站在安掌柜旁边握着两只拳头说：“看他们谁敢来！”梁掌柜看见德福低头走了。

有人看见德福问：“这小子在省城上学，咋在轩逸茶馆？”

茶馆的其他几个人说："德福跟安掌柜学武功呢！"

"听说他娘为让他去省城上学在家绝过食，他咋在这儿学武功呢？"

"苦了他娘一片心，他娘要知道他在这儿学武功，不知道会气成啥样子！"

安掌柜告诉大家："大家放心，我不会让官府的人来化验水的，街坊快来馆里喝茶。"

上官老板说："不影响你生意，这么多人进去要喝多少茶？咱回，不给安掌柜添麻烦。"

上官老板这一喊，街坊都散去，各自回家了。街坊走了，安掌柜安排人收了甜水井的井绳和水桶。没了井绳和水桶，官府的人就没法取水化验了。

夜里，街上一阵纷乱的马蹄声把人吵醒，人们爬起来，急忙往甜水井跑去。杂货铺的张老板一脚绊倒了，摔了个爬扑，牙磕了，膝盖出血了。他本来身量就重，这一摔就再也爬不起来了。跑来的人看见德福手持一根棍威武地站在甜水井边，李老板问："有人来没？"

德福说："我手发痒痒，还没见人来呢。"

上官老板问："安掌柜人呢？"

德福说："睡着呢，说有事再叫他。"

忽然有人喊："路上躺着一个人！"李老板和上官老板赶快向那人跑去，原来是张老板。张老板有气无力地问："甜水井好着没？"

李老板说："你人好着没？甜水井没事。"

大家把张老板扶起来，他喊腿疼，脚腕扭伤膝盖出血，但谁也背不动他，两个人搀扶着把他送回了家。

安掌柜知道这事后赞赏了张老板一番，带上一壶上好的轩逸茶馆甜水井茯茶去看望他。张老板喝了一口茶水，直夸轩逸茶馆的甜水井茯茶香醇，回味绵长。安掌柜说："这一壶茶你慢慢享用，喝完了记住把茯茶根倒出来涂在肿了的脚腕上。"

安掌柜问："晚上你看见那些人没有？"

张老板说："我只听见马蹄声，没看见骑马的人，我担心咱的甜水井，一怕官府来人取水化验，二怕有土匪进城在甜水井上使坏。"

安掌柜说："官府的人晚上不会来，来了也不会骑马，我觉得土匪的可能性大。"

张老板说："也没听说谁家丢东西。"

安掌柜说："你晚上那一跑兴许就把土匪吓跑了，你是咱的护井英雄。"

张老板被安掌柜夸得不好意思，忙说："再甭胡说了，井没护成把自己先撂倒了。"

金花知道张老板护井受伤之事，便和梁掌柜一起来看望张老板。梁掌柜说："甜水井是大家的井，张老板护井受伤，大家都很佩服。"

张老板说："我不能算护井受伤，我还没跑到井跟前就跌倒受伤了。"

金花问："你跑着干啥去了？"

张老板说："护井去呀！"

金花说："这就对了，还是护井受的伤，大家都来看你是对的，那甜水井是老天爷赐给泾阳人的宝井，甜水井有了危难，大家都去保护，这才对呢。"

安掌柜送的那壶茶熬了几次没味了。张老板老婆听了金花的话很高兴，要给金花换新茶，顺手倒了茶根和熬过的茶叶，张老板看见，一手夺了老婆手中的茶壶："给我把地上的茶叶捡起来！"

张老板老婆说："那都熬了好几遍，没味儿了。"

张老板说："你这败家娘们，安掌柜夜晚来时咋说的？这喝过的茶根、熬过的茶叶也是宝，涂在我这浮肿的脚腕上止疼消肿。"

张老板老婆赶紧蹲在地上，把倒在地上的茶叶一点点捡起来。金花惊讶地问："这茶根也有这么大的功效？"

张老板严肃地说："你不妨试试。"

梁掌柜说："夫人的脚没受伤咋试？涂在你脚上让夫人看看。"

张老板老婆将从地上捡起的茶叶，一把捂在张老板脚上。张老板咬牙瞪了老婆一眼，叹道："你慢点儿，我这脚还肿着呢。"

张老板老婆把茶叶敷在红肿的脚面上来回揉搓，问："还疼不？"

张老板咬着牙说："轻了，轻了。"

金花说："嫂子，你轻点儿揉搓，你用劲儿太大把张老板揉疼了。"

张老板老婆说："这样才能把药性揉进去，一会儿就不疼了。"金花和他老婆这么一说，张老板就觉得好多了，好像红肿也消退了许多。金花看着惊异，这茯茶还真有这么大的功效！

三十一

入秋了，天气一下凉了。

官府的人一直没来取水化验。甜水井的水突然减少了，最先发现井水下降的是轩逸茶馆的伙计，他晚上打水时把桶放下去只打了半桶水，他感到好奇怪，又把桶放下去还是打了半桶水。甜水井的这一奇怪现象，惊得他大喊大叫地跑进茶馆，伙计的喊声把安掌柜吓了一跳。伙计说明情况，安掌柜不相信，亲自放下桶也只打上来半桶水，他再把桶放下去，来回摇动井绳，把桶绞上来，桶里不但只有半桶水，而且水已浑浊。他知道甜水井水见底了。今天没有特别用水的事和特别用水的人，井水却突然减少，这是一个不好的征兆。

甜水井水忽然减少，惊动了县城里的人。

安掌柜再也无心给德福教习武功。月光下，他坐在甜水井旁，守护着甜水井，一会儿扒在井边看，井里黑洞洞的什么也看不见，一会儿又扒在井边听，什么声音也没有。德福怕师父出事，站在安掌柜身旁一直不敢离开。天亮后，安掌柜放绳下桶，他听见咚的一声，知道水桶砸到水面上了，忽然井绳像棍一样直了，他知道水桶吃满水沉下去了。这种现象表明甜水井的水又上来了，他欢喜地扳动辘轳，满满的一桶水上来了。安掌柜把盛满水的水桶放到井旁，哈哈大笑："千年的老井咋能没水呢！甜水井的水永远不会干涸，这是一口取之不尽用之不竭的宝井！"

对甜水井的异常现象谁也没有在意，直到晚上小伙计再次告诉安掌柜，甜水井的水又见底了。安掌柜当时正在馆里喝茶，听到这话忽然站了起来。小伙计说："我刚探了，放绳下桶绞上来只有半桶水。"

安掌柜说："你再去绞一桶探一下。"

小伙计刚要迈步，他又说："让我去！"

安掌柜亲自放绳下桶，他没听到咚的那一声，而是水桶落地的声音，他喃喃地说："甜水井真的没水了……"

晚上，安掌柜没回茶馆里睡，他守在甜水井旁，探究井水减少的原因。德福恭敬地站在师父身后，他知道这一口井的重要性，师父对井如此爱护，使这口井充满了神圣感。早上，街坊们来打水，他告诉伙计让街坊们少打一点儿。街坊们听说甜水井水少了，排队来打水，他们不听安掌柜的劝告。安掌柜看见也没办法，他不知道甜水井真要没水了，街坊们会怎样相互埋怨和责怪。"甜水井的水为啥少了？""甜水井的水咋会少了呢？""今天少了，明天还会续上来吗？"来的人都在问安掌柜。安掌柜说："你少打一桶，大家都少打一桶，甜水井的水就会多一点儿。井也有老的时候。"

一阵急促的马蹄声由远而近，黑豹带着一群手下押着两个土匪来到甜水井旁，胆小的人都离开了甜水井。黑豹说："前天晚上城里闹匪是这两个小子搞的鬼，他们在城里没下手，在城外抢了一家货栈。"街坊说："他俩抢了城外货栈，把他们带到这里干啥呀？这不是吓人嘛。"

两个土匪站在那里两腿发抖，黑豹骂道："你们这些货也敢抢人，你知道这是啥地方？是我大当家王老虎的地盘，谁敢动街坊的一个柴火棒棒，我叫他吃不了兜着走，抢我街坊的东西就是抢我大当家的东西。"

那两个土匪只是回话："我们不敢了，我们不知道这是大当家的地盘。"

黑豹喊："给街坊们跪下！"

有街坊说："传说王老虎不抢乡党街坊的东西，还真有这么一回事。有王老虎保护，其他土匪就不敢欺负咱了。"

有人看不惯欺负人的场面，说道："贼喊捉贼。"

黑豹听见喊道："站住，你刚才说啥？"

那人忙说："没说啥，没说啥。"

"你们这些不知好歹的东西，我大当家把心掏给你们，你们都不领情。你问问他们，他们认识我们不？"黑豹说。

那两个跪着的土匪说道："我们不认识大当家，真的不认识他们。我们这些小卒卒只想占点儿小便宜，顺手抢点儿东西，东西一件没少，都给乡亲们还回来了。"

东门口货栈的乡党喊道："东西确实还回来了。"

站住的人等着黑豹发话，黑豹说："你听见了吗?"

那人说："听见了。"

"你走吧。"那两个土匪以为让他们走，爬起来给黑豹和街坊们磕头致谢。

黑豹喊："谁叫你俩起来了，跪下！跪到街坊们饶了你们再说。"黑豹说罢带着人骑马走了。

黑豹走了，街坊们就叫跪着的人起来，问他们到底是咋回事。那两个人爬起来说："日子实在过不下去了，我们兄弟俩偷了两匹马，就干起了这见不得人的行当。这次街坊们放了我俩，我俩再也不干这勾当了。"

梁掌柜看到这一幕背着手走了。从此，街坊们对王老虎高看了，原来他不是做戏，是真的在保护街坊们。有人喊："不干了就好，还不快走，小心王老虎回来再抓你们。"

他俩听了相互看了一眼，慌不择路地跑了。

三十二

金花去了兰州。梁掌柜到轩逸茶馆说起德福逃学的事，安掌柜很吃惊，急忙给梁掌柜道歉："我确实不知他逃学之事，要知道了我咋敢收留他！我今儿赶他走，让他上学去。"

梁掌柜说："他要是不上学呢？你把他赶出去，他就学坏了。"

安掌柜问："那咋办?"

梁掌柜说："你先给他说。他要是不去上学，还得留在你这里，让他练去，不要让夫人知道。这是个没爸没妈的娃，也可怜。"

安掌柜后悔收了德福，当初德福来找他，他觉得这是件好事，就答应了。况且，陈耕从兰州捎话回来，说如果王家大院的夫人找他，让他尽力给予帮助。他一片好心，竟上了德福的当。

梁掌柜走后，安掌柜找到德福，德福正在院里练套路，满头是汗。安掌柜问德福：“你为啥要练武功?”

德福说：“强身健体。”

“还有呢?”安掌柜问。

德福说：“不欺负人，也不被人欺负。”

“老实说，为啥要练武功?”安掌柜严肃地问。

德福说：“保护我娘，保护王家大院。”

安掌柜说：“即使练成之后，你一个人能保护住你娘？能保护住王家大院?”

德福大声说：“能！我一定能!”

安掌柜问：“如果土匪王老虎要欺负你娘，你咋办?”

“我把他们打回去。”德福说。

“他们有三十个人，你咋打？你能打过三十个土匪吗?”安掌柜问。

德福停了拳脚，站起来问：“那咋办?”

安掌柜说：“你先去上学，有了文化有了知识，回来把德盛茶坊做好。王家大院有了雄厚的财力，你可以雇家丁，你的家丁比土匪的人还要多，有枪有炮，土匪就不敢欺负你娘，更不敢抢你们王家大院了。”

德福说：“我不想经商，像我爷、我爸那样挣一辈子银子，最后为银子而亡。”

“那你想干啥?”安掌柜生气地问道。

“我想练武行走江湖，做一个仗义侠客，保护我娘，保护王家大院，保护天下善良的人。”安掌柜觉得自己做了一件瞎瞎事，他再也没有给德福解释什么，回到了茶馆。

晚上德福去找崔莺，听见崔富有正在训斥崔莺：“那是个二流子！胸无大志的二流子！整天在茶馆学武术，不学制茶也不上学，你说那小子有啥出息？你和那人混在一起还骑马，还让他抱……”

德福听见这话停住了脚步，不敢再向前走了。过一会儿，他看见崔莺从家里走出来，轻轻迈步迎了上去。崔莺看见他，小声问道：“你咋在这里?”

德福说：“我刚来就碰上你了。咱去河岸上走走。”

崔莺不假思索地答应了："好吧。"

两人走过街道，并肩走在河岸上。秋后凉爽，地上是一层发黄的秋叶，踩在上面很软和。德福伸手搂住崔莺的腰，崔莺用右手推去。德福感到无趣，便缩回了手，用脚踢着地上厚厚的秋叶。崔莺问："你真的不上学了？"

德福说："我早就给你说过，我不想上学。"

崔莺说："你家遭遇那么大的灾难，我以为你不想上学，练武功是为了摆脱心中的痛苦，没想到你真的不上学了。你不上学，以后咋掌管王家大院和德盛茶坊？咋承担东家的责任？"

德福说："我告诉你，我不想上学，也不想以后当王家大院的东家、老板。我练武，行走江湖，要做行侠仗义之事。"

崔莺吃惊地问道："为啥？"

他说："我爷继承了我太爷的家业，赚了很多银子，盖了王家大院。我爸继承了我爷的家业，想维护和扩大我们王家的家业。他们一生都在辛苦地赚银子，但银子最后却没救他们。他们为银子而生，为银子而活，为银子而死。我从小看惯了他们为赚银子而忙碌。为躲避追杀，我们逃到了兰州，因为银子被土匪绑架，最后他们都为银子而亡。回家的路上，我们沿路受到兵匪、土匪的围追堵截，都是为了银子。如果我们不再为银子而活，就不会遇到那么多灾祸。"

崔莺听了德福的话，没有再问什么，扭头走了。德福叫她，她没回头。

崔莺走了。德福心里很矛盾，难道自己说得不对？崔莺为什么要弃他而去？他知道自己做的这一切，人们都不会理解。爷爷和父母的去世，使他思考了很多问题，只有不为银子，看淡钱财，生活才能平安。只有自身强，才能保护家人和朋友。在从兰州回来的路上，如果他有一身武功，那几个兵匪和土匪就不敢欺负他们。望着远去的崔莺，他心里一阵阵难受。

崔莺回到家里，父亲见她出去又回来了，很不高兴地问她："你干啥去了？"

"见那小子去了。"崔莺说。

崔富有知道女儿说的那小子是德福，很不高兴地问道："见他干啥呀？"

崔莺说："我今后再不见他了。"

崔富有听后吓了一跳："你咋不见他了？"

崔莺说："他那人不成器……"

"他家底厚实，凭他家现在的实力，你嫁过去，今生今世就享清福了。但那货不争气……"崔富有说。

崔莺说："我不想嫁他那样的人。"

崔富有说："莺呀，我怨他就是顺口说说，只是对那小子的一些行为不满意，我是恨铁不成钢，才想说他骂他的，你万万不可对他松心。"崔莺进房间关了门，她不想再听父亲的唠叨。

三十三

金花到了兰州，来到德盛商行，见门口拥着一大堆人，金花方知又是股民闹事要退股。有人认出了她，说德盛商行的东家来了，人们都围了过来。

"我们要退股，把我们的血汗钱还给我们!"

金花说："我刚回来啥也不知道，等我回到商行问清事由再说。"

大家知道她是王家大院在兰州的少夫人，她送老少东家到泾阳，今天才回来。人们让出一条道，金花走进商行。伙计见金花回来，唤她少夫人。云彩说："叫夫人。"

二掌柜茯茶哥和伙计们马上改口："夫人。"

金花问："马掌柜呢?"

有伙计说："他几天都没来了。"

金花说："叫马掌柜回来。"

茯茶哥跑出去叫马掌柜。金花环视商行一周，茶柜上铺着一层灰土，扫把扔在地上，地上到处是纸屑杂物。她问："咋成了这样?"

一伙计说："股民要退股，行里没银子，门口一闹事，行里啥事也干不成，没人敢来和咱谈生意。"

马掌柜急急忙忙跑到门口，蹲下勾上鞋，劝走了股民，进门就道歉，说：“不知少夫人今天回兰州，要知道一定派人去接您。”

云彩说：“夫人现在是王家大院的东家。”

马掌柜慌忙改口，他说：“东家回来就好了！行里没生意，没生意就没银子，孙大圣也没办法，你回来就好了。”

金花说：“叫我夫人。我没有银子，王家大院是靠你们赚银子的。”

马掌柜沉下了脸说：“那没银子咋办？你也看见了，门口拥的那些人都是咱的老股东，他们看见商行成了这样，都喊着要退股。”

马掌柜一脸苦相，金花指着凌乱的商行大堂：“你看看行里乱成这样，谁还敢来这儿谈生意！”

马掌柜喊茯茶哥：“二掌柜，你还站在这儿干啥？赶快让人打扫，麻利些，你们这些少教的东西，我一会儿不在行里都不行。”

金花说：“茯茶哥，你叫上几个人，把我的院子收拾一下，多日没人住，一定成野猫野狗的窝了。”

茯茶哥说：“夫人，你走后我们常去打扫，院子跟你在时一模一样，你啥时去都可以住下歇息。”

金花站起要走，马掌柜说:“夫人，你回来了得想个办法，没了银钱……”

金花打断他的话，说：“东家把德盛商行交给你了，我应当问你要银子，你咋问我要银子呢?”

马掌柜说：“伙计们几个月都没拿到工钱了，有人喊着要走。”

金花回身说道：“走好了，没生意养这么多人干啥?”

茯茶哥带着金花和云彩走了。马掌柜在行里摔了东西，干活的伙计停住了手里的活，愣愣地看着马掌柜。“看我干啥，看我就能生出银子来？你看看，我走了几天，你们把行里整成啥样子了！”他脱了鞋又把鞋趿拉上。

“股东找你要退股，挤在门口，我们没生意可做。”伙计们说。

马掌柜生气地说：“我死了，你们还不活咧？少夫人回来，你们也不给我报个信，故意让我难堪呢！”

一伙计说：“夫人一回来就顶在了门口，一踏进门就找你，茯茶哥马不停蹄地找你去了。”

“叫啥夫人，说穿了不就是一个二房，两天半就成了夫人了！”伙计们看着他不敢吭声，马掌柜又喊："你们看我干啥，还不干活去。你们有人家茯茶哥一半机灵就好了，你看人家二掌柜多有眼色，神不知鬼不觉地给夫人打扫院子，就差暖被窝了。"伙计们偷着笑。"现在又带夫人回院子去了，夫人在那儿住了一年多，不知道地方？真是胡骚情呢！"伙计们大笑，马掌柜骂了起来："笑、笑，人家把你卖了，你也笑。"伙计们闭嘴不敢笑了。他趿拉着鞋下地走了。

茯茶哥带着金花和云彩走在前面，后面车夫赶着马车。路上，茯茶哥给人们介绍："这是我们东家，她现在是我们王家大院的东家。"

走到金花的小院子门口，茯茶哥开了门，金花惊异："你咋有这院子的钥匙？"

茯茶哥说："有两只野猫钻到院子里，天天在里面叫，我害怕野猫钻到你房里给你下一窝猫娃，就让人撬开了锁，把两只野猫撵走了。我见院里被风吹得到处是树叶，就换了锁新配了钥匙，隔几天给你扫一扫院子。你们回来了，我把钥匙交给你们。"

金花看着云彩说："茯茶哥是咱行里的老伙计。"

云彩问："行里人都叫他茯茶哥吗？"

金花说："老少东家也叫他茯茶哥。"

云彩说："嘿，那我也得叫他茯茶哥。"

金花说："那年茯茶卖得好，他承揽了几笔大生意，东家高兴地叫他茯茶哥，这一叫一下就叫开了。"

金花问茯茶哥："是不是他们都叫你茯茶哥的？"

茯茶哥说："是这样，又不是这样。"

"那是啥样？"云彩问，茯茶哥笑着不回答。

院子里很干净，窗明几净。金花说："你知道我要回来，把院子收拾得这么干净？"

茯茶哥说："我咋会知道你要回来。我闲了就过来打扫院子，擦洗窗户。我想你回来时看到这干净的院子，心情会好点儿。"

茯茶哥帮车夫卸了车，喂了马，给夫人打过招呼，带车夫要走时，云彩说："给车夫安顿好，夫人有事时会叫他。"

一到兰州，金花特别想去看看父母。她嫁给王崇文后，父亲就和她断了来往，母亲还来看过她几次，之后就再不来了。人在难中盼亲人，她多么希望父亲能给她出出主意，帮她一把。父亲现在搬到天水哪里，她也不知道，她只知道这一切都是自己造成的。父亲的掌上明珠给人做了二房，这个教书先生脸上挂不住了，就搬家了。

受父亲的影响，她立志当不了花木兰报国杀敌，也要学李清照、班昭，做个断字识文的大家闺秀，自己干不了大事业，愿找一个饱读诗书、才气过人的男人，和她窗前灯下读天下奇书……

她遇见了王崇文，被他家传的《茯茶壮志图》震撼了，被他志存高远、承继先祖事业的抱负折服了。她觉得王崇文是个靠得住、有担当的男人，她不怕冒犯父母，把自己的身心给了这个男人，她觉得自己的选择没有错。王家大院的茶坊已经开业，需要资金保证生产，打通供销两路。德盛商行的经营状况使她大吃一惊，她想不到急用时不但取不到银子，而且陷入被人逼债的境地。马掌柜已经破罐子破摔了，他已无心经营德盛商行，随时准备一走了之。

晚上，云彩睡不着，她说："院里空荡荡的，好害怕。"

金花说："我在这院里住了一年多，天天等待我的夫君，我一点儿也不害怕。院里的每一个响声，我都以为是他回来了，有时慌张得穿着睡衣到院里去找他。"夜里很安静，安静得能听到树叶落地的声音。

早晨，金花匆忙起来，她说要去找陈耕会长。陈耕在兰州主推泾阳茯茶，兼做布匹、药材和皮革生意。他是个乐于助人的秦人，在推销茯茶方面有很多传奇。陈耕听说陕西蓝田有个乡党灾民在兰州找到活路，东家让吃饭，尽饱吃。东家没注意，这个乡党竟一下子吃了十几个蒸馍，夜里喝了水，肚子胀得像倒扣的锅，人疼得在地上打滚。他知道这情况后，在家抓了一把茯茶送过去，让乡党嚼着吃。乡党吃了茯茶，晚上拉了半宿，天亮后就给东家干活去了。兰州有个掌柜胃里长了个疙瘩，花了半个家当，在省城大医院也没看好，躺在炕上天天呻吟，家里给他做了棺材、备了老衣。陈耕得知这事后，熬了一壶浓浓的茯茶送过去，让他天天把茯茶熬着喝。一个月后，那掌柜肚里的疙瘩没了，吆喝伙计们干活去了。陈耕身上有关茯茶的传说，已成为兰州百姓口口相传的佳话。

金花见到陈耕时，陈耕正在他的轩逸商行茶室品茶。陈耕看到金花惊异地站起来："你啥时回兰州的？家里都好吗？"

他让金花坐下和他一起品茶，云彩站在金花旁边，像保镖一样站着，警惕地看着他。陈耕觉得很不舒服，让云彩坐下，云彩生硬地拒绝道："不累，站着好。"陈耕很不好意思地笑了。

金花说："云彩，你坐下，陈会长是咱泾阳人，给王家大院帮过大忙。"

云彩勉强坐下，在金花身边细语道："我看他不怀好意老看你。"金花笑了。

陈耕见到金花话就多起来，他说："我这里来的大都是生意人，少数民族居多，他们认识了你就把你黏住了。他们很实诚，也很聪明，你骗他一次，他永远不会再和你打交道。他们讲诚信，相信搞欺诈蒙骗的人会殃及子孙。我们泾阳人从汉时就做茶的生意，把茯茶做成了官茶，千百年来就凭着诚信闯荡天下。"

金花很想听陈耕讲他在兰州的故事，云彩却让她走，在金花身边耳语道："这人看你的眼神怪怪的，不像好人。"

金花示意她不要说话，她的耳语陈耕听得清清楚楚。金花说："您讲得很好，商人童叟无欺，以诚信为立身之本。老少东家走后，我接过了王家大院的重担，才知做生意的艰难。我父亲是教书先生，我不会经商，崇文把这一摊子甩给我，让我作难得很。"

陈耕看着金花说道："做生意光有诚信还不行，还得有创业精神。陕商曾以财雄势宏被尊称为'西秦大贾'和'关陕商人'。从泾阳出发，陕商走出了一条茶道——茶马古道，并开创了最早的合伙股份制。《天工开物》有载，'商之有本者，大抵属秦晋与徽郡三方之人'，你挑起陕商的重担，要知道秦人创业的历史。

"自古岭北不植茶，唯有泾阳出砖茶。泾阳成为南茶西运加工转运的集散地，应该是始于汉、闻于唐、兴于宋、盛于明清时代。中国丝绸之路外销的货物主要有丝绸、瓷器、茶叶。泾阳是南茶北上必经之地，古时，泾阳茯砖茶沿丝绸之路远走西域各地，远销俄国、波斯、罗马等地。茯茶被誉为'古丝绸之路上的神秘之茶''丝绸之路上的黑黄金'。据卢坤《秦疆治略》记载，泾阳县官茶进关，运至茶店，另行检做，转运西行，检茶之人有万余。

"泾阳茯茶是我国茶类中独具特色的茶品。它茶香浓郁，滋味醇厚，余味无穷；茶汤鲜艳透亮，色泽橙红。有人说它是消食茶，具有消食去腻、降脂减肥的功效；有人说它是保健养生茶，是‘人体内的清道夫’，喝起来不燥不寒，清香持久。闲来饮茯茶，那份惬意最是适宜。它可以使我们轻松、宁静、自在，洗涤心中的忧虑与尘垢，清除俗念，保持心中的纯正之气。”

金花听得很兴奋，经陈耕这样一解释，她才知晓茯茶竟有这般奥妙。王崇文曾给她讲述过茯茶中金花的奇妙，她很想听听关于金花的有趣故事。她问：“金花……”

金花刚提到“金花”，陈耕便饶有兴致地接过话题：“泾阳茯砖茶的神秘在于它有独到的‘发花’工艺，由此而产生了与众不同的风味和功效。早前，人们把它看得很神秘，有很多传说，比如什么茶叶中要加人奶，发花时女人不能进发花房，操作发花的技师进发花房前必须沐浴净身，发花技术保密不外传等。实际上，发花是古人在长期加工茯砖茶的过程中无意中发现的，离了泾阳的气候不行，离了泾阳的水不行，离了泾阳的技术不行。”

“这么神秘！”金花惊叹。

陈耕说：“过去，有个商人把茶叶运输到泾阳，由于太贪心，给船上装载过重，船翻茶叶落入河中。无奈将浸过的茶叶放在当时的大地主姚家晾晒，打算再次北上时捎上这批茶叶。但由于姚家伙计的疏忽，茶叶并未干透就入了库房，数月之后发现茶叶发霉了。商人情急中发现茶叶虽然发霉但闻不到霉味，且泡出的茶汤味道奇异诱人，于是将这些茶叶运到西域贱卖了。然而次年，商人再到当地，牧民们竞相询问还有没有去年有‘金花’的那种茶，商人困惑，最后才明白原来是问还有没有那发霉的茶。他们把霉变的金色亮点叫‘金花’，这发霉的金花茶消食又好喝。从那以后，这带有金花的茯茶便在牧区红火了数百年……”

陈耕说着忽然笑了：“今天咋光让我一个人说了，你找我肯定有事，你告诉我，能帮的我一定帮你。”

金花苦笑一下：“今天找你，是求你解燃眉之急。”金花细说了葬亲、恢复德盛茶坊、给吴家东院还银子之事。现在茶坊开工缺银子，本想从兰州德盛商行周转一些银子，马掌柜却把商行经营得一塌糊涂，她无力挽救这颓败局面。

陈耕听后说道：“这种局面即使老少东家在世也难以应付。王家大院的事，我一定会帮忙的。况且我和崇文是街坊好友，他来到兰州必在我这里住几天，高谈经营之道、诚信之礼。你给吴家东院还银子的事做得很好，在王家大院大难之后，能给吴家东院还银子，你把诚信看得很重要，这就好了！你既然来了，先别急。最近有西域来的客商在这儿歇脚，到泾阳去贩茶，我先推荐他们住在德盛商行，商行有了人气，生意自然就好做了。有人要求退股，我也听说了，他们看德盛商行门庭冷落，生意无望，当然要去闹事。他们把钱放在商行是为了赚银子，商行没生意，他们咋能不闹事呢？你放心，只要商行有了人气，股东就不会闹了。”

回家的路上，金花问云彩：“你咋说他不是个好人？”

云彩说：“他看你的眼神怪怪的。”

金花说：“他看我能把我咋样，还能吃了我？”

云彩担心地说：“我怕他勾引你。”金花笑了。

云彩又说：“我怕你吃亏。”

“我能吃个啥亏？”金花怨道。云彩不吭声了，她觉得金花巴不得吃亏呢，就不再说话。金花问：“你真的把他想得那么坏吗？”

云彩说：“开始我是这样想的，后来看他讲话有道理，你听得认真，我就不害怕他了，也觉得他是个好人。”

“他咋又变成好人了？”金花问。

云彩说：“他那人有男人相，能办事，讲话干帮硬正（陕西方言，理直气壮，说话、做事痛快，且说一不二），像个男子汉，我看你喜欢他。”

“胡说！再胡说小心我打你。”金花急忙说道。

云彩不敢吭声。

金花问：“你咋看他像个男子汉？”云彩不吭声。

金花又问：“你咋不吭声？”云彩还是不吭声。

金花生气地说：“我问你话呢！”

云彩有怨气地说：“我不是给你说了嘛！”

“你咋说的，再说一遍。”金花追问。

“他像个男人，能办事，讲话干帮硬正，是个男子汉。”云彩说。

“真的吗？”金花高兴地问。

云彩说：“当然是，你看，你一求他，他就给你帮忙。在兰州有人帮忙，咱德盛商行的生意一定会好起来。”

三十四

一大早，西域的茶商在德盛商行门口喊着要住店，马掌柜连忙招呼伙计帮客商卸车、牵马饮水。客商夸德盛商行的伙计勤快会做事，说这次去泾阳卖了药材，他们只买王家大院德盛茶坊的茶。马掌柜高兴地从前院跑到后院，要厨房给客商把饭做好，多做几个菜。

安顿好客商，马掌柜穿好鞋直奔金花的院子，云彩一听是马掌柜的声音，不肯开门，马掌柜喊："我是马掌柜，有急事找夫人。"

马掌柜把门敲得咚咚响。金花让云彩去开门，云彩不去，说："让他叫去，他这会儿才勤快了。"

金花说："他说有事找我，快去开门。"

云彩开了门，马掌柜冲进院子，云彩喊："你慌里慌张的干啥？啥事你先给我说，夫人在屋子看书呢。"

马掌柜说："给你说你能拿住事？我找夫人！"

云彩说："你说，你说我传话给夫人。"

金花在屋里说让马掌柜进来。马掌柜走进屋里，见金花坐在藤椅上，马掌柜急匆匆地说道："夫人，今早就有客商住到咱商行咧。他们车上的药材货物都是运往泾阳的，正好兰州的一个老板急需一批药材，如果让客商把药材卖给咱商行，咱把这批药材转手卖给兰州老板，就能赚一大笔银子。"

金花说："你去办呀，这是你分内的事，不用跟我说。"

马掌柜说："咱没银子，我不能空手套白狼呀。"

金花说："你去吧，我想想。"

午饭时，金花给云彩说："你让马掌柜晌午请客人吃咱陕西的羊肉泡馍，我随后就到泡馍馆。"

云彩去找马掌柜说了，马掌柜很不高兴："让人家吃啥饭？银子是硬头货，不给人家银子，人家能把药材给咱？"

云彩听了马掌柜的话扭头就走。马掌柜觉得不对，这丫头一定会把他的话传给夫人，他喊道："你告诉夫人，我安排就是了。"不管咋样，白吃一顿羊肉泡馍是好事。马掌柜觉得德盛商行走到了尽头，商行现在连工钱都开不出了，他手里已没有可支配的碎银了。老少东家一走，一批老客户也走了，他在德盛商行再待下去没有意义了，他不得不给自己找一个去处。

云彩回家给金花说了马掌柜的怨言，金花没有生气，收拾一番就要出门。云彩说："马掌柜太没礼貌，你把德盛商行交给他，他把德盛商行折腾得没银子花了，你不怨他，他反而怨你。"

金花说："走，咱们去吃羊肉泡馍。"云彩觉得她的话夫人一句都没听进去，只好不再絮叨，跟着金花出门去了。

羊肉泡馍馆坐满了人，因为是泾阳人开的泡馍馆，陕西乡党居多。金花曾随王崇文来过几次，吃过几次羊肉泡馍。羊肉泡馍很好吃，就是羊肉的膻味很重，她不大喜欢。马掌柜看见她，从人堆中站起来向她打招呼，其实她这一身鲜艳的着装，大老远就引起馆里吃客的注意了。

在众人注目之下，她大方地走到马掌柜早已和客商坐好的圆桌前。客商见到德盛的东家盛装来见他们，并邀请他们吃陕西特色羊肉泡馍，甚是喜悦。刚才的众目迎接，更使客商对金花产生了一种敬仰之情。金花坐定，问道："泡馍要了吗？"

马掌柜说："要过了。"

金花说："再上几个凉菜。"

马掌柜说："吃碗羊肉泡馍就行了。"

金花说："要几个菜，让客人吃好。"

马掌柜高兴地站起来喊："小伙计过来。"

小伙计跑过来，马掌柜说："上两碟菜，一荤一素，荤的肉片斤两要足哟。"

伙计向里边喊："一素一荤两碟，肉片斤两要足哟！"饭菜点好后，金花开门见山问客商道："听说你们拉药材去泾阳，卖了药材再买茯茶回来？"

客人说："是呀，跑一趟不容易，我们来回都不空跑。"

金花说："你们在泾阳有熟悉的茯茶厂家吗？"

客人说："陈会长给我们介绍了，在兰州住德盛商行的店，去泾阳买德盛茶坊的茶。你们是老牌子，我们信得过。"

金花觉得陈耕很讲信誉，说到做到，让她很佩服。她试探地问："如果你们今天把药材卖给兰州的德盛商行，然后直接去泾阳的德盛茶坊取茶行不行？"客人不知如何回答。金花说："如果你们不放心，让兰州的陈会长做个担保。"

有位长者拍着大腿站起来说："啥担保不担保，德盛茶坊、王家大院我们信得过。我们在兰州把药材给你们，从兰州还可以捎一些货到泾阳。"

金花喜悦地说道："以茶代酒，祝贺我们合作成功！"

那位长者说："回去就卸货。"马掌柜听着愣了，这才是真正的空手套白狼，他怎么没有想到这一点呢？他觉得这个少夫人不是以前的少夫人了，她是王家大院真正的东家了，他不能小视这女子。

三十五

兰州的冬季来得很快，你还没有准备好，它就在一个早晨突然降临了。忧郁的大雾笼罩了兰州城。

夜里，金花翻来覆去睡不着。云彩觉得夫人有心事，但又不便去问。金花一会儿坐起一会儿躺下，云彩看见心里很难受。她原先是一个要饭的女子，被夫人收养，侍候夫人左右，做事始终很小心，有时做错了事，夫人只是一笑，不骂不埋怨，这让她心里很感激，她想一辈子侍候在夫人身旁。她常常这样想，遇见这样的主子，是自己的福气，自己一定要守住这个福气。

金花又坐起来，长久地坐着。她一定是有心事了。云彩起来给夫人端来一杯热水，问："夫人，天凉了，要不要加一个毯子？"

金花摇摇头，接过水杯说：“从今往后不要叫我夫人，也不要叫我姨，把我都叫老了，叫我姐吧！”

云彩不敢接夫人的话，她有些感动，说：“我叫你姨，你比我妈都好。”

金花说：“不能这么说，你妈养你多少年，我才经管你几天，我对你再好也不如你妈对你好，你妈最亲。”云彩不吭声，默默地抹泪。金花问：“我说的不对？”

云彩说：“你说的对，但我妈确实对我不好。”

“咋对你不好？”金花问。

“她嫁人了。”云彩说。

“嫁人了？”金花问。

“我爸得病死后，她就嫁人了。她让我去找我二大，我二大家日子也艰难，不愿意收留我。我回去找我妈，她已经走了，我也不知道她去了哪里，我就要饭去了。幸亏遇见你，遇不上你，我就饿死了……”云彩说着哭了。

金花听着难受，她说：“我爸妈也不要我了，但他们都还健在，他们都不要我了……我总说去找他们，你看我忙得一直抽不开身……”金花说着也落泪了。她又说：“我不埋怨他们，他们嫌我嫁给王崇文丢人。他们搬到了天水，我也不知他们搬到天水啥地方……”

云彩觉得夫人也可怜，她无法劝解，只是陪着夫人掉眼泪。金花见云彩哭得伤心，说道：“不要怨你妈，她一定有难处，才不让你跟她去，她没有难处咋能不要自己的女儿呢？”她说这话时又哭了，然后说：“你也不要埋怨你二大，你二大一大家子人过活肯定也艰难，自己的亲侄女他咋能忍心丢下不管呢……”

虽然父母弃她而去，但金花不埋怨他们。父亲是兰州有脸面的教书先生，他的女儿中学毕业给泾阳的富商当了二姨太，他能不生气吗？她当时被王崇文的胸怀大志迷惑了。谁知结了婚，被王崇文圈在这个小院里，来看她的只有银花。王崇文不在的时候，银花会和她聊天，和她同吃同住几天，后来银花嫁人了，也就很少来看她了。中国的女人在结婚前都是自由之身，结婚后婚姻的枷锁就禁锢了她，还有那世俗的眼光，使她无处可走，不论她走到哪里，都有一双眼睛在盯着她。因为她是王崇文的老婆，她不能随意地在兰州街头行走，不能随意地和熟悉的不熟悉的男人说话。她是王崇文的老婆，不论走到哪里，都贴着王崇文老婆的标签，只有一处是可以自由行走的，那就是她的娘家。但她的娘家回不去了，结婚前父亲发了毒誓：“如果你和王崇文结婚，我就没有你这个女儿。”结婚后她回过娘家，父亲将她拒之门外。那扇熟悉的家门怎么也推不开、叫不开。母亲偷偷地来看过她几次，以后再也没来过。

金花去过几次德盛商行，她去了马掌柜就派一个小伙计前后跟着她，带她在商行转悠。商行前院经商，后院是客栈，中院有几间空房，住着马掌柜和伙计。当然还有东家的两间客房长年闲着。她想搬进东家客房住，这里有人气，能听见人说话。马掌柜死活不同意，他说这里又乱又脏，有些伙计不地道，劝她住到小院去。

她走到哪里小伙计就跟到哪里，她觉得每次去商行，都是给他们添累添麻烦，也就很少去商行了。在这个小院里，她度过了少女最美好和最糟糕的时光。现在她又回到这个小院里，虽然有云彩照顾，但她却没了盼头。那个时候她天天盼望夫君回来，有时王崇文就真的回来了，他们就在这小院里欢畅几天。他走了，她就又天天盼望，有时会偷偷地站在门口向陕西的方向眺望。云彩见夫人满脸的泪水，问：“夫人，您又想啥伤心事了？”

金花说：“你咋又叫我夫人，叫我姐，咱们以姐妹相称好，你就不那么拘束了。”

云彩哭着说：“姐，我真的不敢。”

“你不是叫了吗，叫姐好听。”

云彩破涕为笑说：“我在家里叫你姐，在外叫你夫人。”

金花说：“随你便。”

夜里，她们姐妹俩睡不着觉。金花说：“云彩，你明天去吴家园问一下，金家搬到哪里去了，是不是搬到天水去了，搬到天水啥地方了。”

云彩问：“金家……”

金花说：“金家就是我娘家。”

云彩伤心地说：“我知道了。”

金花说：“你去问问邻居，他们搬到天水啥地方了，我想去看看他们。”

云彩说：“你和我都是父母不要的娃……”

金花哭了。

云彩说："姐，我说错话了，又让你伤心了，我明天就到吴家园去问，你甭哭了。"

三十六

天蒙蒙亮，夜里的寒风还没有回过神来，金花就起来了。

云彩还睡着。她昨晚和金花说了很多话，天快亮时才睡着，金花想让她多睡会儿。她还是个娃，人间的很多世故她还不懂。

金花换了一身新衣服，细致地打扮自己，还特别搽了胭脂，抹了口红——她今天要去见陈会长陈耕大哥。其实按王崇文和陈耕的年龄，陈耕应叫她嫂子，但她不愿他这样叫，她想称他为大哥。金花打扮完毕，轻步走到炕前，细声唤睡着的云彩。

云彩睡得踏实，她轻手拍拍云彩的肩，云彩一骨碌爬起来，见金花穿戴整齐站在面前，不知说什么好。"金花姐……姐……姐，我昨晚失眠了！"

金花说："我有事，先出去了。你起来，过会儿去吴家园打听一下，晌午不要等我吃饭。"

"那你干啥去？"云彩问。

金花已走出门，说："我给你说过了，我有事。"

金花去了陈耕的轩逸商行。轩逸商行的生意很好，十几个伙计给他打理着，他整天忙乡亲的事。金花远远看见陈耕站在商行门前伸懒腰，她觉得陈耕像在门前等候着她。陈耕远远地看见她，向她走来，她感到很别扭，埋怨自己咋来得这么早呢，人家刚起来，自己就来了。特别是这一身别致的打扮，还有脸上的胭脂，都让她有些不自在。还没等她开口，陈耕说："有啥事吗？一大早……"

金花说："没事。"说完自己又后悔，没事咋来这么早呢，明明是有事而来。

陈耕再没问她有什么事，招呼她进屋里坐。她穿过商行铺子，两人进了后边的茶室。陈耕说：“一大早我就熬了茯茶。不知你来，知道你来我就给你泡菊花，菊花比较清淡，入口绵柔。”

金花说：“茯茶清香，口感好，我就喜欢喝咱的茯茶。”

“那好，就喝咱的茯茶。”两人坐定，金花说起西域客商住德盛客栈，不要担保留下药材去泾阳取茶的事，她感激地给陈耕敬了一杯茶。陈耕没有仔细倾听她的讲述，只是觉得她今天的打扮很特别。陈耕断断续续听到金花说药材、茯茶的事，当金花举起茶杯时，陈耕不知如何应对，口中连说着：“好，好，好。”

金花觉得陈耕心不在焉，她笑问：“好啥呢？”

陈耕说：“药材换茯茶好。”

“咋个换好？”金花问。

陈耕抱歉地说：“刚才没听清。”

金花笑了：“坐在你面前给你说事，你都不专心，心思跑哪儿去了？”

陈耕急忙解释：“昨晚有几个糊涂账，算得我头都大了，你重说一下。”

金花又重叙一遍，陈耕听后说：“好事，他们在德盛商行卸了货，还可以捎脚到泾阳，好事。”

金花说：“这要感谢你。”

“这与我有啥关系？我只是介绍他们住你的客栈。”陈耕说。

金花觉得陈耕过分客气，说道：“没有你的介绍，就没有后边的生意，真的要感谢你。”

陈耕说：“这是我分内的事，我这个会长就是为乡党办事的。”金花觉得她无法再说感谢的话，就默默呷了一口茶水。

陈耕感叹，兰州的生意难做，真想回泾阳轻松地经营他的轩逸茶馆。他说：“听说甜水井的水突然少了，晚上井水常见底，这是个不祥之兆。这么多年，从没听说过甜水井见底。”

金花说：“听说过去甜水井只供街坊吃喝用水，不许洗涮杂物或牲口饮用。现在不一样了，商业发达，人口增多，用水量大了，井水自然就供不上了。”

陈耕说：“你说得有道理，这样下去，甜水井终有一天会干涸，子孙后代就享用不上了。”

“那咋办?” 金花问。

陈耕说:“我已捎话回去，让街坊遵守祖先留传下的规矩，不敢将甜水井水另作他用，泾河就在后边，几步路就到了。”

金花说:“听说用甜水井水制出的茯茶，不但金花鲜艳，而且香味奇特。”

陈耕说:“轩逸茶馆的茶为啥好喝?除熬茶手法和别家不一样，主要是我们用甜水井的水。泾河的水也是好水，但在入口时和入口后就和甜水井水熬出来的味道不一样。”

陈耕忧心地说道:“这些大伙儿都知道，甜水井就那么点儿水，用得多了有可能干涸，所以老一辈人才立下那规矩，井水只能吃喝饮用，不得洗衣他用。我心里着急，真想回去看看。过去有老少东家和街坊中有威望的老人，没有人敢胡来。现在老人们一个个都走了，谁的话还能使街坊信服呢?”

金花好奇地说:“我还没有喝过你们轩逸茶馆的茶。茶馆就在街上，可惜我没去过。”

陈耕说:“你回去后，我让安掌柜给你送一壶轩逸茶馆的茶水，你先尝尝。”

金花连忙摆手:“不用不用，上次回去，是人生地不熟，也因为忙乱事杂走不开。现在大院的事都安排有序了，我有时间一定去你们轩逸茶馆喝茶。”

陈耕忽然问:“你在老家没听说有人找我吗?”

金花纳闷，心里嘀咕着: “有人找你也不会给我说呀。”然后说: “没有呀。”

陈耕疑惑，自言自语地说:“他咋还不找我呢……”

金花问:“谁要找你?我回去给你打听一下。”

陈耕说:“陕西古代之所以被称为‘富庶之地’，是因为秦时有郑国渠，汉时有白渠，引水灌田，民富国强，造就了‘秦川自古帝王都’。可是这几年连续大旱，田园荒芜，有个人说要在泾阳修个大渠，让泾阳更多的旱地变成水浇地。”

金花说:“人家就那么一说，你还当真了。”

陈耕说:“这是真的，他是真的要做这么一件大事。秦朝郑国修了一条渠，渠水流过多少亩旱田，使旱田变成了水浇地，使百姓受益。眼下泾阳还有很多地方靠天吃饭，这个人为民着想，心劲儿大得很！”

回家的路上，金花一直在回想陈耕说的那个人，他是怎样的一个人，能使陈耕如此牵挂佩服？

德盛商行因为陈会长的扶持，又因为金花巧说客商留下药材，商行转手卖了药材赚了一笔银子，生意一下活起来了。大厅里坐满要谈生意的人，茯茶哥穿梭在人群中忙碌着，马掌柜脱了鞋坐在经理室里悠闲地品茶，不时有人进来和他分享交易成功的喜悦。金花忽然走了进来，马掌柜光脚站在了地上：“夫人，你来咋不说一声呢，我叫人去接你。”

“我到商行来看看，还得先给你打招呼吗？”

马掌柜觉得自己没做什么错事呀，近日商行生意兴隆，那些股东也不闹事了，这都是自己忙碌的结果，夫人应当赞赏他，但夫人的语气中却显露着不满和责怪。

金花说：“找一个能与商行共同享受的人很容易，但是要寻找一个与商行同辛苦、共患难的人很难。德盛商行今天总算渡过了难关，如果你愿意和商行风雨同舟，在困境中求财富谋发展，你就干；如果你不愿和商行同甘共苦，另有他图，请你另谋高就去。”

听了这话，马掌柜给金花跪下了。金花说：“马掌柜，你不要这样，听说你不想在德盛商行干了，念及你在老东家时就是掌柜，我给你多发半年的工钱。”

马掌柜哭了：“谁这张嘴舌给我胡说？在德盛商行我兢兢业业干了几十年，从没出过差错，老少东家都是信得过我的。我不想走，我到哪儿找这样的好主家呀！”

金花说：“你起来，你不走也好，我不会赶你走。德盛商行你还是掌柜，你给老少东家咋管给我也咋管。我要回泾阳去，一时两时回不来，商行的事就拜托你了，茯茶哥还是你的二掌柜。”

马掌柜抬起头说：“你说咋办就咋办，我照办……我照办就是了。”

金花说：“我明天回泾阳，给我备些银子，我要带回去。”

马掌柜连连说道：“没麻达没麻达。”说话间慌忙穿上了鞋。

金花迈步走了，马掌柜一直送她到门外。路上，云彩说：“像他这样的人，就得好好治治，不然他不知道花椒是个麻的。”

金花说："对他这样的人，我也是没办法，他要养活一家人，也不容易。"

云彩说："姐，你的心软得很。"

三十七

泾阳的冬季还在朦胧之中，寒风像刚进门的小娘子，探头探脑地在街上行走。

金花回到泾阳，去轩逸茶馆品茶，忽然看见德福在茶馆跑堂，云彩眼尖也看见了，叫道："少爷！"

德福看见娘和云彩，惊吓得把一盘瓜子掉在了地上。响亮的声音震惊了喝茶的人，瓜子撒了一地。德福弯腰去捡瓜子，云彩上前问他："少爷，你不是在省城上学吗，咋在这儿给人家跑堂？"

金花心头一震，眉毛紧蹙，转身离去。安掌柜不知大堂发生了什么事，急忙跑出来，看到这一幕，他知道咋回事了，急忙到门外想给金花说明缘故。金花说："他不懂事，给你添麻烦了。"说罢继续向前走去。

安掌柜回到茶馆，德福正蹲在地上捡瓜子。安掌柜不知道怎么给德福说，更不知道如何给王家大院的夫人解释。东家从兰州捎话回来，让他给王家大院夫人送一壶轩逸茶馆熬好的甜水井茯茶。他还在思索，送茯茶时给金花怎么解释德福学武功的事，今天却让她在茶馆碰了个正着。望着生气而去的金花，他不知道该如何说清这事了……

没法解释也得解释。安掌柜熬了一壶甜水井茯茶，要亲自给金花送去。在梁掌柜的引导下，他走进了客厅。金花看见诚惶诚恐提着茶壶的安老板，说："咋能让掌柜你亲自送来呢！那天……"

安掌柜打断她的话说："夫人，这事怪我，我不该留下德福学武。"

安掌柜一语引入主题，使金花怔住了。过了一会儿，她说："你坐下，安掌柜。梁掌柜给我把德福学武术的情况都说了，这事不怪你，怪我平日对德福管束不严。”

安掌柜赔着笑把茶壶双手递上说：“你听我说。”

金花接了茶说：“安掌柜，你不必说了，这事不怪你。”

安掌柜说：“我真不知道他在省城念书……”

金花打断他的话说：“安掌柜，他的心思我知道，你不必责怪自己。”

安掌柜说：“夫人，你容我把话说完。”安掌柜有些着急，他着急地想解释清楚。

金花笑了，说道：“你说吧。”

安掌柜委屈地说：“他到茶馆想跟我学武术，说他学成之后要保护你，保护王家大院。我觉得德福这个想法很好，也很孝顺，就答应了他，谁知他是逃学来我这里学武的。”

金花说：“学武也是好事，强身壮体，保家护院。他也长大了，该有这个准备。”

安掌柜觉得给夫人再无解释的意义了，便起身要走。金花说：“茶很好，不愧是轩逸茶馆甜水井水熬出的茯茶。我有空一定去轩逸茶馆喝个够。”

安掌柜抱拳告辞说：“恭候夫人，你来前打个招呼。”

金花送安掌柜到客厅门口说：“送安掌柜。”

安掌柜说：“夫人，我今儿就让德福回来。”

金花说：“不急，我刚从兰州回来，事多，就让他待在你那儿吧。”

安掌柜觉得这是气话，但又无法回答。在院中，安掌柜问梁掌柜：“这事咋办，让娃回来吧？”

梁掌柜说：“我得听我东家的。”

安掌柜觉得丢面子不说，还让他已无台阶可下。他和梁掌柜分手时又苦求梁掌柜：“我咋办呀，这瞎瞎事干的……”

梁掌柜见安掌柜又怨恨自己，低声说道：“你让德福回来，夫人还能吃了他？德福今晚回来了，这一盘棋就活了。德福回来了，他娘咋骂咋说让他甭吭声，这事就过去了。德福是谁？他是王家大院唯一的一棵苗，她能把德福咋样？”

安掌柜忽然抓住梁掌柜的手说：“多谢老兄，也只有这么着，只有这么着了，这盘棋才能走活。唉，真不知我东家回来会咋样埋怨我。”

安掌柜回到茶馆把德福叫到跟前，说："你今晚回去，回去好好上学。"

德福不敢回去，他说："我明天再回去，我在馆里再住一宿。"

安掌柜说："你今天得回去，不回也得回！你今天回去了，我明天还是你的师父；你今天不回去，甭怪我翻脸不认你。"

德福知道没退路了，说道："你送我回去。"

"你没长腿，让我送你回去？你做啥光彩的事了，我送你回去！我没脸再登你家门了……"安掌柜生气地说。

德福不知师父咋会给他发这么大的火，今晚就要赶他走。师父不送他，他今晚也得回，他不知回去娘会咋样骂他。金花不是他的亲娘，却把他当亲儿子看待。他知道错了，辜负了娘的一片好意。娘让他去念书，是让他学业有成，回来挑起王家兴业的重担。他不是不愿意挑这个重担，他觉得娘掌管得很好，自己应当学一身好本事，保护娘，在外边闯荡一阵子，等娘老了，干不动了再说，但没想到在娘心里，学业是那样的重要。

德福捆好被褥，没有向师父告别，悄悄地离开了轩逸茶馆。走在街上怕有人看见，他低着头，快步向家里走去。好在一路上没有碰见熟人。德盛茶坊门口亮着灯，他走进王家大院，院里没有人，他到厨房找二婶，二婶见了他，惊得说不出话来："少爷，你咋这么不听话，把你娘要气死了。"

他问："咋咧，我娘咋咧？"

二婶说："安掌柜来了，你娘没给他好脸色看，他没脸地走了。"

他忽然明白了师父要他晚上回家的意思。他不知道怎么办，问二婶："咋办呀，我咋办呀？"

正说着，梁掌柜走进来："咋办呀？快给你娘回话去。安掌柜刚才来了，你娘虽然没怨他，但她把气都装在自己肚里了！"

德福忽然没了主意："我、我咋给我娘回话呀？"

梁掌柜生气地走了，丢下了一句话："我咋知道你咋回话呢！"

二婶没有主意，站在那里干着急。

德福把被褥往地上一扔，向娘的房间走去。他穿过客厅走到娘的房门口，门关着，屋里亮着灯，他说："娘，儿回来了。"说着扑通一下跪在房门口。

金花躺在炕上休息，听见德福的声音，忽然坐了起来，她镇静了片刻，又躺下闭眼睡了。

云彩听见院里的动静，走出房门，看见德福跪在夫人门口，她连忙喊道：“少爷，你不敢跪在地上，地上潮湿。”

云彩去扶德福起来，德福推开她不让扶。云彩急了喊：“这不行，这样会得病的。”

德福不起来，云彩拿了个枕头放在德福跟前：“你跪在上边，枕头软，隔潮。”

德福把枕头扔在了一边，云彩没法又去求夫人：“夫人，少爷在地上跪着呢。”

金花躺在炕上没动，也没吭声。云彩又着急地说：“地上潮，少爷跪久了会得病的。”

金花不吭声，云彩转身急忙去叫梁掌柜。梁掌柜来了，看见这阵势，说：“少爷，你知道错了？”

德福低着头说：“知道了。”

梁掌柜问：“错在哪里了？”

德福说：“我没听娘的话，逃学到轩逸茶馆去学武。”

梁掌柜问：“那你为啥不念书，要学武？”

德福说：“我和我娘从兰州回来，一路看到兵匪、土匪欺负王家大院的人、欺负我娘，我要是有一身武艺他们谁敢欺负？”

梁掌柜唉了一声：“保护你娘、保护王家大院不能只靠拳头，如果你学业有成，你可以更好地保护王家大院、保护你娘。”

德福说：“我不想做官。”

梁掌柜说：“你不做官，你可以经营王家大院，你有了知识，眼界宽了，王家大院在你手里一定会比你爷你爸你娘经营得更好。你是你娘的希望，你娘对你的期望大着哩。”

德福说：“我辜负了我娘的期望，我应该受罚。”

梁掌柜说：“不听娘的话是要受罚的。”

说罢，梁掌柜走了。云彩追出去拉住梁掌柜说：“你咋是这人，让你把少爷劝起来，少爷没起来，你咋走了？”

梁掌柜说：“他不会起来的。”

云彩说：“那你劝劝夫人，让夫人劝少爷起来，地上潮湿，少爷会得病的。”

梁掌柜说：“我无能为力。”说完甩手走了。

云彩怨道：“没良心的东西，少爷有难，谁也不当回事。”

云彩走到少爷身后，见少爷端端地跪在那里，她心里一酸，跪在德福旁边，她说：“你不起来，我陪你跪。”

金花在屋里喊：“云彩，给我打一盆热水来。”云彩听见夫人的话，急忙站起来去给夫人打水。她把水端进夫人房间，着急地说：“姐，少爷在门口跪着呢。”

金花说：“你叫他起来，不上学算了，到茶坊学做茶去。”

云彩高兴地跑出来说：“少爷，快起来，夫人让你起来，说不上学了，让你到茶坊学做茶去。”

德福没动。云彩去扶他，他说：“我跪着，心里痛快。”

云彩又去屋里给夫人回话。金花说：“你睡去吧，把房门给我关了。”

云彩站在门外看着端跪着的少爷，不忍心去睡，她心疼地走到少爷跟前说：“少爷，你再甭犟了，你娘让你起来呢，让你学做茶去。”

德福不吭声，端端地跪在房门口。云彩说：“你不起来，我就坐在这儿陪你。刚才我跪了一会儿，膝盖疼得很。”

云彩去房间找了个小凳子，靠墙坐下，她说：“你要困了就起来，你起来我就睡去了，你不起来我也不睡。”

云彩坐在小凳上，想跟德福说话，德福不理她，她靠在墙上睡着了。一觉醒来，德福还跪在院中，她惊慌地喊：“少爷你咋还跪着？”

鸡叫了，云彩问：“鸡叫几遍了？”

德福说：“三遍了。”

云彩惊诧地说：“少爷！爷！天快亮了，你跪了一夜，你娘肯定饶了你了。”德福倔强地跪着，没有起身的意思。

屋里一片漆黑，金花坐在炕上，靠在被子上一夜未眠，她不知道怎么教育这儿呀。几经周折，德福不愿上学，竟然荒废学业去学武术，这是她想不到的。她绝食逼德福去上学，她觉得德福一定会学业有成，到那时她把王家大院交给德福，德福一定比他的先人经营得好，因为他有知识，能接触到更先进的制茶技术。梁掌柜说出了她的心里话，她不仅要把王家大院交给德福，还要把德福父辈祖辈留下的《茯茶壮志图》交给他。德福有了文化，有了知识，一定能够完成父辈远走罗马的壮志。她想通过这次教训，让德福深深地反思。德福如果真不愿意上学念书了，就让他跟着梁掌柜学制茶，从徒工学起，她也算尽到心了。她不想再强迫德福，或许在实践中，德福会成为一个足智多谋、善断市场风云的管理者。

她想了一夜，也想通了，不论德福如何选择，她都支持。听见鸡叫三遍了，她从炕上偷偷向外望去，惨淡的下弦月下，倔强的儿还跪在地上。她有心出去扶起德福，又怕因为自己的慈爱害了他。她听见云彩的劝解，德福还犟在那里。从那倔强的跪姿上她看得出来，德福是真正悔过并想求她饶恕的，这也让她看出来，德福是一个性格倔强的汉子，竟跪了一夜没有动弹。

德福有这样的心劲儿，学好了一定有出息，学坏了就是一个蛮横的土匪。她不能因自己一时心软，让他再犯错。她不再向院里望，她知道这一夜遭的罪，定使德福一辈子也忘不了，就让他跪到天亮吧。这一跪，对德福来说，或许是一次脱胎换骨的教训。

天渐渐地亮了，窗户上有了亮光，亮光照在被子上、炕上。“少爷！少爷！”云彩忽然喊道。金花跳下炕开了房门，房门口没了德福。云彩哭了说：“鸡叫三遍时，他还跪在这里，刚才一眨眼他就不见了。”

金花说：“到前院去看看。”

云彩跑进客厅，惊讶地跑回来：“夫人，少爷留下一张字条。”金花看后笑了，这就是她一夜未眠苦心换来的结果，也是她想要的结果。云彩见夫人笑了，很不理解地问道：“少爷哪儿去了，你还笑，我让梁掌柜找少爷去。”

金花说：“找啥呢，他到省城上学去了。”

“你咋知道他上学去了？你看他夜晚那倔劲儿能去吗？”云彩问。

金花说：“你忙你的去，不要管他了。”

云彩去找二婶：“夫人的心咋那么大的呢？今天早上少爷跑了，还不让人找。”

二婶说：“娃跪了一晚上。”

“你咋知道？”云彩问。

“你们说话的声音那么大，我都听见了。”二婶说。

云彩很同情少爷，她说：“少爷跪了一晚上，我给他送了个枕头，他不用，端端地跪了一夜。他早上跑了，会不会出啥事？”

二婶说：“人家夫人都不着急，你操那心干啥？”

云彩说：“你说的是啥话，咱不给夫人操心，给谁操心？咱是王家大院的人，咋能不给王家大院操心呢！”她说：“二婶……”

二婶说：“你们都叫我二婶，大大小小的人都叫我二婶，其实我年龄不大，跟夫人差不多，就是长得粗糙。”

云彩不理二婶，她对二婶这不紧不慢、不热不冷的态度很不理解。她去找梁掌柜，梁掌柜在茶坊给张贵安排事。她打断他们的话说：“少爷早上跑了，天刚亮就跑了，夫人说他上学去了，你们说呢？你们能不能在街上找找他，兴许他没去，是生气跑了。”

梁掌柜说：“你忙你的去。早上他提着被褥走了，他不上学，能跑哪儿去？”

“你看见了？你没拦他？”云彩急问。

梁掌柜说：“他上学去了，我拦他干啥？”

云彩说：“你就知道他一定上学去了？”

梁掌柜不耐烦地说：“你忙你的去。”

她回到客厅，很不放心地又去找夫人，她说：“梁掌柜说少爷天刚亮就提着被褥走了。”

金花说：“你忙你的去，再甭管这事了。”

云彩满肚子的委屈，少爷走了，都没人为他操心，好像他是该走的。云彩不知道少爷跪了一晚上膝盖肿了没有，腿疼不疼，她真担心少爷呀！她去厨房打水，二婶见她闷闷不乐，说道：“少爷去上学了，你再甭操心了。”

云彩惊喜地说：“你也认定他上学去了？”

二婶说：“上学去了，一定上学去了。我看他要不上学去，你都能急出病来。”

云彩兴奋地给夫人房里端去一盆水，高兴地说：“少爷上学去了。”金花看了云彩一眼，没有吭声。

上午，梁掌柜在院中碰见夫人，他说：“夫人，德福走前，你应当让他看看他爸留下的那张《茯茶壮志图》。”

金花说：“还不到时间，他还小。”

三十八

午夜时分，天空纷纷扬扬地飘起了雪花。

天亮了，雪地上，留下了行人杂乱的脚印。

这几天，崔莺不好好吃饭，见人少了话语。崔老板不知原因，每顿饭让厨房给女儿偏吃另做，她还是吃几口便放下碗筷。一天，他发现女儿在墙角呕吐，像蝎子蜇了一样伸着脖子挣扎着呕吐，他惊呼道："丢人啊，我崔富有造了啥孽，把先人的脸丢得没影了……"

父亲的惊呼长叹，使崔莺感到很意外。德福不辞而别去省城上学，他应该给崔莺留下个话，然而，他什么话也没留。崔莺这几天心里很乱，却无法给人述说。

上次在河岸散步，她弃德福而去，但她并不想离开德福，只是对德福讲述的人生、理想感到失望，德福不应是一个胸无大志的人。她转身而去，是一种激励，是为了更坚定地和他走在一起。她知道德福一定还会找她，她希望德福上学去，毕业后继承家业，壮大家业。然而德福忽然离去，没有留下任何言语，使她失去了方向，心里一阵阵恐慌茫然。

崔富有去了王家大院，在门口碰见梁掌柜，梁掌柜见他来势汹汹，问："崔老板有事吗？"

崔富有推开梁掌柜径直向大院走去。梁掌柜不知他想干啥，急忙跟了过去。崔富有站在院中喊："王夫人，金老板！你出来。"

梁掌柜说："有事你对我说。"

崔富有焦躁地转身对梁掌柜喊道："给你说，你能拿得了这事吗？"

金花听到叫喊声走了出来，见崔富有在院中发飙，便说："咋咧，在院里喊啥呢？客厅里坐。"

崔富有脸红脖子粗，他说："我能坐下吗？我只问你咋办？"

金花笑了："啥事咋办？你没说啥事我咋知道咋办？"

崔富有说："大事，不是小事。"

金花说："我知道是大事，小事你也不会来找我。"

崔富有说："我说呀！"他瞟了一眼梁掌柜欲言又止。

梁掌柜说："你说呀，你怕我干啥？"

崔富有说："说就说，谁怕谁！你们作了孽，我还怕说？"

金花和梁掌柜纳闷，王家大院作了什么孽，让崔富有寻到家里来闹事？崔富有的脸憋得通红，说道："我家崔莺有了。"说罢蹲在了地上，金花和梁掌柜面面相觑愣在了那里。

梁掌柜问："有啥咧？"

金花急忙说道："梁掌柜你去茶坊忙去，我和崔老板说说。"

梁掌柜走了，金花劝崔富有坐到客厅，她问："咋回事？你把事情说清楚。"

崔富有说："崔莺有身孕了。"

金花问："你咋知道？崔莺给你说的？"

崔富有说："没，是我看见的。晌午，娃一个人在墙角吐。"

金花说："娃晌午吐，也不一定是有身孕了。"

崔富有说："你没怀过娃，你不知道！"

金花脸色绯红地说："崔莺有啥了，你给我说这事干啥？"

崔富有急了："你装、你装，你还装！"

金花说："我装啥呢，这事与王家大院有关系吗？"

崔富有忽地一下站了起来："你难道不知道你家德福经常和崔莺在一起？"

崔富有气得在客厅打转转，又气急败坏地说："你以为你不承认，你以为德福跑了就没事了？我找到省城也要把他抓回来。"

金花觉得事情不是她想的那么简单，她说："崔老板，就算是德福闯的祸，我也得问问他，问问崔莺呀。"

崔富有说："只要你承认有这事，咱就好说。"

金花说："这事你先别张扬，真有这事，咱再商量办法。"

崔富有问："啥办法？"

金花说："大不了把崔莺娶过来。"

崔富有说："这倒像人话，那你甭嫌我礼重，我女儿你得下重聘礼才能娶。"

金花说："好说、好说，我能不能先见见崔莺？"

崔富有说："她在家里正难受呢。"

金花说："我去看看娃。"

金花去了，崔富有跟在后边，金花站住说："你待在我家里，我去问问，你个大男人跟在后边让娃咋开口呢。"

崔富有听话地进了客厅。金花走在路上，心里只怨自己没有管教好德福，让他闯下这祸。德福正在省城上学，要他回来和崔莺完婚，势必影响学业；不回来完婚，崔富有肯定不会放过德福。

在街坊的指引下，她找到崔富有的家。家里并不大，后院是茶坊，前面住人，说是兴盛茶坊，其实就是一个制茶小作坊。她站在院里，不知崔莺住在哪个房间，这时从茶坊走出一位伙计，她问崔莺姑娘住哪个房间，伙计指了指挂门帘的房间。金花走到房门口问："崔莺姑娘在家吗？"

崔莺从窗户里早已看见金花，应声走了出来，扶金花走进房间。金花见崔莺满面羞红，问道："你最近身体好着么？"

"好着呢。"崔莺说。

"想吃啥，姨让人给你做啥吃。"金花说。

崔莺说："不要，我想吃啥会自己做。"

金花上下打量着崔莺，觉得崔莺是个不错的姑娘，而且还念过书，完全配得上德福。

"你觉得身子咋样？"金花关切地问道。

崔莺觉得金花问的话怪怪的，纳闷地说："我好着呢呀。"

金花说："听你爸说，你晌午吐了？"

崔莺脸色通红地说道："我这几天没好好吃饭，肚子不舒服，我爸给你胡说啥呢？"

金花认真地说："你告诉我，你们多长时间了？"

"啥多长时间了？"崔莺感到莫名其妙。

金花直言问道："你和德福在一块儿多长时间了？"

“姨，你说哪儿去了，我爸给你胡说啥了?”崔莺忽然意识到了什么，觉得自己无地自容了。

金花说：“你爸见你晌午吐，说你……说你怀孕了……”

崔莺趴在炕上哭了，连声说：“他胡说啥呢，我和德福从来就没有那事。”

金花忽然明白，她把崔莺姑娘冤屈了。她说：“甭哭了，姨明白了，你和德福啥都没有，是你爸胡猜呢。”

崔莺趴在炕上哭得很委屈，她说：“他在外边胡说啥呢，让我咋见人呀!”

金花说：“这事也只有我知道，没外人知道，姨不会给外人说的。”

崔莺站起来，满脸泪水扑在金花怀里哭了：“我咋有个这爸呢!”

金花说：“家家都有一本难念的经。没有就好，有了也不怕。”崔莺在她怀里哭得更伤心了。金花说：“姨说错了说错了。你歇着，姨还有事，那一大家子的事把我能忙死。”

金花出门，崔莺站在门口，眼泪巴巴地目送着金花。她一定在想，有个这样的娘该多好呀！金花不知回去咋给崔富有说，这个浑蛋糊涂的老子，差点儿把女儿的名节毁了。金花又急又气地走回家，见崔富有神情恍忽地坐着。崔富有看见金花回来了，起身忙问：“你问咧?”

金花说：“问咧。”

崔富有精神来了，哼了一声，坐下跷起二郎腿，端起茶杯问：“你说咋办？把德福叫回来说还是咱俩说?”他一副诡诈得意的样子。

金花忽然变了脸，说道：“滚！你给我滚出去!”

崔富有忽地站起来，张口结舌道：“你，你咋翻脸不认人咧?”

云彩听见金花发火，出来对崔富有喊：“还不快走，你再不走，我叫人呀!”

梁掌柜从院里向客厅走来，崔富有跑出客厅差点儿栽倒，他看见梁掌柜头也不抬跑出了王家大院。梁掌柜疑惑地问：“咋咧?”

金花说：“无赖，混账东西!”

梁掌柜忽然明白了是怎么回事，说道：“娃有个这爸，不丢人由不得她。”

二婶站在厨房门口，云彩站在客厅门口，两人都听得糊涂。

第二天，金花给梁掌柜说：“你去崔家提亲吧，崔莺好歹和德福好了一场，等他们长大给他们把亲事办了。”

梁掌柜去了崔家，回来说：“崔老板说提亲可以，聘礼二百两。我说又不是卖女儿，他这样是干啥？他说要卖的话比这个价高多了，这也让王家表示一下真情，拿不出二百两，想娶崔莺，没门。”

金花说：“那就算了，不提了。”

梁掌柜说：“这样也好，你真的给他二百两，娃成婚时他还得要。”

金花说：“娃咋守了个这爸，他总有一天要把女儿害苦的。”

三十九

陈耕回到了泾阳。

金花听说陈耕回来了，在客厅再也坐不住，她要去看望陈耕。

两人在茶室坐定，陈耕给金花道歉，他说起安掌柜让德福学武的事，金花问：“你咋知道？”

“咋能不知道？我一回来，安掌柜就说他做了件瞎瞎事。”陈耕说。

“你不要说他，这事不怪安掌柜。”金花说。

“咋能不怪他呢？德福是啥人，他是王家大院的少爷，送他去省城念书，是要承继王家大业，挑大院重担的，难道他不知道？”陈耕生气地说。

金花说：“事已经过去了，不要再说了。德福今年就要毕业了，经过那一遭也好，使他懂得了很多事。”

陈耕恢复了平静，说道：“听说那小子给你跪了一夜，第二天天一亮就背着铺盖上学去了。只要这小子能醒悟也是好事。”

金花说：“他醒悟了，他从省城来信说毕业后回来学制茶，要把王家大院的生意做大做强，像祖先一样把泾阳茯茶的生意做到罗马去，实现他爸远行罗马的壮志。”

金花说着，两人都笑了。

油坊的李老板知道陈耕回来了，过来看他。来到轩逸茶馆，李老板见陈耕和金花在一起喝茶，凑过去说："你这地方雅静。"还没等陈耕说话，李老板问："那个在泾阳修大渠的人找过你没有？"

陈耕没吭声，李老板就笑。金花关切地问："咋回事？你上次也问过我同样的话，那个修大渠的人没找你？"陈耕只是笑。李老板说了几句笑话就走了。

金花胆怯地问："你一个人从兰州回来的？"

陈耕说："不是我一个回来还有谁？"

陈耕的夫人十多年前到安化进茶，被土匪乱枪打死在汉口，他不愿提起伤心的往事。金花叹了口气说："这几年没打算找个伴儿？"

陈耕说："我大部分时间在兰州，兰州人嫌咱是外地人；在县城，人家又嫌咱不沾家，老在外边跑。两头都耽误了。"

金花轻声说道："有合适的你找一个，也是个伴儿。"

陈耕说："谁能看上咱这走南闯北的人呢？我一个人习惯了，一个人吃饱全家不饿。"

茶室忽然很安静，安静得像要发生什么事。金花羞于说话，陈耕也无话可说。两人见面本应是高兴的，却谈到了一件让双方都难说又不得不说的事。金花觉得两人的话语已尽，陈耕觉得这个话题使气氛变得尴尬。茶水已淡，话味儿也淡了下来。金花说："我该走了。"

陈耕说："给你带些茶。"

"我缺茶吗？"金花笑着说，"咱泾阳的茯茶，在你这儿熬出来味道就是不一样，我在家里也用的是甜水井的水，熬出来的就没有你这茶有味儿。"

陈耕说："工艺不一样，味道当然就不同了。"金花走了。

街上传出金花要去安化的消息，陈耕听到这消息，坐不住了。现在天下大乱，土匪如蚁，南方一带土匪更凶恶，一个女人家怎敢独闯安化？他想起十多年前和妻子去安化，妻子被土匪乱枪打死，他心里就胆怯。他想不通，昨天金花和他喝茶时，为什么不说她要去安化？若真要去安化，走哪一条路安全，怎么不问问他？

陈耕去了王家大院，走进客厅，见梁掌柜手里拿着一张图，和张贵、金花商议去安化的路线。他问金花："你真要去安化?"

金花说："茶路断了，那家茶园不送货了，库里没原材料了，我想亲自跑一趟安化，疏通茶道。"

陈耕埋怨地说："你知道这道上有多少土匪?"

"知道。"金花说。

"知道你还去？德福还没毕业，你出去有个三长两短，这王家大院咋办?"陈耕声音高了起来。

金花说："德福月底就毕业回来了。他已长大成人了，又是一个有学问的人，真有个三长两短，我相信德福能撑起王家大院这个摊子。"

陈耕说："看来你已安排好了，一定要去了。"他想问，昨天怎么不告诉他，但当着梁掌柜和张贵的面他不便开口，金花是他什么人呢？她并不需要向他辞行汇报。

梁掌柜说："陈会长，夫人想去安化的心思已久，她想找一家靠得住的茶园长期给德盛茶坊供货。"

梁掌柜指着地图说："泾阳到湖南安化有两条道，第一条是潼关、邓州、襄樊、汉口、岳阳、益阳到安化；第二条是潼关、邓州、襄樊、荆门、公安、益阳到安化。据说这两条路都不通了。"

"为啥不通了?"陈耕问。

张贵抢先说道："打仗……"

"谁和谁打?"陈耕问。

梁掌柜说："不知道，只听说打得不可开交，这两条道给多少钱都没人敢走了。"

张贵说："还有一条道，就是绕路，太遥远。"

"从哪儿走?"陈耕问。

张贵接过图说："泾阳到咸阳、兴平、武功，经扶风、宝鸡，翻秦岭到留坝、宁强，由广元入川到南充，经合川改小船到重庆，再由重庆到丰都、万县、云阳、巫山，经巴东到宜昌、公安、安乡、益阳才能到安化。"张贵讲得气喘，陈耕听着害怕，金花若无其事地坐在一旁。

陈耕看了金花一眼说道："你听听张贵讲了这么一大串名字，你得走多少天？哪一个县、哪一个关口你有把握走过去？这不是去疏通茶道，是去送死。”陈耕的话使在场的人都沉默了，他又说：“要去也可以，等德福回来再说，这么大的事也得给娃说一声。”

梁掌柜和张贵都同意陈耕的说法，唯有金花坐在那里不吭声。陈耕想不起来昨天他和金花见面哪句话得罪了金花，金花今天对他如此冷漠。

晚上，金花还是执意要去安化，好像和谁赌气似的。梁掌柜说：“要去也得给陈会长说一声。”

金花问：“陈会长是王家大院啥人？”

梁掌柜不敢吭声了。第二天一大早，陈耕送来一壶轩逸茶馆的茯茶，梁掌柜说：“夫人天不亮就走了。”

陈耕问：“谁让她走的？”梁掌柜没回答，去了茶坊。

金花没有选择安全的宝鸡经广元、重庆、宜昌到安化一线，而是走捷径，从潼关经邓州、襄樊、汉口、岳阳、益阳到安化。她知道这一路凶多吉少，没有带其他人，本来梁掌柜安排张贵随她去，她说路上不方便。梁掌柜又安排云彩和她去，她说多去一个人多一分风险，还要为云彩担心。她想一个人去，说走就走了，没有牵挂。梁掌柜说：“你带上云彩，路上也是个照应。”最终金花只好答应。梁掌柜觉得她这一趟差，不像去疏通茶道，倒像是单身赴虎穴。

金花和云彩一路上打扮成老太婆模样，脸上抹着泥，这种打扮竟蒙过了兵匪、土匪。她们一路闯过各种关口，安全到达了安化。在安化，金花找到原来给德盛茶坊供茶的茶园主，他说什么也不愿再给泾阳送茶。金花给他加价，他说不是钱的问题，命要紧，他们茶园有几个伙计在送茶的路上丢了性命，大家都上有老下有小，不愿再做那冒险的事。

金花又在茶园找到一位长老，向他叙说茶园主失约之事。长老很生气地说：“去陕西泾阳的路多得很，为啥总要走那几条路？丢命非小事，失约事也大。我和泾阳茶坊合作多少年了，我爷就是泾阳茶坊的老合伙人，怎么能失约呢？”又说：“你要信得过我，和我签约，不管有多大的风险，这条茶道不会断。”

金花欣喜地应了。茶园长老有个孙女叫小金花，比德福大三岁，高小毕业，她爸是这里的务茶能手，叫老茯茶。小金花见到云彩，像见到了亲姐妹一样高兴。金花想，小金花如果和德福结亲，这一条茶道就成了亲家茶道了。金花在安化待了几天，小金花寸步不离地跟着她、缠着她，要跟她到泾阳城去。金花不敢应允，这年月兵荒马乱，万一有个好歹，没法给长老交代。长老说："小金花念了几年书，这茶园留不住她了，整天嚷着要到城里去看西洋景。听说你家有个少爷，小她三岁，你带她去也好，但不知少爷相貌如何，有无能耐掌管王家的大家业？"

金花说："这要看小金花了。如果小金花看不上我家德福，我送小金花回来。"

长老的提议正如金花所愿。长老说："泾阳茯茶生出了金花，惊骇茶业界；我们安化的茶也想生出个金花来，所以我给她取名小金花。这门亲事成不成，我都是你的长久合伙人。德盛茶坊需要多少茶，我送多少茶。"

金花在安化不但找到了新的合伙人，而且给德福找到一个媳妇，有了这个媳妇，王家大院的事业就稳当了。临走时，金花要签约，长老说："签那干啥，只要我和老茯茶活着，泾阳的茶就不会断。"

金花在安化最好的饭馆摆了两桌酒席，请茶园长老、老茯茶和他们的亲朋好友吃了顿饭。长老高兴得喝了很多酒，被老茯茶背了回去。

金花走后，陈耕一直担忧，天天在茶馆坐卧不宁。兰州的商行催他回去，他推说在泾阳有事，不肯启程。他不想去兰州发展了，他想回到泾阳就地做生意，天时地利要比兰州好。他想不通金花为何对他那般态度，想起这几年他给予王家大院、给予金花的帮助，金花的举动确实让他费解。他不让金花去安化，她非去不可，竟不辞而别，用自己年轻的生命去做赌注，是真的去疏通茶道，还是赌气？

金花去安化已两个多月了，他本不该如此牵挂金花，却为她坐卧不宁。他不知自己为什么会这样，在兰州每次见金花并没有什么其他的想法，只是把她当作一个命运不幸的一个需要他帮助的年轻人。然而当他们在轩逸茶馆见面之后，却产生了诸多不解之缘，是他对金花过于殷勤，还是金花有了其他想法？他觉得金花不会有其他想法，自己要比她大十几岁，况且她是好友王崇文的遗孀。他觉得自己瞎想了，那奇怪的想法玷污了金花的尊严和节操。他不敢再多想，但一个人时却不断地去想那些不可思议的事情。他就在这种怪异的、不可思议的想法中，焦急地企盼着金花归来。

金花带着云彩和小金花穿越多个津关险塞，平安地回到了咸阳，她那颗忐忑不安的心才放下了。因为有了小金花，金花一路格外小心。到了咸阳，她和小金花、云彩洗了脸上的泥，洗了澡，换上了干净的衣服。小金花对北方的县城格外感兴趣，看见什么都稀奇，每个商铺都要转，每个地摊都要看。忽然从一个巷子里蹿出一个蒙面人，把小金花劫到一辆人力车上，没等小金花喊一声，人和车便无踪无影了。

金花回头没见小金花，以为她又跑到哪个商铺去了。金花让云彩去找，云彩找了几个商铺都说没看见小金花。金花忽然慌了，在街上喊，云彩跟她一起喊："小金花——小金花——小金花——"

她们问遍了过往的行人，没人见过小金花。金花双腿发软，瘫坐在地上再也走不动了，她弄丢了小金花，茶园长老一定会怪罪她，这一趟安化就算白跑了。茫茫人海，她不知去哪里寻找小金花。

云彩说："夫人你要站起来，你要是倒下了咱王家大院就完了。"

金花说："我腿软得站不起来……我不是害怕，我是腿软得站不起来。"

云彩见金花这样便哭了，说道："夫人我背你，我背你去找小金花，我知道找不见小金花，咱没法给长老交代。"

金花说："你甭哭了，你一哭我的心就更乱了。你背不动我，你扶我起来，让我慢慢走，咱一定要把小金花找回来。"

四十

又是一个春暖花开的日子，柳树长出了嫩芽芽，一群少男少女在泾河两岸踏青。

崔莺整天待在家里，不愿出门。崔富有在王家大院丢尽了面子，使她无颜面见乡邻。她想不通怎么会有这样一个让她丢尽脸面的父亲。那几天她食欲不振吐了几回，父亲竟怀疑她和德福之间发生了什么，到王家大院去闹事。她问了父亲几次："你到王家大院说了什么话，要了什么东西？"父亲说没说啥话，也没要啥东西。他没说啥话，德福他娘怎么会到家里询问那些事，问得她面红耳赤，问得她无地自容？崔莺相信父亲定是到王家大院闹事了。

崔莺不愿意出门，她觉得一出门街坊就用异样的眼光看着她。

崔富有见崔莺待在家里不出门，知道自己做错了事，没法面对崔莺，也没法面对王家大院的人。特别是那天金花生气地喊他滚，他不知自己是怎么从王家大院跑出来的，也不知道是怎样走回家的。他回家羞于见崔莺，关了房门就睡了。崔莺知道他回来，喊他让他开门，他无脸给她做父亲，无颜开门，他怕见崔莺，更怕看见崔莺那双纯洁的眼睛。

崔富有怨恨自己咋那么糊涂，没把事情弄清楚就去王家大院闹事。他在家窝了几天佯装无事地出了门。他心里虚，小心地走路，见人怕目光对视。后来他慢慢地发现并没有人知道他去王家大院的事，他抬起头和街坊在街口又说笑开了。只是崔莺依然待在家里不愿出门，他知道崔莺怕什么。他想安慰崔莺不要怕，即使别人知道他到王家大院闹事了，茶前饭后议论一阵就过去了，谁还会再记起那些事？况且他去王家大院这事没几个人知道。崔莺几次问他：“你到王家大院到底咋闹的，咋说的？”他怕崔莺接受不了，总是回答她：“啥话也没说，啥事也没闹。”崔莺就问他：“你没闹你没说，德福他娘咋找到咱家里问我那话？”

他不敢追问崔莺究竟金花问的是什么话。他知道再问，崔莺也说不出口。

他不说崔莺就哭，崔莺一哭他心就乱了，不知道该不该给她说实情了。有时清醒过来，他想起在王家大院做的事说的话，绝不能让崔莺知道，她知道了就没脸做人了。但他不说，崔莺就和他闹活，窝在家里不出门，这让他心里很难受。她妈走得早，他把崔莺养大不容易，他呵护着崔莺，从没打骂过她，事事顺着她的心意来。他所做的一切都是为了崔莺。

崔莺不知父亲的心，他是好心做了瞎瞎事，他觉得对不起崔莺，让崔莺受了委屈，受了羞辱。崔莺这样一天天地窝在家里不出门，他心里很害怕，又不敢去劝说。去王家大院是他一生中做的一件最丢人的事，一件无法给人解释、无法给人叙说的丢人事。

过了几天，崔莺又问他：“爸，你到底去王家大院咋闹的，都说了啥话？你给我说了，我也就知道该咋做人了。”

他闭嘴不敢说出实情，他不知这样敷衍下去，崔莺能否原谅自己。

四十一

天色暗淡下来，街上的人越来越稀少，金花和云彩在咸阳街道问遍商铺、饭馆，没人见过小金花，她们无奈地住进一家旅馆里。金花放下东西给云彩说："出去再看看，找不见小金花咱咋回去呢？"

云彩搀着金花走出旅馆，她们盲目地寻找着。忽然，云彩发现一个熟悉的身影，丢下金花向前跑去。那个身影果然是小金花，小金花一见云彩，抱住她就哭。金花看见小金花，身子突然有了劲儿，跑过来抱住小金花问："傻娃，你跑哪儿去了？"

小金花哭着说："我被土匪劫上了塬。"

金花一惊，急问："那你咋跑出来的？"

小金花说："他们在街道上把我劫走，不知跑了多少里路，在一个川道上把我放下来，说晚上要我和他们二当家成亲，我又哭又闹。他们把我关在一间土窑里，太阳落山的时候，他们来人又把我放了。放我的人骑着马，把我送到了城里。那土匪在路上说我运气好，碰到一个好主，他们当家的也怕的主。我的主是谁，不就是夫人您吗？"

小金花抱住金花又哭了。金花理不出头绪来，她从来不和土匪交往，这次去安化来回遇到过几股土匪、兵匪，那都是一面之交。在泾阳与王老虎、黑豹打过几次交道，但他们的地盘在泾阳，怎么会到咸阳来呢？

王老虎知道弟兄们抢了个黄花姑娘，答应给二当家黑豹做压寨夫人。全寨忙着给二当家置办婚礼，王老虎关心地问："这姑娘愿意和黑豹拜堂成亲吗？"

一土匪说："不愿意，在窑里又哭又闹，寻死觅活的。"

王老虎说："那咋办呀，咋拜堂呢？"

一土匪说："二当家说他有办法。"

王老虎好奇地问："这姑娘咋弄到手的？哪儿的女子？多大了？"

一土匪说："她是安化的女子，泾阳王家大院的夫人刚从安化领回来，在咸阳就被二当家的人弄回来了。"

王老虎一听急了，吼道："放人，马上放人！"

有人跑出去找黑豹。黑豹跑过来还未开口，只见王老虎脸色铁青，问道："这女子从哪儿弄来的？"

黑豹说："在咸阳城里弄的。"

"咋弄的？"王老虎问。

"我看不像咱当地人，就……"黑豹说。

"我给你说过多少遍了，不要抢良家女子，你咋不听呢？回去把人放了，马上放人。在哪儿绑的送到哪儿！"王老虎生气地说。

黑豹害怕，他不知大当家怎么会为一个女子给他发这么大的火。

金花找到了小金花，再不愿在咸阳城待了。她雇了一辆马车要赶回泾阳。马车飞驰在路上，一下泾阳坡，云彩兴奋地告诉小金花："到咧，到咧，一下坡过了河就到咧。"

先惊后喜的小金花按捺不住心中的喜悦，唯有金花对今天的惊险依然后怕。金花忽然发现陈耕站在桥头，云彩眼尖喊道："陈会长，天黑了你咋在这儿呢？"

陈耕说："接个人，接个朋友。你们都回来了？"

云彩说："回来了，都回来了，夫人也回来了，还带回来一个小金花。"

陈耕惊喜，探头向车里望，小金花不敢伸头向外望。金花挑起车帘说道："天黑了，还在这儿等朋友？"

陈耕说："不等了，他可能不来了，我送你们回去。"

云彩说："那好，车夫还不知王家大院在哪里呢。"

金花推云彩一把说："不用。"

云彩不敢再吭声。陈耕说："我给车夫带路。"说着跳上车坐在车辕右侧上，说道："你们一走就是两个多月，连信儿也没有，真让家里人着急。你们走后，德福毕业回家了，跟着梁掌柜学制茶。德福很机灵，从小在茶坊长大，啥事一说就会，现在是梁掌柜的得意门生。街上啥都好着呢，杂货铺的张老板还是那么胆小怕事；皮货铺的上官老板还是那么爱说闲话，但皮货生意比以前好多了；油坊的李老板还是那么爱打抱不平，前几天他开销了几个徒工，那几个徒工出去耍钱被他抓住了；崔老板的茶坊还是有气无力地经营着，姑娘崔莺有几个月没出门了，街上的闲话很多，气得崔老板在街上胡骂人……”

马车里的人都不吭声，唯有陈耕自言自语地叙说着，金花忽然问：“崔莺为啥不出门?”

陈耕说：“崔莺是咱街上的姑娘，我不能传话。说啥话的都有，都是些难听的话，气得崔老板在街上胡骂人。他骂归骂，别人还是说那女子可怜，听说窝在家里也不好好吃饭。其实崔莺的有些事是崔老板胡骂出来的，他家里的事街坊咋能知道呢？甜水井的水还是那样的甜，熬出来的茶味越来越醇。土匪王老虎在街上转过几次，几次问街坊王家大院的夫人咋还没回来呢？对了，我忘了一件事，你走后，张贵跟官府的人打了一架，官府的人也没找他啥麻达……”

陈耕絮絮叨叨地说着，马车就到了王家大院的门口。陈耕像还有什么事没说完，但车已停了。金花挑起车帘下了车，让车夫进屋喝茶。车夫要赶路回去，金花不便留，给了车费让车夫走了。

德福、梁掌柜和张贵跑出来帮忙提东西，德福说：“娘，你回来也不打个招呼，我们到桥头接你。”

金花说：“接啥呢，这不回来了。”金花和德福对话的声音越来越小，走进院子又进了客厅，站在王家大院门外的陈耕再也听不见他们的谈话声了。他忽然反问自己：“我来干什么？我刚才做了什么?”王家大院的人都进门了，没人理他，他一个人站在门外发呆，他不断地反问自己：“我来干什么？我为什么要去接她们?”

有人出来关门，看见陈耕一个人站在门外，招呼道：“陈会长还不回去?时间不早了。”

四十二

春风在街上一阵一阵拂过，色彩斑斓的花衣服在街上飘起来，泾阳县城年轻人的时尚引来一批批客商的赞叹。

德福知道小金花是娘给他找的媳妇，他坚决不要，他并不是嫌弃小金花是外地人，还比他大三岁。娘知道他和崔莺的关系，怎么能给他带回一个媳妇呢？他立誓愿为王家家业牺牲一切，但他的婚姻大事得自己决定。

德福不再是以前那个在金花门前下跪的德福了。他学到了知识，也懂得了责任，他成熟多了，以前的倔强加上自信使他内心更加强大，他要做个顶天立地的男子汉！

在德福强硬的态度下，金花想到了陈耕。她不明白，为什么在她困难时总会想到这个人——这个曾使她失望的人。由于陈耕在兰州的多次帮忙，她把陈耕当大哥和恩人一样对待。当她知道陈耕还是个单身汉时，心里是那么不安宁，她总是想去见他，和他说话、聊天。他们很说得来，老天爷把王崇文带走了，给她送来一个陈耕，她觉得陈耕更适合自己。她把这个想法深深地藏在心里，这个想法常常使她脸红至满面燥热。她回到泾阳，后悔自己在兰州没抓住和陈耕接触的机会。听说陈耕回到泾阳，她竟然放下手中的活，独自去了轩逸茶馆。她向陈耕表白以后，陈耕却是那样的无情。她依然能记起自己当时的窘态，而陈耕却面无表情，直截了当地拒绝了她，还说：“我一个人习惯了，一人吃饱全家不饿。”她羞愧得再也坐不住，借口转身逃离了茶馆。

尽管金花一再告诫自己做不成夫妻做朋友也罢，但她孤傲倔强的心怎么都不能原谅陈耕。她为曾有这种心态深深自责，但这一切都无用。不然，她不会不听陈耕的劝阻冒险去安化，她不会在陈耕热情地去桥头接她时，对陈耕冷若冰霜。

难道她不知道陈耕是来接她的吗？难道她不知道陈耕在车上絮絮叨叨讲述街上的事是在讨好她，是说给她听的吗？她知道陈耕对她好，但因为上次陈耕的冷漠和拒绝伤了她的心，使她的心情难以平复。但是，遇到困难时，她总会想到陈耕，仿佛只有陈耕的帮助才能将困难克服，仿佛只有陈耕才能在迷茫中给她指出一条希望之路。

金花让云彩传话给陈耕，说她午后要去喝茶。陈耕知道这是金花给他摆谱。上次她来茶馆也没有提前传话，说来就来了，这次喝茶却叫云彩特地来传话，陈耕觉得怪怪的，但又不能说什么。午后，陈耕早早地在茶室等候着金花，茶已熬好，却迟迟不见人来，他出门去看，迎面碰见了金花。

金花很不好意思地退后，陈耕看到她今天面如桃花。或许因为忙，他很少注意金花的衣着，他只知道金花是一个有知识的女性，金花的美貌他从没仔细欣赏过。金花心怀忐忑地低头走进茶室，他问道："云彩没来？"金花抬头看了他一眼，他觉得自己问了句多余的话。

两人只是坐着觉得特别别扭，过去，他们在一起有说有笑，从不拘束，现在却无话可说。前几天，陈耕到桥头接金花遇到的冷漠，使他心里转不过弯来。他想不通自己当时为什么要去接金花，金花离开泾阳两个多月为什么自己要为她担心，以至于在茶馆坐不住，走到街上，神不知鬼不觉地就转到桥头。他在桥头还在想金花会不会回来，每次有人走过，有轿车驶过，他的心里都一阵慌乱，觉得是金花回来了。他不知道这是为什么，一个人独处时，金花像用一根无形的绳子牵缠着他，有时他觉得有这种想法很羞耻，金花毕竟是好友王崇文的遗孀，但有时他却身不由己。这种想法、这种邪念都是那次在轩逸茶馆喝茶之后产生的。

金花变了，金花对陈耕变得冷漠刻薄，不再像以前那样热情；陈耕也变了，变得魂不守舍，金花的影子总跟随着他，他走到哪里，金花的影子就跟随到哪里。金花冒险去了安化，陈耕常常觉得金花的冒险与自己有关，便用赎罪的心态等候金花的安全归来。那晚在桥头的举动就是陈耕心理的真实反映吧。

两人沉默了好大一会儿，金花说："有件事情还是想来问你。有些事找到了你，我的心就安稳了……"陈耕认真地听着。金花说："我从安化给德福领回来一个媳妇，德福坚决不要。那女子比德福大三岁，人常说，‘女大三抱金砖’，可德福就是不同意。我没办法，想到你这儿讨个主意。”

陈耕问：“你问过德福没有？你去安化后给他来信说过这事没有？”

金花说：“没有。”

陈耕说：“他现在不再是给你下跪认错的德福了，他在省城眼界宽了，学到了知识，有了思想，他在追求一种自由的婚姻。你的这种做法恰恰是他反对的。”

金花听着着急：“那咋办？”

陈耕说：“要让德福同意这门亲事，必须先让他想通，想通了他才会接受这个安化女子。”

金花问：“用啥办法才能让他想通呢？”

陈耕说：“你得寻找一个让他接受这个女子的理由。”

金花忽然明白，她说：“我感谢你！我明白该如何处理我们之间的关系了。”

陈耕还未弄明白金花的意思，金花便起身要走，陈耕送她到门口。望着远去的金花，陈耕却不知今后如何处好他与金花的关系了。

崔莺在家哭闹，以死逼父，要嫁给德福。

崔富有到王家大院闹事后，崔莺再也没出过门，因为父亲使她羞于面见街坊。崔莺听说金花从安化给德福带回来一个媳妇，她想去找德福，但却无脸走进王家大院。她怨父亲，那次金花差人来提亲，父亲硬要人家二百两聘银。事后她问父亲：“你是卖我呀，为啥向人家要那么多聘礼？”

崔富有说：“他们可以还价，我用二百两聘银试探他们对你的真心。谁知他们就没有那真心，二百两银子竟让他们不敢再提你和德福的事了。”

几个月的羞愧和煎熬使崔莺心力交瘁，她把希望寄托于德福，只要德福还喜欢她，她和德福的婚事就有希望。一天，崔富有回来告诉她：“德福这小子还算有骨气，他娘给他找的安化媳妇，他死活不要。”崔莺听到这话，觉得自己和德福还有希望。崔富有在院中又说道：“娃呀，你把心安稳地放到肚子里。”

崔莺听了父亲的话在屋里就哭了，崔富有劝道：“我以前说的是气话，他们再让人来提亲，我不要聘银了。只要你嫁到王家大院，爸就跟你享福了，爸就把咱这兴盛茶坊踢腾了。”

为了结这门亲，崔富有想了很多办法。金花还没离开安化，就有人给崔富有捎信回来，说金花给德福找了个安化媳妇，崔富有和土匪黑豹沟通好并送去了银两。金花和小金花到了咸阳，小金花就被黑豹派人劫走了。谁知安化女子命大，被大当家王老虎放了，崔富有想不通王老虎和王家大院有啥关系。

要不是王老虎放了她，王家大院就来提亲了。崔富有骂黑豹是头笨熊：“你和小金花拜不了堂，先把她睡了也好呀，德福会要一个被土匪睡过的女子吗?”

一切都晚了，为了保险起见，崔富有晚上找到了王家大院二掌柜张贵。张贵在王家大院一直受排挤得不到重用，憋了一肚子火。崔富有给张贵送了银两，说：“德福和崔莺是少东家早已定下的娃娃亲，看在少东家的分上，二百两聘礼我就不要了。”

张贵收了崔富有的银子，第二天就给伙计们说了。梁掌柜听到这话，去问张贵并训斥道：“这么大的事，我咋没听少东家说过呢?”

张贵还想强辩，梁掌柜说：“没根没据的事甭胡说，也不要听有些人乱煽惑。”

晚上，金花问梁掌柜王家大院传的事，梁掌柜说：“我不知道，少东家在世时从没给我说过这事。”

她又问德福，德福说没有这事。德福说：“崔家说只要事成，不要那二百两银子了。”

金花没吭声走了。崔富有把德福约到泾河边，他说：“你爸亲口给我说，给你和崔莺定娃娃亲，你咋能不知道?你是不是不想娶崔莺了?”

德福恍然大悟，觉得崔老板说得在理。德福回家找到金花，给她说他和崔莺有定亲这事，又说崔家不要那二百两银子了。金花听后很生气：“崔王两家结亲，不是银子的事。如果你和崔莺定了娃娃亲，就更不是二百两银子的事了。如果你们真有这事，我会亲自把小金花送回安化。”

金花让梁掌柜去找崔家，索要崔王两家定亲的凭证和信物。梁掌柜站在崔老板家门口敲门问话，崔老板见是梁掌柜，马上热情起来：“门开着，快进来屋里坐。”

梁掌柜走进房间，崔富有喊崔莺端茶来。崔莺端一盘点心上来说：“梁掌柜，您先尝尝鲜，我给您泡茶去。”

梁掌柜看一眼崔莺就伤心了，多好的姑娘，眼睛红肿，脸色蜡黄，这都是她老子害的呀。他看见崔莺就没有力量拒绝这桩婚姻了。待崔莺走了，他怨崔老板说：“娃和德福多好的一对呀！”

崔富有说：“谁说不是呢。”

梁掌柜瞪了他一眼说：“都怪你，娃的事让你搅黄了。”

崔富有忽然问：“他们现在是啥态度？”

梁掌柜说：“啥态度？啥态度你还不清楚？”

崔富有急问：“他们还是要娶安化那女子？”

梁掌柜说：“这我不知道。”

崔富有胆怯地问：“那你今儿干啥来了？”

“我……”梁掌柜看着崔莺端上来的点心，他不忍心说出来。

“说呀！”崔富有提高了嗓门，把走出门外的崔莺吓住了，崔莺在房门外停住了脚步。

梁掌柜说：“你说我们少东家给德福和崔莺定了娃娃亲，有啥凭证和信物？有这东西，我也好给我家夫人回话。”

崔富有火了：“要啥凭证和信物，你叫她把王崇文从坟墓里拉出来问问，看他说过这话没。”

崔莺站在门外听到这话，扭头走了。梁掌柜站起来说：“你说的这是人话吗？有就有，没有就没有，你不能这样说话！”

梁掌柜说着就往外走，崔富有拉住他说：“你坐，急啥呢？娃给你端的点心你一口没吃。”

梁掌柜说：“我怕吃了难克化。”

小金花喜悦地走进王家大院却哭着要回安化。那天晚上，她走进王家大院，觉得王家大院好气派，感谢爷爷给她找了一个好婆家。当晚见到德福，德福比她想象得英俊多了，她以为德福身体有什么缺陷才找安化的女子做媳妇，谁知德福身体健全，还是个读书人。她总是不相信这些现实，见到德福她的心嗵嗵地跳，这样英俊的男儿正是她梦中的人。

慢慢地，小金花听到了很多事，知道德福不愿意和她成亲，嫌她是外地人。她心里很不服气，外地人怎么了？外地人不比本地人差。她要是做了德福的媳妇，一定比本地人做得好。后来，她知道了德福和崔莺的事。当初只是听金花和云彩讲述，泾阳有多么好，有山有水有茯茶，还有一个英俊的在省城读书的男儿等待着她。她对自己的前途充满了美好的憧憬，和丈夫一起制茶，陪儿女读书。她觉得自己是安化的姐妹中最有生活品位的女子，她带着这种幻想来到了泾阳，走进了王家大院。然而，这一切却要化作泡影了。

德福并不喜欢她，他早已有了自己喜欢的人。泾阳的山很远，泾阳的水也并没有想象得那么神奇。小金花想着自己的处境就哭了。一天，她对云彩说："我想回安化去，这里的生活我不习惯。"

云彩听后吓了一跳："你咋是这人呢，夫人为你的事整天忙碌着，你咋想回去？你进了王家大院的门就是王家的人。好事多磨，少爷一定是你的夫君，谁也抢不走，你就等着当新娘吧。"

小金花说："我真的不想嫁给德福了，我配不上他，他和崔莺才是一对儿。"

云彩说："以后不许你再说这样的泄气话，你说这样的话对得起夫人吗？"小金花哭了起来。

崔莺失踪了。

崔莺是一大早走的，早上吃饭没回来，崔富有心里怨她但也理解，娃在家里窝了几个月，出去找同学找朋友多耍一会儿也好。中午崔莺还没回来，崔富有就生气了，这么大的姑娘了，在外边疯得不回家。他出门去找也不敢喊叫，只是默默地找，在人多的地方找，在茶馆戏园子里找，在文庙里找。他越找越生气，回家喝了一壶茶又出去找。女儿大了要嫁人，他不敢让街坊知道女儿跑得不沾家，这让王家知道了，就更有不娶崔莺的理由了。

太阳偏西了，快压山了，崔富有有些着急，有些害怕。他回家让茶坊停了工，让掌柜李有财带上伙计出去找崔莺。他顾不得脸面了，出门到处打听崔莺的下落。

金花听说崔莺不见了，让梁掌柜停了茶坊的活，带人到云阳、鲁桥、口镇、王桥去找；二掌柜张贵带人到三原、铜川方向去找。晚上走到哪里歇哪里，一定要把崔莺找回来。

有人看见德福骑马出了城，向咸阳方向奔去。崔富有坐在家门口，门口的灯亮了一夜，他在等女儿的消息。早上兴盛茶坊的伙计回来吃饭，垂头丧气的样子就知道他们没有找到崔莺。晌午饭后，德盛茶坊的梁掌柜和二掌柜张贵陆续回来了，他们也没有任何消息，崔莺像水一样在泾阳城蒸发了。

街坊为崔莺女子的事忙了两天，陈耕请大家喝茶。油坊的李老板叹息道："要不是她爸，娃也不会走这条路。"杂货铺的张老板听见李老板的话捂着嘴走了。

皮货铺的上官老板好久憋出一句不入耳的话，惹了众怒，他不敢再吭声了。过了一会儿，上官老板说："娃咋也不会到那种地方去。我们是看着这女子长大的，娃也是读过书的人，咋会去那种地方？"

陈耕不让大家再议论崔莺的事："好坏是咱街坊的女子，我看娃是在家憋坏了，想出去散散心。你们都不要乱猜想了，兴许娃明天自个儿就回来了。"

张老板说："要怪也怪她爸那人，办事缺德，把娃硬逼走了。"

"不要再说了，不要再说了。"陈耕诚恳地劝着大家，又给大家端上几碟点心。

张老板说："你把街坊老板都请了，咋不见德盛的金老板呢？"

陈耕说："叫了，金老板说她忙，叫梁掌柜来。梁掌柜说他走不开，没来。"

李老板同情地说："可怜崔老板在门口支着桌子，一夜亮着灯，等他女儿回来。他也苦，老伴走得早，他一个人把崔莺养大的。娃大了也劳神，让人有操不尽的心。"

有人闪进茶馆说："德福回来了，骑马去了崔家。"

陈耕问："他一个人还是两个人？"

来人说："他一个人骑马去了崔家。"没有人再吭声，大家默默地喝茶，唯有茶馆伙计喊上茶的声音很大。

四十三

崔莺真的失踪了。

街坊忙活了几天，都消停下来，各忙各的事去了，好像身边什么事也没发生过，谁也不再说起崔莺失踪的事。街道上驼马成群，兰州下来的驼队站了半条街，等候茯茶装包。

小金花在王家大院闲着无事绣花，金花夸南方的姑娘手巧，夸她的针脚细密好看。德福在茶坊里狠劲儿地干活，梁掌柜看在眼里疼在心上。崔莺找不见了，德福的话少了许多。梁掌柜把德福的情况给金花说了，金花像没听见似的。这一家人不知怎么了，见面也少了话语。云彩小心地跟着夫人，唯有二婶在王家大院高声大叫："梁掌柜开饭了。"她有时会对伙计们吼："吃完饭把碗舔干净，把碗摞起来，不要扔得满案都是。"

街上传出金花和陈耕的事，云彩听到，说："有这事怕啥，我看他俩是一对儿。"

金花听到云彩的话，把她叫到房间狠狠地训斥了一顿："你看王家大院还不乱？你要气死我，那种话也是你说的?"云彩不敢再说，她心里知道陈会长对夫人好，夫人对陈会长也好。他们的一举一动她看得最清楚。那天晚上，陈会长在桥头等候夫人回来，他一路叙说，夫人虽不在意，但心里很感激陈会长。夫人那天去茶馆见陈会长，去之前用心地化妆，在镜前竟坐了几个时辰。化妆后还问她好看不，她问夫人干啥去，夫人竟说："你猜。"

"你一定是去见陈会长。"她说。

金花脸色绯红，说："去去去!"她想跟夫人一块儿去，夫人却说："你去告诉陈会长一声，我要去茶馆喝茶。"云彩去告诉了陈会长，回来准备和夫人一起去，夫人却说："你不用去了，在家歇着，我一个人去。"

这种独自盛装出门的情景云彩是第一次看到。夫人从茶馆回来后甚是兴奋，说：“轩逸茶馆的茶就是好喝，和咱家熬出来的茶味道不一样。同样的茯茶，同样是甜水井熬的茶，轩逸茶馆的茶咋就那么好喝呢？”

云彩知道夫人高兴，就由着她去喜悦。云彩只是默默地注视着夫人，看她今天还有啥变化。

忽然，王家大院的门响了，进来的是兴盛茶坊的崔老板。梁掌柜见他行为举止异常，知道他心里有气，上前劝说：“有话你直说，都是街坊邻居你要干啥？”

崔富有说：“我不活了，我活着还有啥㞗意思！”

张贵出来说道：“你不活了在你家门口上吊去，在这儿成啥精呢！”

梁掌柜挡住张贵说：“崔老板，娃以后还要嫁人呢，你甭在街上给娃丢人了。”

崔富有听了梁掌柜的话没趣地走了。他走在街上，嘴里喃喃地说着：“崔莺，你在哪里？爸想你呀，你快回来……”梁掌柜和张贵被崔富有的举动震惊了。

梁掌柜埋怨张贵说：“你看他多可怜，早年没了老伴，现在又走了女儿，他孤苦伶仃，你还对他吼。”

张贵说：“他活该，你看他做的那事，谁叫他欺负咱家夫人呢。”梁掌柜抬头看着张贵，觉得张贵今天说话像个人样了。

下班了，伙计们都走了，德福一个人在库房里装包。梁掌柜在库房外远远地看着，他知道他是劝不走德福的，只能远远地望着德福干活，在德福需要时过去帮一把。小金花在王家大院除了绣花什么事也不干，金花也不让她干。小金花看见德福一个人在库房装包，累得满头大汗，便拿了一条毛巾，端一碗凉开水走了过去。她恭敬地把毛巾递给德福，德福不接，她又把水递给德福，德福仍不接。正当她不知所措时，德福却接了，把碗扔在了地上。小金花捡起地上的碎碗片，头也不回地走了。

梁掌柜看到这一幕没有言语，他赞叹小金花的举动，同时也对德福的行为感到吃惊，这不像一个读书人做出的事。德福拒绝小金花的事被金花知道了，面对这种僵局她不知道如何处理，崔家不时地来闹事，小金花整天以泪洗面，嚷着要回安化。德福见了小金花绕着走，好像小金花做了什么对不起他的事。金花心里难受委屈，却无法向人诉说。她想去找陈耕又怕街坊说闲话，天天在家生闷气，不知道日子怎么向前推。好在茶坊的生意不错，街上的驼马队大部分都是在德盛茶坊取货的。她知道这是陈耕在暗地帮她，但不知道陈耕心里是怎么想的。陈耕想独身，想过一人吃饱全家不饿的日子，却那样关心她，为她去安化牵肠挂肚，竟到桥头来接她。陈耕说他在桥头接一个朋友，这话谁信呢。陈耕上车后不厌其烦地给她讲述泾阳两个多月的是是非非，足以说明他是专门来接她的。金花不知陈耕为了接她在桥头等了多少天。陈耕既然对她好，为什么要说想过一人吃饱全家不饿的日子呢？上次见面，她刻意打扮而去，尽管陈耕没有表现出异样来，但从他喜悦的眼神看得出来，他是喜欢她的，她希望有一天陈耕寻找一个理由向她表白，她会认真考虑这件事。

一天，陈耕捎话来，让她有空到茶馆去喝茶。她听到这话就在王家大院坐不住了，打扮一番去了茶馆。刚踏进茶馆，伙计就引导她到了陈耕的茶室。陈耕在她面前放了一小碗茶，金花问道："你叫我有啥事？"

"没事。"陈耕看了一眼金花说，"我知道你有事要找我，但你那清高傲慢使你放不下身份到我这里来，我就让伙计叫你去了。"

金花笑了。陈耕说："你说，啥事？"

金花笑问："你咋知道我要找你？"

陈耕说："王家大院最近发生的事我看得清楚，你说吧，我听着。"

金花说："我心里烦得很，想找你聊聊。"

"聊啥呀？你说。"陈耕问道。

"还是德福的事，我觉得我把他们都得罪了，我成了王家大院的罪人。德福不理我，小金花喊着要回安化，崔家又来闹事……你说我这日子咋过呀？"金花委屈地说。

陈耕说："你的事好着呢，生意蒸蒸日上。如果小金花成了你的儿媳妇，你的茶源就稳定了，泾阳县城的茶坊就再无你的竞争对手了。"

金花认真地问："你看出来了？"

陈耕说："明眼人一看就明白，你给德福领回来的这个媳妇不仅是你的儿媳妇，更是你的财富和茶源。"金花点点头。陈耕又说："你对王家大院做出这么大的贡献，却没有人理解，你当然委屈了。"

“是呀……”金花觉得陈耕的话说到她心里去了。

陈耕说：“你要说服德福体谅你的一片苦心，只凭你还不行，也要靠小金花，要让小金花走近德福。”

“走不近，小金花给他送水、送毛巾，他把碗摔到了地上……”金花丧气地说。

“他今天摔了，明天还会摔吗？小金花要勤快一点儿，明天再给他送，不仅要给他送东西，而且要关心他，要让德福感到小金花在关心他，这样他对她的怨恨就消除了，他们走在一起的机会就来了。办法总比困难多，只要你想办法，就没有解决不了的问题、克服不了的困难。”

金花笑了：“啥难解的疙瘩在你这里都能解开。”

“喝茶喝茶。”陈耕边给金花续茶边说，“崔家的事你不用管了，闹是要闹的，人家姑娘失踪了，一个大活人突然不见了，崔富有能跟你放下？他放不下也得放下，这事怪他，但与你们王家也有关系，不然他咋会到你家闹腾？来了好言相劝，劝他走，甭惹事。他女子回来了好说，他女子要是回不来崔家就完了。”

金花听到这里心里很难受：“我给崔家送些银两过去。”

陈耕说：“我说过，不要惹事。你送给他银子说明你心虚，会惹事的，惹了事你承担不了。现在看来德福和崔莺不可能再成亲了，就是崔莺回来，你们也不一定会娶她。德福要是个聪明人也不会娶她。小金花现在是德福的唯一选择，把道理给娃讲清楚，德福不是个糊涂娃。”

金花听罢陈耕的话站起来就要走，陈耕没挽留。回家的路上金花感到陈耕成了她的指路明灯，她每向前走一步都得到陈耕的指引，她觉得王家大院需要这样一个人，她更需要这样一个人的陪伴。

四十四

夜里，金花屋里的灯一直亮着，即使她睡着了也点着灯。这样过了两天，梁掌柜来找她，担心地说："夫人，你身子要紧，天大的事也能过去，你这样一夜一夜不歇息，身子垮了啥事都干不成了。"

小金花来看望她说："姨，小金花不懂事，让你操心了。你不要再发愁了，我不走了。我听你的话，就是德福不要我，我也服侍你一辈子。"

晌午，德福给金花端来了一碗面，说："娘，你不能再熬煎了，你这样下去拖垮了身子，咱家大院的天就塌了。"

金花在屋里说："德福，你把面放下，我吃就是了，但我告诉你，王家大院是你的，你接管了王家大院，我就回兰州去了。兰州才是我的家，你年轻，我没办法才留在这儿陪着呢。"

德福说："娘，你不能这样说话，王家大院是我的也是你的。我没了亲人，要这大院干啥?"

金花说："德福呀，你不懂，等你和小金花成亲了，你就啥事都懂了。"德福没吭声，出了屋子。

夜里，云彩去看望夫人，金花坐在桌前看书，云彩说："姐，你这样为王家里里外外操心，他们理解你吗？他们知道吗?"

金花说："我为啥要他们理解？我为啥要他们知道？我是王家的夫人，我有责任为王家大院操这份心，不需要别人知道。"

德福看见一个黑影闪在面前拦住了他，他愣了一下看清楚，是被土匪吓傻了的赊娃。赊娃扑通给他跪下了，说："少爷，看在夫人为王家大院受苦受难的分上，你可怜可怜她，和小金花成婚吧，你看夫人为王家大院熬煎成啥样子了!"

德福忽然眼睛湿了，他对赊娃说："王家大院最对不起的人是你……" 他含泪扶起赊娃，进了屋子……

德福坐在桌前想看书，翻着《茶录》看了几页扔下，又掀开《茶史》，却一个字也看不进去。这几天他一直在忏悔，忏悔自己对娘的不敬不孝。自崔莺失踪后，他把怨恨记在娘的身上，他认为都是娘的偏见和执拗，才使崔莺出走失踪，但他不知崔富有谎说崔莺怀孕之事。他虽知道崔富有说他和崔莺定过娃娃亲，娘要凭证信物之事，但他不知，娘不亲眼见到凭证和信物就难以戳破崔富有骗人的谎言。崔莺的出走失踪，与其说与娘有关，倒不如说崔莺是被她父亲逼走的。娘为什么要为王家大院日夜操劳？父亲走后，娘完全可以留在兰州或去天水和她父母亲共同生活，日后碰见合适的人，再重组家庭，她却忍心离开生身父母，独自来到泾阳撑起了王家一片天。

崔莺的出走，让德福长期陷入一种负罪的状态，虽说这是她父亲造成的，但毕竟与自己有关。他们从小一起玩到大，他对崔莺来说已不只是一起长大的伙伴，他们产生了感情，有种难以割舍的情分。崔莺出走没有给他留下半句话，可见崔莺是多么怨恨他呀！

他不想结婚，想等崔莺回来，八年十年地等她。只有等崔莺回来，他心里才会安宁下来，才觉得对得起她。他不管别人怎么说崔莺的父亲，他和崔莺毕竟好过一场。娘执意让他和小金花结婚，娘不理解他内心的煎熬，不知道他的心还在牵挂着崔莺，但娘为此彻夜不眠又让他心疼。赊娃的举动动摇了他的心旌，他猛然醒悟，赊娃为谁而来？赊娃是父亲的得意门生，因为兵匪的惊吓而精神失常。赊娃的这一举动深深地触动了他，连赊娃这种精神异常的人都来求他和小金花结婚，可见这事已非他个人的事了。

面对小金花德福无话可说，她漂亮、聪颖、诚实，眼睛里没有半点儿虚假，给人一种清纯透亮的感觉。但他不愿理睬小金花，他拒绝小金花一切友好的示意，因为他牵挂着崔莺，崔莺现在连个影子也没有，他怎能放心得下？娘隔山渡水把小金花从安化领回来，肯定给安化有什么承诺，这其中肯定包含着王家事业的发展前景。他埋怨娘在领回小金花时丝毫没征求他的意见，这完全是包办婚姻，是他不能接受的，但现实又让他不能不接受。崔莺出走不见踪影，小金花又不能打发回去，他该怎么办？他的每个决定都会成为伤害的一把利剑。他常常在夜里问月亮、问星星："我该怎么办？"

安化来信问小金花和德福成婚的日子定下来没有，他们要来喝小金花的喜酒。金花看到这封信，心里就急了，她要找德福谈一谈，为了王家的传世基业和德福的前程，她要和德福谈一谈。德福心中怨她、恨她，她不在乎，只求德福娶了小金花，铺平安化的茶道，免除了茶源的后顾之忧。

云彩急匆匆地跑进院子冲进客厅说："夫人，崔莺回来了。"

金花心头一惊，崔莺怎么在这个关头回来了？金花缓了好大一会儿问道："她回来了！你说仔细些。"

云彩说："回来了，听街坊说她到她同学家住了几天。"

金花说："回来了好，回来了就不让人操心了。"

云彩说道："好啥好，她回来少爷就又不安生了。"

金花说："你去告诉德福，就说崔莺回来了。"

云彩说："我不去，给他说了他俩又黏上了咋办？"

金花说："这事总得有个了断。现在黏在一起，总比以后黏在一起好，你去告诉他吧。"

云彩很不高兴地走了出去，一会儿又高兴地回来说："少爷早就知道崔莺回来了。"

"他没说啥时候去看望崔莺？"金花问。

云彩说："他说回来就不让人操心了。他说的话跟你说的话一模一样。"

金花叹了一声说道："该给少爷圆房了。"

金花找来梁掌柜商量给德福成婚的事，梁掌柜说："也该到时候了，小金花来咱家时间不短了，也该给安化一个交代。崔莺回来了，少爷也没有啥牵挂的了。赶快给少爷把婚事一办，你也就安心了。"

金花说："你先去给德福打个招呼。"梁掌柜要走，金花又说："慢慢说，甭着急。"

梁掌柜说："我知道了。"

晚上，梁掌柜笑着走进客厅，他一见金花就说："通了、通了，少爷早就想通了。我刚一提这事，他就说一定是你让我去给他说的，你的心思他明白，娶了小金花，咱的茶道就稳固了。为了王家家兴业大，这是他应当做的。"

金花听后质疑道："他真这么说的？你叫他过来，我要亲耳听他说。"

梁掌柜出去一会儿就和德福进来了，德福说："娘，儿听您的，您说咋办就咋办。您把小金花领来了，总不能又让人家回去。您为我的婚事一夜一夜熬煎得睡不着，现在崔莺回来了，我就不用再为她操心了，我不再欠她啥了。您选个日子，我和小金花成婚吧。”

这一切来得太突然，让金花一时接受不了，但德福的话又是这样的真真切切。

四十五

德福和小金花成婚的日子定在了八月初九。

这天，王家大院张灯结彩。德福成婚了，新娘就是比他大三岁的小金花。人常说，女大三抱金砖，德福就要抱上这块金砖了。安化的亲戚说好要来，又来信说路上有战事推后再来。土匪黑豹突然出现在王家大院门口，这是人们没有想到的。黑豹行了重礼，说是大当家让他来贺喜，再什么话也没说就走了。黑豹的到来给这场婚事增添了神秘感。

轩逸茶馆的陈耕过来行了礼后和街坊在院子聊天，德福给陈耕端来一杯茶说道：“我娘没在客厅，她在房间给小金花打扮呢。”

陈老板一愣，红着脸说：“我是来给你行礼的，不找你娘。”喝茶的人都在看陈耕，陈耕再也坐不住了，说：“我还有事，先走了。”

婚礼仪式之后，街坊亲戚酒足饭饱纷纷离席，金花长出一口气说：“给德福把婚事一办，我就没啥大事了。”她让梁掌柜带领伙计收拾院子，她累了要休息去。天还没黑，耍房的人就来了，新房里拥了很多人，却找不到新郎官。

天黑了，人们在新房里喝茶、吃瓜子，却不见新郎官德福，一些人等不及走了。剩下的人感到没意思，因为小金花是个外地人，说的有些话他们也听不懂，一会儿就都走了。

梁掌柜让云彩叫醒了金花，金花一听德福找不见了，觉得这婚事出了问题，她急忙问梁掌柜怎么回事。还没等梁掌柜回答，门口有人喊：“少爷回来了。”

德福回来了，钻到书房再没出来。到底是怎么回事？德福去了什么地方？金花问梁掌柜，梁掌柜说他一直在大院忙活，不知道德福去了哪里。张贵进来说：“刚才少爷回来了，我看他用手捂着半边脸，是不是跟谁打架了？”

金花感到事情复杂，但她没法理出一个头绪来，便径直去书房敲门。德福开了门又关了门。金花看见德福脸上确实有伤，她问：“你去了哪里？大婚之日你去哪儿了？”她的话语充满了愤怒。

德福说：“我去了崔家……”

金花一听就火了：“你今天和小金花结婚，咋去了崔家？你是同意和小金花结婚的，你是满口答应和小金花结婚的，为啥要去崔家？”

德福低头不语，金花问：“你脸上的伤咋来的？”

德福说：“崔老板打的。”

“他打你，他为啥打你？”金花问。

德福说：“他说我失信于崔莺。”

金花问：“今天你咋能去她家？咋想着去她家？你这不是给自己惹事嘛！”

德福说：“我想了断和崔莺的关系，我是诚心地去给她道歉的。”

金花怨道：“书生气，你这是书生气！要去也得过了今天再去，你今天去是道歉还是炫耀？人家会认为你是在炫耀你的婚事！”

金花觉得德福今天去崔莺家不是去道歉这么简单，他一定还瞒着什么。她说：“德福，你要听娘一句话，事到如今，再不能和崔莺有啥瓜葛了。”

德福说：“我们没瓜葛。”

德福的语气使金花恐惧，她突然给德福跪下了，德福慌忙扶起她，搀她坐在椅子上。她说：“你爷爷和你父亲几十年辛辛苦苦才打下王家大院这个江山，容易吗？他们遭遇不幸，今后的王家大院要靠你，要在你手里发扬光大。你这样不争气，娘真的要气死了……”

德福满脸泪水地跪在娘面前说：“我是为了断绝和崔莺的关系才去崔家的，是为王家大院的前程着想才去了崔家。娘，儿说的都是真话。”

金花看着德福，不敢相信他的话。

德福说：“我今天去可能不是时候，但我是真心去给崔莺道歉的。崔老板看见我，拿起扁担就打，让我滚出去，我说我要见崔莺，他不让我见，把我打出了他的家门。”

金花听明白了德福的心思，她说：“你傻，你真傻呀！娃……”

德福说：“娘，我今天去了崔莺家，就安心了。我铁心和小金花过日子。要说去之前我对小金花还有二心，崔莺她爸那一扁担把我的二心全打没了。”金花面对醒悟的德福，这个还有孝悌之心的儿，泪流满面。

金花拉起跪着的德福，说：“娘给你看一样东西。”说着走了出去。

过了一会儿，金花进来在他面前展开一张图。

“《茯茶壮志图》!”德福说道。

金花问：“你知道这张图?”

德福说：“听我爷说过，也听我爸说过，但我一直没见着。”

金花说：“就是这张图，从你爷爷的爷爷手里传到你爷手里，又从你爷手里传到你爸手里，从你爸手里传到我这里。你爸临走时给我掏出了这张图，说等你长大之后，把这张图交给你。德福啊，这张图凝聚着咱王家几辈人的心血，图上清晰地标示着王家几代人开辟俄罗斯和罗马茶道的线路。这一条路上有几代人的理想和希望。你爷爷、你父亲期望你能把这条路踏得更宽、走得更远，把咱泾阳的茯茶送到俄罗斯和罗马……这是王家几辈人的梦想。他们相信后辈比他们强，一定能实现先人的壮志。这不仅是咱们王家大院发展的远景，更是咱这一方人的理想。”

金花说完，把《茯茶壮志图》轻轻地折叠起来双手交给德福。德福说：“娘，心中有了梦想，干啥都有劲儿了。”

金花摸了一下德福的脸问：“疼不？回去让小金花给你抹点儿药。”

德福说：“不要紧。”

金花说：“快回新房去，快去给小金花赔不是去。”

夜里，德福回到新房，如实给小金花讲述他去崔家道歉被打的经过。小金花说：“你真是个大傻瓜。”

小金花说：“我到泾阳这么久了，我已经爱上了这个小县城，你若不要我，我就给你娘当丫鬟，不当你的媳妇，但茶叶还是会按契约送来的。不管天灾还是人祸，只要你们需要，安化的茶一定会送到的，因为王家大院、德盛茶坊是受过官府奖赏，是有百年历史的大茶坊。况且王家几辈人的理想还没实现呢。”

德福惊异地问道：“你咋知道这些事?”

小金花说：“我也是个读过书的人，你们王家有很多书籍，还有家谱，我能不知道吗?”

德福忽然对小金花有了一种难以言表的好感。小金花又说：“当然，如果你不愿意娶我为妻，非要娶崔莺为妻，我也不为难你，你和崔莺毕竟青梅竹马，一起长大。她做大我愿意做小。”听了这话，德福羞愧地低下了头。

小金花说：“虽然我也是富裕人家的女子，茶园主的小姐，但我从小就采茶，会纺织，会缝衣，上得了厅堂下得了厨房……”

德福凝视着小金花，觉得小金花和以前不一样了。漂亮的眸子，绯红的脸颊，灵巧的小嘴说出的话句句让人喜爱。“哎呀……”他一把把小金花抱在了怀里……

四十六

蓝天高远，阳光明媚，轻风悄悄地送来几片淡黄色的树叶。秋天在一个早上来到了。

金花和云彩在街上闲转，发现一间平房里挤满讨饭的人。金花说：“这平房做店铺很好，咋这样荒废着?”

云彩不知道荒废的平房是谁家的，她转身问金花，金花说：“是咱王家大院的货栈，以前老东家经管着，那年兵匪抢劫烧了，就一直闲置没用，成了逃荒人们避雨挡风的场所。”

金花回来查问此事，梁掌柜说：“有这事，咱大院事多忙不过来，货栈的事就一直放着。”

金花说：“那就把德盛货栈再开起来，二掌柜在院子里事也不多，让他去把货栈的旧房子修整一下，重新开起来。要把那些逃难的人安置好，最好给他们重新找一个可以遮风挡雨的地方。”

没几天工夫，德盛货栈焕然一新，二掌柜张贵当上了德盛货栈的掌柜。一天，他问金花：“夫人，我是德盛货栈的掌柜，还管茶坊的事不？”

金花说：“你管货栈的事就行了，茶坊的事让梁掌柜管吧。”

德盛货栈开张那天，场面热闹，炮仗响亮，锣鼓喧天。

兰州的驼队过来了，张贵收购了兰烟、毛皮、药材、香料和珠宝。他们返回时，张贵让他们带上的不仅有茯茶，还有烟、加工好的皮货和布匹。张贵会做生意，一开张就做得风生水起，在泾阳、三原有了名气。

德盛货栈门前常聚着一些人，他们谈天说地，议论县城太乱，怨官府到处抓革命党。梁掌柜对张贵有些不放心，他劝张贵：“你好好做生意，别给王家大院惹事。”

张贵道：“师父，你操的闲心。”

张贵把驼队带来的兰烟、毛皮、药材、香料和珠宝收回来又很快卖出去，货栈赚了很多钱。金花到货栈看望张贵，夸他精明能干，是块做生意的料，她说：“把你窝在茶坊浪费了你的才能。”

王家大院的夫人到货栈看望夸奖张贵，一下成了县城的新闻，很多人到货栈来拜见张贵。兰州通往西域的客商听说德盛货栈生意做得好，纷纷上门拜访张贵，并和他签约订货。半年时间，德盛货栈与兰州、西域多家商户签订了契约，成了泾阳县城的大货栈。张贵提出要扩大货栈面积。金花说：“你扩大面积可以，只能向里扩展，不能向前和邻家扩展。”张贵疑问为啥，金花说：“街道上的路本来就不宽敞，向外扩展不就扩展到街道上来了？向左右扩展就抢占了邻家生意。我们要让大家都有饭吃。”

张贵说：“咱向外扩展跟隔壁商铺扩齐。”

金花说：“隔壁已吃了街道的路面，我们不能。”

张贵无语。金花说：“向里扩展要占了街坊的民房，占了街坊的民房要赔偿。在房主自愿的情况下拆迁扩展，我们要仁中求利，义里取财。”

张贵很不高兴，望着金花的背影说：“这货栈还咋扩展？”

张贵为难了，但金花已发话，他不能不照着去做。伙计们问他：“咋办呀，还扩不扩？”

张贵生气地说："不扩咧，就这样凑合干吧！"

伙计们垂头丧气地干活去了。

张贵暗暗骂道："是她命好，得了王家的家业，要不是她在兰州缠上我们的少东家，她不知在哪儿要饭呢！"

一伙计说："听说她爸是教书先生，她家是书香之家。"

"书香之家的女子，有给人当二房的吗？"张贵不屑地说。

一老伙计说："掌柜，你不要乱说，夫人对你不错，你不能张狂。"

张贵说："我说她了咋样？她也不安分，和轩逸茶馆的陈耕有一腿，谁不知道！"

老伙计说："掌柜，你过分了！"

张贵的话被在房外查看扩展情况的金花和云彩听得清清楚楚。云彩要去骂张贵，被金花一把拉住了。

早上起来，小金花拉着德福去给金花请安，德福说："新婚都多少天了，还去请安？"小金花说："我要带你天天去给娘请安。"

德福犟不过小金花，只好随她去了。走到门口，听梁掌柜说张贵是革命党人，被官府抓了，德盛货栈被封，德福很吃惊。梁掌柜说："他咋会是革命党人呢？革命党不会要他这样的人。"

云彩说："这种人不要管他，让他多受点儿罪，他在背后说夫人坏话，我要去骂他，夫人不让。"

"还有这事？"梁掌柜问。

金花说："张贵毕竟是咱的人，咱得管，让德福去官府把张贵保释出来。"

德福走进客厅说："我不认识官府的人，我从没和他们打过交道。"

金花说："你也没结过婚，不是也结了？啥事都会有第一次。你要担起王家大院的事了，不能让我一个妇道人家老在人前抛头露面。"

德福去官府打听了，他们说张贵有叛乱嫌疑，不让保释。

夜里，大院里的人都睡了，德福还没回来，小金花着急地问金花。金花得知德福这时还没回来，心里害怕，结婚之夜他去崔家的事把她吓怯了。金花生气地说："男人学坏不光是男人的事，一个知礼贤惠的妻子可以使一个坏男人变成好男人，同样，一个不知礼不贤惠的妻子也可以使一个好男人变成一个坏男人。"

小金花退出客厅走了。金花回到屋里，忽然听到德福的脚步声。金花大声责问：“你干啥去了，现在才回来？”

德福回话：“娘，我找人去了，张贵的事不大，很快就回来了。”

金花埋怨地说：“你回来赶快给你媳妇说一声，急得她到处找你。”

德福疾步回屋，小金花见他回来甚是高兴，说道：“你真行，把张贵的事说好了？”

德福说：“说好了。张贵是个夸夸嘴，在外面乱说话，和几个狐朋狗友在货栈摆茶东拉西扯，这不就惹下事了！现在是啥时候，莫谈国事。”

小金花帮德福脱衣服：“娘一定很高兴，又夸你了。”

德福说：“我做事不为让娘夸，王家里外的事理应咱去做。娘给我说过，要我主王家大院的事，不能总让她一个妇道人家老在人前抛头露面。”

小金花觉得德福在家里的位置慢慢在变化，以前他总说娘让干啥就干啥，好像他是给娘干的呢。现在觉得他是个主人了，有了主人的做派。小金花听着高兴，觉得这才是王家大院东家说的话。

一大早，梁掌柜跑到客厅告诉金花：“有两包茶装混了，被客商驮走了。”

金花问：“把啥茶装混了？”

梁掌柜说：“把特制茯砖当精制茯砖驮走了。”

金花问：“驼队走到哪里了？”

梁掌柜说：“走几天了。”

金花埋怨地说：“咋会出这事！”

梁掌柜说：“这几天忙，新伙计没弄清标签，拉错了。”

金花说：“诚信是茶坊的命根子，老东家在世时说过，商家无诚信，做假、做亏心事、赚昧心钱会殃及子孙的，商家的诚信是福祉。王家大院百年最大的商规是诚信。”

德福进来听到这话心里很沉重，金花忽然问：“你知道这事吗？”此话问得突然，德福没有一点儿心理准备，忙说道：“这事我不知道。”

金花说：“骑马去追，把那两包换回来。”

梁掌柜说：“追上了，在路上也不好换，等他们下次来了再说。”

金花说：“你问问德福，看他啥意见。”

德福说：“给我套车，我去追驼队，换了那两包茶。人家发现那两包不是精制茯砖，是混进去的特制茯砖，客户对咱是啥看法？人家发现了假货觉得上了当，还会再来德盛茶坊取货吗？"

梁掌柜说："我去，我能说清楚。"

德福说："我去显得有诚意。"

梁掌柜给德福套上马车，后面装上两包精制茯砖。德福在门外跳上马，飞奔出城。街上人不知王家大院又出了啥事，只见德福策马飞奔而去。梁掌柜给街坊说："两包茯茶装错了，把特制茯砖当精制茯砖让客户驮走了，德福要给客户换回来。"

"那等他们寻来再说，你们急啥呢？况且，他们并不一定分得清特制茯砖和精制茯砖。"

梁掌柜说："德福不答应，非要换回来。"

有人说："这就是王家大院的商规诚信。千里换茶换的是诚信。"

梁掌柜忽然看见了张贵，不知他啥时站在了门口。

"回来了？"梁掌柜招呼张贵。

张贵说："回来了，让夫人费心了。"

梁掌柜说："你少惹事她就不费心了！快去给夫人报个平安，她今早还问你回来没有。"

德福紧追慢追，追到时客商已到兰州，客商听了德福的解释，感动地说："我们谁也没发现呀，即使发现了，我们给你们带回去不就行了。看你，为这两包茶跑到兰州……"

德福说："诚信是我们王家大院百年的商规，这一换我们心里就踏实了。"

客商说："你们千里换茶换的是诚信，也只有你们王家大院才能做到这一点。"

四十七

小金花怀孕了。

崔莺一直未嫁。听说崔莺一直未嫁，金花心里很难受。金花说她要去看望崔莺，云彩不让她去，梁掌柜也不让她去。上次德福好心去给崔莺道歉，被崔老板用扁担打了。金花要去了，崔老板又耍起二杆子咋办？可金花执意要去，她说崔莺不愿意嫁人，一定另有原因，她想知道崔莺心里是咋想的，毕竟崔莺是德福的同学。

云彩陪着夫人去了崔家，走到崔家门口，云彩说："让我先进去，他要打先打我。"

金花说："他不会再打人了，他那一扁担打走了德福，还能再打吗？"

金花走进大院咳嗽了一声，崔老板从后院走出来，看见金花，问："你来干啥？"

金花说："我过来看我侄女，不知道她最近咋样？"

崔富有垂头丧气地说："能咋样，整天待到屋子不出去，不知道她想干啥。"

金花低声说："有合适的给娃说一个。"

提起崔莺的婚事，崔富有好像忘记了和王家大院的恩怨，他说："给说了几个下家，她都不愿意。"

金花说："你没问娃心里的人是个啥样，这样就好找了。"

崔富有生气地说："天泰、积成、元顺、庆余西、茂盛的小子都给她说过，没一个她能看上的。"

金花问："王桥的王家呢？人常说，东刘西孟社树姚，不及王桥一撮毛。"

崔富有说："人家连理都不理。"

金花没吭声。崔富有说：“夫人，在娃的大事上，你以为我真问你要那二百两聘礼呢？”

木已成舟，金花不愿提过去的事了，她说：“你再甭怨娃、训娃了。”

“我还训呢，天天伺候着还不高兴……”崔富有委屈地说。

金花说：“让我见见她吧。”

崔富有说：“你去，她在炕上睡着呢。”

金花来到崔莺房门口，崔富有说：“我给你敲门。”

金花说：“你忙你的去，我和她坐坐。”

金花举手敲门，门忽然开了。崔莺说道：“姨，您来了。”崔莺很有礼貌地邀请金花和云彩进屋坐。金花仔细打量着眼前的崔莺，她头没梳脸没洗，傻傻地坐在炕沿一言不发。

金花心里一阵酸楚，不敢再看崔莺，给自己倒了一杯水，又给崔莺倒了一杯水，问道：“崔莺，你在想啥呢？你需要啥给姨说。”崔莺不吭声，一双红红的眼睛看着她。金花心里发怵，问：“你想说啥话，你说。”

崔莺还不吭声。金花又问：“你心里有啥事你给姨说。”

崔莺仍不吭声。过了好一会儿，说道：“我没有事。”

金花说：“你没有事，你起来不洗脸、不梳头，女孩子这样不好。”

崔莺只是看着她，金花给云彩说：“你去给崔莺打一盆水，让她把脸洗一下，再给她把头梳了。”云彩打来一盆水，崔莺自己洗了脸。云彩给崔莺梳头，她问：“德福结婚后好吗？”

金花不想提起德福的婚事，不知道怎么回答。崔莺问：“他过得不好？”

金花说：“还行。”

崔莺问：“还行是啥意思，是好还是不好？”

金花说：“他结婚了就不管他了，你有合适的也该给你找一个。”

崔莺说：“我不找，不着急。”

金花说：“咱泾阳的四大商号，包括安吴堡的吴家，你看上谁家的小子告诉我，我托人给你说。”

崔莺摇头说：“我不找，我不急。”

云彩给崔莺梳了头，崔莺好看多了。云彩取镜子让她看，她就是不看。金花问崔莺吃过早饭没有，她说：“吃过了。”

一伙计从院子里走进来说："没吃，我早上给她把饭端过来她没吃，凉成了一坨子，我又端回厨房了。"

金花吃惊地问："你咋不吃饭？不吃饭咋行！你看你脸黄的，一吃饭脸上就亮堂了。"

崔莺说："我不想吃。"

崔莺完全变了，精神恍惚反应迟钝，完全不是一副青春少女的模样。金花觉得崔莺变成今天这个样子与自己有很大关系，她觉得对不起崔莺。

金花走时没有给崔老板打招呼，她觉得自己作了孽，无脸面对崔老板。崔莺把她送到房门口，痴痴地看着她和云彩走了。

云彩说："我看她变成傻子了。"

金花忽然落泪了，云彩不知道夫人为什么哭，问道："崔莺成今天这个样子是她爸一手造成的，夫人为啥这样难过？"

一天，金花对德福说："你去看看崔莺。"

"你咋咧，让我去崔家，你让我又去挨打？"德福不解地说。

金花说："我见过崔莺，她很可怜。"

德福问："她咋咧？"

金花说："没咋，好着呢，你去看看她或许她就好了。"

德福问："娘，你到底想说啥话，她到底咋咧？"

金花说："她没咋，真的好着呢，就是……你去看看她，她会高兴的。"

德福说："娘，你糊涂了。"

金花说："小金花若要怪你，娘给她说。崔莺好像有很多话没法说。你去看看她，她或许会对你说，说出来就没事了。"金花见德福无语，说："你去崔家，她爸不会再打你，也不会为难你，我已经去过她家了。"

德福去见崔莺，竟跟崔莺跑了。金花后悔自己做了一件荒唐绝顶的事。

太阳压山的时候，德福去了崔家，他看见院子里的扁担退了几步。德福抬起头，崔莺竟早已站在房门口等着他。德福害怕崔老板看见他，快步跑进崔莺房间。崔莺看见德福就哭了，德福说："我来看看你就走，不敢在你家多待。"

崔莺不听德福说话，扑在德福怀里就哭，待她哭够了，她说：“你带我走。”

德福问：“到哪里去？”

崔莺说：“你不带我走，我就死在这屋里了。”

德福很惊异地问：“咋可能？你……在家好好的，咱跑哪儿去呀？”

“快走，快走！”崔莺好像早已准备好了离开的衣物。她拉住德福就要走，德福完全没有反应过来，但在崔莺的连拉带扯下，两人出了后门，趁着月色策马向咸阳方向跑去……

晚上，金花发现德福没回家，担心要出事，让云彩去崔家看看。云彩走到崔家门口，崔富有提着扁担冲出来，说：“有人看见德福骑马把我家崔莺带跑了！”

云彩喊：“不可能，他咋会带崔莺跑呢？”

崔富有提着扁担，没理云彩，径直走了。他又回头喊道：“你家夫人那天来时我就感到奇怪，我还真以为她的心善了，来可怜我家崔莺了。她走后，我们崔莺还吃了顿饱饭，没想到你们存有歹心，让德福拐走了崔莺，还牵走了我的马，我要寻你家夫人算账去！”

崔老板提着扁担，云彩拦不住，跟在他后面往家里跑。崔富有冲进王家大院喊道：“你好歹毒，你让德福拐走我女儿，叫我女儿以后咋嫁人？”

金花听见喊声从屋里跑出来，看见崔富有在院子里叫骂。云彩束手无策地跑到金花面前欲说情况，金花给云彩摆手，示意云彩不要说话。金花从崔富有的叫骂中知道德福带着崔莺跑了，怎么能发生这样的事？她心乱如麻，怎么也理不出个头绪来。

金花缓了口气，冷静地对崔富有说：“你先不要骂，也不要生气，让我把事情听清楚。”

崔富有说：“你还装糊涂，这事你能不知道？我告诉你，你想把生米做成熟饭，想让我女儿给你儿当小，那也行，你王家先拿出五百两聘礼再说。”

金花求他说：“崔老板，你别声张，你也别想歪。德福要是把崔莺带跑了，我想办法给你送回来。”她了解德福，德福不是那种不讲道理的人。她说：“我保证很快让他把人给你送回来。”

崔富有蹲在院里哭了：“你说的这是人话吗？你给我把人送回来，她还是以前的崔莺吗？你让我咋见人，让她咋嫁人？”

金花听明白了事由，就不愿再听崔富有在院子里号叫。她对梁掌柜说：“把崔老板扶回去，甭在这里丢人现眼了。”

崔富有哭着被人搀扶走了。金花坐在客厅站不起来，浑身发软，她怎么也想不到，德福会做出这等事来，竟把崔莺带跑了。小金花已怀孕，金花不知如何向安化和崔家交代。小金花不相信德福会带崔莺逃跑，她过来看望娘。金花看见小金花满面羞愧，无法给小金花解释。小金花说：“娘，别人说的话我不信，我不信德福会带崔莺跑了，这其中肯定有原因。”

金花望着小金花说不出话来，但现实是德福真的和崔莺跑了。小金花见娘不回答她的话，捂着肚子走了，她走着说着：“我相信他，我相信他不会弃我娘儿俩跑的。”

夜里，崔富有又来到王家大院叫骂：“我的女儿，还有我的马……”

梁掌柜劝说道：“你甭胡骂了，娃以后还要做人，你这样胡骂，两个娃以后还咋做人？”

崔富有听了梁掌柜的话不再骂，说：“你说的也在理，但我心里难受呀，我……”

梁掌柜要送崔富有回去，崔富有不让送，自个儿回去了。他走到半路，突然被砖拍在头上，他来不及回头看就昏了过去。

有人发现躺在地上的崔老板，唤来李有财。人们七手八脚地把崔富有抬回了家，崔富有脑后满是血迹，血从脑后流到了脖子凝固在后背上。崔富有醒后说：“是王家干的！这个心歹的女人呀，要害死我们一家！”李掌柜劝老板说：“留得青山在，不怕没柴烧。等你病好了，咱再找她算账。”崔富有说他头疼，就躺下睡了。

四十八

德福骑马带着崔莺一路奔到了兰州。

德福的突然到来，让马掌柜不知所措，他不知怎样接待王家的少爷，急忙勾上鞋。最近，商行生意一直不景气，收进的货出不了手，出现了亏损，马掌柜怪自己看走了眼。股东见不到红利来闹事。股东听说泾阳来人了，喊着找德福说话。德福刚到摸不清情况，不敢说话，缩在商行不敢出去。

马掌柜给德福安排了房间，德福安顿好崔莺，给马掌柜说："给我再安排一个房间。"

马掌柜又安排了一个房间，亲自打扫。德福坐到房间冷静地问自己："我到兰州干什么来了？我有家有舍有媳妇，怎么和崔莺跑到了兰州?"

在泾阳他带着一种负罪感去见崔莺，崔莺一哭，他的心就乱了。他完全可以不去见崔莺，因为在他的大婚之夜，他的负罪之心被她父亲那一扁担打没了。从此，他把负罪感变成了怨恨，他觉得再也不欠崔莺的了。他曾经给娘、给小金花说"我从此不欠她的了"，今天怎么却和她鬼使神差地跑到了兰州?

德福骑上马，从后面把崔莺一抱，仿佛有一种魔力使他昏了头。他们策马到了咸阳，崔莺说："咱到宝鸡去，离家远些。"德福抱着崔莺不想放开，他想起和崔莺的好多往事。到了宝鸡，他们吃了饭喂了马。崔莺说："到兰州去，出来咱好好逛逛，让我也散散心。"德福说兰州太远。崔莺问德福："是不是不想陪我逛了?"他说那就走。德福跃上马双手自然地抱住崔莺，他有点儿兴奋，有点儿晕眩，那是从没有过的感觉，这种感觉在小金花那里没有过。他们到了天水，稍作休息就又赶路。德福很享受抱着崔莺奔驰在路上的感觉……

此刻，德福坐在房间里，为自己的行为深感内疚。小金花如果知道他和崔莺跑了，她该多么伤心！娘知道他和崔莺跑到了兰州，会有多么担心和惧怕！

德福后悔去见崔莺，如果他不见崔莺，就不会发生这样的事。恍惚中他觉得门前有个影子，抬头一看是崔莺。崔莺不知什么时候站在了房间门口。

崔莺说："明天我想去看兰州的白塔山、白云观和城隍庙。"

德福说："去，来了就去看看。"他不知怎么回事，她的话是那样的好使，听见她的声音，看见她的身影，他就完全顺从了她。

崔莺说："我能进你的房间坐坐吗？"

德福说："进来吧。"

陈耕知道德福和崔莺跑了，知道金花一定很伤心，便去看望金花。梁掌柜看见陈耕迎上前，陈耕说："我见一下你家夫人，她在家吗？"

梁掌柜说："在，唉……"梁掌柜把陈耕领进客厅，去叫金花。金花早已听见他们说话，急忙走到客厅。云彩出来给陈耕倒茶。

梁掌柜问："陈会长，听说崔老板夜晚被人拍了黑砖，你知道不？"

陈耕说："听说了，人不要紧。"

梁掌柜叹息道："崔老板也真倒霉。"

陈耕说："他这人，嘴不饶人，得罪人多，不知又把谁惹了。"

梁掌柜见夫人已坐在客厅，匆忙告别走了。金花问："谁拍了崔老板的黑砖？"

陈耕说："谁知道呢，他那人爱惹事。德福咋会带着崔莺跑了？和小金花闹别扭了？"

金花长叹一口气说："我也不知道，他们两口子的事，谁也说不清，表面上看他俩还挺好的。小金花始终不相信德福会带崔莺逃跑，说他俩跑是有原因的。"

陈耕说："废话，肯定是有原因的，没原因能跑吗？"

金花说："两天前崔老板来闹事，说我想给德福纳崔莺为小，他要五百两聘银。我现在脑子乱得一塌糊涂，不知道咋办呀，我后悔让他们见面，惹下这一摊子事。"

“咋回事？你给我说说。”陈耕问。

金花说：“我听说有人给崔莺说了几个下家，她都不愿意。我去看她，让她不要再挑了，小心挑花了眼。她见我时像个傻子，两眼痴呆，我见她可怜，就让德福去看望她，谁知他俩一见面竟跑了。小金花已怀孕了，你说咋办呀？”

陈耕说：“她那是相思病，她一门心思在德福那里，见了德福就清醒了，就把德福拉跑了。德福也有问题，昏了头，小金花都怀孕了，他咋能干出这事！”

“这咋办呀？”金花向陈耕讨要主意，说话有气无力，没有一点儿神采。

陈耕说：“啥事你甭管，我出去几天就回来。”

金花问：“你干啥去？”

“我给你把德福找回来。”说着他起身要走。

金花急问：“他在哪里，你能把他找回来？”陈耕没有回答，穿过院子疾步走了。

忽然，一个黑影在门前一闪不见了。陈耕没有在意，继续向前走去。黑影手提半截砖块，走进王家大院，关了大门，向茶坊走去。

梁掌柜看见喊道：“张贵，还不睡去？”

张贵说：“陈会长刚走，我关了大门。”张贵把半截砖块放在院中角落，坐在院中望着天空发愣，刚才要不是陈耕走得急，那半截砖块肯定砸到他的后脑勺了。

张贵听见院中有脚步声，走到茶坊门口看见是夫人。最近夫人对他很不错，他因胡言乱语被官府抓走，夫人让少爷多次与官府交涉，保他出来。他出来了，夫人没有半点儿怨言，还对他说：“吃一堑，长一智。以后说话办事注意点儿，货栈还归你管。”

张贵原来猜想夫人可能会把他赶走，前几天他说了夫人很多坏话，听说夫人都知道了，他很害怕。谁知夫人毫不在意，还让他经管货栈的事。自此，他对夫人有一种报恩情怀，他对陈耕找夫人的行为很反感。崔老板来到王家大院无理取闹，张贵也很气愤，但有梁掌柜在前面，他不能插手去管，如果他管这事，非把崔老板打回去不可。气愤至极的张贵尾随崔老板，拍了他一砖，那一砖就把崔老板撂倒了。

陈耕来找夫人，张贵知道陈耕是来帮夫人的，但他想阻止一切对夫人好的人，当然也包括陈耕会长。陈耕出门时，张贵抓了半截砖块藏在门后，因为怕被陈耕发现，他没有得手。躲得了初一躲不过十五，只要陈耕再来找夫人，这半截砖块饶不了他。

张贵看见夫人站在院内，急忙走上去："夫人，有事吩咐吗?"

金花说："没事，睡不着出来转转。"

他说："夫人，外边天凉，你还是回屋里好。"

金花忽然问："你回货栈了吗?"

张贵说："回了。"金花再没吭声。

张贵说："夫人，我不想到货栈去了。"

金花问："你想到哪里?"

张贵说："我想到茶坊。"

金花说："茶坊有梁掌柜。最近茶坊也没有啥事，货栈的经营是不分季节的，你要管好。"

张贵说："夫人，我到货栈不放心。"

金花问："你有啥不放心的?"

张贵说："我不放心你，我在茶坊能保护你。我想着，在这里每天能看到你……"金花扭头回了客厅，去了房间。

天没亮，陈耕飞马去了兰州，直奔德盛商行。他看见德福二话没说，就让人把德福绑了。

四十九

陈耕绑了德福要他回家。

伙计见这情景马上报告马掌柜，马掌柜跑过来，几次跑掉了鞋。这几天德福来到商行，马掌柜屁股上都长了眼，衣帽整洁，迈步轻快，事事小心。要不然王家大院的人会说他懒散，趿拉着鞋没后跟，走起路来没精神。马掌柜跑进商行，看到王家大院的少爷被绑，陈会长站在一旁，身边站了两个大汉，几个伙计远远地站在一边，二掌柜茯茶哥一脸着急的样子，不知怎么办。

马掌柜走近陈耕，笑脸问道："这是咋回事？"

陈耕说："这里没你的事。"

马掌柜赶紧退后又停步，正色说道："你在德盛商行抓人，而且抓的是我家的少爷，怎么能没我的事……"但见陈耕气势汹汹的架势，他咽下了后边想说的话。

德福见马掌柜来了，挣扎地喊道："你要杀我剐我，也得让我把话说明白。"

陈耕说："回去你慢慢说。"他又喊道："让崔姑娘出来！"

人们望去，车夫马二、马三站在崔莺房间门口。德福喊："没她的事，是我带她跑出来的。"

崔莺走出房间没有吭声。陈耕说："带走。"走出德盛商行，门外面放了一辆"燕儿飞"马拉小轿车，陈耕说："请少爷和崔姑娘上车。"

茯茶哥扶德福和崔莺坐上车，马车扬尘而去。马掌柜呆呆地站在门口，他把鞋又趿拉上，自言自语地说："这是咋回事呢？"

伙计们也在问："这是咋回事呢？"

马掌柜喊道："这是人家自家的事，咱管得着吗？"

伙计们都进屋了。茯茶哥站在门口望着远去的马车发呆。马掌柜喊："还站那儿干啥？你能行，让少爷把你带到泾阳去！"

路上，德福为崔莺辩白，他对陈耕说："我知道是我娘让你来的，但你也得让我说话。"

陈耕说："你说，你现在就敞开说。"

德福说："你把我放开，我不跑，我正想回去呢。"

陈耕一挥手，马车停了下来，马三上车给德福松了绑。德福说："陈会长，我得叫你一声叔，你听我说。我们这次跑出来不怪崔莺，是我让她跟我出来的，我想带她散散心。你想，她一个人窝在家里，多苦闷呀！我想带她到咸阳、省城逛逛，却跑到了兰州。我们想耍几天就回去，没想着你来了。

你来了好，我们跟你一块儿回去。”

陈耕没吭声。德福问崔莺：“是这样吧?”

陈耕说：“你回去给你娘说，我认为你说的是不是实话已经没有意义了。我想告诉你，小金花怀娃了，你知道吗?”

德福问：“啥时候怀上的，我咋不知道?”

陈耕说：“你回去问她吧。”

马车里没有了声音。过了一会儿，陈耕说：“德福呀，你年纪也不小了，以后还要做王家大院当家的，你做任何事情要考虑后果，不能随心所欲。你这次跑出来，不但害了你，也害了崔姑娘。”马车里传出崔莺的哭声。

快到泾阳了，路过春来茶馆，马车停了下来，陈耕让德福、崔莺下车喝茶。老板李财东看见陈耕，站在茶馆门口喊：“陈会长，好久不见你了。”

陈耕带德福、崔莺坐下来给李老板介绍说：“这是我侄子、侄女。”

陈耕要介绍马三，李老板说：“马二，你的车夫。”

陈耕说：“马三，这是马三。”

李老板笑说：“他们兄弟俩我每次都分不清。”

陈耕说：“别看李老板普普通通，他是秦商英雄之后。”

李老板谦逊地说：“老话了，不提了、不提了……”他倒了茶说：“王家大院的王崇文老板人好，走得太可惜，他的英雄壮志让我佩服。咱泾阳人、咱秦商就应当有他那气派，秦商才能恢复元气。”

陈耕说：“他那儿子也志高气壮，定能成大事。”德福听见，在两位前辈面前红了脸面。

李老板说：“你下次来，带上那个后生，让我见识见识咱的秦商之后。”

陈耕说：“没麻达。”

陈耕起身要走，李老板说：“你们甜水井水熬出的茯茶是不是真的那么好喝？西域的客商传说，不喝轩逸茶馆的甜水井茯茶，就不算到过泾阳。”

陈耕说：“你哪天过来品尝一下就知道了。”

李老板说：“我一定会去的，去看看王家大院的德盛茶坊，品品轩逸茶馆的甜水井茯茶。没喝轩逸茶馆的甜水井茯茶，我这春来茶馆白开了。”

天擦黑时，陈耕的马车过了泾河桥头，陈耕说：“德福下来。”

德福问：“马上就到家了，你让我下车走回去?”

“你走回去。”陈耕严肃地说，“路上不管碰见谁，就说你一个人到省城看望同学去了，不要连累崔姑娘。”

德福下了车，马车迅速离开了泾河桥头。一路上，陈耕碰见街坊，街坊问陈耕干啥去了，他说到高陵去了，碰见崔莺姑娘在她姨家耍呢，把娃捎回来了。人们惊奇地问：“崔姑娘回来了？”“回来了，娃在家里闷得慌，在她姨家住了几天，我碰见就顺路让娃坐车回来了。”

陈耕揭开车上门帘让街坊看，崔莺果然坐在车里。马车走到崔家门口，陈耕喊：“姑娘回来咧！”李掌柜跑了出来，崔富有紧跟其后。陈耕看见崔富有说：“娃在她姨家呢，你一天在街上胡说啥呢？我在娃她姨家门口碰见，把娃捎回来了。”

李掌柜急忙致谢：“谢陈会长，谢陈会长！娃平安回来，我东家就不急了，不急了。”

崔莺下了车，陈耕说：“我还有事，先走了。”

崔老板忽然醒悟过来，说：“陈会长，谢了，进屋里喝口茶。”

陈耕说：“我还有事，你忙你的去。”

崔富有看着女儿走进院子，走进屋里，他问李掌柜：“这事怪了，崔莺去了她姨家？你们找她时没去她姨家？”

李掌柜说：“这才叫‘灯下黑’，到处乱找，就是没去她姨家。”

崔富有又问：“她真去了她姨家？与王家大院的德福没有关系？”

李掌柜说：“东家呀，你好糊涂，这个理由多好！既找到了崔莺出走的原因，又洗清了和王家小子的关系。你还想问啥？娃真的像街坊传说的那样和德福跑了，咱崔莺还咋做人，还咋嫁人呀？”

崔富有说：“陈会长这人真够意思，脑子聪明，给咱办了一件大事。”然后又低声说：“快去问问我那碎神，吃过饭没有？没吃饭的话，让厨房快给做些饭。娃在外边跟那货跑了几天，不知饿着了没有。”

李掌柜忽然愣住，埋怨地问：“东家，你刚才说啥？”

崔富有忽然捂嘴不敢吭声。李掌柜说：“别人咋说咱管不上，咱咋也跟着胡说呢！”崔富有咧嘴笑了，笑得比哭还难看。

五十

寒风在院子里打着旋儿，把茶坊的门和窗子吹得连声响动。听到响声，梁掌柜坐不住了，急忙去看了看，小心地关好了门窗。

王家大院的客厅里，金花坐在大堂上。德福跪在金花面前，金花说：“你说的话谁能信？小金花怀娃了，你知道不?”

德福说：“路上才知道，陈叔给我说的。”

金花说：“你媳妇怀娃了，你竟不知道，你的心就没在你媳妇身上!”

德福说：“我真不知道她怀娃了，要知道我就不会干那傻事。”

金花说：“你和崔莺跑后，丢下小金花，她心里多难受，可她没埋怨你一句，还说你跟崔莺走，一定是有原因的。你看她多么通情达理，这样的媳妇多好呀，你竟不顾及她……”

金花想起王崇文把她一个人丢在兰州的那个院里，父母绝情搬家到天水，剩下她独自待在那里，门前的任何一点儿动静她都会惊喜，认为是王崇文回来了。想到这些，她禁不住泪水流了下来。德福看见她哭了，说：“娘，是儿错了！娘，儿错了!”说着打起自己来。

金花说：“别这样！说实话!”

德福跪在地上，说道：“娘，我说实话……我去了崔莺家，见她脸色蜡黄，觉得她很可怜。她说要我带她逃走，我不愿意，她就哭了。她哭得恓惶，我就心软了，同意跟她出去转转。谁知她从马棚里牵出一匹马，要和我骑马出城转转。我们出了城，她不肯回家，又哭又闹，寻死觅活。我一时糊涂就和她去了兰州，带她逛了白塔山、白云观和城隍庙。我们住在商行，分开住着。陈会长来了，我们就跟他回来了……”

德福没说陈耕绑他的事情。金花说：“你够胆大的，你跑了我咋办？你媳妇咋办？你想过没有！”

德福说：“到了兰州，我就后悔了。我觉得自己像喝了迷魂汤，糊里糊涂就跟崔莺跑到兰州，我知道闯下大祸了。崔莺也说要回去，谁知陈会长来了，我们就回来了。”

金花忧愁地说：“你们是回来了，但你们孤男寡女在一起的这些天，街坊咋看你，咋看崔莺？她往后还咋嫁人？”

德福说：“我有小金花呢。我和崔莺清清白白，没有一点儿事。”

金花说：“谁能证明你们没有一点儿事呢？”

德福说：“商行的伙计，还有马掌柜。”

金花摆摆手，叹口气说：“算了不说了，等崔家来人再说。”她知道崔富有一定会用这件事做文章，再来讹诈王家的。

德福说：“陈会长早已做了安排，他在桥头就让我下车了，让我说我是到省城看望同学去了。他给街坊说崔莺去了她姨家，他碰见崔莺把她捎回来了。”

金花惊问：“他是这么说的？”

德福说：“我去省城看望同学是他教我说的，崔莺去她姨家，是他在街上给街坊说的，街坊都知道。”

一切风平浪静，崔富有没有到王家大院闹事。

云彩一个人在客厅抹眼泪。金花以为谁欺负了云彩，问云彩：“咋咧，谁欺负你了？”

云彩摇头。金花又问：“那你坐在这儿哭啥呢？”

云彩说：“你这样为王家大院操心，王家大院的人能知道你的苦心吗？”

金花说：“我是王家大院的夫人，要谁知道我的这些干啥？”

云彩说：“你一天没黑没白地在王家大院干，有人还说你的闲话。”

金花说：“别人爱说让他们说去，你甭操那闲心。”

云彩说：“你就是不管自己。”金花笑着走了。

崔莺回到家，又回到了以前的状态，天天待在屋子里不出门。崔富有亲自端饭给她，她也不说一句话。崔富有为取悦女儿也为了把事说圆，说：“你在你姨家也不告诉爸一声，叫爸好着急。以后再不敢这样了，要走亲戚爸不会不让你去，你得告诉爸一声，爸就不着急了。”

崔莺哭了，好像有千年的委屈要哭出来。崔富有见崔莺哭了，也没劝，任由她哭去，她哭出来心里就亮堂了。

崔莺哭了几天，还是闷在家里不出门。那天，崔富有出门碰见杂货铺的张老板，张老板说："崔老板，崔莺那是病，我给你说……"

崔富有急了："说嘛，还吞吞吐吐啥呢！"

张老板说："崔莺得的那病也不是啥病，我给你说了你甭怪我。过去人把这病叫'喜病'，娃一结婚这病就好了。"

崔富有说："我得感谢你，咋还会怪你。世上有这病，也有人用这个方子治过。你在周围看看，有合适的给我娃说一个下家。"

张老板说："我只是一说，我认识的人都是做小本生意的，不认识那些有钱人家。"

崔富有说："唉，以前有人给她介绍了几个，泾阳的几个大户人家的小子都给她提过，她都看不上。你给看看，家境不好不要紧，只要男娃实诚、精干就好。"

张老板低声说道："咱说的是嫁女，不是找上门女婿？"

崔富有说："不敢说上门女婿，我那姑奶奶肯定不同意。娃嫁人图个脸面，叫她招上门女婿，她肯定不愿意，给她找个勤快能干的小子嫁了，我也就了却这一桩事了。"

张老板说："我小舅子不错，你看崔莺愿意不？"

崔富有说："你咋说得出口哩！你丈人家穷得光席溜脊梁，你咋想得出来？把我女子嫁给你娃他舅！"

不知崔莺是怎么知道这事的。一天，她竟然给父亲说："爸，我看张老板的小舅子人不错，我愿意跟他。"

崔富有大吃一惊："你咋知道张老板小舅子人不错？你见过他人？"

"没见过。"崔莺说。

崔富有说："你知道吗？张老板他丈人家一年到头口粮都接不上，每年青黄不接时就到他家借粮，你嫁过去，三顿饭都吃不饱。"

崔莺说："我愿意。"崔富有站在院中，气得半天说不出话来。

五十一

春的气息在一夜间从各个角落冒出来，太阳从东南方爬出地面，面带红晕；风从人脸上扫过，也不那么料峭了。人们靠墙晒暖暖，春困显露在街坊的脸上。

陈耕把德福和崔莺找了回来，金花一直想听听陈耕给她讲述找德福的经过，也想向陈耕表示谢意，却一直找不到合适的机会。一天，金花给梁掌柜说："你去把陈会长请过来，德福平安地回来了，我想请人家吃顿饭。"

梁掌柜去了轩逸茶馆，安掌柜说："陈会长去了兰州。"金花听了梁掌柜的回话后很遗憾，自己整天忙，竟把人情都忘了。陈耕给王家大院帮了那么大的忙，她竟没有一句感谢的话。她让梁掌柜给轩逸茶馆送去上等的茶叶。

安掌柜坚决不收，梁掌柜又拿了回来。金花问："为啥不收？"

梁掌柜说："外来的茶一律不能进轩逸茶馆，轩逸茶馆的茯茶都是陈会长亲手制作的。"

金花问："德福在茶坊学得咋样？"

梁掌柜说："学得好得很！从剁茶、比配、渥堆、蒸炒、筑制、发花、烘干，整个工序基本都掌握了。"

金花说："让他在账房待几天，要学会算账，看看这么多年先人是咋经营的。"梁掌柜高兴地走出客厅，金花又叫住他说道："以后王家大院的事不要找我了，找德福，我累了，也该松手了。"

闲下来的金花，一个人常到街上转悠，甚至跑到河岸上去散心。云彩看出她的心思，有一天问夫人："你是在等陈会长吧？"

"胡说！再胡说，我打你嘴。"金花的着急、生气，使云彩更确认了自己的这个想法。金花骂了云彩，又低声问："你觉得陈会长这人咋样？"

云彩说："不咋样。"金花一愣，云彩接着说："他明知道有人念叨他，走时连个招呼也不打。"

"或许他有急事。"金花说。

云彩说："你总护着他，我早就看出来了。"

"你看出啥了？"金花急问道。

云彩说："我不说。"

听说陈耕从兰州回来了，金花没给云彩说就去了轩逸茶馆。陈耕见她，问："你咋知道我回来了？"

金花瞅着陈耕笑："你的马蹄声告诉我的。"

"找我有事？"

"没事就不能找你？"金花埋怨地说，"你去兰州也不吭声，明知道兰州我有朋友，也不知给我朋友捎些东西过去。"

陈耕说："呀，真没想到，没想到你要给朋友捎东西，下次去一定提前告诉你。"

金花说："说不定下次又忘了。"

"不会不会。"陈耕满怀歉意地说，"我不想在兰州干了，我想回到泾阳，这里有乡亲，我不孤单。"

金花说："好呀……你从兰州把德福和崔莺带回来，也不想给我说些啥？"

"人都带回来了，还有啥说的。我想，德福会给你说的。"陈耕很不在意地说。

金花佯装不高兴，说："我想听你说。"

陈耕明显地感到金花的话语缠绵，那种怨气里带着诸多情绪，完全没了他在泾河桥头接她时的傲慢和冷漠。老一辈人说："女人心海底针。"他今天能感觉到，金花找他是想见他，或许她什么事也没有，只是来见他。

陈耕清洗了茶杯，让金花坐下喝茶。金花说："你找回德福这件事，让我对你刮目相看，你让他们外出都有了一个理由，而且能让人相信。我感谢你，我真的感谢你。"

陈耕静静地看着她。金花忽然好奇地问："你咋知道德福和崔莺在兰州？"

陈耕说："茶馆是啥地方，各路的人都有，我听一个客人说王家大院的少爷和一个女人骑着马从咸阳向宝鸡方向走了。他们去宝鸡干啥？一定是去兰州了。”

陈耕忽然发现，金花头上别了一个漂亮的发簪，坐在他面前是那样端庄，不像一个大老板，倒像一个害羞的姑娘。金花在陈耕的注目下，只是喝茶，她忽然端起一个空杯喝起来。陈耕说：“还没续茶呢。”

金花不好意思地放下杯子，忽然站起来说：“我还有事，要回去了。”

陈耕说：“茶刚泡下，你才喝头遍。”金花转身要走，陈耕放下茶壶说：“急啥呢?”

金花转过身说：“我想把王家大院交给德福。”她说完这话，如释重负地嘘了口气。

“他能行不?”陈耕问。

金花说：“交给德福，我就没事了。”

陈耕说：“也好，也好。”

金花说：“陈大哥茶馆的生意很平稳，你也该考虑你的事了。”一声“大哥”忽然使陈耕无地自容，他想起了王崇文，想起德福结婚他去行礼，德福当众戏谑他的话。他说：“我习惯了，一人吃饱全家不饿。”他抬起头，发现金花已走了。他无趣地站在那里，感觉心里空了很多。

金花疾步往回走，她觉得脸上发热。陈耕的话再次深深地刺痛了她，他好像是一个不食人间烟火的和尚，她把话递到他嘴边了，他竟毫无意识，仍然是那句话：“我习惯了，一人吃饱全家不饿。”这是无意的伤害，还是有意的拒绝？金花想不通，他既然没有和她相处的意思，就不要到泾河桥头去接她，更不应看到她危难时出手相助，他的言行表露了他的心迹。而她吐露了心声，他却用一个软软的“钉子”回敬了她，既然不想和她处下去，他为什么又时不时地出现在她有困难的时候?

走进王家大院，她听见有人在茶坊大声说话——张贵在训斥一个徒工，徒工不小心把茶叶撒在了地上。金花走过去，张贵脸上堆出笑容：“夫人回来了。”金花没看撒在地上的茶叶，她想看看德福在茶坊是怎么干活的。她从前厅走到后厅，走到库房，看见德福正在和伙计一块儿抬茶包。看到这些，她心里很高兴，德福知道给自家干活了。梁掌柜看见她走过来说：“德福本来在账房里看账本，说他想到库房活动下筋骨，就来这儿抬茶包了。”梁掌柜的解释中含着歉意。

金花说："让他活动下筋骨也好，看账本要休息，不然眼睛就困了。"

金花走了，梁掌柜训斥德福："一转眼你就跑到这儿来了，你爱干活，以后有你干的活。现在你要先把账本看懂，才能懂得经营。"

德福说："我娘看见我抬茶包，她没说啥吗？"

梁掌柜说："她今天没说你，不等于明天不说你。回账房去，回账房去！"

金花走到茶坊门口，张贵正在指挥伙计清洗制茶工具。他看见金花，劝金花到大院去休息。一伙计用力太大，把锅里的水差点儿溅在金花身上，张贵忽然跑在金花前面，挡住飞来的水滴："慢点儿，用那么大的劲儿干啥呢，没看见夫人来了！"

张贵送金花回到大院，走到客厅门口，金花问张贵："你在货栈，今日咋在茶坊呢？"

张贵说："这几天货栈没多少事，天冷了，我过来让伙计把制茶工具洗一下，封存起来。"

金花埋怨地说："叫你去货栈，你就在货栈，你在茶坊插手，梁掌柜会不高兴的。"

张贵说："他老了，手脚不灵便，也管不住那些伙计。"张贵满腹怨气。

金花不愿看见王家大院的两个掌柜闹矛盾，说道："梁掌柜从没在我面前说过你的不是。"

张贵很自信地说道："我没有不是，他说啥？"

金花说道："你应回货栈去，把货栈干好是你的本分。"

张贵回到茶坊取衣服，伙计问："你跟夫人咋说那么多的话，都说的是啥话？"张贵把衣服在空中一抡，说道："不告诉你们。"说完便兴奋地走了。

小金花的肚子越来越大，金花高兴得几次催二婶提前联系接娃婆。二婶说："接娃婆说还早着呢。"

今天她又催二婶，二婶在院子里自言自语地怨道："没生过娃气死人，又让我白跑一趟。"

二婶抬起头，发现张贵站在她面前，怒目看着她："你刚才说谁？说谁没生过娃？"

二婶害怕："我没说谁呀，我是胡说呢。"

张贵说道："从今往后你再敢说夫人的坏话，小心我把你的嘴撕烂！"二婶愣在了那里，不知说什么好。他喊："夫人让你干啥去，还不快去!"二婶灵醒过来，小跑着走了。

金花从客厅走出来，张贵眼尖，迎上前去："夫人有啥事?"

金花不耐烦地说："转转，我出来转转。"

张贵说："在客厅多好，在外边转啥呢!"

金花说："货栈的情况咋样?"

"好着呢，货栈的生意你甭操心，有我呢。"张贵说。

金花说："你是货栈的掌柜，咋老钻在茶坊呢?"

张贵憋红了脸说："我回货栈放心不下你，我怕有人欺负你。"金花转身向客厅走去，觉得羞耻极了。

金花去了客厅，张贵来到茶坊。有伙计问："你跟夫人说啥悄悄话呢，夫人出来了又回去了?"

张贵说："院里风大，我劝她回去歇息。"

那个伙计问："你是她啥人，她会听你的话?你不要癞蛤蟆想吃天鹅肉了。"

张贵说："她是寡妇，我还是个小伙儿，没结过婚。"

伙计们惊得合不上嘴，觉得这是一件不可思议的事，张贵的贼心贼胆太大了!张贵笑说："我不嫌她是寡妇。"

伙计们虽然吃惊，但张贵的话不能不使人相信，想起张贵在院里和夫人的几次亲密接触，伙计们就开始有点儿胡乱猜想了。

天刚黑，二婶在小金花的房里喊："快叫接娃婆，羊水破了!"

金花听见喊声，跑到小金花房间问："你让谁去叫接娃婆，你还不快去!"

小金花躺在炕上两腿撑着，她说："娘，我活不成了……"

金花上炕给她擦着汗水说："接娃婆一会儿就来了。"德福进来见小金花在炕上摆的姿势，不好意思，看了一眼转身出去了。金花喊："快去大门口看看，看接娃婆来了没有!"

门口有了二婶的声音，金花知道接娃婆来了。接娃婆走进屋，搭眼一看说："顺产，你喊啥，娃头都出来了。"接娃婆不慌不忙地坐上炕。她听见小金花呻吟，连声说："顺产，顺顺的顺产叫啥呢，人家立生子还咋办呀?"

说话间，接娃婆双手托着娃，喊道："带把的，是个带把的!"德福在门外听见是个带把的，跑了进来。接娃婆把娃包好让小金花看，放在小金花的身旁。金花喜得不得了，要抱着看看：“我要当奶了。”

接娃婆说：“让娃躺会儿，甭急着抱，以后有你抱的时候。”金花抱起又放下。接娃婆要走，金花唤云彩给接娃婆去取那一米红布包着的软香酥和琥珀糖。这是金花早先给接娃婆备好的礼物。

门口有人烧起火来，这是关中地区的一种风俗。谁家媳妇生了娃，就在门口放一堆柴火烧起来，意为红红火火大喜事，烧起来才红火。火着起来，主家端着喜酒和糖果出来，前来贺喜的街坊喝着喜酒吃着喜糖，说了很多吉祥祝福的话。

德福让娘给娃取个名字，金花推辞让德福取，德福说：“我不会取，我要取就叫茯茶。”

金花说：“好着呢，这名字好，咱做茯茶，叫茯茶顺口。”

德福说：“叫他茯茶并不一定叫他跟我一样做茯茶。他长大后，我要让他读书考取功名，为国家做大事。”金花在一边笑，她笑德福长大了，当爸了，是个真正的男人了。

王家大院因为添丁，一直充满着喜悦。孩子满月过后，金花给德福留下一封信，挥泪去了兰州。

五十二

西北风像一个捣蛋的孩子，不知疲倦地在院里疯跑，闹得人一夜不得安宁。

谁也不知道金花是怎么走的，只是马棚里少了一匹马，大厅里留下一封信。德福看了信涕泪涟涟，他对小金花说：“娘说她该走了，德福长大了。她好像定好了日子，到一定时间就会走。”

小金花安慰德福："娘是说过你会管事了，她要回兰州去。"

"娘在兰州还有谁？"小金花问。

德福说："娘在兰州没有亲人，她的父亲因为她和咱爸的事断绝了父女关系，他们老两口去了天水。"

德福说："娘回了兰州，没带云彩，她一个人咋过活呢？"

小金花说："你去趟兰州，把娘叫回来。"

德福说："去也白去，娘不会回来，她说去兰州歇几天，难道歇几天咱也要把她叫回来吗？"

小金花说："歇几天为啥不给咱打招呼？娘一定是不想回来了。"

赊娃一个人坐在院里哭。德福过去问："你哭啥呢？"

赊娃执拗地不说话，德福要走，他却说："夫人走了，不回来了。"

德福问："你咋知道她不回来了？"

赊娃说："夫人走时牵着马，哭着让马跟着她。说德福长大了，不需要她了。"

德福问："她真这么说的？"

赊娃说："你们对她不好，都不管她，她才回兰州了。"

德福回到房间，把赊娃说的话给小金花说了。小金花说："娘一定不回来了，她认为你长大了，应当把王家家业交给你。如果她还在家里会碍你的手脚，她不是回兰州歇几天，而是一去就不会再回来了。"

德福觉得对不起娘。父亲去世后，她完全可以留在兰州改嫁，可她却送他们回老家泾阳，并教育他上学，让他在茶坊学制茶，其实这一切都是她设计好的。他后悔当初不听娘的话，不好好念书，去跟安掌柜学武功，带着崔莺胡逛，跟娘赌气，竟在新婚之夜被人打，气得娘给他下跪。娘独身闯安化打通茶道，苦心劝说他和小金花结婚，这一切都是为了王家大院的世代基业。他和小金花结婚，小金花不但给他生了个儿子，而且畅通了安化的茶道，在任何情况下，小金花的父亲都会设法把茶运到泾阳。

云彩从房间出来，说她要回家去。德福说："你知道你的家在哪儿？"

云彩哭着说："我不能在你家吃闲饭。"

德福说："我娘的信上说，要我好好照顾你，把你安顿好。"

云彩哭问："夫人真的这么说吗？"

德福说："不信你看。"

云彩说："夜晚我睡得迟，早上醒来我听说夫人走了。我在炕边发现一布袋银子，一定是她给我留下的，我没拿，还放在炕边。那银子是王家大院的，我不能要。"

德福说："我娘给你的就是你的。你不要走，说不定哪天她就回来了，谁照顾她？"

云彩说："我不要。我在这儿干啥呀？我帮二婶在灶上干活？"

德福说："不，你服侍小金花，和小金花一起看管小茯茶。"

云彩哭着说："谢谢少爷。其实我走出王家大院，真不知往哪里去！我没家，也不知我妈在哪儿。我从小要饭，走南闯北没有个家，在王家大院才有了家。"

陈耕听说金花走了，过来打问情况，他觉得是自己把金花逼走的。金花几次问他，让他找个伴，他知道金花的想法，但这种想法一露头就被他掐灭了。他和王崇文毕竟是好友，虽然王崇文走了，但在他心里金花还是王崇文的妻子。他心里也有过波动，那天晚上去桥头接她，他就表现出了对金花的殷勤。

德福携崔莺出走，陈耕见金花为此忧愁，便飞马奔向兰州带回了德福，就是为了讨她的喜欢。他多次责问自己，她是好友王崇文的遗孀，你到底想干啥？当德福当众戏谑他之后，他的心里就平静多了。上次金花见他时做了精心的打扮，他喜在心里，也曾胡思乱想过，但那都是一闪而过。他很快冷静下来，因为他清清楚楚地明白，她曾是好友王崇文的妻子。所以在金花说他该找个陪伴的人时，他依然告诉她，"我习惯了，一人吃饱全家不饿"。

他知道这话对金花的伤害有多大，但他必须这样做，只有这样做他才对得起亡人和乡邻。他知道得罪了金花，金花再也没找过他，一句话也没捎过。听说金花回了兰州，她回兰州一定与他有关系，如果自己答应她，她还会回兰州吗？

德福告诉陈耕："我娘说她回兰州歇几天，歇几天就回来了。"

"你娘留下话没有？"陈耕问。

德福说："没有，只留下一封信。"陈耕觉得再问都是多余的，金花是背着家人走的，她怕家人挽留，更怕家人不舍的眼泪。她走了就不会再回来。

德福让陈耕进屋坐，陈耕推辞没有进去，转身走了。

陈耕走后，德福想起街坊关于娘和陈耕的传言，不知道他们结合是好事还是坏事，但总觉得心里不舒服。他们这样就很好，需要陈耕帮忙时，娘打个招呼他就过来了。平时他们各忙各的事，一旦他们结婚，娘可能就会住到轩逸茶馆去，两个家庭的平静就被打破了。他们的结合，一定会成为街坊邻居茶前饭后的闲话，这是德福不愿看到的。陈耕和娘可以来去自由，但他不希望他们结合，更不想让娘为王家大院分心。

娘的出走使他难以割舍，心情沉重，但在和陈耕的事上他觉得是件好事，娘做了一件非常明智的事。

陈耕走出王家大院，一种无法阻挡的孤独将他包围，这种孤独感是他从未有过的。或许是自己做错了，不应以自己的冷漠伤害对方，才落得这样的孤独和寂寞。看见赊娃在路边哭，陈耕问："赊娃，肚子饿了？"赊娃摇头。陈耕说："饿了到茶馆来。"这个在茶坊干活的老伙计被兵匪吓傻了，在街上到处胡跑，一会儿清醒一会儿糊涂。

王家大院依然养活着赊娃，街坊常给他施舍些食物，轩逸茶馆也是他经常的去处。陈耕正要走，赊娃说："你不该让夫人走，你咋会让她走？她走了，你找谁说话去？"

陈耕生气地说："你胡说啥呢？小心挨打！"

好在赊娃说这话时，旁边没有其他人。赊娃又说："你对夫人好，谁不知道？你怕啥呢！"

陈耕听到这话，心里一阵难受。他对赊娃说："你不敢乱说，都是街上的人，我不愿意让人说她的闲话。"赊娃不再吭声，眼睛看着远方。陈耕走了，赊娃的话却一直萦绕在他耳边。

张贵再也不来茶坊了。他日夜守在德盛货栈，收购西域带来的兰烟、毛皮、药材、香料和珠宝，卖德盛茯茶。德福去货栈察看，张贵爱理不理的，这让德福很生气。回到王家大院，德福给梁掌柜叙说货栈的事，梁掌柜说："夫人走后，他一天胡发歪。他生意做得好，甭管他，让他横去。"

德福走了，梁掌柜就去找张贵，怨他对德福不礼貌："人家是东家，咱是伙计，你对东家无礼，把生意做得再好有啥意义？"

张贵不吭声，他认为金花忽然走了，一定与德福有关系。德福经过金花这几年的扶持，已经掌握了茶坊生产经营的窍道，也有了一定的人脉关系。张贵觉得德福的翅膀硬了，要飞起来了，就冷落了金花，办事不向金花请教了，金花觉得自己成了多余的人，或者他在金花面前说了不该说的话，她才回了兰州，这是多么让人寒心的事呀！

不管王家大院有什么变故，金花走后，张贵心里再无牵挂的人，他在茶坊再也看不见金花的影子。他回到了货栈，货栈每天有可喜的收入，他不知向谁去报喜——他不知金花心里怎么想，她是否喜欢他这样的人，但货栈的生意一定会让她高兴。张贵认为论文化，论人品，论能耐，他都不如陈耕，但他年轻，身上有使不完的劲儿。金花是一个守寡多年的女人，一定喜欢他这样有力气、身强力壮的未婚男人，这是他的优势，也是他多次向金花献殷勤而没有被拒绝的原因。金花走了，他的心情很不好，几天打不起精神来。他希望天天都能看到金花，看着她，干活就有劲儿。现在她走了，他不知自己在王家大院能否再待下去。

一阵杂乱的马蹄声响彻整个街道。王老虎骑着马在街道上飞奔，说要杀人。街上的人都吓坏了，胆小的人关了门。王老虎勒马停在了王家大院门口，他跳下马，看见迎面走出来的梁掌柜和身后跟着的德福，开口便说："听说夫人走了。"

梁掌柜站在德福前面，他怕王老虎真的杀人。德福拨开梁掌柜上前，疑惑不解地问道："你找我娘……"

王老虎仔细打量着这位青年，缓和地问道："你娘啥时回来？"

德福说："她说去兰州歇几天。"

"听说她夜里走的，是不是你们欺负了她？"王老虎手中提着一把刀，露出一脸凶相。

德福平静地说："我娘谁敢欺负？有我在就没有敢欺负我娘的人！"

梁掌柜怕了，赶紧上前护住德福。王老虎笑了："你这小伙儿好大的口气，我像你这个年纪也是天不怕地不怕的小子。"

王老虎的问话立即在县城引起各种猜疑。金花回了兰州，土匪王老虎竟也关心她的行踪，他和金花是什么关系？王老虎走后德福也犯疑惑，他怎么认识娘的？娘回兰州，他怎么这么关心，而且着急地在街上大喊大叫？德福去问陈耕，陈耕肯定地说："你娘绝不会和那些下三烂土匪有瓜葛。"

德福说："那年小金花被土匪绑架你知道吗？"

陈耕问："你咋知道这回事？"

德福说："不要问我咋知道这回事，有没有这回事？"

陈耕说："有这回事，听你娘说过小金花是被劫持了，但很快就又被放回来了。"陈耕小心地解释，真怕自己的解释引起德福对他娘的猜疑和不满。

德福问："土匪劫持了，为啥又放回来，这里面难道没有让人说情吗？如果我娘不说情，如果我娘不找人救小金花，土匪王老虎能轻易放了小金花吗？"

陈耕听着生气："你怎么连你娘都不相信？即使她找人说情救了小金花，这又有什么错？"德福听着，若有所思。

陈耕接着说："你娘是王家的夫人，就是托人说情救了小金花，也是为了你，为了王家大院的事业，你应当相信你娘。你娘在王家大院的作为和品行，难道你不清楚吗？"

德福说："对不起，我不会随意玷污我娘的清白，正因为我了解我娘的为人和品行，才来向你请教。"

德福走了，他说的话一直萦绕在陈耕的脑海里。陈耕想，金花怎么会和土匪王老虎扯上关系？如果没有关系，王老虎怎么会气急败坏地在街上纵马飞奔，光明正大地去王家大院询问金花的下落？如果说他们有关系，他怎么也想不出来，他们会在哪里认识？也从没听金花说过，难道她在心里隐藏着一个大秘密？从安化回来后，她曾讲过在咸阳遇见土匪的事，说她也不知道怎么回事，小金花被人劫持后又放了。她说她住在咸阳城的旅馆里，谁也没找，也没有什么人可找。她才来泾阳不久，街上的人还没认完，怎么去找人帮忙呢？她的话是真实的，但王老虎为什么因她的出走而着急？

王老虎在王家大院问了金花的情况，结果不是他听到的那样，是金花夜里背着家人哭着去了兰州，只是回兰州歇几天。他相信德福的话，小伙子的那种年轻气盛的虎劲儿他很佩服。了解到金花的真实情况，王老虎心里就不着急了。

没念过一天书，只知"拳头硬，有好命"的土匪王老虎，竟疯狂地爱上了像金花这样有文化有修养的女人。黑豹见王老虎心急，几次想带人把金花抢过来，但王老虎知道抢回来她会寻死觅活，只会落下一具尸体，他想慢慢地感化她。从第一次见到金花，他就觉得她是世界上最漂亮的女人，这女人不但洋气、高贵，而且有文化，她的眉梢眼角、鼻嘴两耳都招人喜爱，她的一举一动都让他着迷。

金花是单身，自己也是个单身，女嫁男娶的事很正常。王老虎想正儿八经把她娶过来，不仅光宗耀祖，对死去的父母亲也是个安慰。他时常想，对这种女人用点儿心，时间长点儿值得。他让黑豹归还了看家护院的银子，释放了小金花，为县城的街坊夜抓盗贼。自从认识金花，他从不带队伍扰乱街坊的正常生活，就是弟兄们生活艰难，打家劫舍去的也是百里之外的邻县。只要金花喜欢的，他都可以去做。

谁知他正在精心地表演时，她却不辞而别了。说不清的惦念，让他坐立不安。到王家大院和德福、梁掌柜见过面，他放心了，走在街上唱起了桄桄乱弹。有人偷偷地开门向外望，悄悄地走出来，见土匪王老虎骑在马上悠闲地唱戏，就知道天下太平了。

五十三

从西域过来的客商一批一批地往轩逸茶馆里钻，钻到茶馆里喝茶，茶馆里挤不下，他们围坐在甜水井旁的槐树下聊天。

一个驼队的客商说他们喝的茶不是甜水井水熬的茶，在茶馆里喊起来。陈耕问情况，安掌柜悄声解释："甜水井的水断断续续，今儿有明儿无，馆里存的甜水不多了，我让人用泾河水熬了些茶。"

陈耕走到客商面前说："你们的嘴真刁，把泾河水和甜水井水熬的茶也能分辨出来，我真佩服你们。你们是真正的喝茶人！"他一挥手喊道："撤茶换甜水井茯茶。"

伙计马上撤走了茶具，换上了甜水井水熬的茯茶，并上了几碟干果。客商忽然明白，这是老板设的一个局，检验客人品饮水准的一个局。其他茶客们除了佩服这桌客商喝茶的功夫，更佩服老板今天设的这个局，引得大家一乐。陈耕问：“还有谁品出了泾河水的味道？”

人们埋头品饮，无人回答。陈耕说：“甜水井就在旁边，井水就近可取，自然都想到是甜水井水熬的茯茶了。能品出是用泾河水熬的茶的都是高手呀！”

有人问：“陈老板还有什么花招，你告诉我们，小心一会儿再让我们品出来。”

陈耕笑说：“软香酥、琥珀糖，还有馕饸，大家吃着小心崩了牙。”陈老板的话引起一片笑声。

白天发生的事引起陈耕的高度重视，他不允许茶馆再用泾河水熬茶。甜水井的水越来越少，天没亮就有街坊排队打水，午饭后甜水井水就干涸了，直至次日早晨才有水可打。以前发出的打水乡规民约，有人不遵守，依然将甜水井水用作他用，但这都是街坊家里的事，不好去检查，除非被当场抓住。但谁在家洗衣服、喂牲口会让外人看见呢？甜水井的水越来越少，陈耕不知道甜水井的水还能维持几天。

为了保证轩逸茶馆茶水的质量，陈耕要求伙计们鸡叫二遍就起来在甜水井打水，这叫近水楼台先得月，但茶馆打多了，街坊就打少了，他心里很过意不去。

崔富有在自家门口的核桃树下摆摊卖茶了。

招牌上写着：甜水井水熬的茯茶。有人说他：“甜水井的水快没了，轩逸茶馆都要断水了，你还在这儿摆摊卖甜水井茯茶？”崔富有说：“我没有违反民约规定，我这是甜水井水熬的正宗茯茶。”有人说：“你这样不是和人家轩逸茶馆对着干吗？”

崔富有说：“我的茶坊经营不好，卖茶也是我的一项收入。”陈耕知道崔富有在家门口摆摊卖茶的事，心里很不舒服，但又不能阻止。有伙计要去踢崔富有的茶摊，陈耕挡了，说：“从明天开始把甜水井水熬的和泾河水熬的茯茶分开，给客人讲明白，泾河水熬的要比甜水井水熬的便宜一点儿。鼓励客人们喝泾河水熬的茯茶，喝泾河水熬的茯茶奖励一盘瓜子。”

崔富有家门口的核桃树枝繁叶茂，绿荫如盖。崔富有茶摊的牌子今天换了新内容：正宗甜水井水，茶水不掺假。这牌子引起很多街坊的不满，认为崔富有做事有欺人之嫌。轩逸茶馆以前混合卖过泾河水茯茶，但现在人家明码标价，并鼓励人们喝泾河水茯茶，他怎么把泾河水茯茶叫掺假茶水呢？

崔富有的伙计叫卖得特起劲儿，茶摊周围坐了一圈喝茶的人。崔富有坐在门口的躺椅上，观察着门前的盛况。他设想在门前盖一个茶馆，思量着叫什么名字好呢？兴盛是崔家的老字号，但兴盛茶坊在他手里老是没起色，不死不旺地经营着。兴盛不行叫新盛，音相似字不同。他觉得新盛这个名字好，以后新盖的茶馆就叫新盛茶馆。忽然，核桃树下乱作一团，茶客站起来跑了，有人踢飞了茶摊，掀翻了茶桌。崔富有起身一看，原来是赊娃，他疯狂地把茶摊踢翻了，伙计们吓跑了。崔富有抓住赊娃："我跟你没冤没仇，你踢我茶摊干啥？"

赊娃只是笑，口里喊着："我让你摆，我让你摆！"

崔富有骂道："我给你吃了多少个馍，你在我家吃了多少次饭，你咋是只喂不熟的狗呢！"

赊娃喊道："喂不熟的狗，我是一只喂不熟的狗……"

甜水井的水在逐渐减少，这事成了陈耕和街坊心中的大事。有人说是甜水井淤泥脏物太多堵塞了水眼，建议淘井；有人提出限制街坊的打水量，不能谁来得早谁就可以多打；有人提出太阳出来后，按街道街坊住家的次序挨个由南往北打水，每户只能打两桶，两桶足够一家人做饭、喝茶用了；有人主张先淘井，说不定淘井后井水恢复原样了，就不存在谁家打多打少的事了。

陈耕出面组织人淘井，街坊纷纷拿慰问品犒劳淘井人。张老板提来一桶甜水井水熬的茯茶，有人怀疑他提的是泾河水熬的茯茶。张老板让怀疑者品尝，他们品尝后仍说是泾河水熬的茯茶，气得张老板直跺脚。陈耕劝大家不要戏弄张老板，张老板提来的茶一定是甜水井水熬的。

淘井人辛苦了三天，淘出来的东西啥都有，有腐烂的水桶木帮，有娃的鞋和衣物，还有碗、铁器之类的东西，人们想不通，这些东西怎么会掉到井里？淘出来的淤泥和脏物被拉走了，人们说井底干净了，水也干净了，甜水井水会更甜、更多。第二天陈耕亲自下桶探水，看井水有多深，桶吊下去吃水向下沉去，陈耕凭经验判断水有三四米深了，完全可以满足街坊的生活用水。陈耕征求大家的意见，再次拟定了用水须知，除提醒大家甜水井的水只限于做饭和熬茶外，还增加了节约用水的条款。安掌柜给甜水井井房贴了一张告示，陈耕又让德福把这告示带回去贴在王家大院门口。他说："你们那里人多，宣传得远。"

五十四

金花走后，德福掌管王家大院，张贵不服气却不敢表现出来，因为德福开销了几个干活偷懒、偷带茯茶回家的伙计，他再也不敢耍他那二杆子脾气，真怕德福把他开了。

为了调动茶坊伙计们的积极性，德福建议在茶坊实行计件工作制，干完计件内的活可以自由休息，要干也可以继续干，多干多得。有个伙计为了多干活早早来到茶坊上工，慌忙中错穿了老婆的裤子，惹得众人大笑。这个建议提高了伙计们的积极性，梁掌柜说一天的活有人只用半天就干完了。有的人为了多干活早来晚走，下班了也赶不走。张贵见茶坊干得热火朝天，他那里还是那套老办法，干多干少一个样，拿同样的工钱干着同样的活，只是他当头儿的比伙计多拿了一些。他去找德福夸德福有办法，把德盛茶坊搞活了，说他那里还和以前一样。德福说："你那里不能计件，但可以实行奖励办法，你们订个计划，超额完成利润可以奖励。"张贵听后特高兴，刚要走，德福问："计划咋订？"

张贵愣在了那里，他哪里知道计划怎么订。德福说："你不知道计划咋订急着跑啥呢？"张贵盯着德福只点头，他心里暗叹着："这小子在省城没白念书，肚子有墨水就是和一般人不一样。"德福说："你把上半年和去年全年的盈利汇总平均一下，就是你们下半年和明年的利润定额。算账这事你让账房去算，算了后报给我，我给你立个字据，超额完成利润我给你们奖励，完不成任务不罚你们，拿你原来的工钱就是了。"

张贵像听天书，他从来没听人说过这种干法，只觉得很新鲜，多干活就能多拿钱。他回去把这消息给货栈的伙计讲了，伙计们都不相信东家挣下钱能给伙计分。张贵说："能，一定能，我马上去跟账房先生算一下，给咱定个利润目标，完成目标赚下的钱就有咱一份。"

德福在茶坊实行的计件办法和货栈实行的奖励办法，轰动了泾阳县城，历史上这一行业还没有人这样干过。有人夸说："王德福开创了泾阳县茶业作坊的新天地!"一些茶坊伙计要求东家向德盛茶坊学习，也按计件办法奖励大家。有些茶坊的东家想不通，伙计干完活怎么可以到街上浪荡游逛？茶坊赚的钱多少都是东家的，怎么能分给伙计？

这种劳动计酬办法打破了千年的传统做法，一时在泾阳县远近成了美谈。有人骂，更多的人在笑。在伙计们的鼓动下，几个茶坊先后实行了计件工作制，货栈实行了奖励办法。

伙计们手中有了钱，有的人就不安分了。晚饭后，几个伙计下馆子喝酒，酒足饭饱后去了戏凤楼，早上回到茶坊干活无精打采。梁掌柜知道他们去了那地方，对他们严厉地说："走进王家大院有三项规定：不赌、不嫖、不抽。你们已经触犯了一条，我给你们记着。如果再有第二次，我会告诉少爷，少爷会处理你们的。"

有天下工后，几个伙计匆忙跑到货栈找张贵借钱。张贵听了他们的叙述，气得没法说，他们夜晚去了戏凤楼不仅嫖娼，而且赌博，把一个月的工钱输光还欠人家银子。一个伙计说："上次你带我们去，和你好的那个小凤仙见了我就不让我走，睡到半夜说要去赌，我说不去，又拧不过她，下楼赌了。开始还赢了几把，后来就输得精光。她让我在戏凤楼借款，说一定能赢回来，我想赢回本钱就不耍了，谁知又输了个精光。早上由小凤仙担保我才回来了。他们让我晚上把这十两银子送去，如果不送去他们就到德盛茶坊来找我。求求你借给我十两银子，我月月给你还。"

张贵不吭声，他不愿借银子给这种人，这账什么时候才能收回来？他们一旦染上这毛病就很难改。伙计哀求他说："我还了他们的银子，以后再不去那地方了。"

张贵怕他们说出是他带着去的，就说："我可以借给你，但你们不要说是我带你们去的。你们不要再去找小凤仙了，那是个没底的洞、填不满的坑。"

有伙计逛窑子、耍赌的事传到了德福耳朵里，德福很吃惊，在德盛茶坊还从没听说过哪个伙计到那种地方去，进王家大院前就已告诉他们大院的三项规定：不赌、不嫖、不抽——这是王家大院百年的规矩。这一段时间他只抓了制茶生产，却忘记了这些规矩。他问梁掌柜，梁掌柜说："有这事，有人欠了赌债，在张贵那儿借钱还的。"

德福说："我把祖宗的规矩忘了，才让他们闯下这祸。"

"这咋能怪你？"梁掌柜说，"把那祸害开销了，小心一颗老鼠屎坏了一锅汤。"

德福说："你今天开销了姓李的，明天还会有姓张的、姓刘的。我们要想办法从根本上解决这个问题，从祖宗的规矩上下功夫，让他们杜绝三害。"

梁掌柜对德福越来越佩服。他不知这小子脑子里有多少环环，咋那么灵光的。德福说："我有一个想法，我想在咱茶坊实行伙计股份制，就是说伙计用自己的工钱入股，成为我们的股东，股东给自己干就更卖力了。他们的工钱每月都入了股，就没钱去嫖去赌去抽了。如果伙计家里需要钱，可以在账房里借钱。"

"好！"梁掌柜双手赞成，他说，"少爷，你又要在泾阳县城刮起一阵风了，你总是有好点子，把县城千年的传统做法都打破了。唉，你娘要不走，她看到你的这些做法，不知会咋样高兴。"

德福的想法果然得到伙计们的响应，他们纷纷要求入伙当股东。这一股风一下把街上茶坊的东家吹晕了，他们大骂德福昏了头，毁了祖宗的做法。杂货铺的张老板气得在街上骂开了："我杂货铺的伙计都给我提出要奖励，要入股。我这小本经营咋个奖励？咋个入股？他们入了股，成了股东，我干啥去呢？这是胡闹！那小子把一县城的人给搅晕了。"

皮货铺的上官老板说："这铺子是我的，谁要奖励就滚蛋，谁要入股也滚蛋！"

崔富有一出门就喊："这茶坊开不成了，跟了我十几年的李有财也跟我要奖励呢，还要入股！"他对张老板喊道："你说得对，他入了股，想跟咱平起平坐，那咱算啥？茶坊的事把那些伙计都叫来商议，那不乱套了？那小子念了几天书，就知道胡整！"

轩逸茶馆实行了股份制，一些人入了股，一些人没入，但这种做法让陈耕很佩服，这是一种大工厂的做法，是最新颖的管理办法。

在人们对德福在王家大院实行的现代管理办法还没有吃透时，德福又开始在县城倡议成立茯茶联盟协会。

这个倡议得到全县茶商的支持。县城商会聚会，有人喊："德福，你把你的新玩意儿一下子都倒出来，不要今儿倒一个明儿倒一个，让我们一惊一乍的，鼓掌都来不及！"

德福说："那些想法还不成熟，我们王家大院还在试验，你们要慎学慎用。"

县里有了茯茶联盟协会，陈耕提出由茯茶联盟协会制定茯茶生产标准、茯茶成品质量检测标准。泾阳茯茶千年来第一次有了自己的生产标准和质量检测标准。崔富有拒绝执行协会的统一标准，说他的茯茶做法是祖上传下来的，就是标准。

茯茶联盟协会推行茯茶成品质量检测标准后，客商很快接受了这一标准。他们从茯茶的光泽度、金花的数量和亮度衡量茯茶的质量，客商来了只收协会检验过的茯茶。崔富有去找客商，客商向他要协会检测证；崔富有去找陈耕，陈耕说协会有检验组，让他找他们去；检验组的人说崔富有不是协会的人，检验组不检验。

崔富有急了，和检验组的人吵了起来："我咋不是协会的，我做了一辈子茯茶还不是茯茶协会的？"

陈耕过来说："崔老板，你真想加入协会我们欢迎你，不要在这儿吵闹。"

崔富有急问："在哪儿加入？我去加入。"

陈耕说："你已经加入了。"

"我在哪里加入了？"崔富有有些迷惑。陈耕说："加入协会要自愿，你刚才喊叫要加入就加入了，你去找他们给你检验，他们一定会给你检验的。"

有驼队来到德盛茶坊拉货，德福热情地把人请到客厅，问他们："西域有多少人喝咱的德盛茯茶？"

客商说："这么多年我们拉的都是你们的德盛茯茶，我们也不知道有多少人在喝，只知道我们喝的都是你们的茶。"

他问："有外国人喝德盛茯茶吗？"

"有。"客商说。

“过去我们祖先去过俄罗斯，走过罗马，他们把泾阳茯茶送到了国外很多地方。”德福拿出了《茯茶壮志图》说，“这是阿富汗、伊朗、罗马，我们会继往开来，让我们的茯茶再次走到罗马去，让那里的人不光喝上中国泾阳茯茶，还要让他们知道泾阳有个崇文塔，不到崇文塔不知道自己没文化。”

德福看见陈耕进了王家大院，他站起来欲去迎接陈会长，忽然有人喊道：“陈会长，有人找你来了。”陈会长站住，又转身向门外走去。

陈耕的话灵验了，真的有人来找他。来人受李仪祉派遣来看望他。李仪祉何许人也？他是陕西蒲城人，著名的水利专家。这几年连年大旱，庄稼难有收成，李仪祉就是来解救关中人的“水龙王”。

来人站在王家大院门口，雪白的衬衣很耀眼。他说：“李仪祉先生派我来看望您，他要在泾阳修一条泾惠渠，他想和您坐坐。”

陈耕激动得不知说什么好。来人说：“李仪祉先生是留过洋的水利专家，他要在这里修渠灌田，造福百姓。”陈耕请客人去轩逸茶馆喝茶，说那是甜水井水熬的茯茶，来人却执意要走。客人走了，陈耕总说那人的衬衣白得很，白得耀眼……

五十五

关中大旱，县上的灾民越来越多，街坊邻居不断有人丢东西。

杂货铺的张老板在街上骂，夜晚有人偷了他铺子里的旱烟叶，说他昨天午后刚买了几斤旱烟叶放在铺子里，今天早上就不见了。油坊的李老板问：“你在铺子睡着，夜晚没发现有响动?”

张老板惊讶地说：“没有，没有嘛！我睡觉灵醒得很，不知那贼娃子咋偷走的。”

皮货铺的上官老板说：“人要紧，人好着就行了。”

张老板说："我倒希望他把我也偷去。"

李老板笑："谁会要你，你能值几个钱？"

陈耕从街上走过喊道："晚上都注意点儿，这几天城里挤满了灾民，把门户看紧些，把铺子的门关早些，抓住小偷不要打，打死了还是个麻达，抓住直接送官府，我给官府打过招呼了。"

张老板说："送去能干啥？还不是打一顿放了，官府才不愿管这些闲事呢。"

甜水井旁聚集着很多灾民，陈耕让伙计夜夜守着甜水井，一是怕小孩乱跑掉进去，二是怕灾民到处大小便污染水源。陈耕组织了巡逻队，昼夜在街上转悠。街坊丢东西的少了，但街上臭味熏天。他几次找官府协调，要求他们建立灾民避难所，把灾民集中起来，舍饭救助灾民，官府却迟迟不表态。陈耕又去找他们，承诺舍饭由协会出，官府只要组织好就行了。官府这才在城外搭了帐篷，建立了一个救灾避难所。陈耕负责组织协会捐款、捐粮、做舍饭，救济灾民。

陈耕去王家大院找德福，他知道德福对他有看法，自金花走后对他不冷不热。他想德福一定是听信了街上的传言。金花走了，传言也慢慢消失了，他希望长大的德福把他当长辈对待。梁掌柜说德福在账房，让他在客厅等候。德福来了，他说明情况，德福慷慨解囊，表示愿意支持。由于德福的大方出手，协会中各茯茶商家都争相捐款捐粮。

崔富有说这几年生意不好，刚摆个茶摊被赊娃踢了，如果茶摊还在，他愿把茶摊的收入全捐出来。上官老板喊道："你甭说那么多废话，我和张老板都捐了！"

崔富有说："张老板捐多少我捐多少。"他实在不想捐，上官老板用这个激将法，他不捐不行了。

上官老板说："羞人呢，你开的是茶坊，张老板开的是杂货铺，你应当向王家大院学习，捐人家一半也算你大方。"

崔富有连连摆手说："不敢，不敢，捐那么多我就要饭去了。"

陈耕说："捐款捐物自愿，不强迫。"城外支起了大锅，天天有舍饭。灾民在城里再不乱跑了。城里安静了，再也没有人喊丢东西了。

安化闹匪，泾阳的茶源时断时续，德福给安化的老丈人去信说暂不送茶了，等匪患过后再送，但讲信誉的老丈人老茯茶和茶园长老，各自押茶车到了泾阳，使德福很感动。

由于安化闹匪，泾阳已无茶可做，西域的客商住在这里逛遍了关中的名胜古迹。听说安化的茶到了，他们纷纷从外地赶回泾阳，有人议论德福有了丈人送的这批货一定会涨价。崔富有给李老板说："这小子这次赚美了。"

上官老板说："也应当赚，他老丈人提着脑袋给这里送茶，涨是有理由的，只是不要太心黑，涨得让客户接受不了，砸了泾阳人的牌子。"

崔富有去找陈耕："让德福不要向客商漫天喊价，砸了泾阳茯茶的牌子。"

陈耕说："涨价不涨价这是双方情愿的事，协会不便插手。如果高得离谱，有欺诈客商之嫌，协会一定会出面调解，你放心。"

送崔富有出门时，陈耕说："天黑，你小心点儿。"话音刚落，街上传来一阵马蹄声，哭喊声紧跟着传来。崔富有转身进了茶馆，关了大门。

陈耕说："你打开门，让我看看外边的情况。"

崔富有说："你看啥？土匪进城了，提刀乱抢呢。"

说话间，马蹄声在茶馆门口停住，有土匪下马说道："几家大户都关了门，砸都砸不开。"

"把我憋死了，让我尿一泡。"

"你咋往人家井里尿！"

"你甭管，抢不下东西，也要让他们不好过。"

陈耕说："让我出去看看，看他们到底在干啥。"

崔富有胆战心惊地说："不能，你不能出去，你出了门土匪就看见咱了。"

一阵马蹄声从街上穿过，有人喊："你小子站住！这是老子的地盘，你敢在老子的地盘抢东西！"

崔富有惊得说不出话来："是……王老虎……是土匪王老虎的声音……他说兔子不吃窝边草，他要保护街坊，保护泾阳城，咋也来抢城了？"

陈耕说："啥叫土匪……土匪还跟你讲理……"崔富有背靠在门上不许任何人开门。马蹄声远去，陈耕让人拉开了崔富有，开门走了出去，街上一片寂静。

天亮后，王老虎和黑豹押着两个人过来。人们不知发生了啥事，跟着王老虎和黑豹向前走。他们走到甜水井旁，王老虎停住，说："这两个东西，夜晚趁咱们照顾灾民闯进城里，没抢到东西，竟给甜水井里撒尿，臭咱街坊。夜晚回去下身就肿了，他们知道得罪了井神爷，今天一大早想来甜水井赎罪，刚走到城门口，我一眼就认出他俩了。夜晚他俩跑得快，若被我抓住非吊他俩一晚上不可。街坊们，我说过我会保护你们的，兔子不吃窝边草，这是我的规矩。这两个东西今天被我抓住，你们说咋办，我听街坊们的！”

人群中一片赞叹声，街坊们觉得王老虎有仁义讲情分。上官老板说：“让他们说，为啥要抢劫街坊的东西，为啥要给甜水井里尿尿？”

王老虎说：“这还用问！”

上官老板说：“让他们自己说。”

王老虎踢一脚土匪，喊道：“你给我的街坊们说。”

一土匪战战兢兢地说：“我不知道这是老虎爷的地盘，我们瞎眼跑错了地方，今后再不敢了。夜晚我们进城，街坊们听见了马蹄声，家家都关了门，我们咋砸门都不开。我们没抢到东西，看见一眼井，就给井里尿了一泡，谁知这是一口神井，回家后我俩下身就肿了，早上尿不出来了，我俩知道得罪了井神爷，一大早来给井神爷赎罪还愿，刚走到城门口就被老虎爷抓住了。我俩有罪，我俩有罪，我俩真的是给井神爷赎罪来了！”

他俩说着扑通一声跪下了。上官老板喊：“把裤子脱了，让大家看看是不是肿了！”

那两个土匪立马站起来，用双手捂住下身：“真肿了、真肿了，不敢脱、不敢脱。”

年轻媳妇和女娃们羞得吓跑了。王老虎说：“脱！脱了让大家看看。”黑豹三两下拉下了这两个人的裤子，大家看到那东西肿得像个胡萝卜，有人喊：“提上去、提上去，看到了、看到了。那黑牛肿得美，够这俩贼匪受的。”

黑豹喊：“把裤子提上去，把那脏东西盖住。”这两个土匪急忙提起裤子，又端端地跪在甜水井旁。

王老虎看见德福说：“你爸还欠我一车银子呢。”站在德福旁边的梁掌柜愣了。王老虎见德福不吭声，给街坊们说：“这两个货我交给街坊们了，你们想让他们跪多久就跪多久。”

王老虎和黑豹走了，有人问德福：“你爸真欠他一车银子？”

梁掌柜说：“土匪的话你也信！”

街坊都走了，有人见这两个土匪可怜，问他们：“你俩好好的咋当土匪抢人呢?”

一个土匪说：“好爷呢，没法子，听说陕西好，我们讨饭到这里，谁知陕西和河南一个样。全家人快要饿死了，我家上有老下有小，都靠着我给他们寻食吃。”

人们听了觉得他们也是可怜人，被生活逼迫当了土匪，问道：“那你俩还干土匪这行当不?”

另一个说：“不敢了，饿死也不干这行当了，丢人败兴，乡党骂先人，亏人咧。咱这人就当不了土匪，心软不敢杀人、不敢打人，只是喊叫吓唬人，现在的人见的事多了，谁害怕你声大?”

陈耕站在茶馆门口听到这话，说：“你们再可怜也不能去当土匪，还给甜水井里尿尿，这就是你们的不对。我们在城外支了几口大锅救济灾民，你们可以带家人过来一块儿吃，等过了这个灾年，好好干，日子会好的。”两人频频点头。

陈耕说：“我给你俩一人两个馍，快给家人带回去，这里混不下去了就回家去，好出门不如歹在家，以后再不要干这瞎瞎事了。”两人起来给陈耕鞠躬致谢。那两人走后，陈耕让伙计赶快绞水，把井里的水绞干，把井里的臊气洗净。

回家的路上，梁掌柜自言自语地说：“王老虎真的不像个土匪了。”

德福问：“你信吗？反正我不信。”

德盛茶坊的茯茶扎包入库了，陈耕过来和德福商议如何给客商加价的事情。陈耕说：“可以加，但不要太过火，让客商不高兴，他们都是咱的老客户。”

德福不眨眼地望着陈耕，似乎不认识眼前的陈耕。陈耕被这奇怪的眼神看得浑身不舒服。德福说：“谁要加价？咋能加价？搞茶源千难万苦那是我们的事，任何时候都不能随意涨价。西域的客商几百年来为啥一直信赖我们?就是咱讲诚信，咱祖祖辈辈自古讲的就是‘温良恭俭让，让中取利；仁义礼智信，信里求财’。”

陈耕觉得自己做了一件让小辈瞧不起的事，他说：“德福，陈叔小看你了。从你给灾民捐款捐粮和这不涨价的做派，你给叔上了一课。”

德福觉得陈耕的话说过了头，说道："陈叔，你永远是我的长辈！父辈给我们传下的德行和基业，我一定会发扬光大。你难道忘了清政府给我王家送的'忠义仁勇'的牌匾，还有我父亲留下的《茯茶壮志图》？"

陈耕忽然觉得德福不仅长大了，而且已成为一个优秀的老板。他曾担心金花走后，德福能不能撑起这个摊子，现在看来德福不仅有这个能力，而且会把王家大院的事业做得更好。

崔富有早已在王家大院门前等着陈耕，他知道陈耕一定是为王家大院茯茶涨价的事来的。陈耕从王家大院出来，崔富有急步上前："说的咋样了？"

"啥说的咋样？"陈耕反问。

"德福把茯茶涨多少？他到底要涨多少？不能坑客商，人家大老远来一趟不容易。"

陈耕问："你认为涨多少合适？"

崔富有思考良久，说道："翻一番合适，再不能加码了，不然客商接受不了。"

陈耕问："你猜王家大院涨了多少？"

"两倍？三倍？那也太心狠了。像这样趁灾打劫的茶坊，一定要整治，不然就坏了咱泾阳茯茶的规矩，让人笑话，以后谁还敢和咱打交道，来咱泾阳做生意！"

陈耕一脸严肃，说："你和我都是瞎操心。"

"咋是瞎操心？你要不管这事，我来管，我让县商会的老板出来说说理，咱不能坑了多年的客商。"

陈耕说："人家给客商一个钱都不涨，以前是啥价还是啥价。"

崔富有愣住了，他叹息道："这小子脑子进水咧？"陈耕看着他发呆的样子，笑着走了。

陈耕回到茶馆，看见安化的老茯茶和茶园长老在馆里喝茶，也坐了过去。他说："老者，你有个好孙婿，为了孙婿你这一路辛苦了。"

茶园长老说："辛苦倒不辛苦，只是绕了很多路。"

老茯茶说："路上土匪多，我们得绕着走。"

茶园长老伸出指头说："九次碰上土匪躲过灾难！"

"不容易，这一趟你们走得真不容易。"陈耕赞叹道。

茶园长老说："我来泾阳就想喝一口咱甜水井水熬的茯茶。真的爽口、醇厚、味香，别的地方熬不出这味儿来。"

老茯茶说："都是这金花好，在我们那里咋也捂不出金花来。"

茶园长老说："我们再侍弄，茯茶在安化就是出不了金花。这金花是宝，是陕西泾阳的一宝呀！"

五十六

马旺财一点儿也不旺财，这么多年，他把兰州的德盛商行经营得半死不活，最终因为年事过高回家养老去了。

新任的掌柜是茯茶哥。王家大院实行新管理办法的消息传到兰州，茯茶哥很快就采取了相应措施，他不仅实行奖励办法，在奖励的同时添上了亏损惩罚办法。这些办法推行后，打破了干好干坏一个样的旧局面，当月盈利大增。马旺财听到这消息跑到商行来看，他发现伙计一个个灵活主动，见了客人像见了亲人一样热情殷勤。

马旺财趿拉着鞋背着手走进德盛商行，伙计们跟他打过招呼就忙自己的事去了。他问几个伙计："掌柜用了啥办法，你们这样给他卖命？"一伙计喊："你快让开，你快让开，小心把你撞倒了。"

另一个伙计说："我们除了拿自己的工钱，还有奖励提成。"

他不明白，伙计们拿了工钱，怎么还拿提成？从商行出来，他感觉自己真的老了，不但不能理解商行的奖惩分配方法，连一些新名词也听不明白了。

茯茶哥听说夫人回兰州了，提着礼品去看望她，向夫人汇报商行的经营状况。金花说："商行的事你自己决断，我不再是你们的东家，新的东家是德福。"

茯茶哥以为夫人说的是气话，没往心里去。过了几天，他又去看望夫人。

金花说："你不要来看望我，我想清静一下。"他又给夫人说起商行的新情况，金花摆手说："不要给我说，给我说我也不听，商行的事你向德福汇报。"

没几天茯茶哥收到泾阳王家大院的来信，信中说："夫人在兰州休息一段时间，请派人精心照顾好夫人的日常生活。"茯茶哥给夫人找了一个年轻保姆，金花不要，她想在兰州自由地生活，不需要人照顾。茯茶哥给王家大院去信说明情况，德福又来信说："她不要保姆也行，米面油要按时送；她若用钱，可在商行随便支取。"茯茶哥送去米面油，金花没有挡。他放下说道："少爷来信说你用钱在商行尽管拿。"

金花说："那咋行？那样不就乱套了！"

茯茶哥说："少爷就是这么给我嘱咐的。"

金花来到兰州，把自己的院子重新整理一番，闲暇时就去找她的朋友银花。银花在学校教书，已经结婚有了儿子，丈夫和她在同一个学校执教。一天，金花去学校找银花，正逢银花上课，她便在学校院子一棵树下等候。这个时候，她完全不是一个老板和夫人，倒像一个新来的老师，引起很多过往男教师的注目。

银花上完课，有人告诉她有一位漂亮的姑娘找她。她远远看见那个姑娘，却认不出是谁。走近一看，原来是金花，银花惊喜地喊出声："呀！你咋变成这样了？"

金花问："变成啥样了？"

"不是我想象中的你，也不是以前的你。"银花说。

"那我变成啥样了？变成丑老太婆了？"金花问。

银花仔细打量她却说不上来，忽然看出来了，说道："你变老成了，不像以前那么爱说爱笑了。"

金花说："你才和我说了几句话，就知道我不爱说笑了？我没变，变的人是你。"

银花说："没变，没变，还是我以前的金花。走，中午在我家吃饭。"

"你不上课了？"金花关切地问。

"不上了，我上午没课了。"银花和金花说笑着并排走在校园幽静的小道上，显然是校园里一道亮丽的风景。在教师办公室门口两人停下来，银花进去拉出来一个男的，说："这是我家先生志鹏，王志鹏。"

他伸手去和金花握手，银花拍了他的手，说道：“没水平，人家没伸手，你急啥呢？”

王志鹏立马缩回了手，尴尬地笑了。当她俩走时，金花说再见，本想和王志鹏握手道别，又怕他不敢伸手。路上金花说：“你把他管得也太严了。”

银花说：“不管严能行吗？学校里女教师多，个个都是狐狸精。”

金花笑：“你也太夸张了吧？”

银花问：“崇文走了后，你再没有啥想法？”

金花说：“有一个，就是在兰州当泾阳商会会长的那个。”

“陈耕陈会长？有点儿老气，怪不得我看你变得老气了，你想找的人都是比你年龄大得多的男人，不老气才怪呢。”银花叹气说。

金花问：“他老气吗？”

银花说：“在他那个年龄不算老气，那他和咱相比还不老气？你是看傻眼了吧！”

金花叹息道：“他这人心里的想法像皮球滚来滚去，怕这怕那不敢和我来往。”

银花说：“他不和你来往，你还不和他来往呢！他比你大十几岁，他不追你你还追他？”

金花说：“这种事不存在谁追谁，对上眼了你就忘不了他，就想见他，想和他说话。”

银花说：“那你咋不和他好，和他结婚呢？”

金花伤感地说：“他怕人说闲话，他和崇文毕竟是好朋友、好兄弟。在泾阳那种环境下，他不可能和我结婚。”

银花说：“那你就跑出来了，跑出泾阳那个怪圈？你跑出来了，他跑不出来咋办？”

金花说：“我不知道咋办了，我这个年龄说大不大说小不小，听天由命吧！”

银花看到金花难受的样子说：“让我找他去。”

“我们的事你不要掺和，越掺和越糟糕。顺其自然、听天由命是最好的办法。”金花心情沉重地说。

银花说：“他要是不找你，你就不要理他了，我在兰州给你找一个。”

“好呀！”金花高兴地说，“有合适的给我找一个，我要自由地生活。”

回家的路上，银花说：“你胆子贼大，你以前胆子没有这么大。王崇文老婆死后，你让我给她整装换衣服，吓死我了。最后是你给她换的衣服?”

金花说：“我有啥办法，遇上这种事，我不叫你叫谁？你跑了，我给她整装换了衣服，送她和崇文，还有我的公公回了老家。”

“佩服，我真的好佩服你呀！”银花感叹地说。

来到银花家里，金花和银花在房里说话。一会儿工夫，王志鹏做好了四菜一汤。金花和银花坐上桌，银花叫婆婆过来吃饭，婆婆不过来，说她看娃。银花说：“我婆婆就是这人，来了客人她就不上桌吃饭。”

金花看到这桌饭菜，夸王志鹏的手艺好，说在泾阳见不到大米饭，顿顿都是面食。王志鹏给她盛了一碗米饭，金花给银花拨出半碗，说：“我哪能吃这么多。”

看金花和银花说话，王志鹏在一旁傻笑。金花低声说：“你把他管教得真好，这么听话。”

银花说：“他是装斯文，熟了你就知道他是个啥货色。”

金花推银花一把说：“身在福中不知福。”

晚饭后，银花不让金花走，说晚上要和她说话。金花怕打扰她家的正常生活，坚决要走，说：“周末你过来，你和志鹏一起过来，我给你们做好吃的。”

金花走了，志鹏妈叹息着说：“金花长得那么好看，咋给人家当二姨太呢?”

银花说：“她命不好，就这样丈夫还走了，丢下她一个人好可怜。”

志鹏妈说：“像她这人只能给人做二姨太。我村里有个老汉四十多岁，前年刚死了老婆，留下三个娃。”

银花听后很生气：“妈，你不要说了，金花就算一辈子不嫁人，也不会嫁给一个乡下老头。”

志鹏妈说：“人家可有钱……”

志鹏说：“妈，你别说话行不！”志鹏妈不再吭声，抱着娃出门逛去了。

这天，金花应银花邀请去参加教育系统的一个舞会。她刚打扮好，听见有人敲门，知道是银花叫她来了，一开门竟是德福。她惊呼一声，把德福领进客厅，回到房间换了一身衣服走了出来。德福问：“娘，你好像要出去?”

金花说："同学聚会。不去了，你来了我就不去了。"

一会儿工夫银花来了，一进门就嚷嚷："你出门难得很，准备好没？"她忽然发现客厅坐着一个男的，怨道："有客人，你咋不吭声？你们坐，我走了。"

德福说："娘，你要有事你去吧，我在家等你。"

德福的称呼使银花目瞪口呆，金花起来推银花走出客厅说："这是崇文的儿子，当然把我叫娘呢，你惊讶啥呢？对不起，我今晚去不了啦。走时跟德福打个招呼，不要……"银花知道她的意思，回到客厅对德福说道："我走了，你们坐。"

银花走了，就剩下他们母子俩，金花问："你咋来了？茶坊、货栈经营得咋样？"

德福还没回答，金花兴奋地说："听说你干得不错，那几年在省城的书没白念，你在泾阳县算是出尽了风头，把泾阳县千百年的土法管理改变了，你做了一件了不起的事。如果我在泾阳你就不会这样干，也想不出这样的法子来。我离开是对的，我离开了你才能放开手脚 。"

"计件工作制和奖励办法是我在一份资料上看到的，很多洋人企业就是这样干的。洋人能干，我们为啥不能干？"德福说到这里有些激动。

金花说："兰州德盛商行也跟你学，在兰州引起了不小的轰动，把马旺财看得眼花缭乱，现在商行不仅不亏损，而且收益月月在攀高。"

德福惊奇地说道："这你都知道？茯茶哥说给你汇报你不理，商行的事你不许他们找你，你对商行的情况咋还这么清楚？"

金花说："我说我不管，心里能放下吗？它毕竟是咱们王家大院的产业，我不管是对他们最好的管理，对你也一样。"

"娘，我想让你回去。"德福终于说明了来意。

金花说："听说你给安吴堡吴家东院把银子还了？"

德福说："还了，人家不要，说剩下的那银两是东院资助茯茶壮志走罗马的费用。"

金花问："你咋办啦？"

"有借有还，再借不难。"德福笑了。

金花说："你让我回去干啥？碍手碍脚的，我才不当绊脚石呢。我在这里很好，我不想回去。"

"娘……"德福想解释。

金花问："小茯茶咋样，会跑了吧？对小金花好些，不要再跟崔家联系了，崔老板能不够，贪婪自私，最终会害了女儿。"

德福点头。她又说："梁掌柜是个可用之人，对王家忠心耿耿没二心，他是王家大院的贴心掌柜。张贵奸猾，爱耍小聪明，你要会用他，用好了他是一只看家护院的狼狗，用不好就会伤了自己。"

德福说："这我知道。"

金花说："赊娃是咱王家大院的老伙计，他对王家大院是有功劳的。王家大院存在一天就要把他养一天，一年四季给他换几身衣服，顿顿吃饭叫上他。有些事是做给别人看的，把赊娃经管好就是给人家看的，让人看王家大院的德行，无愧于祖上那块'忠义仁勇'的牌匾。"

德福说："赊娃现在不疯了，能干活了，干起活来不知饭时不知累。娘，你说的这些我都知道，我这次来就是想让你回去，王家大院要养着你，给你养老送终。"

金花笑了："我还没老呢，我不需要你养！需要你养的时候我会找你，你也义不容辞。只是现在我还年轻，我想过一过年轻人的日子。"

德福提起王老虎，说："他说我爸欠他一车银子。"

金花笑了："土匪的话你也信？你爸要借他一车银子，一定有借约凭据，他说欠一车银子就欠一车银子？像他这样的土匪，官府定会整治的。"

金花不愿回泾阳，德福的猜想是对的，她不是在兰州歇一段时间，她根本就不想回去。面对娘，德福再也看不出王家大院东家老板的气派，她衣着简单干净，像一个时髦女性。

晚上德福去了商行，商行的伙计忙得不理他，一伙计认出他，惊呼："老板来了！泾阳的王老板来了！"

伙计们认出了他，停了手中的活看着他。德福说："忙你们的。"掌柜茯茶哥走过来，把他带进了账房。

德福要回泾阳了，离开商行前，他走到娘的小院门口，凝望小院良久。这个娘呀，让他思绪万千，感叹万分，他牵马站立，向娘深深地鞠躬。

路上，他走州过县、跨村穿寨，人困马乏，来到春来茶馆，顿生感慨。他没有勇气走进茶馆，上次在这里喝茶，陈会长给李老板的介绍，使他无地自容。他想，日后一定要让李老板认识王崇文的儿子，但不是现在。

回到泾阳，德福把见到娘的事给小金花说了。小金花哭了，她说过段时间要带小茯茶去看娘。

五十七

那是一个秋后的上午，天气闷热，陈耕在赵家桥见到了修大渠的李仪祉先生，给李先生带去了熬好的甜水井茯茶。

李仪祉说："这个渠修成要灌溉一百多万亩田地。"陈耕听后很高兴，他觉得李先生做的都是大事，他不敢耽误李先生的时间，便告辞要走了。但李先生对甜水井茯茶的赞誉，使他牢牢记在心里。陈耕走时，李先生说："一定要保护好甜水井，有节制地开采使用……世上的资源都是有限的，别看泾河水这么大，如果无限制地开采使用，也会干涸。"

金花走后一直没回来，思念使陈耕的心情变得越来越沉重，好像金花不是王家大院的东家，而是他的一个亲人，一个很亲近的亲人，一个走了几天还没回家的亲人。他常常在书桌前、茶室里思念着，以至于他把金花坐过的椅子放在自己的椅子旁，就好像两人并排坐着。他有时把金花坐过的椅子放在他的对面，像能看见她在微笑。沉淀后的思念，像陈年老酒醇香悠长。以前和金花说话接触，怕这怕那的，如今那顾虑却被深沉的思念敲得粉碎。那一切仿佛都是多余的，唯有思念，唯有能和她在一起相处才是生活的真正意义。

过去陈耕总怕别人说闲话，怕德福察觉到他和金花的关系。现在他却想让街坊知道他和金花的关系，他为拥有这样的关系而自豪，他为拥有这样的女人而兴奋不已。他知道德福去兰州看望金花已经回来了，他去了王家大院，德福正在客厅喝茶，见他来了站起让座。他毕竟是长辈，是德福父亲的好友。

陈耕问："你去了兰州?"

德福笑说："你咋知道我去了兰州?"

他问："你娘咋样？还好吗?"

德福说："还好，再不劳累了，人也轻松多了。"

陈耕觉得再无话可问，问得多了在晚辈面前就丢脸了。他说："那好，那好。"

德福想起以前关于陈耕和娘的闲话，看到他对娘这样关心，觉得这些闲话不是无中生有。陈耕站起来说："好着呢就好，就好。你也该忙去了。"说着起身走出门。

德福望着陈耕的背影，他想，这个在街上说一不二、有一身正气的兰州泾阳商会会长、泾阳茯茶联盟协会会长，忽然在他面前变得像个孱弱的老人。这更坚定了他对娘和陈耕关系的猜想，他觉得这可能就是娘不回泾阳的原因。

陈耕回到家，不断地琢磨德福的那句话："还好，再不劳累了，人也轻松多了。"她摆脱繁杂的大院事务轻松多了，还是摆脱了他，轻松多了?

这句话使陈耕一夜未眠。第二天，他昏昏沉沉，像失去了一件贵重的东西一样失魂落魄。安掌柜以为他病了，要去请医生，他说没事，让他歇歇就好了。他心中的苦闷无法给人说。

李老板来找陈耕，给安掌柜说："有人说我称油的秤不准，让会长去看看，看我的秤准不准，若亏了人我让他折了我的秤。"

安掌柜说："会长今天身子不舒服，甭找他了。"

李老板说："身子不舒服，我给他送二两好油，多吃些油身子就有劲儿了。"

梁掌柜带朋友来茶馆喝茶，听说陈耕身子不舒服，惊问："陈会长咋咧?"

等李老板走了，安掌柜说："啥事都找会长，还不把会长忙死呀。没事，会长好着呢。"

梁掌柜介绍说："这是永寿老家我本家的堂哥。"

安掌柜说："眼熟，看着眼熟，你给他帮忙贩过布料和药。"梁掌柜想解释，安掌柜进屋提水去了。

早上，陈耕给安掌柜说："我要到兰州去几天。"

安掌柜说："我给你准备一下。"

他说："没啥准备的，该带的我都带上了。"安掌柜送他，他摆摆手走出了门，从马棚里牵了马就走了。

金花去天水看了父母，父母认了她这个女儿，但表示坚决不回兰州。最终，在金花、银花的再三劝说下，他们原谅了女儿，愿意回兰州和金花住在一起。他们当时不同意女儿嫁给王崇文，一是怕闲话难听，二是怕走南闯北的这些人有个旦夕福祸，就把女儿害了。

金花的经历正中了老人的担心。事已至此，女儿还是女儿，一声爸妈叫得老人的心就软了。几年来，老人已习惯天水的气候，真要走了，老人还有些割舍不了，二老最终决定，天凉快了再回兰州。

下午，金花和银花在院里的树下喝茶，有人敲门，金花说："是不是你先生寻来了，叫你回去？"

银花很生气地说道："结了婚就是这样，难得有自己的时间。"

银花开了门见是陈耕，她惊讶得捂上嘴不敢说话。金花问："谁呀？"

没人回答，金花站了起来，忽然看到跟在银花身后走来的陈耕。她忽地坐了下来，再也没有力气去迎接他。银花对陈耕说道："快去，她经常念叨你呢。"

银花一语说破她心中的秘密，金花觉得无地自容，满脸羞红。陈耕走到茶桌前赎罪似的站立着。银花对金花说："装啥呢，人没来你天天念叨，人来了看把你羞的！我走了，家里还有事。"说罢就走了，轻轻地合上了门。

银花走了，金花仿佛不再拘束，给陈耕倒了一杯茶水，说道："坐呀，站着不累？"陈耕急忙坐下，她忽然想起陈耕的傲慢，问道："你啥时回兰州了？还有放不下的事？"

陈耕说："看你。"这话仿佛是一根针刺中了金花的兴奋神经，又痒又痛。这句话她等了多少个日落月升呀，今天他终于说出来了。

金花故作镇静，却脸色绯红："你……你……请喝茶……"

陈耕说："我是专门来看你的。"陈耕如此直白，金花有些不习惯。那天她去轩逸茶馆喝茶，她多么希望他能说出这样的话，他说出这样的话，她就不会回兰州了。

金花说："喝茶。"她绯红的面容暴露了她澎湃的心潮。她站起来向后院走去，不知如何面对陈耕。要是过去陈耕说出这话，她会毫不顾忌地扑上去拥抱他，用最神圣的吻回答他。而现在不是这样了，她在银花面前常提起他、念他，是对过去美好的回忆。现在她身处兰州，没有可能再回泾阳去。再说她在兰州自由自在，已经完全不适应商场的那种氛围和生活了。

"你怎么才来呀……"她不知是在责怪自己还是在责怪陈耕。她无法调整自己的思绪，忽然想到他从泾阳到兰州赶了五百多公里路，自己不能这样无礼地对待他。

她走过来给陈耕续茶，说道："你一路肯定很辛苦，我这里的茯茶没有甜水井水熬的茯茶好喝。"

陈耕喝一口说道："好喝，好喝。"他放下茶杯说："我从家乡给你带了些土特产。泾阳的甑糕、穰馌和水晶菊花酥，马鞍桥油糕，还有软香酥、琥珀糖。"

金花听到这些名字，口水都快流下来了。她说："拿出来呀！"陈耕把小吃全摆在了茶桌上。

她说："快收起来，那家伙来了就没咱吃的了。"

陈耕急忙收起来："谁呀？谁敢和你抢吃食？"

她说："就是刚才走的那位，她嘴可馋了，买下好东西常常吃不到我嘴里。"陈耕笑，笑她俩像孩子。

晚上，金花请陈耕下馆子吃饭，她问："你想叫谁？"

陈耕说："还叫谁呀，咱俩吃多好呀！"

金花说："叫银花过来陪你。"

陈耕说："我让她陪干啥，咱俩就很好。"

金花说："还是叫来好，你在兰州认识人多，碰见熟人也好给人说。"

陈耕说："说啥呀，我还不能跟朋友吃个饭？"

金花说："叫上好，不叫她，她会怪我下馆子不叫她。"

他俩出门，坐上人力车来到银花家门口。陈耕在门口等候，金花进去邀请银花，银花坚决不去，说："他千里迢迢来看你，我掺和啥呢？"但她经不起金花的劝说和下馆子的诱惑，最终出门相陪了。

银花吃了饭就要走，金花不让走。陈耕不好插话，看她俩闹腾。银花喝了点儿酒说头昏，家里也还有事，坚决要走，金花不依，银花就跑了。陈耕说："银花要走就让她走吧，或许她回家真有事。"

金花说："那你给她挡个车，把她送上车。"

陈耕把银花送上车回来，见金花还在喝酒，他拉住不让她再喝。他觉得今晚这顿饭吃得很不爽，因为银花在跟前，他给金花一句贴心的话也说不成，好在银花走了，金花却有些醉了。他想，和一个喝醉的人说话，听到的那都是醉话。

金花有些醉意，他扶起金花，提着金花的手包，狼狈地从馆子走出来。他真怕在馆子、在街上碰见熟人，怀里抱着一个女人，手里提着女人的手包，这种情景他从没有经历过。他急忙挡住一辆人力车，向金花的家跑去。

进了门，金花说："把门关上。"他转身关了门扶金花进了房子，金花拉了电灯开关，房子就通亮了。金花的屋子很整洁，一切都摆放有序，一看就是个干净的女人。他扶金花上炕，让她躺在炕上。金花说要吐，他赶紧给她取脸盆，端来脸盆她却不吐了。他把金花在炕上摆顺，垫上枕头，盖上被单，他不知这时是走还是不走。他刚走出房门，金花却喊："你不能走。"

不能走？他睡在这里像什么话？他不知怎么办。金花喊："你就睡在这里。"陈耕的头一下蒙了，如果她清醒着，她的这一句话一定会让他激动万分，但她现在醉着，他不能在她无意识的情况下做任何事情。陈耕取了一个凳子，坐在炕前默默地注视着她，她睡在那里很安静。他是第一次这样近距离地看着她，他觉得就这样看着她很幸福，他无一点儿睡意。回想他们认识、相知，一起走过的日子，他觉得每一件事都值得回忆。他为自己过去的懵懂感到后悔。在这件事情上，他前怕狼后怕虎，不像一个男人的作为，甚至在金花几次的试探下，他竟说自己"习惯了，一人吃饭全家不饿"。他不知道这句话多么伤她的心！

金花在无望的情况下来到了兰州，开始了一种新的生活。在这种新生活里，金花常常念叨他，念叨他这个无情无义的男人。今晚他们近在咫尺，完全可以在夜深人静时倾吐心声，叙说爱的细语，然而金花却睡得很沉。金花说要喝水，他送水到她嘴边，他期盼这样侍候她，永远地侍候他爱的人儿。金花喝了水又睡去了，他希望她有梦呓，希望她的梦呓中会提到他。而她一觉睡到了天色大亮，她翻身坐起来，竟没有发现他。她向窗口望去，回身忽然发现了他，惊诧地问："你夜晚没走？"

他说："没走。"他希望金花问他，晚上在哪里睡的，是怎么睡的。他会说他就守在她的身旁，整夜地守在她的身旁，专注地看了她一夜。可金花什么也没有问。

金花匆忙下炕说："我给你打水去，你洗洗脸快走，小心银花来了看笑话。"

陈耕也觉得自己该走了，她清醒了，不需要他照顾了，一旦银花来了他们就真的说不清了。况且夜晚醉酒，她和衣而睡，早上要洗一洗。陈耕说："我走了，你再多睡会儿，夜晚你一定没睡好。"陈耕走了，望着陈耕的背影，她手上的毛巾突然掉在了地上。

吃过早饭，银花来了，她一来便神秘地看着金花，她扭过金花的头看她的身子："让我看看你有啥变化。"金花让她随意地打量上下，银花严肃地问："夜晚他回去了没有？"

金花没吭声。银花激动地说："他一定没回去，你们一定在一起了！"

金花不说话。银花说："好了，我不追问了，追问也没啥意思，有那事也很正常。崇文走了，你一直闲着也够你受的，有了这一次你就会想下一次。"

金花还是不吭声。银花推了金花一把："你傻啦，咋不说话呢？"她见金花双目痴呆，问道："哎，弄一回那事，把人还弄傻了？"

她见金花还不吭声，说道："你又不是姑娘身，就是陈耕夜晚做事蛮点儿横点儿你也要理解，他多少年没碰过女人了，碰见你还不疯了似的。你要理解人家，再甭生气了，以后他就不会这样了。"

金花说："我们夜晚就没有那事。"

"你还会说话？我以为你不会说话。你说你们没有那事，他夜晚在哪儿睡的？"银花笑着问。

金花说："我不知道。"

银花说："你能不知道？行了我不管你俩那事了，熬茶喝茶。"

金花摆好茶具说："他夜晚是没走，但我俩没有那事。"

银花奇怪地看着她："你不准人家弄？"

金花说："我喝多了躺着，我咋不准人家弄？"

银花说："你骗我，你喝那点儿酒能醉了？咱上次去天水看你父母时，你喝了多少？喝了半瓶子你都没醉，夜晚喝了半杯酒就醉了？你说你夜晚是不是装醉？陈耕也不是木头人，咋连这点儿事都不懂，你明明是装醉他看不出来？”

金花说：“夜晚那傻子坐我旁边看了我一晚上。”

“真的？”银花惊异。

金花说：“我骗你干啥，我是没醉，我看他是不是个真男人。”

“啥叫真男人？夜晚跟你干那事才是真男人，不干那事就不是真男人。”银花说。

金花说：“夜晚他要是弄我，我也没办法。”

银花问：“他夜晚要是弄了，你同意不？”

“我躺着，我有啥办法。可他不是那种人。”金花说。

银花认真地问她：“你愿不愿意跟他好？人家千里路过来了，你得给人家个话，不敢闪了人家。”

金花说：“要是前几年，我心热着肯定和他好了。现在我到了兰州，已经开始了一种新生活，再跟他不合适。”

银花认真地问她：“你给他说了吗？”

金花说：“我心里很矛盾，你容我再想想。”

五十八

一大早，喜鹊在枝头喳喳叫着，沐浴着春风的小金花，不知道喜事从何而来。

王茯茶大学毕业回家，领回来一个南方女子。

小金花很高兴，希望儿子留在身边，王茯茶却说要到湖南省政府去工作。小金花知道那是娘家的省城，她对儿子说：“在湖南省城有难事找你舅爷去。”

德福说："他舅爷能管了省城的事？"他又回头问儿子："你到湖南省城工作管茶的事不？"

王茯茶说："管，包括茶的生产和出口。"德福觉得给儿子起"茯茶"这个名字起对了，儿子生在茯茶之家，长大后管茯茶。

茯茶要走，小金花却失眠了，她骂茯茶没良心，说走就走，对父母没一点儿留恋之意。德福怨她："你再甭折腾了，好男儿志在四方，守在家里能干啥？"

小金花说给茯茶和媳妇准备些东西，德福说："你准备的那些穿的都太土了，娃在外工作咋穿得出去？你甭折腾了，该准备的人家都准备了。你真要准备，给娃带些咱泾阳的特产小吃，在外还是个稀罕。"

小金花说："娃明儿走，你给娃带的啥东西呀？"

德福说："我给娃带的东西早都准备好了。"

小金花问："你准备的是啥东西？"

德福说："你准备你的，甭管我。"

小金花快快不乐地躺着："我看你给娃没准备。我明天一早给娃在铺子买些咱的土特产，你说买啥好？"

德福说："我就是那么一说，给他带那些东西干啥？人家有钱，想吃啥自己会买，你再甭操那闲心了。我要睡了，明天送娃走呢。"

小金花很生气："你还知道有个娃，还知道送娃走。我以为你是石头心，光知道你那茶坊。"

德福已经进入梦乡，他梦见儿子偷偷看了他准备的礼品，和媳妇一起嘲笑他，嘲笑他的礼品一钱不值。

早上送儿子出门，小金花提着一只精致的小竹篮，里面装着自己精心挑选的泾阳特产。茯茶不要，说提那累赘。有儿子的媳妇在旁，她不敢生气。

德福手里握着一块红布，包着一个小木盒子。茯茶问："爸，这是啥东西？"

"土，一把黄土。"德福低声告诉茯茶。茯茶接过木盒子捂在胸口，不解地望着父亲。德福深情地对茯茶说："老辈人说，出远门带上家乡一把土，一来提醒远方的人甭忘故乡故土和生你养你的亲人；二来乍到新地方，水土肯定不服，每次喝水时取一点儿放水里，适应当地生活会快些……"茯茶听得热泪盈眶，连连点头。

茯茶走出门，德福给儿说："你妈一大早就给你去买咱本地的土特产，那是你妈的一片心，你应该收下。"

茯茶接过母亲提的竹篮子，给母亲鞠躬说道："你和我爸回去吧，儿走了，有空回来看你们。"

小金花哭了。德福说："看你这样子，眼睛窝窝浅得很……"

五十九

瓦蓝瓦蓝的天上没有一丝云彩，树叶纹丝不动，野田禾苗垂下萎蔫的叶子。几十天不落雨的路上，土能掩住行人的脚面……小娃们的嬉闹声没有了，老人们仰着太阳叹息："老天爷怕是收人呀！"

县城到处逃窜着灾民，有些人饿死在街头。商会组织人在街上巡逻，茯茶联盟协会牵头在城外支了三个大锅做舍饭。吃饭时，灾民都出了城，吃了饭，灾民又进城了。陈耕说："这样不行，得想个法子。在城外再搭几个棚，他们有了歇息的地方就不进城乱跑了。"

德福说："这是个好办法。"随后他们在城外搭了棚，但一些灾民还是在城里逃窜。陈耕在城门口设了哨，不许灾民进城，灾民就在城门口闹活，有时把进城的客人也挡在了城门外，惹得客人很不高兴。站岗的人不愿站岗了，陈耕一顿臭骂，他们又回到岗位上去了。

晚上，张贵找德福说："货栈的皮货、香料积压得特别厉害。"德福提议把积压的货拉到省城去卖，大城市有钱人多。第二天，张贵拉了一车皮货去了省城，晚上安然返回，他大喊："省城的小偷又多又精，鬼得很，但货卖得可以。"

县上其他几个货栈见张贵拉着一车一车的皮货去省城，也都跟着去了。

有人丢了皮货，还有人丢了衣服和烟锅。张贵提议以茯茶联盟协会的名义组织联防队进省城，这样相互有个照应。以张贵为首的联防队成立后，一天抓了七八个小偷，他们抓住小偷不打，就地绑在树上。其他小偷看见同伙被抓，吓得都溜了。泾阳联防队在省城抓小偷抓出了名气，小偷一听泾阳联防队的名字都吓得腿软，也不敢到泾阳商人的地盘来行窃。

晚上张贵回来，德福说："办啥事心不要狠，那么多皮货积压，说明你眼拙。"

张贵说："今年关中受灾，不受灾一件皮货也不会积压。"

德福说："一个行家不只是看当年的行情，看的是三四年的行情。你在王家大院几十年，连这点儿行情都看不透，只能说你眼拙。"

正说着梁掌柜进来，兴奋地告诉德福说："有三个俄罗斯人一下买了咱二十包茯茶。"

"他们从哪里来到哪里去？"德福问。

"他们说从俄罗斯来，要回俄罗斯去。"梁掌柜说。

德福急问："他们只买了咱的茯茶？"

梁掌柜说："他们以前从迪化进咱的茯茶，后通过各种渠道找到兰州德盛商行，又通过兰州德盛商行找到咱泾阳的德盛茶坊。不但买走二十包茯茶，还想跟咱签订长期供销契约。"

德福一拍大腿："好呀，明天就跟他签，这不是赚多少银子的事，我要把咱的茯茶经过俄罗斯，再送到罗马去，让欧洲的大鼻子喝上咱中国泾阳的茯茶。"

他说着取出《茯茶壮志图》，查看俄罗斯的位置，查看罗马的位置。梁掌柜说："我去准备契约，明天和俄罗斯客商签约。"

梁掌柜走出门，德福忽然喊道："慢！还不能和他们签。"

梁掌柜问："为啥？你不是日夜盼着把咱的茯茶远销到俄罗斯去吗？"

德福说："咱们签约的那家迪化老板是不是多力坤？你问问多力坤是不是给俄罗斯供应咱的茯茶，如果咱直接和俄罗斯签了契约，不就断了多力坤的财路？人家的生意就没法做了。"

梁掌柜说："多力坤前几天才走，估计已到兰州了，他下次来，也是一个月后的事了，给俄罗斯客人的货咋办？"

德福说："问问俄罗斯客人，他们在迪化谁家取货。如果是多力坤，咱就不能卖给他，更不能和他签约。"

梁掌柜说："那二十包货呢？"

德福说："那也得卸下来。商道凭的是诚信，如果我们直接给俄罗斯供货，我们对多力坤就失去了信誉，这叫'翻墙'，不地道，你也知道，商业销售最怕人翻墙，如果我们不给他货，他们应当理解，这是商道的规矩。"

梁掌柜退出后，张贵也退出了。梁掌柜说："东家做得对，咱不能图一时痛快，失信于人，误了大事。"

张贵说："他整天喊着要把咱的茯茶销到俄罗斯去，人家来了他又不给，有钱不赚才傻呢！"

梁掌柜说："这就是老板和掌柜的区别。人家站在天上看世界，你站在王家大院看世界，高度不一样境界就不一样。"

张贵问道："你知道啥是个境界？你明天快去找俄罗斯人问清才是正事，如果多力坤和俄罗斯人真有来往，咱那二十包货就不能给他们。"

早上，梁掌柜问了俄罗斯人，他们果然长期在迪化多力坤的货栈取货。他们知道德盛茶坊就在泾阳，趁这次到陕西旅游，也想找德盛茶坊直接取货，少了多力坤这个中间商，成本就降下很多。

梁掌柜很快把查实的情况告诉了德福，德福说："立即卸货，但要给客人讲清道理，他们那么远地来了，我们不能让他们空跑。让他们在兴盛茶坊取货，咱两家货品不相上下，名字也相似，一个是德盛一个是兴盛。"

梁掌柜给俄罗斯客人讲了卸货的原因，客人急了，平时还能讲几句汉语，一着急满口的洋文，只见他们指手画脚，双方都听不懂。德福听见他们在大门口吵闹，赶快出来请客人到客厅喝茶，客人挤到客厅，他们的汉话讲得很蹩脚——德福好不容易才听懂，他们一定要德盛茶坊的茯茶，说梁掌柜以前是同意的。

德福说："不行！你们这种做法，不符合我们中国商道的规矩。"

他们你看我我看你，不知道是咋回事。德福说："你们以前是不是在迪化的多力坤那里取茶？他和我们有合约，如果我给你们茶，我们便失信于他了。"

他们仿佛听明白了，互相看了一下，一个人说："我们加价。"

德福说："这不是钱的事，是商道规矩和信誉的事。"

三个俄罗斯人听后无奈地要走，德福说："你们在德盛不能取货，在其他茶坊可以取货，比如兴盛茶坊的茶也不错。"

其中一个俄罗斯人问："他们有德盛的茶好吗？"

德福跷起两个大拇指说："两个差不多，都是一个气候，一样的泾河水生金花。"

有人摇头不相信，让带他们去看看，梁掌柜带他们去了崔富有家。

崔富有躺在院里的躺椅上休息，见梁掌柜带着三个外国人走进家门，心里很不高兴。他从躺椅上跳起来问梁掌柜："你，你咋把洋人鬼子领到我家来了？"

梁掌柜说："好事，他们仨人都是俄罗斯人，他们要二十包茯茶，我东家让在你这儿取货。"

"这么好的事，你东家能给我？加多少钱你说个数！"

梁掌柜很生气，说道："人我给你领来了，他给我们啥价我们给你啥价，我们一文钱不会加！"

梁掌柜走了，俄罗斯人问崔富有："你是兴盛的老板吗？兴盛和德盛是弟兄吗？"

崔富有问："你们买茶还是打听事来了？"

俄罗斯人说："买茶，买兴盛茯茶。"

崔富有问："有银子吗？"

俄罗斯人说："有。"提着银袋让他看。

崔富有喊："李掌柜！收银子给他们装货。"

李掌柜跑出来问："收啥银子？"

崔富有说："俄罗斯人要二十包茯茶，给银子取货，不给银子让他们快走，我看见洋人心里别扭。"

梁掌柜回来生气地给德福说了情况。德福问："见崔莺没有？"

梁掌柜很不高兴地说："没有。"

德福说："她结婚了，咋还住在娘家？"梁掌柜不吭声。德福说："我问你话呢！"

"人家姑娘回娘家，我咋知道是咋回事！"梁掌柜不悦地说，德福扭头走了。

六十

路上到处是灾民，加上匪患泛滥，客商比以前少了许多。

梁掌柜给德福说："兰州的驼队过不来，泾阳的茯茶走不出去，商道要断了。"

张贵带人天天在泾河桥头转悠，等候西域过来的客商。

德福决定组建自己的骡马队向兰州送货，让张贵在周边县城收买骡马，筹建骡马队。梁掌柜提出向崔富有借款，德福不同意，他认为崔家不会借给王家银子。梁掌柜说："上次让俄罗斯人在他那儿买了二十包茯茶，听人说崔富有说咱傻，放着银子不赚给了他，他应当欠咱一个人情。"

德福说："那你去试试。"

梁掌柜去了，崔富有果然答应了，但立下字据半年后归还，用德盛茶坊做抵押。别人说崔富有不讲乡情，做事不讲情面，崔富有说："自古商场无父子，况且他王德福又不是我的儿。"别人再无话可说了。

有了骡马队，德福给骡马队配上长枪队，张贵任队长。德盛骡马队的名号加上长枪队，走在泾阳至兰州的茶马商道，自此再没发生过贼匪抢劫事件。

德盛的骡马队顺利地行进在泾阳至兰州的商道上，东来西去的，生意日渐红火。

兰州德盛商行的茯茶哥兴奋地站在门口望着骡马队说："啥时生意也没有现在做得这么顺当、兴旺。"

兰州的茯茶价位飞涨，茯茶哥给多力坤也涨了价。德福知道后在信上严厉地训斥茯茶哥不讲诚信，随意违约涨价，德福说："涨多少，给多力坤退多少。"

多力坤很感动，给德福写信说："你们应当涨价，我去西域，那儿的茯茶都涨价了。物以稀为贵，兰州的驼队进不了泾阳，茯茶成了稀缺物，当然要涨价的。"

德福回复道："我们只需要你们按照契约条款，把泾阳到兰州的脚钱支付给我们。我们的契约是一口价，不会因为市场价格的浮动而违约涨价。这是德盛商行的规矩，也是德盛商行的诚信。"

多力坤很感动地写道："咱们的契约百年不变，我相信你们，信服你们。"

张贵正在商行门口卸货，一个客商过来说："这一骡马队的货不要卸，我们全要了。能否帮忙把货送到嘉峪关？脚钱加倍。"

茯茶哥不答应，说："骡马队回去还要拉货呢，泾阳的骡马队送货，只送到我们兰州商行。你们在商行提货，要送到哪里，我们可以帮你们找驼队，兰州的驼队到处都有呀。"

客商说："我们只要德盛茶坊的茶，我们信服泾阳德盛的骡马队。"

张贵说："问问他们给多少脚钱，如果划得来，送一段路也没啥。"

客人说："脚钱你说，我只要求货送到嘉峪关。"

张贵应声答应："行，我们送！"

张贵给茯茶哥说："这一路我走过，没麻达。"

骡马队走到酒泉，沙漠里起了沙尘暴。张贵一看不好，赶紧让骡马队躲起来。遮天蔽日的沙尘暴刮过之后，张贵从树丛、沙堆里爬出来，见不着一个人影儿。他惊慌地喊叫，灰茫茫的沙漠里，无人应答。他在自己的脚下刨，刨呀刨，刨出一个坑，流沙很快又填满了坑。他哭喊着，天地间一声回响也没有，整个骡马队被沙尘埋没了。张贵从沙漠中爬出来，一路要饭，回到兰州，骑马奔向泾阳。回到泾阳，他哭着向德福叙说了骡马队在酒泉的遭遇，德福仰天长叹："天灭德盛呀！"

六十一

乌云从北山爬上天穹，电闪雷鸣中，瓢泼大雨倾泻在泾阳县城。久旱的关中大地上，人们就等着盼着雨水降临！

崔富有得知王家大院的骡马队在酒泉遭遇灭顶之灾，他第一反应是：“这一下麻烦大了，德福筹办骡马队借的钱咋办呀？”他不顾大雨浇头，跑进王家大院找德福要账。

德福说：“崔老板，我不会赖账，我们王家祖祖辈辈没有亏人的先例。”一脸无奈的崔富有在瓢泼大雨中悻悻地跑回了家。

雷雨过后，陈耕知道崔富有到王家大院要账的事，去找崔富有说：“你做事像三岁小儿，不懂事理！明知王家大院出了那么大的事还去要账，太过分了！”

崔富有说：“我……我只是提醒他，到时候不要……”

陈耕说：“你这是人话吗？你知道十几匹骡马、十几个人忽然在风沙中不见了，他咋办？他怎么面对失去亲人的家属，你想过没有？你应给他一点儿安慰，延长契约还款时限才算你大义，才算是真正的好街坊。”

崔富有听着生气了：“你是茯茶联盟协会会长，应帮我收回借款，你怎么向着德福说话？你要是不说公道话，我寻县商会会长去。”

陈耕说：“你被金钱迷住心窍了！”

城外炮声大作，城里人不知发生了什么事。

王老虎进城了，人们知道那火炮是王老虎放的。人们在王老虎的身后看见了金花，金花回来了。快二十年了，金花一点儿没变，还是那么年轻漂亮，她独特的气质依旧引人注目。人们纳闷，这是怎么回事？她回泾阳，王老虎还放炮欢迎，她和土匪王老虎是什么关系？

金花知道了王家大院的事，卖掉兰州的住宅和所有家产，回到泾阳。

她首先还清了崔富有的债务，给失去亲人的家属发放了抚恤金，很快恢复了茶坊的生产。大难之后的王家大院，因为金花的到来再次恢复了元气，人们又看到了王家大院的红火光景。

夜里，王老虎穿着整洁的衣服带着厚礼去见金花，他向金花谈了自己对她的仰慕之情。因为金花，他不再做恶事和坏事；也因为金花，王家大院新的骡马队会在兰州和泾阳平安出行。他做这些不为钱财，只为明媒正娶金花，然后金盆洗手，跟她好好过日子。金花说："是不是王崇文欠你一车银子，你要我去顶债?"

王老虎说："没有那回事，都是传说。王家大院不欠我分文，我娶你是真心实意。"

金花说："既然王家大院不欠你银子，我就没必要嫁给你，除非你来抢。"

王老虎扫兴而归，黑豹又要替大当家去抢金花。王老虎说："生摘的瓜不甜。她是个生性刚烈的女人，你抢回来的只会是一具尸体，不会是个活人。"

夜里，城里忽然一片混乱。有人堵劫外来的驼队，劫持他们的钱财。听说路上闹匪，城里的驼队都不敢上路。驼队的头儿去找陈耕，陈耕要求他们联队结伴，并请求县政府帮忙剿匪，护送商队出行。陈耕安排一批一批的驼队进城，又请求警察局分批对驼队进行保护。

忙完一阵子，陈耕听说土匪王老虎向金花求爱、金花拒绝的事，觉得奇怪又好笑。十几年前，他去兰州向金花表白，金花婉言拒绝了他，他觉得这一切都是因为自己错过了时机。过去，金花想和他好，几次探问他，他却婉言拒绝。他当时主要考虑到与王崇文的关系，才使金花寒心，当他醒悟过来向她表白时，已经晚了。

金花回到兰州，开始了另外一种生活。这次回来，当她倾其家产以解王家大院燃眉之急时，她才知道土匪王老虎也不知天高地厚地爱慕着自己，守身如玉的她断然拒绝了王老虎。陈耕不知道金花在兰州为什么十几年未嫁，是在等某一个人，还是没遇到合适的人选？不管怎样，他想去看望金花。

金花这次回泾阳，拔了在兰州的根，连一块瓦片都没留。两个老人先后去世，她也没有什么牵挂了。当她得知王家大院的遭遇就再也坐不住了，她感到很恐惧。

德盛茶坊，这个在泾阳享誉百年的名号，如果从此衰败，她觉得就是自己犯了罪。十几年来，她只愿听王家大院传来的佳音，不愿听关于王家大院的小道消息，对王家大院的一系列重大决策从不过问。她觉得自己失职了，疏忽了对王家大院的关照和背后的责任。

当时去兰州，她完全是为了躲避一些是是非非，压在心底的秘密也不愿意告诉别人。

当时，街上不断地传出她和陈耕的闲言，她的自尊心在陈耕面前多次受挫，她再也不想看见陈耕了。张贵的无赖纠缠，使她下决心离开泾阳这个是非之地。她为了保住自己的名节，不愿在自己身上发生让人耻笑的事。德福娶了妻，孩子也已长大成人，如果她再不把王家大院交给德福，给众人也说不过去，她觉得没有必要在这里待下去，抽身回兰州是她的最佳选择。

她没有想到放下了真爱，躲避了无赖，却有一个更大的无赖在觊觎着她。

十几年来，王老虎默默地暗恋着她，当她在回县城的路上时，王老虎早已得到消息，在城外城里安排了热烈的欢迎场面。金花不知道王老虎是怎么知道她要回泾阳的，更不知道他对自己竟有如此念头，王老虎也因此收敛了他的土匪行径。这把年纪了，她不想惹是生非，王老虎的作为使她无法向街坊邻居说清来由。自己是一个什么样的人，街坊好歹都知道。

因为金花的举动，王家大院再现生机。德福对他娘的深思熟虑更加心服，他不知道怎样才能报答她。金花回来没有怨他一句话，只说道：“在哪儿跌倒在哪儿爬起来，跌倒几回你就知道做人做事的艰难了。”

德福只给张贵说泾阳到兰州路途上的艰难，没有说兰州到酒泉路途上的险恶。如果他说了，张贵就不会接揽那桩生意，驼队就不会遇难。他又一次想让娘主持王家大院的事，娘坚决不答应，说她在兰州待了十几年，不会操持王家大院的事，她只等着抱曾孙子了。

王家大院的事，德福只好带着伙计们再向前走。他听到娘和王老虎的传言，恨不得宰了传话的人。但他冷静思索连日发生的事，这并非空穴来风，娘咋能和一个人人憎恶的土匪扯上关系？娘的孤单无奈，他能想象得来，如果娘真的想成家，他希望她和陈耕好。陈耕至今未娶，是个好男人。过去娘在泾阳时，有人传娘和陈耕的闲话，他心里很不高兴，不论是娘嫁出去，还是让陈耕入赘进来，他都接受不了。现在看来是他太自私，当时娘才二十多岁，正当人生好年华，没有主动促成他们的事，他感到很愧疚悔恨。如今娘若愿意，他愿意出面求人为娘牵线搭桥。

正想着，德福看见陈耕走进院里，忙转身快步回到自己的房间。陈耕走到客厅门口问道："夫人在家吗？"

云彩急忙跑出来："夫人在房间呢。你进客厅坐，我去叫夫人。"

陈耕坐在客厅里，十几年前他去兰州看望金花的情景浮现在眼前，金花最后一句话彻底浇灭了他的希望。她说："我已回了兰州，有了自己的生活，我不愿再回到过去，做那些傻事。"他从兰州回来每次想起这件事，就责怪自己，在泾阳不珍惜，却跑到兰州献殷勤，最后碰了一鼻子灰扫兴而归，从此他便死了那个心……

云彩去叫金花，金花好久都没出来。云彩出来给陈耕倒水。陈耕问："你家夫人干啥呢，咋还不见人呢？"云彩说："急啥呢，女人出门没那么容易的。"

陈耕说："在家里又不出去，还打扮呢？"金花出来了，她的衣着很随意，却显得大方洒脱。

金花随意地往椅子上一坐，问道："你咋想起来到我这儿了？"

陈耕说："听说王老虎把你迎进来的，我总觉得奇怪，过来看看你。"

金花笑道："嫉妒吧？土匪多强势，多威风，整天吃辣的喝香的。"

陈耕急了："你还真有这想法？"

金花想不到这次见面，他俩能这样随意畅言，完全没了以前的礼仪和拘谨。"为啥不能有这想法呢？"金花问道。

陈耕说："十几年你真变了，少了夫人气质，多了一份洒脱却不失优雅，但我要告诉你，土匪就是土匪，你可不敢上当受骗。"

金花站起来给陈耕续茶，说道："谢谢你的提醒，你这几年还是单身，没再找一个？"

陈耕说："你都没找，我急啥呢！"

金花说："我人老珠黄了，也是一人吃饱全家不饿。"她把"全家不饿"说得声音很高。

陈耕明白这话是对他说的，他没法回答。他想另找一个话题，脑子却一片空白。

云彩在客厅走出走进，被德福看见，德福把云彩叫过去，不许她到客厅去。云彩说她还要续茶水呢，德福不许她去。云彩说夫人说话从来不回避她，特相信她，德福还是不让她去。德福在房里看见陈耕走出了客厅，才放云彩回客厅去收拾。云彩去了客厅，见夫人在高兴地唱歌，云彩问："陈会长给你说啥了，你这么高兴？"

金花说："没说啥呀。"

云彩说："没说啥，你自个儿乐哩？"

金花说："是嘛，我咋不能乐呢？"

云彩说："姐，你这次回来真的变了。"

"哪儿变了？"金花问。

云彩说："爱唱歌爱笑了，不像个夫人了。"

"那我像啥呀？"金花问。

云彩说："反正你变了，不爱管事了，爱打扮了，还爱说笑话，我在你跟前也不害怕了。"

金花说："你以前在我跟前害怕吗？"

"当然害怕，现在不害怕你了。你真像我的姐！"云彩说。

"听说你结婚了，女婿就在咱茶坊？"金花问。

"下苦的，在茶坊里光会出蛮力。你给自己也找一个，茶坊的人你看不上，陈会长不错，他人好。"她回过头，金花早已走出客厅了。

有人在院里找梁掌柜，伙计议论这人是梁掌柜老家那位贩布贩药的堂哥。梁掌柜看见堂哥走过来说道："现在市场布匹少了，药难弄得很，弄下也运不出去，我帮不了你呀。"

六十二

掌灯时分，家家铺子都关了门。

金花听见客厅门响，好像有人走了进来。她走出房间看见张贵站在客厅，她有点儿惊异。十几年前，张贵曾向她示好，她觉得那是一场荒唐的闹剧，每每想起那些事，她都感到浑身不舒服，也因为他的行为使她决意离开泾阳。今天见到张贵，她有一种身上沾上异物的厌恶。她问：“有事吗?”

张贵低头不吭声。

“有事去找德福，我早都不管王家大院的事了。”金花说。

张贵说：“我找你……”

“找我?”金花有些奇怪。

张贵说：“你这次回来带来很多银子，救了王家大院也救了我，是我给王家大院带来的灾祸。”

金花说：“不能怪你，那也是天灾。”

张贵说：“我听德福说，你让他不要怪我。这事放到哪一家，主家都是要把我撵走的。”

金花不想再和他说话，想让他走。张贵说：“我一直等着你回来，我不是冲着你的银子来的，伙计们都说我配不上你，但我有力气，又是咱家货栈的掌柜，只要你愿意，我侍候你一辈子。”

金花忽然感到这家伙疯了，怎么还有这种想法？张贵说：“你走了，不吭声去了兰州，我几次给德福说想到兰州出差，去看你……”

金花实在听不下去，她说：“没别的事，你走吧。”

张贵继续说：“德福不让我去，我知道你一直牵挂着王家大院，你一定会回来的，所以我一直等着你……”

金花欲发火，说："你走不走？"

张贵又说："你不要理王老虎，他要再纠缠你，我会杀他，土匪咋能配得上你……"

金花说："你走不走？你不走我喊梁掌柜了。"

张贵忽然跪在金花面前，说："你走后，我一直等着你，我经常在桥头、在大院门口等你回来。"

面对无赖，金花气愤至极，大声说道："你自己走，还是我让人赶你走？"

张贵觉得一切希望都破灭了。

他曾梦想只要和金花成了亲，他就可能是王家大院的大掌柜，他会找德福要求涨工钱，今后再不会为挣钱而苦恼。他会在县城里买一座院子，盖上漂亮的房子，把父母亲接到县城来。他会把金花服侍好，服侍好金花就不会没钱花。十几年来他就是这样想的，就这样为自己的梦想闷声干着。他期盼金花回来，他知道金花一定会回来，泾阳这么大的家业她怎能丢下不管呢？现在她终于回来了，却是这样无情！

云彩从房里走到大厅，惊呼道："二掌柜，你咋跪在大厅，你给谁跪呢？这不过年不过节的。"

金花转身走了，她觉得很羞耻。张贵无趣地站起来说："没事没事。"

云彩问："没事你跪下干啥呢？"张贵慌忙地走了。

张贵走了。云彩到金花房间问："二掌柜跪在客厅干啥呢？我迷迷糊糊听见有人在客厅说话，出来看见他在大厅跪着。"

金花说："你看见了咋不赶他走，跟他说啥话呢！"云彩不知怎么回事，不敢再问了。

张贵向金花下跪表白的事，在王家大院传得沸沸扬扬。德福和梁掌柜不相信这事，一个伙计给梁掌柜说他亲眼看见，张贵端端地跪在客厅。

"夫人咋说的？"梁掌柜问。

伙计说："夫人说再不走，她就叫你呀。"

"最后咋办了？"梁掌柜问。

伙计说："最后云彩出来了，傻乎乎地问，'这不过年不过节的，给谁跪呢？'"

伙计们都笑了，梁掌柜气愤地说："脑子进水咧！"

吃过早饭，张贵卷着铺盖要辞工。梁掌柜去问金花，金花说：“给些银子让走。”

梁掌柜给张贵银子时说：“人要学会掂量自己，知道自己有几斤几两，蛤蟆永远吃不上天鹅肉。”

云彩知道了实情在房子里哭，后悔没有打张贵，他是什么东西，也敢欺负夫人！她怨夫人命苦，结婚几年丈夫就走了，至今未嫁，却惹来了这么多是非。

张贵走了，德福怨恨自己，娘身上怎么一事接一事，这样下去娘的名声……他想不下去了，立即找到梁掌柜，让他给娘说说，给她找个伴儿，找个说话的人。梁掌柜思忖半晌，说道：“我是个下人，咋能给夫人提说这事。”

德福说：“我更不能去，我不能给娘提亲，给我找后爸。”

梁掌柜这几天为堂哥筹办的货运不出去而焦急，堂哥几次催他发货，他不敢贸然发出。听人说在永寿这条道上，不光有土匪抢劫，近些天还有官兵多处设卡，更难通行。堂哥却说他自己有办法，让梁掌柜赶快发货。梁掌柜能有什么办法？一旦路上出事，连累了王家大院怎么办？

今天堂哥又来催发货，着急地说：“你发货，告诉我货几时走的，是哪个车队送的，在路上自有人护送咱的货到达目的地。”

梁掌柜问：“你得告诉我，谁护送咱的货，不然，我咋放心给你发货？”

堂哥说：“你别管，有人护送，前几次都是他帮忙把货送到的。”

“他是谁？你不说我不发货。”梁掌柜执拗地说。

堂哥憋了几天过来说：“这人你认识，但我不能告诉你，这是组织原则。”

六十三

晚上，忙了一天的人们休息了。年纪大的人早已熟睡，有人发现崔富有用甜水井水做茯茶，到陈耕那里告状。

陈耕听后很吃惊，这是祖上传下来的规矩，崔富有怎么能破坏？他去找崔富有，径直进了兴盛茶坊。他看见崔富有，一时又觉得自己有点儿像做贼的，没打招呼就闯进人家茶坊。崔富有看见陈耕先是一惊，随后尴尬地说："你甭查了，我明白你的来意。"

陈耕说："街坊有传说，我过来看看。"

崔富有说："街坊说的话是真的。"

陈耕有些惊愕。崔富有说："兰州向我要甜水井水做的茯茶，我没办法，我得吃饭要过活。崔莺成婚跟没成婚一样，天天守在家里……"

陈耕打断他的话："你要是没饭吃，街坊邻居就都要饭去了。崔莺待在娘家，娃能吃多少？"

崔富有说："我和人家签了契约，我必须给人家用甜水井水做茯茶。"

陈耕说："这不行，你不能违背祖上的规矩。我告诉你，甜水井水正在减少，可能以后连熬茶做饭的甜水也没有了。从明天开始每家每户一天两桶水，茶坊的伙计按人头取水，谁也不许多绞。"

崔富有说："这不行。"

陈耕说："不行也得行，我不能看着祖宗留下的甜水井在我们手里干涸！"

六十四

王茯茶从湖南带回来一儿一女，德福见到孙子孙女高兴得不得了。金花见了曾孙，更是高兴，整天带着两个曾孙在街市上玩。王茯茶在家待了几天就要走，还要把儿子女儿都带走，德福和小金花都不同意，金花也气得哭了。

两个孙子的名字是德福起的。孙子叫罗马，意指意大利的首都罗马；孙女叫罗斯，意为俄罗斯。孙子孙女的名字是德福的梦想和寄托。

罗马和罗斯谁也不愿走，都想留下来，德福高兴得不得了，要让兄妹俩在泾阳读书。儿女不愿走，王茯茶没办法，只好把他们留下来，临行前叮咛孩子，在家一定要听太婆和爷爷奶奶的话。

媳妇不放心把两个娃留在家里。王茯茶说："婆和爸妈那么爱他们，他们又不愿意走，我们有什么办法？让他们留下来，我们还落个人情；如果强行带走他们，老人们定会不高兴，孩子也会闹活。"

全家人在为罗马、罗斯的去留熬煎。陈耕登门拜访，王茯茶一见陈耕，就在院里喊："爸！我陈耕爷找你。"陈耕说："我找你，你叫他干啥？"

王茯茶笑道："找我？"

陈耕说："你是个有学问的人，我问你，咱甜水井的水这几年为啥时有时无，在不断地减少？"

王茯茶说："地下水源可能耗尽了，也可能因为地壳运动水源断了，这是多方面原因造成的，要经过考察调研才能知道。"

陈耕听后心里恐慌，他一夜没睡，一大早熬好一壶好茯茶去看望李先生，他想证实王茯茶的话是否正确，但李先生早回省城去了。回来的路上，他不时地想起李先生的那句话："世上的资源都是有限的，别看泾河水这么多，如果无限开采使用也会干涸。"甜水井的水会不会干涸？现在这种时有时无的现象，让他难以确定。如果甜水井的水干涸了，他的轩逸茶馆还有什么存在的意义？轩逸茶馆之所以存在是轩逸茶馆旁边有甜水井，茶馆的茯茶因为甜水井水的滋润而味醇、香甜。如果甜水井没水了，还有多少人到这里来喝茶？

陈耕又去找王茯茶，说："你给咱考察调研一下，把甜水井缺水的原因找一找。"

王茯茶本要回湖南，但见陈耕爷爷这样诚恳、着急，他便去省水利工作队询问情况。王茯茶说明了甜水井这几年的变化，省水利工作队专家讲的话和李先生的一样，世上的资源都是有限的，过分开采，有可能导致这种现象。

陈耕知道专家的说法后，觉得限制使用甜水井水是当务之急。他忽然想起过去县城只有几十户人家使用甜水井水，现在人口增长，商家增多，近百户人家在使用甜水井的水。过去人们大都是下午去打水，很少出现排队打水的现象，现在人们从天亮到天黑都在排队打水，甜水井就那么一点儿水，能不干涸吗？

限量用水保护资源，陈耕觉得这是街坊的大事，每家每户一天两桶水，茶坊伙计按人头取水的办法应当继续坚持。他号召各茶坊派人在甜水井旁轮换监管，一些人意见很大，但陈耕坚持这一规矩，并且减少轩逸茶馆使用甜水井水。大家看到陈耕真的在限制用水，保护资源，也不敢再吭声了。

兰州到泾阳的道上最近常有土匪出没，劫持驼队，县政府派警察巡逻，土匪抢劫却仍时有发生。金花知道这是王老虎在捣鬼。以前王老虎不作恶，想做个好人，是在给金花示好；现在金花拒绝了他，他便原形毕露了。金花捎话要见王老虎，把约见王老虎的地点定到了城外，她不愿意让街坊看到王老虎进城，更不愿意让王老虎走进王家大院。

王老虎刻意收拾一番，带着随从赴约。他骑马来到城门外，见金花和云彩站在约定的地方，身边再无他人。他命随从站定，一人跨马来到金花面前。金花见到王老虎，开门见山地问："茶道的驼队被劫是不是你干的？"王老虎想好一百句话，却没有想到金花会这样开口问话，这一句话便把他逼到了墙角。老实回答，他感到毫无意义；不老实回答，不是他王老虎的性格，况且是在自己喜欢的人面前。他说："是我干的。"

金花问："你咋会干这事？"

"我是土匪，不干这事干啥事？"王老虎直来直去地说。

金花说："你不是说过不骚扰乡党，不抢劫街坊吗？"

王老虎说："我没有骚扰乡党，没有抢劫街坊呀！"

金花说："你抢劫的都是买街坊、乡党茯茶的驼队。"

王老虎说："我说过不骚扰不抢劫街坊、乡党，但我没说不抢劫外面过往的商家。不抢他们，我们吃啥、穿啥？让我们喝西北风去？"

金花很生气地说："你既然有这本事应去打日本鬼子，不要坑害乡邻……"

王老虎说："我打富济贫，没抢一个穷人。"金花转身走了。王老虎的话飘得很远，也没有绊住金花回头的脚步。

金花走了，王老虎为刚才和金花的对话感到后悔，他明明没有那么做却硬是那么说了，不知金花如何看他。

金花走了，王老虎没有走，他站在那里久久地望着金花离去的身影……

在远处看护夫人的梁掌柜突然发现有一个人向王老虎走去，这人竟是他的堂哥！梁掌柜看见堂哥惊出一身冷汗来……

六十五

春风吹绿了树枝，吹艳了百花。桃林、枣林中，花香袭人、蜂鸣雀跃，却少了往年这时一群群少男少女的影子。

德福的孙子罗马常往省城跑，使德福很不放心；孙女罗斯往安吴堡跑，使小金花很害怕。他们常为罗马、罗斯的行动担惊受怕。德福叫来梁掌柜：“罗马我管不上了，你给我把罗斯看住，不敢乱跑给我惹事。”

东北军首领张学良和西北军首领杨虎城派人来买茯茶，给即将开赴前线抗日的将士送慰问品。来人喝了甜水井水熬的茯茶，夸这是泾阳的正宗茯茶，说能让张、杨二位将军喝上泾阳这甜水井的茯茶就好了。来人说省城那么多井，没一口是像泾阳这样的甜水井，能否用一根管子把泾阳的甜水引到西安，让省城的守军都喝上甜水井茯茶？陈耕说：“劳民伤财，张、杨二位将军肯定不会这样干的，况且现在这点儿水都不够我们街坊喝，咋能引到省城呢？甜水井老了，说不定过几天就干了。”

来人见陈耕讲得很认真，忙说：“玩笑，刚才是开玩笑，我们奉命采购茯茶，再没别的事。”

陈耕带他们转了几家茶坊，让他们自由选择，他们选择了安吴堡吴家东院、德盛茶坊和其他几家街坊的茶。陈耕要求他们多采购几家，来人说：“我们就看中了这几家。”

有人认为陈耕偏向德盛茶坊，第一个跳出来说这话的是崔富有，说陈耕与德盛茶坊的人关系甚密，把军需采购茶大多数放到了德盛。人们知道崔富有说这话的意思。

有人提出要陈耕辞去茯茶联盟协会会长的职务，陈耕说：“我真不想干这个差事了，几十年我已经干烦了。”

一寸山河一寸血，举国同仇抗倭寇。彭德怀组织红军在云阳镇改编成八路军，要奔赴抗日前线。泾阳商会和茯茶联盟协会给八路军捐款，并赠送了很多茯茶。德福的孙女罗斯得知八路军要从云阳镇出发，她劝爷爷给八路军捐款捐粮。后来孙子罗马告诉他，他给八路军捐的物品和资金都送到陕北延安了。

德福不相信罗马的话，去问梁掌柜，梁掌柜说："送了就送了，又不是咱送的你怕啥！"

梁掌柜的堂哥又来找他，他一见堂哥愣愣地看着，问道："你认识土匪王老虎？"

堂哥说："既然你知道了我就告诉你，咱的货大都是他送出去的。"

"你咋和土匪……"梁掌柜认真地问。

堂哥平静地说："他只认银子，你怕啥？"

六十六

春天催生了万物，催生了年轻人的欲望，也催生了一些人不可思议的狂妄。

传说甜水井水熬出的茯茶有增肥的功效。有人用自己的身子证明喝甜水井水熬的茯茶比以前胖了，油坊的李老板和皮货铺的上官老板首先嚷嚷着要增肥，他们喝了一辈子茯茶，不知甜水井茯茶还有这作用。他们都很瘦削，怎么也吃不出膘来。上官老板说："张老板讲究按时按量喝甜水井茯茶，才那么肥的。从今往后我也要天天喝甜水井茯茶，攒那么多银子干啥？像崔老板攒那么多银子有啥意思。"

李老板笑着说："听说前几日崔富有把崔莺打走了，嫌她嫁人了，还整天待在娘家吃他的喝他的。"

上官老板说："他攒那么多银子干啥？他死后还不都是崔莺的。再说崔莺在家能吃多少？她想待在娘家自有待在娘家的苦处，他这样把崔莺打走，婆家要是去不了，她能到哪儿去呀？他是个守财奴，守昏头了。"

陈耕见上官老板和李老板在一起喝茶，过来说："我是卖茶的，确实不该说这话，甜水井茯茶增肥没有科学依据，人都说茶水刮油，没听说茶水有增肥的效果。"

上官老板说："你啥意思，不想让我们俩喝？我在你这儿从没白喝过。"

李老板说："我也从没白喝过你的茶。"

陈耕说："我只说说我的看法，没别的意思。"

到泾阳寻找茯茶养生增肥的人越来越多。在这缺吃少穿的年月人们都希望自己肥胖起来，胖显得精神，显得富态，显得肚里的油水多。肥胖成了中老年人追求的一种时尚。人们闲聊时都在探讨增肥的秘方，传说甜水井茯茶的奇特功效，是井里的甜水起的作用。喝茶的人带动了泾阳茶饮业的发展，一夜间，县城冒出了很多茶馆，大都打着养生增肥的牌子，招揽客人。

甜水井打水的乡规民约没有改变，要求增加打水次数的商户在不断增加。打水的人从早上排队到晚上，直打到井底见到泥水为止。这样下去怎么办？陈耕见人就说："钱赚多少是个够？给子孙后代留点儿甜水吧！"

陈耕的呼吁没有阻挡住人们疯狂取水赚钱的欲望，一些奸商开始用泾河水冒充甜水井水，品茶的行家喝出来了就大吵大闹。

在这兴旺繁荣的茶业年月里，人们常常聊天到深夜。陈耕谈起泾阳往日的辉煌很兴奋，他说："明清时期，由甘肃、宁夏运来的皮货在这里借泾河水硝制；由湖南、湖北进入的茶叶在咱这儿焙炒、压制成砖茶；由陇右输入的水烟叶在咱这儿制成丝。当时，城内百货云集，商贾络绎不绝……泾阳成为陕西乃至中国西部的经贸中心……号称茯茶帝都、西部财富帝国。"

几个人听得入神。陈耕说："咱秦商凭的是啥？就是王家大院挂的牌匾上那'忠义仁勇'四个字。这就是明清秦商五百年垄断中西部贸易的神话和传奇。"

上官老板说："现在泾阳的这点儿商业和以前的商业没法比。"

大家还要陈耕讲秦商，陈耕说："今天我说这么多话，是想告诉大家，明天，从明天开始轩逸茶馆就停止用甜水井水熬茯茶，改用泾河水了。"

李老板说："不能停，你停了，我们在哪儿喝甜水井水熬的茯茶呀？我们还要增肥呢，要像张老板那样富态起来。"

上官老板问张老板："你和我们都喝甜水井茯茶，你咋胖得这么富态，我们咋瘦得跟麻秆一样呢？"

张老板说："你们图省钱呢，想喝了才喝，我是胡整呢，天天喝甜水井熬的茯茶，我当然就富态了。"

大家都笑，说："你张老板是胡整的人吗？"

张贵不知从哪儿跑出来，惊讶地说："我看见崔莺了，在逃难要饭的人群里。"

人们不相信。崔富有把崔莺赶出去后，崔莺回了婆家，他们看见崔莺向婆家方向走去的。

张贵说："我看得真真切切，没麻达。"人们都相信了张贵的话。

上官老板骂崔富有："家里攒那么多银子干啥，崔莺在家能吃他多少，竟把亲生女儿赶走了。"

张胖子张老板说："崔莺在娘家住得也太久了，一住就是半年，回婆家没几天又来住。嫁出去的女子老住在娘家也不像话。"

上官老板说："崔莺吃一年两年也吃不穷崔富有。兴盛茶坊虽不如德盛茶坊红火，但生意平稳，这几年也攒了不少银子。他一个人攒那么多银子干啥？两腿一蹬，还不留给崔莺了？他不会想把银子带进棺材去吧！"上官老板的话引得大家都笑了。

张老板一生就靠那个杂货铺子过活着，那个铺子使他全家饿不死也活不旺。他说："崔莺不回婆家，肯定有不愿意回婆家的难处。她也苦，一辈子想跟德福过活，人家不要。"

李老板说："不是人家不要，都是她爸把事弄瞎了，如果崔富有不在中间闹活，两个娃好好的。"

张贵说："我听说……"他欲言又止。

上官老板想听下文，拉张贵坐下，说："喝茶，喝茶。"

张贵从王家大院辞工后，一直没找到一个正经活，在街上胡溜达，听到的消息不少。他说："崔莺的男人在口镇，是个顶门杠子，在口镇开了一间大商铺。那人实诚，面见了崔莺就同意了这门亲事。崔富有说好多富家子弟想娶崔莺，崔莺都不嫁。他养女儿这么多年，她上过中学，有文化，对方必须礼重，然后男方就答应了。不知崔家要了多少银子。男方结婚前住的是大房子，经营着大商铺，现在大房子没了，大商铺变成了小铺子。成婚后崔莺才知道那个男人脾气不好，两人隔三岔五地吵架。那个男人经常瞎整崔莺，把崔莺整得满身伤痕。崔莺给隔壁的一位大嫂看过她身上的伤。崔莺的公公是个老好人，不太吭声，婆婆整天骂她，说她是个不下蛋的鸡。她在家里待不住，白天婆婆胡骂呢，晚上男人胡整呢，她只有回娘家来。回到娘家，她那个爸像个后爸，嫌她吃他的喝他的，把女儿赶跑了。”

李老板说：“你把崔莺领回来，他爸不养我养。”

陈耕说：“人在哪儿？把人先领回来，先住在我这儿，在茶馆帮个忙，我管吃管住，看他崔富有攒那么多银子干啥呀！”

张贵说：“我能领回来早就领回来了。崔莺好像变傻了，神经了。我叫她她不吭声，只往人堆里钻，她真的有神经病了。”

陈耕说：“要是这样，赶快去给崔富有说一声。不管咋样崔莺是他的亲闺女，得把崔莺接回来，钻到要饭的队伍里可不行。”

六十七

金花和王老虎见过面后，虽然俩人说得很不好，但商道上少了拦路抢劫的事。

兰州到泾阳的路通了，街道上到处是驼队，这省那省的话到处都能听得见。德福很高兴，在人群里走来跑去，和兰州、西域的客商聊天，打听泾阳的茯茶卖到了什么地方，都有哪些国家的人喝泾阳的茯茶。客商说：“除了俄罗斯，还有大夏，也就是如今的阿富汗。”

德福问：“到罗马没有？”

客商说："没有，罗马远得很。去罗马要经过阿富汗、伊朗、俄罗斯、土耳其等多个国家才能到达。"

德福说："我先人去过那里，那里的人喝过我们的茯茶。我要让泾阳的茯茶走到罗马去，让罗马人再品尝到我们的泾阳茯茶，也要让他们知道我们泾阳茯茶背后千年的故事。到那时我去罗马，看我们的商号，住我们的客栈。"

张贵把崔莺的事告诉了崔富有，说崔莺住在泾河岸的破窑洞里。崔富有大骂她活该，说让她去受受那罪，就知道五谷的金贵了。

夜里，人们看见崔富有提着篮子，高一脚低一脚地去了泾河岸边的窑洞。窑洞里挤满了要饭的人，他站在窑门口叫："莺，莺，崔莺，跟爸回去，爸一时糊涂打了你，把你赶出家门，爸也后悔。爸想你是成家之人，整天待在娘家让人笑话。你回你婆家去，他们对你不好，你给爸说，爸去和他们闹。"

里面没有回音，但窑里的人都知道他在叫谁。崔莺躲在窑洞里吓得缩成一团。有人说："你爸叫你回去呢，你快回去，看你爸的穿着定是个有钱人，你咋钻到我们这堆堆里来了呢？"

崔莺就是不吭声。崔富有见无人吭声，他又说："你嫁过去，虽然咱礼要得重，但我做爸的给你也陪得不赖，你婆家应当满足的，他们咋能对你不好呢？你有委屈给爸说，爸和他们去讲理。"

窑里的人们，眼睛齐齐地瞅着满脸泪水的崔莺。

崔富有接着说："他们家在镇上开的那个铺子，能赚几个钱？只要他们开口，只要他们对你好，我会给他们银子的，咱家有的是银子。你快跟爸回，回去爸再不赶你走了，你愿意住一年半载由你。你妈走得早，我就你一个亲闺女，我还要你给我养老送终呢。"

崔富有在窑洞外说了一大堆话，崔莺像怕被打似的缩作一团。别人推她出去，她就哭，她一哭，别人就不敢推她了。窑洞门口一位老妇人说："老者，她好像不对劲儿，跟我们走了一路，一句话都不说。"

崔富有说："你不知道，我那天把她打了。她在娘家不回去，我一生气就失手打了她，她哭着走了，谁知她躲到你们这儿来了。"

老妇人过去劝崔莺："你爸叫你来了，你家有吃有喝，你和我们混啥呢？你爸说你回去他再不打你了。"

站在窑门口的崔富有说："对，爸再不打你了。"

妇人出来说："她像有麻达，不对劲儿。"

"咋不对劲儿？"崔富有问。

妇人说："不吭声，一句话都没有。你拉她，她吓得只是哭，只向人身子后面躲。"

"我把娃打怕了，打伤了，都怪我把娃吓坏了。"崔富有失声哭了。

妇人说："那是你亲闺女，你咋舍得打呢？"

崔富有说："她不回去，就让她在这儿待一夜，我明天再来给她说。你把馍、汤，还有菜，都让她吃了。"

崔富有揭开篮子，香味飘进了窑洞，一窑洞的人都吞咽着口水。崔富有说："你把这些都给她，你叫她出来，我看着她吃。"

几个人把崔莺推出来，崔莺头发凌乱，月光下崔富有看不清崔莺的脸。他说："跟爸回。"崔莺就吓得向后退。他又忙说："不回、不回，爸不领你回。你先吃饭。"

他看着崔莺，只见崔莺抓住一个馍几口就吃完了，端起碗一仰头把一碗汤喝光了。他指着菜让崔莺吃，她摇头不吃。他把菜递给了老妇人，老妇人吃了一口递给了后边的人，后边的人一个个伸出手抓一把菜塞进嘴里，快速地嚼着……妇人问："还有馍没？"

崔富有说："她平时就只吃一个馍，我只给她带了一个。"

妇人生气地说："她一天都没吃饭，一个馍能够她吃？"

崔富有知道这妇人自己想吃，便说："我篮子里还有半个馍，我怕她吃不饱就多带了半个，我刚才看她吃饱了，没给她，给你吃吧。"妇人接了馍塞到嘴里。崔富有说："让她在这儿待一夜，我明天来接她，让她好好的，甭在这儿闹活。"

崔富有提着篮子走了，妇人喊："明天多带几个馍过来！"

路上，崔富有哭了，他后悔打了女儿，那天怎么昏头打了女儿？平时疼她都疼不够，从来没动过她一根指头，那天怎么就打了她呢？

金花知道崔莺的事后，开始还不相信，后来听人说崔富有夜晚去了泾河岸边的窑洞，崔莺不回去。她觉得事态严重了，父女俩闹矛盾不可能闹到这个程度，肯定是崔莺有问题了。

金花要去窑洞看崔莺，在门口碰见崔富有，她问："崔老板，咋回事？崔莺找着了，她咋不回家？”

崔富有说：“都怪我打了女儿，把她打傻了……”

金花说：“你干啥去？是接她回家吗？”

崔富有说：“她不跟我回，夜晚我咋劝，她都不跟我回。”

金花说：“我和云彩去看看她，接她回来。你回去吧，我去接，或许能好一点儿。”

崔富有说：“也好、也好，我在家里等你们。”

金花问：“你篮子里的东西要我捎给她吗？”

崔富有说：“不用了，就一个白蒸馍。”扭头提着篮子走了。

金花回家拾了一篮子馍和云彩去了泾河岸边的窑洞。窑洞口站了很多人，有一个妇人问：“那个老头咋没来？”

金花说：“崔莺在吗？”

妇人说：“在，她在里面。”

金花揭开篮子上的布，给站在窑洞门口的人一人一个白蒸馍。她又拿着一个馍去找崔莺。云彩看见蜷缩在窑洞角落的崔莺吓了一跳，只见她头发凌乱，浑身是土，双手脏兮兮的。云彩拉她出来，她走了几步惊叫着又跑了回去。妇人说：“被她爸吓得，是她爸把娃打伤了。”

金花递给崔莺一个馍，她用脏手抓起馍就往嘴里塞，好像几天没吃饭似的。妇人说：“夜晚她爸来，还给她带了吃的。”

“她咋会变成这样？”金花问。

那妇人说：“她爸把女子打傻了。”

金花急忙说道：“不可能，崔富有打女儿不会下手这么狠，崔莺变成这样，肯定有其他原因。”

一个女子说：“她男人也打她。”

金花问：“你咋知道？”

那女子说：“我认识她男人，是口镇的，她的婆婆骂她是个不会下蛋的鸡。”

金花哀叹一声，上前劝崔莺：“崔莺……”她一语未出落了泪，多好的姑娘呀，怎么变成这样了？金花说道：“你真傻呀，你不同意这门婚事，可以和他离婚。他打你，你到县政府告他呀！你咋这么傻，任人家欺负你不吭声，竟成了这样！你跟我回，你不想回娘家，就住到王家大院，有我吃的就有你吃的……”

金花觉得崔莺今天变成这样自己也有责任，如果她促使崔莺和德福成婚就不会有这个结果。她为了王家大院的基业，为了王家大院德盛茶坊长年的茶源保障，斩断了崔莺和德福的姻缘，让德福娶了小金花。她毁掉的不是崔莺的婚姻，而是崔莺一生的幸福。

金花曾听说崔莺要嫁一个穷光蛋，不愿嫁给县上的富家子弟。其实崔莺一直在等待德福，金花却不许德福和她接触，她慢慢地死心了，最终嫁了一个做小生意的商贩。金花想着崔莺成婚后生活就安宁了，却不知道她在婆家受那么大的罪。崔莺是一个在富家惯养长大的女子，怎么能接受那种辱骂和殴打？

面对变得如此痴呆的崔莺，金花欲哭无泪，说：“莺，跟我回，我会把你当亲闺女对待……”她走近崔莺，崔莺吓得直向后退。

妇人说：“傻子，你咋不回呢，你回去就能吃饱饭不挨饿了。”

崔莺好像听不懂她说话，只是颤抖着向后退。金花说：“不要逼她，她已适应这个环境了，让她多待几天我们再想办法。”金花无法把崔莺带走，懊丧地和云彩回去了。

金花一路无语，她觉得自己犯了罪，愧对崔莺。

小金花把崔莺的事告诉了德福，她说：“你去叫她，说不定她会回来。”

金花也去劝德福，她说：“我们王家大院对她是有责任的……”

金花给德福拾了一篮子馍让他去。德福好久没有见到崔莺，听说她结婚了，觉得少见为好，唯恐影响她的生活，也怕小金花知道不高兴。街坊传说崔莺神经了，德福不相信，多么灵巧聪明的崔莺，怎么会变傻？大家都劝说他去看看崔莺，其实大家不说，他也想去看她，如果能接她回来，也是做了一件善事。

德福不知见了崔莺第一句话说什么，迷糊中的她是否还能认识他。德福走出城，上了泾河的简易木桥，远远看见几孔窑洞，他挨个儿找了找，窑洞里没有一个人，崔莺走了。德福把崔莺走了的消息告诉了金花，告诉了崔富有，告诉了陈耕叔，他们先后到窑洞来找崔莺，没有人找见她的踪影。

德福心里很难受，一种从未有过的痛苦萦绕着他。他回去睡下，第二天一个人骑马出了城，王家大院的人都知道他找崔莺去了。金花去看望小金花，给小金花说：“我让德福到咸阳办点儿事，你不用为他操心，他办完事就回来了。”

小金花说：“娘，我知道德福干啥去了。孙子都这么大了，我还怕他跑了？他找崔莺是对的，如果他是一个没心没肺的人，知道崔莺走了不着急不去寻找，我会看不起他的。”金花觉得小金花知理明事，是个好儿媳。

崔莺不见了，陈耕也很着急，他去安慰崔富有，发现崔富有说话颠三倒四，说金花给他把女儿弄丢了。陈耕不想给他解释，给一个犯糊涂的人解释有什么用呢？

陈耕去见金花，上次和金花见面后，就不想再见她了。

一切都已过去，金花那句“一人吃饱全家不饿”的话，让他对金花一下断了念想。这句话原本是自己说的，从她嘴里说出来，却是那样冷酷。他知道一切都晚了，他这个年龄不许他再有什么非分之想了。

陈耕知道他们缘分已尽，不想再谈此事。奇怪的是，有次德福跟他喝茶提到金花，说他娘多么好，陈耕听后很高兴。当时他觉得德福昏了头，后来才知道德福是给他娘探他的底细来了。

金花那天的态度至今叫陈耕心寒。她不想再嫁人了，这个年龄还嫁什么人？金花的态度打消了他的念头。这样安稳地过日子，“一人吃饱全家不饿”的感觉不是也很好吗？他走进王家大院，云彩出来招呼他。他问：“夫人在吗？”

云彩说：“在，在房间看书呢。”

陈耕坐在客厅，金花一身素衣出来问：“崔莺有啥消息？”

陈耕说：“还没有。听说你那天见崔莺了？”

“见了，想劝她回来，她不回来。”金花说。

“她有病咋能由着她，叫几个人拉回来，拉回来就好办了。”陈耕说。

金花说：“你咋想得这么简单，强硬拉回来对她的病不好。”

陈耕说：“你好糊涂，她在病中什么也不知道，拉回来在家里调养些天，病才能治好。现在她跑了，到哪儿去找她？”

金花说：“我当时想错了，见她可怜只想顺着她。”

“怪不得……”陈耕不想说下去。

金花问："你是不是王崇文的好友？是不是我的大哥?"

"当然是。"陈耕觉得他们的关系回到当初的轨道上更好，便说，"我不想告诉你，怕你听了生气，你要让我说，我告诉你，有人说是你把崔莺弄丢了。"

金花问："你认为呢?"

陈耕说："我当然不认可他们的说法。但你的想法确实欠妥，耽误了找回崔莺的机会。下次见到她，要先把她带回来。"

金花说："德福去找了。"

陈耕说："不管咋样，我们都尽心了，也不要把这事放在心里为难自己。"

走出王家大院，陈耕的心情很爽快，困扰他几十年的情感纠结今天终于烟消云散了。没了那种情感牵绊，他俩说话很轻松、很自然。他还是金花的大哥，金花还是好友崇文的妻子。

崔富有家门口拥了好多人，陈耕走过去听崔富有喊道："你还我女儿！我女儿是她弄丢的，要不是她，我女儿也不会疯……"

陈耕说道："你胡说啥呢！崔莺疯了和要饭的钻在窑洞里，金花好心去劝她，没有把她劝回来，怎么能说是她把崔莺弄丢了？你还有良心没有？你要这样胡说，谁还敢管你家的事，谁还敢帮你找女儿?"

崔富有听了陈耕的话，连忙说自己错了，他一把抓住陈耕的手说："你想想办法帮我把女儿找回来，你有办法找回她……"

陈耕说："街坊很多人都去找了，还没回来呢。你在家等着，有好消息我会告诉你。"

崔富有一摇一晃地回屋去了。人们觉得崔富有好可怜，辛苦攒了一辈子银子，现在连个花银子的人都没有了。

六十八

城外的商道又断了。

金花和茶坊的几个老板去找县政府，要求县政府出面保护客商和驼队。一天深夜，宁静的街上忽然人嚷犬叫，乱作一团。一帮土匪冲进城里，砸门叫户，喊声连天，街坊躲在家里，无人敢出来。

天刚亮，多力坤一行三人慌慌张张地来到县城，敲开王家大院的门。梁掌柜见是老客户多力坤，赶紧把他扶了进来。德福听说多力坤来了，蹬上鞋就到了客厅。

多力坤惊慌地说："西域的客商过不来，我说我这老骨头不怕，多年没来了，也想来见见你们……走到春来茶馆附近，遇见一帮土匪，我们躲进了春来茶馆。李老板知道我们是西域来的客商，要到泾阳去，把我们藏在了地窖里。土匪进了茶馆，李老板说没见过我们，土匪说看见有人跑进茶馆怎么没影儿了？李老板就是不说我们藏在地窖里。土匪在茶馆翻腾半天没找见我们，临走时一刀砍了李老板……"

梁掌柜不由得唉了一声……

多力坤接着说："土匪走了，我们从地窖里出来，茶馆里没有人。伙计们都跑了，茶馆遍地是血，趁天黑我们埋了李老板，跑到了县城……"

德福听说李老板被杀，气愤至极，要为李老板报仇。金花进来劝德福不要莽撞，说县政府已掌握匪患情况，很快会清剿他们。德福说："李老板是秦商英雄之后，我还没让他认识我呢！"金花听得糊涂，她想德福是气昏了头。

王老虎知道了春来茶馆李老板被杀之事，认定是野狼干的。他派人去找野狼算账，几个兄弟却被县政府的人抓走了。

县政府派出了护驼队，沿路设了岗哨，但客商的驼队还是被抢，县政府几次剿匪未果。王老虎的队伍无法行动，他想告诉金花这帮劫路的土匪不是他的人，但又怎么能说得清呢？

驼队不断被抢，客商没有提货资金，一筹莫展。德福看在眼里，决定让驼队带茶先走，下次来时再交银子，或者把银子交给兰州德盛商行。客商很感动，他们说："从来没见过这样的茶坊。谁能占据西域市场？唯有泾阳！"

一天，金花骑马出城，街坊知道她是又去见王老虎。她觉得自己扮演了一个很不光彩的角色，本和王老虎无任何瓜葛，但为了商道的平安，她不得不再次与王老虎见面。

王老虎在城外远远地站立着，她想劝他放下屠刀。见到王老虎，她激愤的情绪忽然平静了，恳切地说道："你不要滥杀无辜，不要再抢劫西域客商。国难当头，你有这支队伍应当去抗日……"

王老虎想给金花解释，但见金花对他的态度未变，认定他杀人抢劫了西域客商。他怒冲冲地说道："我只想当土匪！"

金花强压内心的怒火，大声说道："如果你一条路走到黑，最终会被县政府捉拿，落个身首分家的下场……"

王老虎勒紧缰绳掉头走了。金花大声喊道："你好好想想，我说的话对不对！"王老虎纵马要去时，听见这话却放马慢步前行……

她没有说服王老虎，回到家里茶饭不思。云彩说："让他狂去，把脑袋狂掉了他就不狂了。"

梁掌柜说："又有一驼队被抢，客商们回到城里又哭又闹，这条道没法走了。"

一个穿制服的人站在了院中，梁掌柜急忙上前询问，来者说找王老板。梁掌柜说："我东家上街去了，找他……"

来人打断他的话问："夫人在吗？"

梁掌柜说："你是找王老板还是找夫人？"

来者说："王老板没在，我就先和夫人谈谈。"

金花听到院中的对话，她说道："让客人进来吧。"

来者走进客厅，云彩倒了茶水和梁掌柜退了出去。

来者说："我是县政府的，我们想请你给政府帮忙。"

金花吃惊道："我能给你们帮啥忙？"

来者说："上头想请你为民除害。"金花一惊。来者又说："上头想请你为民除了王老虎这一大害。"

金花说："你们都拿他没办法，我一个妇道人家能干啥？"

来者说："县政府设计了几套除掉王老虎的方案都失败了，最后一套方案想请你出面。"

金花问："除掉匪患，除掉王老虎我愿意干。但他人马上百，还有枪支，我一个妇人能除掉他？"

来者说："我们了解到，你和他有一种特殊的关系，或许你无意而他有意，但你们之间确实存在一种特殊的关系。"

金花听着生气："我和他没有任何关系。"

来者说："你们不是刚见过面吗？"

金花说："你们知道我和他见面，咋不抓他？"

来者说："你和他见面的地方，周围都埋伏着他的人，我们根本无法接近。"

金花说："你说咋能除掉他？"

来者说："利用你的特殊身份，约他见面，接近他时杀了他。你杀了他，就为泾阳县百姓立了大功。"

金花沉默了，这个计划能行吗？如果不能成功，她肯定回不来了。县政府的人走时给金花留了一把匕首。

金花把县政府这个计划给德福说了，德福说："你不能去，你不能替他们去冒险。他们县政府有那么多人，还有警察局，抓土匪是他们的事，为什么要让你去冒这个险？"

金花见德福情绪激动，言辞激烈，忙说："我不去，我不去，你再甭喊叫了。"

张贵在河岸转悠，在河边发现了崔莺的尸体。人们听说后，都向河边跑去。

德福跑在最前面，他把尸体捞上岸放在草坪上，确实是崔莺。这个可怜的女子怎么走了这条路？有人说他看见崔莺在河边为捞一条死鱼而失足落水；有人说她跳水而亡。德福看着崔莺的尸体默默流泪。

崔莺这一生有着欢乐的童年，喜悦的青年，但从谈婚论嫁开始就不顺利，最后嫁给一个不爱她的男人。她怕挨打躲在娘家，不知情的父亲把她打出家门。在重重的苦难压迫下，她精神失常，混进了逃荒要饭的人群中，今天不论她是取食而亡，还是跳水而溺，德福总算找见她了。

崔莺这样匆匆地离去，对德福来说也是一种安慰，他不愿意看到她混迹于逃荒人群中讨饭度日。她怎么会去讨饭？她一定是饿昏了头想捞那只死鱼充饥……德福抱着崔莺的尸体往回走，他泪流满面，他愧对的人竟死得这样惨！德福紧紧地抱着她，希望就这样抱着她，和她永远在一起……

不远的路上一位老者悲惨的哭声让德福愣住了，德福知道那是她的父亲，一个一生只知道抠钱攒钱的守财奴。德福心想："你还知道有个女儿？你哪里还知道有个女儿呀……女儿成人之后，你以女儿为本钱向人漫天要价，你置女儿声誉于不顾，在街上撒泼耍无赖，丢人的是你，伤害的是你女儿。她和我出逃，多么想离开你的家。她嫁给口镇那个小伙儿，你血口要彩礼，整得人家拆了大房卖了商铺，你害人害己害女儿，你今天还有脸在这里号哭？"

崔富有看见德福抱着他女儿，扑过去声嘶力竭地哭喊着："你不要抱她，你不要抱她……你嫌弃她，你抱她干啥……"

德福没有理睬他，继续向前走去，崔富有扑了个空，倒在地上爬起来去追德福，被几个人拉走。有人怨他："你对娃好一点儿，娃也不会走这条路。"

城门口响起一阵炮声，这是拦截敌人的炮声。有人拉住德福低声告诉他："不要走了，就在城外给她办丧事吧，祖上有规矩，在外边亡故的人不能进城，特别是年轻人。"

有人抬出一块门板，让德福把崔莺放在门板上。他抱了一路够累的，岁月不饶人，他已不是年轻的时候了。德福不放她，一直抱着，直到人们把棚搭好，棚里支好了停尸床，他才把崔莺放在床板上。

他放下崔莺后差点儿昏倒，被几个人扶住坐在一边。崔富有被人劝走，他一会儿糊涂，大骂德福不是人，是弃妻寻欢的奸人，一会儿清醒地说："他愿意给崔莺办丧事让他办去，他也该办，他把我女儿领出去好几天，我女儿就是他的人了。"

街坊劝他说："前面的话你说的对，后面那一句话不敢说了。"

崔富有哭着说："他把我女儿领出去那么多天，也没个名分。"

街坊见崔富有胡说开了，赶紧把他搀回家。德福缓过劲儿给赶到身边的梁掌柜说："明天埋了她吧，入殓时叫崔老板看他女儿一眼。"

不远处走来一群人，他们老远就哭，德福知道他们都是和崔莺待了些天的难民。德福对梁掌柜说："在这儿起灶搭棚舍饭三天，叫帮助过她的这些难民吃饱吃好。"

德福和梁掌柜回到家，金花提醒德福："我让人在城门口放炮提醒你，崔莺是口镇那男人的媳妇，是崔富有的女儿，跟咱王家大院没关系。我真怕你把崔莺抱回王家大院，你就把麻达事捅下了。咱给崔莺办丧事，是看在崔富有精神恍惚、无能为力的分上去做这件事的，你不要做得过分，这边还有小金花，不要后院起火。"

梁掌柜说："我早已安排人给口镇报丧了，人家回话说不管，说崔莺长期不回家，他们早没这个媳妇了。"

金花问："你咋给人家说的？嫁出去的女儿泼出去的水，说到底崔莺是口镇的媳妇。"

梁掌柜说："我七十多岁的人了，知道咋样处理这事。我告诉他们，尸体已被捞上岸，现在在泾阳城外放着，请天亮前把人拉回口镇；如果不拉，我们娘家明天就葬了。"

金花对德福说："你听清楚了没有？事要这么办才行，不要给崔家花了钱埋了人，还挨街坊骂。"然后她又对梁掌柜说："给外边人说崔富有已昏了头，无法办理女儿的丧事，作为街坊不能看着不管，王家大院才接了这桩事，明天埋葬崔莺。"

梁掌柜说："夫人讲得对，这事办不好，就把屎盆子扣在咱头上了。"

德福这时已清醒，他说："埋葬崔莺的事听娘的。"

给崔莺入殓时，梁掌柜叫来了崔富有，让他见了崔莺最后一面，然后就把棺木封了。崔富有见女儿躺在棺材里，揭开女儿的掩面纸一声没哭出来就昏倒了。埋了崔莺，崔富有从此胡言乱语，胡言乱语中他道出了小金花在咸阳走失的秘密。

崔富有疯了，存了那么多银子没人花了。流浪的张贵被王老虎收编，当了土匪。

六十九

金花应了县政府的事后，又觉得自己很荒唐，她一个妇道人家，怎么敢应承县政府的大事?

王老虎以前为了她少做了很多恶事，但现在却一返旧习怙恶不悛，杀害春来茶馆李老板，使商道路断人稀……想到他做的件件恶事，金花咬牙立誓要为民除害。

梁掌柜见夫人这几天情绪异常，常一个人在外转悠，他不放心，一直远远地跟着她。他想起县政府的人找过夫人，夫人的情绪是不是与县政府的人有关？他去问德福，德福支支吾吾说不清楚，使他更坚信夫人的情绪与县政府的那个人有关系。

客商们仍在呼天叫地地要回老家去，怨泾阳匪患连连，说他们回去再不敢来了，泾阳的生意做不成了。

忽然有人来报说，王老虎想见金花一面。金花骑马到城外，把马拴在石桩上，孤身向前走去。王老虎下马向她走来，她问："你有啥事要见我?"

王老虎说道："我当土匪是有原则的，我想告诉你，我从没抢劫过街坊和穷苦百姓。"

金花说："穷苦百姓你抢他啥呀，他们有啥让你抢的?"

王老虎语塞了，他说："你是王家大院的夫人，又读过书，说话咋这么冲的？要不是为了你，我……正因为这城里有你，我也曾给街坊、乡党许过愿，我再难场（陕西方言，处境困难，作难）也不找街坊乡党的麻烦。"

金花说："但你害得商道路断人稀，大批客商挤在泾阳出不了城。我劝你带人去抗日，不要再行不义，坑害百姓!"

王老虎走近她，低声告诉她："从明天开始，这条商道上再无盗贼，我也告诉你，春来茶馆老板……”他觉得一把冰凉的利刃刺进他的肚里，他捂住肚子没有反抗。他说：“春来茶馆老板不……不是我杀的……商道的匪贼不是我……是野狼……让县政府把我的兄弟放了……”

金花一下子后悔了，有一种杀错人的感觉。她听见王老虎说：“我、我听了你的话，清理了、清理了商道的匪贼野狼……我的兄弟已经出潼关……打、打日本鬼子去了……”

金花赶忙扶住他，把他抱住：“你的队伍出了潼关？”

王老虎挣扎着说：“出了……出潼关了。你放心，这条商道再不会有……不会有匪患了……”

金花紧紧地抱住王老虎。他说：“我知道你要杀我，我死在你手里，死在你的怀里，也……也能瞑目了……”

金花哭着说：“你真傻！你咋不早说呢，你咋不早点儿说呢……”王老虎睁着圆圆的眼睛看着她，在她怀里微笑地闭上了眼睛。

当警察从四面八方围上来的时候，金花抱着王老虎哭了：“老天爷呀！我做了个啥事呀……”

王老虎的队伍出了潼关，一直等不到大当家追上来。黑豹让队伍留守潼关，自己带一帮人沿路返回。他们到了泾阳，得知大当家已死，王家大院的夫人要厚葬大当家，他们搞不清楚究竟是怎么回事。

黑豹只知道大当家欣赏王家大院夫人的美貌和人品，他们几次见面，大当家回来默不作声，只告诉弟兄们王家大院的夫人是他最喜欢的女人，任何人不许说她的坏话、掺言他俩的事。

这次大当家吩咐黑豹带队伍出关抗日，大当家说：“我们是中国人，我们过去做了很多坏事，这次出关是赎罪。”他让黑豹带队先行，自己随后就来。大家知道他肯定是去和金花见面了。

后来听说大当家在和金花见面时被人刺杀，死在了金花的怀里。黑豹认为大当家的死肯定与金花有关。街道上传说，大当家是被金花杀害的，他们不相信。最终他们从县政府得到准确消息，大当家的确是被金花杀害的。黑豹不明白，金花杀死了大当家，为什么还要这样厚葬大当家？

这事在泾阳县城引起诸多闲话。有人说金花从兰州回到泾阳，就受到王老虎的保护，不然他们带着银子怎么能平安回到泾阳？如果他们没有关系，王老虎怎么会退回他们应得的看家护院的银子？金花去了兰州，王老虎发疯似的在县城大喊大叫；她回来时，王老虎又带队伍为她开道，鞭炮轰鸣迎接她……

想到这些，很多人感到害怕，王家大院的夫人竟和土匪勾搭在一起！人们费解的是她亲手杀了王老虎，却又要厚葬王老虎。

金花是一个什么样的人？她的真实身份是什么？陈耕听到这话很淡定，他说："她就是王崇文在兰州的媳妇，王家大院的夫人，王德福他娘，没有啥神秘的。王老虎看上她的美貌不假，但她绝不会和王老虎同流合污。她为民除害，亲手杀了王老虎就是最大的证明。她是一个爱憎分明的人，她今天之所以要厚葬王老虎，这中间一定也有一些感情上的因素。她杀了王老虎，但王老虎毕竟是爱她的，她不愿让一个爱她的男人暴尸野外，被野狼野狗吃了。"

陈耕的解释并不能说清很多事，很多疑问是难以解释清楚的。上官老板就认为金花和土匪王老虎有勾搭。王老虎一度变好了，一度又变坏了，都和金花有关系。金花今天厚葬王老虎，就更说明自己的猜测是对的。

云彩听到这些话气得在家里哭，二婶听见云彩的哭声叹道："做个好人咋这么难呢！"

云彩说："世上好人咋总被人冤枉呢！"

二婶问："我熬煎张贵走了，他还会不会回来？"

云彩说："你还真跟那东西要好？"

二婶说："不是我要和他好，他跟我都有那事了，我老了得有个依靠。"

"你呀，真是……"云彩气得没话说了。

二婶说："他劲儿大得很，我没办法。你们一走他就到灶房来了……到我房里来了……"云彩不敢再问了。

梁掌柜怎么也不会想到金花会去杀王老虎，他为自己没有发觉并阻拦金花的行为感到后悔。王老虎死了，向陕北运输物资的线路可能就断了，这个贪财不要命的土匪，竟然死在一个女人的手里，也是罪有应得。梁掌柜因为不能把这个消息及时向堂哥传达而焦急不安，他想这个时候堂哥一定会来找他。夜里堂哥真的来了，但堂哥带来的消息简直把他惊呆了。堂哥告诉他："国民党一直在拉拢王老虎，但王老虎最终被我们收编，他愿意加入我们的抗日队伍，并清理了茶道匪患。最近，他接受陕北的指示出关抗日，此消息被国民党查获，他们几次枪杀王老虎未成，却让你家夫人干了这桩蠢事。”

梁掌柜无法相信这个事实，他说夫人绝对不知道王老虎要去抗日。堂哥说：“她现在知道了，不然她就不会厚葬王老虎。”

埋葬了王老虎，金花雇的帮忙葬埋的人都走了，她也往回走去。德福回来问云彩：“我娘呢？”

云彩说：“她跟我一起回来的呀。”

云彩去问梁掌柜。梁掌柜说：“你没见吗？回来的路上我还见了。”梁掌柜低声对云彩说：“你甭找了，说不定夫人到陈耕那里去了。”

一会儿德福过来又问：“我娘呢？我娘回来了没？”

“回来了，可能又出去了。”云彩不愿说夫人可能去找陈耕的事。

德福说：“你去，把我娘找回来。”

云彩不敢怠慢，向外走去，她不知到哪里去找夫人。

金花没有去找陈耕，她又返回王老虎的坟地。她觉得刚才人多，无法向王老虎叙说。葬埋王老虎的人都走了，这会儿她想给王老虎说说心里话。

黑豹带领一帮人混在送葬的队伍之中，他们想等送葬的人走后，再祭奠大当家。祭奠大当家之后，晚上再进王家大院杀了金花，然后带人出关抗日，实现大当家的遗愿。等他们返回坟地时却看见金花跪在大当家的坟前烧纸，黑豹摸近坟地，躲藏在一片草丛中，枪口对准了金花的脑袋。

金花一边烧纸一边哭诉：“你也是个大当家，你咋不会沟通呢？你为民扫清商道匪患，你应当告诉我，让街坊都知道。你强装汉子，跟我赌气说你只想当土匪，其实这些年你就没有干那些伤天害理的事，你想做一个好人。你若告诉我，我会改变对你的看法。你除商道匪患，带队伍出关抗日，这是一件多么伟大的事情，你竟默不作声，让我犯了一个大错，错杀了一个身背恶名的英雄。你叫我咋样面对街坊和你的兄弟啊？我真盼你的兄弟回来，回来杀了我，让我随你而去。这样我就心安了，我心里就不会再受谴责了……”

金花觉得有人向她走来，回头一看是云彩。云彩说：“姐，你傻了，咋给土匪王老虎下跪烧纸呢？”

云彩拉金花起来，金花不起来仍然跪着，说：“是我错杀了他，他是一名抗日战士。”

云彩说：“他是土匪，咋是抗日战士？姐，你气糊涂了，你这样让街坊看见，他们会咋样笑话呢？”

金花严肃地说：“你跪下，你给他跪下，你没资格说他！商道的匪患是他除的，你知道吗？他的队伍出潼关打日本鬼子去了，你知道吗……”她说着竟哭了起来。

云彩只觉得夫人糊涂了，竟说出这样令人难以置信的话。

黑豹趴在草丛中，听到金花和云彩的对话，起身对身边的人说：“走，出关，打日本鬼子去！我们如果不出关，愧对大当家和夫人。”

七十

日本人占领武汉后，南方的茶路彻底断了。德福给安化丈人家去信说，路上鬼子出没，歹徒凶恶，万不可送茶。他告诉梁掌柜全城收购茯茶，保证西域茶源供应。泾阳茯茶向西顺利进入阿富汗市场，阿富汗的茶商要让泾阳茯茶挺进伊朗、俄罗斯、土耳其，泾阳茯茶离罗马不远了。

每次多力坤和俄罗斯客商来到泾阳，德福都要亲自接待，请他们下馆子吃饭，在家里喝甜水井水熬的茯茶。德福给客人介绍说：“水开后熬上一袋烟工夫，然后把熬好的茯茶倒进瓦罐里，盖严实闷上一两个时辰，喝时更加爽口。你尝尝，这是我才闷的茶 。”

俄罗斯客商喝后直竖大拇指称赞。多力坤夸赞这个办法好，他要把这个闷茶的办法带到西域去，俄罗斯客商也要把这个办法带到俄罗斯去。德福说：“要带到罗马去。”

德福取出《茯茶壮志图》，多力坤说这图他见过。德福说：“你见过，俄罗斯朋友没见过。”德福铺开《茯茶壮志图》指着图上说：“经陇西或固原西行至兰州，然后通过河西走廊出玉关或阳关，到罗布泊地区的楼兰。汉时西域分南北两道，现在我们依然要走这条线路。南道北道的分岔点就在楼兰。

北道西行，经渠犁（今库尔勒）、龟兹（今库车）、姑墨（今阿克苏）至疏勒（今喀什）；南道经鄯善（今吐鲁番）、且末、精绝（今尼雅遗址）、于阗（今和田）、莎车至疏勒。从疏勒西行，越葱岭（今帕米尔高原）至大宛（今费尔干纳），可至阿富汗、伊朗、俄罗斯、土耳其，然后到达罗马。我祖上去过罗马，把茯茶送到罗马了，我希望你把我们的茯茶也送到罗马去，让他们尝尝现在的泾阳茯茶和过去的有啥区别。待你们走到罗马，我们的商铺也会进入罗马，到那时，世界各地都有我们的商铺客栈，行走在这条丝绸之路上，我们吃自家的饭，住自家的店，让全世界的人都喝上我们泾阳的茯茶。”

俄罗斯客商说：“我就给他们喝闷茶。”

德福严肃地对俄罗斯客商说：“不能，不能。在我们中国，喝茶有很多讲究，讲究礼仪、茶艺、茶道，闷茶不能完全体现这些。品茶注重茶的色香味，讲究水质茶具，喝的时候要细细品味。茶艺讲究环境、气氛、冲泡技巧及人际关系等。最高境界是茶道，在茶事活动中融入哲理、伦理、道德，通过品茗来修身养性、品味人生，最终达到精神上的享受。”

俄罗斯客商点头说：“一定按中国人的礼仪、茶艺、茶道给他们喝茶。”

德福认真地说：“所谓礼，对内而言，它表示家庭、乡邻、友人之间的亲和礼让；对外而言，则表明中华民族和平、友好、亲善、谦虚的美德。子孙要孝敬父母，兄弟要亲如手足，夫妻要相敬如宾，对客人更要诚敬礼让。‘以茶表敬意’正是这种精神的体现。”

客商们听得入迷，端在手中的茶都忘了品尝。

“以茶待客是中国的习俗。北方大户人家，有所谓‘敬三道茶’之说。有客人来，延入堂屋，主人出室，先尽宾主之礼，然后命仆人或子女献茶。”德福讲得激情满怀，客商们听得津津有味。

德福兴奋地说：“这就是中国的茶文化，我要使中国的茶文化随着中国茯茶走向世界各地……”客厅的笑声引得金花走进来。她见家里来了外国客商，急忙让云彩上街买几盆鲜花放在客厅。

德福笑说：“客人来了才买花？”

金花说：“我才看见，你看你把客厅掮得跟你的书房一样乱。”说着就去收拾。

德福说：“娘，这儿有客人。客人走了再收拾。”

客商笑说："自己人。"惹得大家都笑了。

忽然，院里传来一阵呐喊声，梁掌柜跑进来说："安化……安化送茶来了！"

德福忽地站起来说："不要他们送，他们咋送来了？这兵荒马乱的咋过来的？"

几个人搀着一位老人走进来。老人说："给我一口甜水井茯茶。"

德福见是老丈人老茯茶，急忙让座倒茶。老茯茶见客厅坐着外国人，退出去站在了外边。

德福让老丈人进来。老茯茶说："你看我这浑身上下脏兮兮的，你端个椅子，我坐在外边畅快，给我一口甜水井茯茶就行。我这次来，就想喝一口甜水井水熬的茯茶。"

德福端一杯茯茶出来，双手递给老丈人。老茯茶说："没一点儿规矩，屋里有外国客商，你出来干啥！快进去招待客人。"

老茯茶靠墙坐下，在院中品着甜水井水熬的茯茶。小金花闻信走过来，怨父亲冒险送茶，她说："茶重要还是人重要？"

老茯茶不高兴了，说道："喊啥呢，没见德福和外国客商在客厅说事呢！"

小金花不再吭声。德福和俄罗斯客商走出来，德福对小金花说："让爸坐到客厅，俄罗斯客商也想见爸，听他说说送茶的故事。"

老茯茶摆手说："快谈你们的正事，我累了，回屋歇会儿。"

他们失望地站在门口。俄罗斯客商和多力坤要离去，德福送他们到门口，多力坤感慨地说："这就是你们的诚信，产茶人的诚信和做茶人的诚信。你们的诚信一定会使茯茶畅销到罗马去！你放心，有这方面的消息我第一时间告诉你。"

德福说："记着发电报给我。"

德福兴奋地给梁掌柜说："我们不仅要让欧洲罗马人再喝上咱的茯茶，还要让全世界的人都喝上咱泾阳的茯茶，那个时候，天下各地都有咱的商铺了。"

小金花的父亲在王家大院歇了一天就要回安化去。金花、德福和小金花都不让他走。老茯茶说："家里还有很多事，这战乱年月我不放心。"

德福问："茶园长老爷可好？"

“走了好多年了……那次送茶回去后就病了，一病不起就走了。”老茯茶不情愿地告诉他。

德福埋怨地说：“你咋不告诉我们?”

老茯茶说：“你爷有交代，他不让我打扰你们。”小金花听完就哭了。

金花、德福和小金花送老茯茶到码头，和他话别。七十多岁的老茯茶穿过枪林弹雨把茯茶送到泾阳，实在让德福感动，这其中包含的不仅是亲情。德福久立码头，望着老丈人的茶车远去。

多力坤发电报来让德盛茶坊备足茯茶，他要保证丝绸之路西进市场的供应。

德福要扩股集资扩大生产，他抽调兰州德盛商行的所有现金，在德盛茶坊打出了“集资扩股，茶通天下”的征股广告。

一天，德福问梁掌柜：“咱和我爷、我妈去兰州前，我爷在家里埋银子没有?”

梁掌柜说：“这事你知道？他让我们在大门口等他，他在家里干啥，谁知道？况且，家里有几个银库，这银库都在哪里，银库里放了多少银子，只有你爷知道，我一个外人咋会知道这事。”

德福说：“如果他在家里埋了银子，会埋在哪里？我能想到的地方都找了，没有找到。”

梁掌柜说：“一人藏物，百人难寻。”

德福懊丧地说：“如果能找到我爷埋的银子，我就不这么为难了。”

陈耕听到德福“集资扩股，茶通天下”的征股广告，知道德福在丝绸之路上有大举措，他到王家大院来看望德福。他听了德福的述说，给德福说：“我支持你，我入股。你先祖能把泾阳茯茶做到俄罗斯和罗马去，你也一定能做到。你做不到就不是王崇文的儿子，就不是秦商的后代。”

陈耕带头入股，德盛茶坊得到了扩大生产的足够资金。德福邀请梁掌柜到客厅品茶，梁掌柜说：“我老了，让我再干最后这一回就告老还乡了。”

德福说：“你不能走，你在王家大院干了一辈子了，王家大院要养着你。你给茶坊当顾问，王家大院给你养老送终。”

一阵马蹄声在王家大院门前停了下来，有人持电报跑进客厅，德福看了电报号啕大哭。他的老丈人在回家的途中，被土匪乱枪打死了。

德福决定亲自去安化为老丈人吊孝祭奠，别人不好阻挡，金花话到嘴边却说不出口。小金花在屋里哭成泪人，要去安化葬埋父亲。儿孙都不在身边，谁也拿不定主意。小金花说：“我去，不要给儿孙说了，战乱时期不让他们回家，让我去，一旦有个三长两短对王家大院没多大影响。”

金花说：“闭上你的嘴，不要说那不吉利的话。要去我去，我是王家大院的长辈，我去了也显得咱王家大院对老人的尊重。”

德福说：“我去，他是我老丈人，这么多年，就凭一句口头承诺，他每年派人按时把茶送到泾阳，我应当去。再说他是为给德盛茶坊送茶返途身亡的，我更应当去拜祭他老人家！”

室内一阵寂静，谁也没有再说话。金花不说话，没人再敢开口。忽然，小金花说：“德福不能去，这么多年，我爸、我爷不顾危险跋山涉水按期把安化茶送到德盛茶坊，就是为了让德福不要失信于人，实现王家几辈人的远大理想。德福去了要是在路上有个好歹，我爸、我爷这么多年的辛苦就白费了。茶坊需要他，王家大院更需要他。我去最合适，我去祭奠我爸天经地义。”

金花赞成小金花的想法，但她还没有说话，德福说：“不要争了，你去我能放心吗？你去让安化人咋看我？我去，谁也不要争了！”

德福一锤定音，谁也不再吭声，他说：“我去十天半个月就回来了，咸阳现在通火车了，去安化方便着呢。到了那儿，我把明年的茶也安排一下，老丈人不在了，这条路不能断。”

梁掌柜一大早给德福准备好了行李，一家人把德福送到大路上。德福笑道：“你们这是干啥呢，好像我出去不回来了。”

小金花听见这话就哭，金花怨德福：“你这么大年龄了，会不会说话！”

德福在桥头拦住他们说：“娘，你们不要为我担心。回去，回去，我快去快回，不让你们操心。”

小金花破涕为笑：“你还会说人话。”

全家人站在桥头没有走，望着远去的德福。看不见德福了，小金花又哭了：“这兵荒马乱的，让人咋能放得下心……”

金花忽然眼前发黑差点儿跌倒，梁掌柜扶住她，小金花不再哭，急忙送娘回家。金花回到家，却什么事也没有了。她精精神神地说：“我忽然觉得老了，几个晚上梦见德福他爸和他爷……”

王老虎死后，梁掌柜的堂哥再也没有找到一个合适的送货人，再也没有向他要过货，梁掌柜担心在这战乱时期堂哥会不会出事。他堂哥走的时候告诉过他："任何人找你要货，你都不能给，这是组织原则。"

七十一

德福一走，王家大院没了主事人，人心惶惶。有些事梁掌柜拿不了主意去问夫人，金花说："这些年我不管事了，你们看着办。"

德福走了一周，金花就问："快十天了吧?"梁掌柜说："七天。德福手脚快，他送了老丈人就回来了，不会耽误时间。家里还有这么多事等着他定夺，他不早些回来由不得他。"

掐指算才第九天，金花带上云彩就在泾河桥头等候德福。小金花说："你等不等他都会回来，你等他干啥呀?他又不是个碎娃。"

直到天黑，金花和云彩才回来。金花说："他明天一定回来，明天就整整十天了。"

小金花说："娘，你心太急了。德福走时说他十天半个月回来，没说十天就一定回来。"

金花说："明天就整整十天了，他说十天半个月回来，赶前不赶后，他明天一定回来。"

一大早金花收拾了东西，让云彩提着小凳子，和她一起去等德福。小金花要挡，云彩说："你让她去，她不去在家里也坐不住。"

金花出了门。望着娘的背影，小金花对梁掌柜说："我娘咋一下老了，你看她走路大不如以前了。我该给我娘做老衣了……"她说罢，一阵悲凄涌上心头。

梁掌柜说："甭想那些事了，你娘身子还硬朗着哩!"

中午小金花叫她俩回家吃饭，金花说她不回来，说不饿，肚里实实的。云彩也不敢说啥。小金花没办法，给她们送饭去，回来说："我娘老傻了，德福说他十天半个月回，没说第十天一定回来，她再等，把我等得都着急了。"

晚上云彩提着凳子和金花没精打采地回来了，金花自言自语嚷嚷道："这娃说话一点儿不算数，说十天回来，连个影儿也没有。"

晚上小金花去看娘，劝她："明天不要去了，德福第十天没回来，肯定被啥事儿缠住了。他说十天半个月，今天才十天，还有五天呢，到了第十五天，我和你一起去等他。"

德福走了十天好像走了数月半年，王家大院的人都牵挂着他。一上工就有人问梁掌柜："东家回来了没?"梁掌柜也不知道他什么时候回来，只能呵斥他们干活去。

第二天太阳一出来，金花又要去大路口等待德福，说第十天没有回来，今天一定会回来，小金花没有挡，让她去了。金花等了一天，晚上和云彩回来，什么话也没说，一个人回了房间。等待德福回家已是金花一天中最重要的事情。

之后一连两天金花都没有出院子，她说德福说好十天半个月回来，他一定会半个月回来，泾阳到安化五百多公里路，不是说回来就能回来的。他人生地不熟，会走很多冤枉路，况且丧事麻烦，事多，不是一天两天就能处理完的，她要在家里耐心等候。休息了两天，第十四天一大早，她又带云彩去了桥头。晚上回来，金花在院里骂德福："说半个月回来，一天也不提前，让娘天天为你牵肠挂肚。"

小金花看到娘的情绪觉得不对劲儿，如果德福明天不能回来，对娘一定是一个打击。小金花去看望娘，给她说："他说十天半个月，只是出门的一个大概估算。去安化路上多么难走，处理丧事会不会顺利，他估计十天半个月回来，有可能提前回来，也有可能推后几天，你不要着急，你一着急全家都急了。"

金花很生气："你认为他明天不会回来？你还是德福的媳妇呢，你的心咋那么大的呢！他明天一定会回来，他说十天半个月回来，明天就整整半个月了。你上午给德福把茯茶熬好，他爱喝闷茶。出门的饺子回家的面，你给德福把面擀好，擀得薄薄的，切得宽宽的，辣子油泼旺些，他一回来面就下锅。出门半个月了，他回来一定想吃你擀的面。"

小金花觉得一阵好笑，德福出一趟门回来，像皇帝出游回宫，王家大院上上下下都得为他忙碌。金花见小金花很不在意她的话，追问道："我给你说的话你听见没有？"

小金花说："听见了，记得牢牢的。你快去接你儿去，小心他回来你接不上了。"

金花笑了，觉得小金花取笑她。

看望完娘后，小金花安排二婶熬茶，叮咛二婶熬好茶后放在罐罐里闷着，然后亲自和面。她和好面，让面饧着，看二婶熬茶去了。过一会儿二婶要擀面，小金花说："我亲自给他擀。"她擀好面，切好面，把面摊在案板上，水烧开了又凉了，德福还没回来。

太阳端了又偏了，王家大院上上下下等着德福回来吃晌午饭。午饭时辰已过，有些人扛不住，喊叫着要吃饭，梁掌柜去寻小金花。小金花说："给大家开饭，案上我擀的面留下。"

大家吃了饭，梁掌柜知道小金花没吃饭。他说："夫人做一些糊涂事大家能理解，你不能做糊涂事。出门在外由事不由人，说不定他明天后天才回来，你们不能因为他随口的一句话，天天在家等他回来吃饭。"

小金花听梁掌柜这么一说也觉得好笑，让二婶赶快给她下面。

第十八天，德福还没回来，王家大院的人就着急了，金花晚上再也睡不着。街上传出很多闲话来，有人说德福在去安化的路上出了事，有人说德福在回来的路上出了事。二十天过后，金花再也没心劲儿去桥头等德福了。小金花在炕上软得坐不起来，她不相信德福会出事。他真出了事，王家大院这上上下下几十口人咋办呀？他的《茯茶壮志图》的理想还没有实现呢！他出门二十天了，连一个信儿也没有，怎么能让人不为他着急呢！

一大早，院子里有伙计的吵闹声，金花爬起来，在客厅门口听见梁掌柜在给伙计们解释："东家没事，他一定会没事的，请大家放心。"

有伙计说道："东家要是有事了，我们入的股咋办？"

梁掌柜说："德盛茶坊还在，你们怕啥呢？干活去吧，干活去吧，说不定这一两天老板就回来了。"

伙计们很不高兴地散去。有人说："东家肯定出事了，梁掌柜一定在哄我们，奔个丧快一个月没回来，不出事才怪了。"

“他出了事，咱入的股就白入了。”

伙计们散去后，梁掌柜挥一把汗，骂那些偏着脑袋还在茶坊门口看热闹的伙计：“不敢有点儿事，有点儿事你们就看西洋景!”

茶坊门口哗一下没了人，伙计们都干活去了。梁掌柜忽然看到站在院中的夫人。他说：“你咋来了?”

金花说：“我不来能行吗？一大早吵吵闹闹的。”

梁掌柜说：“走了，他们都走了，干活去了。”

金花说：“他们今天不闹了，过几天还会闹。德福咋回事，还不回来？我今儿再去看看。”

梁掌柜说：“你就不要跑了，他回来我让人告诉你。”

金花说：“坐不住，我在家里坐不住嘛！坐在桥头我心里敞亮，心就不慌了。”

小金花从床上起来，双腿软得走不动路，她靠在门框上问：“德福今天走了多少天了?”

云彩说：“二十八天了。你回屋里歇着，我一会儿让人给你把饭端过来。你看你这身子骨软细得很，夫人比你强，我看你们都操的是闲心……”

“东家出门耽搁了几天，你们一个个这个样子好像他真出了啥事一样。”梁掌柜听见云彩说话，把云彩叫了过去，“这几天你甭提东家的事，好姑奶奶，你甭给我添乱了!”

云彩说：“我哪是给您添乱呢！我劝小金花，不让她胡思乱想。”

梁掌柜说：“你少说话就是最大的帮忙了。”

金花要到桥头去，梁掌柜说：“云彩，到了桥头，你把夫人带到树下阴凉处，甭热病了。虽然夜晚刚立了秋，但人常说，晚上立了秋，还有二十四个火老虎 。”

晚上回来，云彩搀着金花回房睡了。梁掌柜问：“夫人咋样，没啥事吧?”

云彩说：“累了，累了。今天望着路上就没眨眼，我看见她那眼神都害怕。”

“明天不要去了，再去会出事。”梁掌柜说。

云彩说：“你去劝，只要你能劝下。我也不想去，大热天在外面热死人了!”

梁掌柜说："你快去看看小金花，她今天一天没出门了。"

金花再也走不动路了，只能在院里转一转，但她还想去路口等。梁掌柜给她找了一个木轮车子，让云彩每天推着她出去等候德福。每次金花回来，都引起街坊一阵叹息，有些女人看见金花就落泪。德福走了一个多月了，一些股东想闹事、想退股，但见王家大院的夫人天天坐着木轮车去桥头等儿子怪可怜的，也就少了很多怨言。

德福走了一个多月没回来，连心里头从来不装事的云彩也熬煎了。她对梁掌柜说："老板在路上肯定出事了，咱得想一个办法，咱不能在家傻等。"

梁掌柜哀求道："姑奶奶，你少说话行不？"

云彩的话不知怎么传到了金花耳朵里，金花就不让云彩给她推车了。云彩哭道："我服侍你一辈子了，你这时咋不让我服侍你了？"

金花不吭声，就是不让云彩送。云彩去寻梁掌柜，梁掌柜说："你说话从来不过脑子，我问你，谁说老板在路上肯定出事了？"

云彩说："我是猜的，一个多月没回来，肯定……我不说了，我不会说话。你劝劝夫人让我服侍她，送她去桥头接东家回来。"

梁掌柜说："我没办法，她那脾气你是知道的。"云彩又哭了。

陈耕不知啥时走进王家大院，他听见哭声，大吃一惊，疾步走到客厅问："咋回事？德福有消息了？"

梁掌柜说："没有，一个多月了。"

陈耕看了看云彩，梁掌柜说："说话不把门，惹夫人生气了，夫人不让她服侍了。"

说话间，金花从房间走出来。陈耕说："你今天气色好多了。"

金花说："就是腿软，走不成长路。"

陈耕说："如果你愿意，我推你出去，咱一块儿等德福。"

金花说："不要她去。"

陈耕笑了："跟云彩生啥气，她服侍了你一辈子，你能离开她？走，一块儿去。"云彩擦干眼泪，急忙去推木轮车。

陈耕推着金花走在街道上，引起很多人的关注，云彩跟在后边不敢多说一句话。到了路口，云彩说："就停这儿。"她见陈耕和夫人说话，远远地躲开，她心里清楚，他俩有说不清的缘分，她不敢听他们说话。

陈耕见云彩走了，他说道："我这一辈子白活了。"

金花望了他一眼说："你才知道？但你比我强，崇文走时我不到二十岁，守寡一辈子，我的苦处给谁去说……"

金花忽然伤心起来："我一生就守着德福一个儿，你看他出去办点儿事，竟一月多不回来，这叫我如何是好……"

陈耕不愿提德福的事，他说："我这一生有几次机会，没有抓住……遗憾啊……"

金花问："哪几次？"

陈耕说："在兰州我去看你，那天晚上我真傻，竟然在你身旁坐了一个晚上……我以为你醉着，其实那晚你清醒得很，如果那天晚上我们……或许我的生活就改变了。"

金花说："那天晚上我是喝了酒，但确实没醉，怪你没胆量。你那晚要……我不会反对。可你没有……"

金花忽然一阵眩晕，身子向前倾去，陈耕扶住她说："过去了，过去的事了，现在这样也很好。"

吃午饭的时候，梁掌柜让人送来饭。陈耕说："中午咱吃羊肉泡馍，咋样？"金花很高兴和陈耕一块儿吃饭，她让云彩把梁掌柜送来的饭端了回去。

太阳落山的时候，陈耕说："回，咱回。我看你身子骨远不如以前，以后你就不要来了，我替你在这儿等候德福，他回来我就带他去看你。"

金花说："我等我儿呢，你等谁呢？"

陈耕说："我等我贤侄呢。"

金花说："我不要你等，我自己等我儿回来。"

太阳落山了。陈耕说："回，太阳压山了。"

金花说："天还亮着，他能看见路，说不定他就回来了。"

陈耕叹息一声又坐在小凳子上。天慢慢暗淡下来，忽然云彩喊道："夫人！少爷回来了！"

金花猛地站了起来。陈耕眯眼辨认，从远处走来一个黑影，不断地向前移动。金花说："是我儿回来了，快把我推到路中间。"她忽然坐起，自己转动木轮车向前移动。

德福越走越近，他看见了娘还有陈耕和云彩，急忙向娘跑去。

陈耕说："我还没看清。"

云彩跑到金花跟前激动地喊道："是少爷，是东家回来了！"她推着夫人的木轮车去迎接德福。

果然是德福回来了，高高大大的一个人走了过来。德福喊道："娘，我回来了！"

金花伸出双手想要去拥抱儿子，可身子向前一扑，双手忽然像断线的木偶一样掉了下去。陈耕发现金花不对劲儿，慌忙扶住她。德福双膝跪下："娘，你咋咧？儿回来了……"金花再也没抬起头来，德福抱住娘失声哭了起来。

王家大院厚葬王夫人，葬礼轰动了泾阳县城。

七十二

最后一场雪在凌晨停了，经过严寒的泾阳县城，显得安静多了。

六十多岁的德福已行走困难，他在轩逸茶馆数着喝茶的县城老人。县城里做茯茶的大佬们都来了，皮货铺的上官老板、油坊的李老板、杂货铺的张老板……有人喊："张胖子走了。"

德福问："元顺、庆余西、茂盛、积成、裕民、天泰、裕兴重，你们都来了吗？"

大家一起喊："来了。"

德福听见这喊声心里特高兴，他说："在这里我是晚辈，我年纪小，大家今天吃好喝好，我请大家。"

大家一阵掌声。上官老板说："张胖子的死让我看到胖人的不好。"大家一片笑声。他又说："看看在座的体态都没有胖人，都精瘦精瘦的，可看起来十分精神。我们都是常喝甜水井茯茶的人，这说明甜水井茯茶养人不增膘。"

李老板说："要说甜水井茯茶增肥，咱咋没有一个胖子？"

上官老板说："我觉得喝甜水井茯茶长寿，你看看我们在座的，除过德福，哪个不是七八十岁的老头了，都活得这么精神，周围像咱这样岁数的人少。"

李老板问："听说安化也想让茯茶生花，做出咱泾阳的金花茯茶？"

德福说："祖上相传的'三不离'，他们知道吗？"

有人喊："离了泾阳的气候不行，离了泾阳的水不行，离了咱泾阳的技术不行。"

德福说："金花是老天爷赐给泾阳人的宝物。"

有人问德福："你儿在湖南省政府到底干的是啥事？"

德福说："肯定干的是国家大事，还能是小事？现在不在湖南省政府了，被派到苏联大使馆去了。"

有人问："大使是干啥的，也没听说过。"

德福说："当然是干茶的事，还能干啥事？"众人笑。

"你儿子在国外咋还干茶的事？"

德福说："你们知道《茯茶壮志图》吗？你们看过《茯茶壮志图》吗？咱们的茯茶正从俄罗斯和阿富汗分别向欧洲推进销售，不久就到罗马了。"德福的话使大家一阵赞叹。这个一生要把茯茶送到罗马的后生，已成白发老翁了，但他壮志未酬誓不休的气概，使在座的做茶人无不佩服。

陈耕一直没有说话，轩逸茶馆已停用甜水井水熬茯茶，但县城的老板和掌柜们还是爱到轩逸茶馆喝茶。他见大家兴致正浓，说道："今天我请客，王老板放到下次吧。哪一次喝茶也没有今天大家到得齐，就凭轩逸茶馆不用甜水井水熬茶，大家照样来茶馆喝茶，我就很感谢大家了。"大家齐声赞叹并鼓掌。

陈耕忽然沉重地说："甜水井水真的不多了，但天天排队在甜水井打水的人依然不断，眼看着甜水井被我们的人打干淘尽了，却没有制止的办法。"

有人说："你甭操那闲心，甜水井是打不干淘不尽的，就像泾渭河的水永远不会干涸一样。"

陈耕哀叹一声，再没有说话。

人们无视甜水井的现状，天未亮就有人到甜水井排队打水，他们享受着甜水井水熬的茯茶的清香，大谈茯茶养生长寿的功效。他们完全沉醉于茶馆丰厚的收入中。茶馆里有人说几个洋人找县政府，想用甜水井的水在县城建一个饮品厂。有人不知饮品厂是啥东西。有人说他们想和大家一样用甜水井水赚钱。

陈耕听到这些话，想起李先生的话，心里很难受。他说："我们能不能坐下来想一想，我们对甜水井是否开采得太快了？甜水井还有多少甜水可以供我们享用？我们的子孙后代还能享用上这甜水井的水吗？"他说着竟难受起来："你们看见没有，甜水井的水在一天天地减少，这世上的资源是有限的，用完了就不会再有了。别看这泾河水这么大，如果无限制地开采使用，也会干涸……"

有人说："这泾河水没了，那日子咋过呀？"

陈耕的担忧并没能制止排队打水的人。

一天，甜水井忽然没水了，中午时分再也打不满一桶水，排队的人唉声叹气地走了。傍晚时分又有人来打水，依然打不满一桶水，人们失望地走了。

夜里下了一场大雨，甜水井的水又涌上来了，人们兴奋地跑到甜水井排队打水，每天直至把井水打干才肯罢休。甜水井很有灵性，白天被人打干涸了，晚上歇一夜，早上清亮的水又涌上来。这样持续了半个多月，忽然一天早上，人们排队去打水，发现井里无水可打，他们慌张地去找陈耕，陈耕就哭了。

半年之后，甜水井彻底干涸了……

七十三

又是一个阳光明媚的春天。

德福摔了一次，一直卧床不起，再也走不动了。他的茯茶远行罗马的梦想还没有实现，他希望孙子罗马接管德盛茶坊实现他的梦想，罗马跟几个同学去省城报考了南方军校。他让梁掌柜派人去安吴堡找罗斯，把希望寄托在孙女身上，孙女罗斯却去了陕北。

解放的炮声已经打响……

德福要喝甜水井茯茶，要轩逸茶馆的伙计亲自送来。甜水井哪还有甜水，井盖的周围已长满了青苔，甜水井早已干涸。

梁掌柜没办法，用泾河水熬了壶茯茶，颤颤悠悠地端进屋，德福问是不是甜水井水熬的茯茶。小金花说：“是，是甜水井水熬的茯茶。”

德福呷了一口，缓缓咽下，说香得很。他让梁掌柜把《茯茶壮志图》在他面前展开，然后问小金花：“俄罗斯在哪儿？俄罗斯到了没？”

小金花说：“到了。”

德福说：“到了带我去俄罗斯看看儿子，看看咱的商铺，咱泾阳茯茶在俄罗斯的市场咋样？也不给我说一声。”

德福接着问：“阿富汗到了没？”

小金花说：“到了。”

德福问：“伊朗、土耳其到了没？”

小金花说：“到了。”

德福说：“到了带我去伊朗、土耳其看看咱的商铺和客栈。”

他又问：“罗马在哪儿？到了没？”

小金花说：“到了……”德福直直地看着《茯茶壮志图》没了声音。

此时，罗斯穿着军装和梁掌柜的堂哥骑着马正向泾阳县城奔来，他们被派到县城工作来了。

次日早晨，泾阳县中共地下党员梁宝田辞世。

2014 年 9 月，一支由一百多人、一百三十六匹骆驼组成的大型仿古商队驮着泾阳茯茶，踏上丝绸之路。他们穿越了陕西、甘肃、青海、新疆及哈萨克斯坦，然后穿越中亚，前往欧洲，抵达丝绸之路终点罗马。

2018 年 8 月第一稿

2018 年 9 月第二稿

2019 年 3 月第三稿

2019 年 8 月第四稿